I0597043

Pour paraître en Novembre 1875

LIBRAIRIE DE L'ART   LIBRAIRIE CH. DELAGRAVE
3, CHAUSSÉE-D'ANTIN, 3   58, RUE DES ÉCOLES, 58

PARIS

L'ART
EN ALSACE-LORRAINE

PAR

RENÉ MÉNARD

Les deux provinces arrachées à la France à la suite de nos désastres ont eu dans l'histoire de notre art national une part bien plus grande qu'on ne le croit généralement. En effet, le goût, cette manifestation visible de notre pensée intime, semble tellement concentré dans Paris que nous ignorons bien souvent quelle part revient à telle ou telle province dans les productions du génie français. C'est cette lacune que M. René Ménard s'est efforcé de combler pour ce qui concerne l'Alsace-Lorraine, en démontrant par l'examen des monuments de l'art que la race qui peuple nos anciens départements de l'Est est française par l'esprit, comme elle l'est par les sentiments.

Seize eaux-fortes dues à nos premiers artistes, un grand nombre de bois imprimés hors texte sur fond chine, et une quantité considérable de gravures de toutes sortes intercalées dans le texte, viennent à l'appui des théories de l'auteur, et font de ce livre un véritable album, d'autant plus précieux à consulter qu'un grand nombre des pièces qu'il reproduit ont été détruites par les Allemands pendant la guerre. M. René Ménard montre l'art sous toutes ses formes, architecture, peinture, sculpture, gravure, céramique, orfévrerie, etc., et en étudie le développement en Alsace-Lorraine, depuis l'antiquité jusqu'à nos jours. Après la part, naturellement assez étendue, qui est faite à la production contemporaine, il entre dans la partie descriptive et pittoresque, et en parcourant les villes, les monuments et les musées, il passe en revue les trésors d'art dont cette contrée est si riche. Sans négliger la partie critique, indispensable à tout ouvrage traitant des beaux-arts, M. René Ménard a surtout voulu rendre hommage au génie de nos chères provinces qui, bien que séparées de nous par la politique, restent unies à la mère patrie par toutes les traditions de l'intelligence, aussi bien que par les liens indissolubles du cœur.

GRAVURE DANS LE TEXTE

Cet ouvrage, tiré à un petit nombre d'exemplaires, formera un magnifique olume in-8° grand colombier d'environ 500 pages, sans compter les bois et s eaux-fortes hors texte.

L'impression, sur du papier vélin de haut luxe, en a été confiée à 1. J. Claye ; les eaux-fortes seront imprimées sur papier de Hollande.

Le prix est de 40 francs, broché, et de 50 francs, relié toile, avec anches dorées.

Pour recevoir l'exemplaire *franco*, envoyer le Bulletin de souscription uivant à M. B ALLUE, *librairie de l'Art,* 3, Chaussée-d'Antin, ou à 1. C HARLES D ELAGRAVE, 58, rue des Écoles :

A .... le .... *1875.*

Je prie M. [1] .... *de m'envoyer un exemplaire de* L'A RT EN A LSACE-L ORRAINE [2], ... *du prix de* [3] .... *que je m'engage à payer, sans autres frais, au moment de la réception du volume.*

[4]

[1] M. A. Ballue ou M. Delagrave. — [2] Broché ou relié. — [3] 40 ou 50 francs.
[4] Signer lisiblement et bien indiquer son adresse.

SPÉCIMEN DES GRAVURES DE L'ART EN ALSACE-LORRAINE

L'ART

EN

ALSACE-LORRAINE

Les
gravures de ce livre
ont été exécutées
sous la direction
de
M. Léon Gaucherel
d'après
les documents
fournis
par l'auteur.

L'ART

EN

ALSACE-LORRAINE

PAR

RENÉ MÉNARD

PARIS

LIBRAIRIE DE L'ART | CHARLES DELAGRAVE

3, CHAUSSÉE D'ANTIN, 3 | 58, RUE DES ÉCOLES, 58

M DCCC LXXVI

L'ART

AVANT LA CONSTITUTION DES PROVINCES

D'ALSACE ET DE LORRAINE

I

LES ANCIENS HABITANTS

A Gaule, avant la conquête romaine, s'étendait jusqu'au Rhin, et la population des provinces qui constituèrent depuis l'Alsace et la Lorraine appartenait à la même race que celle des autres parties de la France actuelle.

Les traces qu'elle a laissées sur le sol n'ont aucun caractère spécial : ce sont des débris de murailles non appareillées, de grandes pierres ressemblant plus ou moins aux dolmens et aux menhirs de la Bretagne et du Maine, des haches de pierre en très-grand nombre, des couteaux et des ustensiles en métal retrouvés dans le Rhin, la Meuse ou la Moselle, etc.

On avait réuni dans le Musée de Strasbourg un très-grand nombre d'objets gaulois et, entre autres, une riche collection de bas-reliefs mythologiques extrêmement précieux pour l'étude des anciennes croyances celtiques. Tout a été détruit par les Allemands en 1870, et, faute d'un catalogue raisonné, on ne peut consulter sur ces richesses que de rares articles disséminés dans des revues : c'est un malheur irréparable pour l'archéologie.

Avant l'arrivée de Jules César, une peuplade germaine, les Triboques, avait déjà dépassé le Rhin et s'était établie sur la rive occidentale, dans une partie de la contrée. Mais les Triboques paraissent avoir été là comme des envahisseurs occupant le pays et ne formaient nullement un fonds de population.

Deux peuples gaulois, les Séquaniens et les Éduens, étant en guerre entre eux, les premiers appelèrent à leur secours les Germains, qui, sous la conduite d'Arioviste, passèrent le Rhin et battirent les Éduens. Mais, à peine arrivés, les Germains se conduisirent avec leurs alliés d'une façon telle que les Séquaniens s'empressèrent de se réconcilier avec les Éduens et appelèrent Jules César pour les aider à se débarrasser de ces hôtes pillards et incommodes.

César, qui ne demandait pas mieux que d'intervenir avec ses légions, extermina les Germains d'Arioviste et chassa les Triboques, qui s'étaient réunis à eux.

II

LA DOMINATION ROMAINE

 N s'établissant dans la contrée, les Romains y importèrent leurs mœurs et leur civilisation avec l'habileté dont ils ont tant de fois donné des preuves. Dès qu'ils arrivaient, ils construisaient des routes dont ils protégeaient les points principaux avec des camps fortifiés. Ils apportaient leurs institutions dans les villes, et les anciens habitants s'apercevaient bientôt que la vie y était plus douce, plus tranquille et plus assurée qu'autrefois.

Les Gaulois du voisinage se transformaient peu à peu en ouvriers que les colons romains exploitaient en vue de s'enrichir, et, en acquérant eux-mêmes des besoins nouveaux, ils cherchaient à les satisfaire par le travail. Des villages se fondaient à peu de distance des villes, puis des hameaux, des auberges s'établissaient près des villages, si bien que l'ancienne barbarie se trouvait refoulée entre les grandes voies romaines qui sillonnaient le pays comme des fils conducteurs de la civilisation.

De nouveaux chemins se formaient alors et de nouveaux colons venaient s'y établir, car la Gaule était pour les aventuriers romains comme la Californie pour nos chercheurs d'or. Ils trouvaient là une terre féconde, des bras nombreux pour la cultiver, une quantité de rivières navigables qui facilitaient le transit. Bref, dès le IIe siècle de notre ère, la Gaule était tellement transformée qu'on la considérait comme la province la plus riche de l'empire romain.

La plus ancienne route militaire que les Romains aient établie en Alsace allait de Besançon au Rhin ; elle a été construite par Agrippa vingt ans environ avant l'ère chrétienne. Plusieurs autres grandes routes, indiquées dans l'itinéraire d'Antonin et la carte de Peutinger, relièrent bientôt la province aux différentes parties de l'empire. On en a retrouvé la trace dans une multitude d'endroits, tant en Alsace qu'en Lorraine.

Tout ce pays a été couvert d'édifices romains, notamment de temples dédiés aux divinités de l'empire ; néanmoins, si l'on excepte l'aqueduc de Jouy, près Metz, aucune ruine romaine importante au point de vue de l'art ne mérite aujourd'hui d'être signalée. Cette pénurie s'explique tout naturellement par le pillage et la dévastation auxquels cette province était si fréquemment exposée.

Si l'Alsace et la Lorraine sont moins bien dotées que d'autres contrées sous le rapport des monuments de l'architecture antique, il est peu de pays où les traces de l'industrie romaine aient plus fortement marqué leur empreinte. La quantité de morceaux de vases figurés et de restes de fours qu'on a retrouvés montre assez l'importance que la poterie avait dans les Vosges.

On peut en dire autant de la verrerie, qui, de nos jours, est redevenue si florissante dans la même contrée. Plusieurs vases en verre de l'époque gallo-romaine ont été découverts en Lorraine ; mais aucun n'égale en importance celui qui fut découvert, en 1825, aux environs de Strasbourg. Malheureusement, il était placé au Musée de Strasbourg, si riche en antiquités gallo-romaines, et il a été détruit par les Allemands avec tout le reste.

L'art du mosaïste a été également très-cultivé en Alsace. La rive occidentale du Rhin était couverte de superbes villas pavées de mosaïques dont on a retrouvé des fragments importants dans plusieurs endroits.

Les tombeaux trouvés dans les Vosges présentent un caractère particulier. Ils sont taillés dans le grès vosgien et ont la forme d'un prisme triangulaire, quelquefois légèrement courbé en ogive. On en voit un assez grand nombre au Musée de Saverne. Quelques-unes de ces stèles sont ornées de feuillages, et elles sont toutes percées en bas par une ouverture ogivale ou semi-circulaire qui communique avec la cavité renfermant les urnes funéraires. Les tombeaux trouvés à Liverdun, en Lorraine, ont amené la découverte d'une multitude d'objets gallo-romains, vases, médailles, objets de toilette, tels que bijoux, colliers, peignes, etc., qui nous initient à la vie intime des anciens.

L'usage d'enterrer les morts et celui de les brûler a existé simultanément dans toute l'antiquité. De là vient que, dans les mêmes localités, on trouve souvent des urnes destinées à contenir les cendres, et des sarcophages renfermant des corps. Mais comme les Gaulois ne brûlaient pas les morts, l'habitude de les enterrer a toujours prévalu chez eux, même sous la domination romaine. L'usage était de couvrir le défunt des vêtements et des bijoux qu'il avait en mourant, et de placer près de lui les objets dont il avait fait usage pendant sa vie. De là vient la grande quantité d'objets que l'on trouve dans les tombeaux gallo-romains.

Les grandes statues trouvées en Alsace ou en Lorraine ne sont pas très-nombreuses, mais les petites statuettes en bronze sont innombrables, et les plus communes sont celles qui représentent Mercure. L'importance donnée aux voies de communication dans l'est de la Gaule explique tout naturellement la présence de ce dieu qui est préposé à la garde des chemins. Ces contrées étaient sans cesse exposées aux incursions dévastatrices des barbares qui traversaient le Rhin.

Mercure, au reste, n'est pas seulement le protecteur des routes, il est également le gardien de la maison; en sorte que son image, qui était placée à tous les carrefours, se trouvait également dans une multitude d'habitations privées, où elle était comme un talisman contre les bandes de pillards qui parcouraient le pays.

Hercule paraît avoir eu aussi une certaine importance. D'après les légendes locales, il aurait parcouru les Vosges et toutes les contrées situées à l'orient du Rhin. C'est ainsi que, s'étant un jour endormi près de Colmar, il oublia sa massue, qui fut ensuite retrouvée par les habitants, et, en mémoire de cela, la ville de Colmar porte la massue d'Hercule sur son écusson.

Les images d'autres divinités se trouvent également en divers endroits, mais elles sont moins fréquentes que celles d'Hercule et surtout que celles de Mercure. Le mont Donon, qui paraît avoir eu autrefois un caractère sacré, était couvert de figures sculptées et de bas-reliefs dont plusieurs ont été emportés au musée d'Épinal. Près de cette ville on a retrouvé aussi un fort joli *Tireur d'épines*. Enfin, il est bien peu d'arrondissements, en Alsace ou en Lorraine, où les traces d'antiquités ne montrent à quel point les mœurs romaines avaient pénétré dans toute la contrée.

On a soutenu pourtant que les provinces rhénanes, et notamment l'Alsace, n'avaient jamais été pour les Romains que des postes militaires et que les garnisons destinées à protéger l'empire étaient là dans un véritable exil, à peu près comme sont aujourd'hui les garnisons françaises établies dans le mont Atlas, à l'entrée du grand désert.

Ces assertions et les théories qui s'y rattachent ont un but facile à comprendre : il s'agit de démontrer que la population alsacienne n'appartient pas à la famille latine.

Les revendications de l'Allemagne, injustifiables au point de vue du droit moderne, puisque la population s'est nettement déclarée contre ses prétentions, prennent une apparence de légitimité historique, si on démontre que la race est différente de celle qui habite les autres parties de la France.

Tout ce qui parle allemand appartient à la famille allemande, voilà le principe si habilement exploité par les convoitises germaniques ; mais il y a un fait qui demeure inexplicable : comment se fait-il que les aptitudes artistiques se rencontrent précisément dans la partie de l'Allemagne autrefois habitée par des gallo-romains, tandis que la stérilité la plus absolue se fait remarquer dans la partie purement teutonne ?

En considérant la carte, on se convaincra que le développement artistique de l'Europe moderne n'a guère dépassé le Rhin et le Danube, qui formaient précisément les limites de l'empire romain.

Le Rhin surtout forme une délimitation presque absolue dans la géographie artistique. Cologne, Mayence, Spire, Worms, Wissembourg, Strasbourg, Bâle, toutes les villes où sont les monuments célèbres, sont situées sur la rive gallo-romaine du fleuve. Le seul édifice important qui soit placé sur l'autre rive, l'église de Fribourg, en Brisgau, est situé dans un endroit où les Romains s'étaient établis de bonne heure comme dans un poste avancé. Les ruines de bains romains à Baden-Willer, et d'autres encore dont on a retrouvé les

traces dans cette partie du duché de Bade, indiquent la présence
d'une colonie romaine à poste fixe.

La Bavière, dont l'ancienne population paraît se rattacher en
grande partie à des races celtiques, a reçu également des colonies
romaines et a fait preuve aussi d'aptitudes artistiques dont on chercherait vainement l'équivalent dans les parties de l'Allemagne dépourvues de l'élément latin.

III

LES BARBARES

L A civilisation romaine, si bien établie pourtant, était destinée à périr et à ne laisser dans cette partie de la Gaule que de rares traces de son passage. L'envahissement de la barbarie et sa victoire sur le monde antique sont un des problèmes les plus intéressants de l'histoire.

L'univers ne se change pas par un coup de théâtre : l'idée d'une armée de sauvages, entrant dans une contrée riche et populeuse qu'elle transforme en désert, exterminant l'ancienne population et substituant ainsi une race à une autre, est absolument chimérique. Les changements qui transforment les mœurs d'un pays envahi se font peu à peu par infiltrations, mais jamais par soubresauts.

A l'époque où la Gaule romaine était en pleine civilisation, les contrées situées de l'autre côté du Rhin croupissaient dans l'ignorance et la barbarie la plus complète. Pauvres et dépourvus de moyens de s'enrichir, ces hommes à demi sauvages étaient sans cesse attirés par l'opulence de leurs voisins. Ils s'approchaient des colonies romaines, et offraient humblement leurs services qu'on acceptait parce qu'ils n'avaient pas de besoins et se contentaient de la plus mince rémunération. Demeurant étrangers dans un pays dont ils ignoraient la langue, ils s'infiltraient partout, faisaient les travaux les plus vils et étaient universellement méprisés.

Tant que les légions romaines conservèrent leur antique organisation, la présence de ces étrangers n'offrait aucun danger pour le pays. Mais au iv⁰ siècle, l'armée était composée de soudards sans patrie, à la solde d'un chef qui s'en servait pour opprimer le pays plutôt que pour le défendre. Les guerres civil esavaient tué le sentiment national, et les compétiteurs à l'empire se souciaient bien plus d'assurer leur pouvoir que de maintenir l'ordre et la sécurité dans les pays qu'ils gouvernaient.

Alors les barbares, au lieu de venir un à un, commencèrent à arriver par petites bandes; au lieu de tendre la main pour recevoir l'aumône, ils demandèrent de l'or et des terres à cultiver. Se tenant toujours éloignés des villes où ils auraient trouvé de la résistance, ils allaient dans un lieu écarté piller une métairie; les étrangers qu'ils recrutaient sur leur passage se joignaient à eux et leur indiquaient les bons endroits.

Ce fut là la première phase de l'invasion : tant que l'administration romaine resta en titre, les barbares furent un fléau pour la contrée, mais non un fléau mortel. Des maisons étaient brûlées, des champs dévastés, mais la civilisation ne semblait pas atteinte dans son principe même.

Il en fut tout autrement quand les chefs barbares parvinrent à fonder des royaumes indépendants que rien ne reliait plus à la métropole. Devenus propriétaires du sol, ils ne surent pas l'exploiter, et en se substituant aux fermiers romains, ils préparèrent les famines du lendemain. Les tribunaux romains continuèrent à siéger dans les villes, mais dépourvus de prestige et de puissance, puisqu'ils ne pouvaient pas tenir la balance entre le vainqueur et le vaincu. Quand pour remplir une fonction il fallait être lettré, les écoles étaient suivies : elles furent abandonnées peu à peu et l'ignorance alla toujours croissant. Le commerce qui s'étendait d'une province de l'empire à l'autre fut frappé dans son principe même, et la richesse publique diminuant, l'industrie ne trouva plus l'emploi de ses produits.

Les historiens ont souvent été frappés du petit nombre de soldats qui accompagnaient Clovis et les autres conquérants barbares : ils n'ont pas assez remarqué que les bandes qui parcouraient le pays en tout sens, se recrutaient dans chaque localité des mécontents et des malheureux dont le nombre allait toujours en augmentant.

Le rôle des conquérants dans la substitution de la barbarie à la

civilisation a été de détruire toute correspondance régulière et toute
sécurité, d'isoler les hommes et surtout les groupes d'hommes, de pa-
ralyser les efforts qui auraient pu se produire par le travail, mais il
n'y a jamais eu, pas plus en Alsace qu'ailleurs, substitution d'une
race à une autre, et malgré la différence du langage, qui résulte d'un
fait purement politique, l'élément germain n'entre que pour une part
infime dans la population gallo-romaine des contrées vosgiennes.

Les routes n'ont plus été entretenues, les édifices n'ont plus été
réparés, les écoles n'ont plus été suivies, le commerce a été paralysé,
l'activité a cessé peu à peu, mais le fond de la race est resté le même
parce qu'il ne pouvait en être autrement.

PRÉCIS DE L'HISTOIRE

DE

L'ART EN ALSACE

I

LES MONASTÈRES

ENDANT toute la période qui s'étend depuis l'invasion des barbares jusqu'à la formation des communes, les établissements religieux, dernier refuge des intelligences laborieuses dans ces temps néfastes, se multipliaient nécessairement. A cette époque, il n'y a de vie que dans les monastères : la nécessité d'orner la maison de Dieu en fait le refuge de toutes les industries d'art, et chaque monastère est en même temps un lieu de repos pour les esprits méditatifs et une fabrique d'objets religieux, où on conserve les procédés concernant l'orfévrerie, l'ébénisterie et tous les arts qui se rattachent à la décoration des édifices pieux.

Les évêques et les abbés sont alors de puissants seigneurs commandant à de nombreux vassaux. Les monnaies qu'ils frappent attestent d'ailleurs la barbarie du temps et prouvent à quel point on avait oublié les traditions antiques (fig. 1 et 2). Mais à défaut d'art véritable, les moines ont du moins conservé quelques procédés de fabrication.

Jusqu'au xiie siècle, les moines et les moines seuls sont architectes, sculpteurs, peintres, calligraphes, etc. : tout ce qui reste des sciences et des arts est confiné dans les monastères et employé uniquement au service divin. L'Église est le seul pouvoir intellectuel et ne laisse qu'aux mains qu'elle a consacrées le soin d'élever et de décorer ses temples. C'est pour cela que l'espace de temps qui s'est écoulé entre

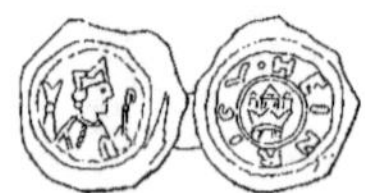

Fig. 1. — Monnaies des Évêques de Strasbourg.

la fin du monde romain et l'établissement des communes a reçu le nom de période monacale.

Seuls dépositaires des traditions antiques, au milieu d'une population qui oubliait jusqu'à sa langue, les moines auraient difficilement

Fig. 2. — Abbés de Wissembourg.

innové, si un élément nouveau ne fût venu s'implanter parmi eux et en quelque sorte les rajeunir. La guerre des iconoclastes fit émigrer en Occident une multitude d'artistes byzantins, qui trouvaient un refuge assuré dans les couvents où on les recherchait à cause de leur habileté dans toute espèce de travaux. C'est en grande partie sous leur influence que s'est opérée la transformation de l'art dans notre pays.

II

LE STYLE ROMAN

ONDÉ en Orient, le christianisme y avait également formé une architecture qui s'appropriait à ses besoins. Dès le VIe siècle, sous Justinien, Constantinople avait vu s'élever un édifice, l'église de Sainte-Sophie, dont l'architecture, aussi bien que la décoration, était une affirmation nouvelle, étrangère à toutes les traditions païennes de l'antiquité.

L'art byzantin était déjà constitué, car si on le résume habituellement dans Sainte-Sophie, qui en est le chef-d'œuvre, on en retrouve les principes non-seulement dans les édifices, mais encore dans une foule de menus objets, miniatures, triptyques, reliquaires, calices, qui sont tous empreints du même style.

Les persécutions contre les iconoclastes firent affluer en Occident une multitude énorme d'architectes, peintres, mosaïstes, enlumineurs, orfévres, doreurs, qui, accueillis dans les monastères de l'Occident comme des victimes de l'hérésie, apportaient leur goût et leurs idées au milieu des traditions appauvries du vieux style latin.

Le style roman en architecture a été le résultat de ce mélange, et est issu, non d'une inspiration soudaine, mais d'une transformation lente, dans laquelle l'élément byzantin a fini par devenir prépondérant parce qu'il était plus jeune et par conséquent plus vivant. Les voûtes se substituèrent aux charpentes de l'époque précédente, les tours se percèrent de petites arcades à plein cintre, les colonnes massives reçurent, au lieu des feuillages saillants du chapiteau corinthien, des ornements creux sur une masse cubique. On peut se faire une idée de

Fig. 3. — Chapiteau de l'Église de Marmoutier.

ces chapiteaux d'après ceux que nous empruntons à la vieille église de Marmoutier (fig. 3) et à celle de Rosheim (fig. 4). L'ancien style romain

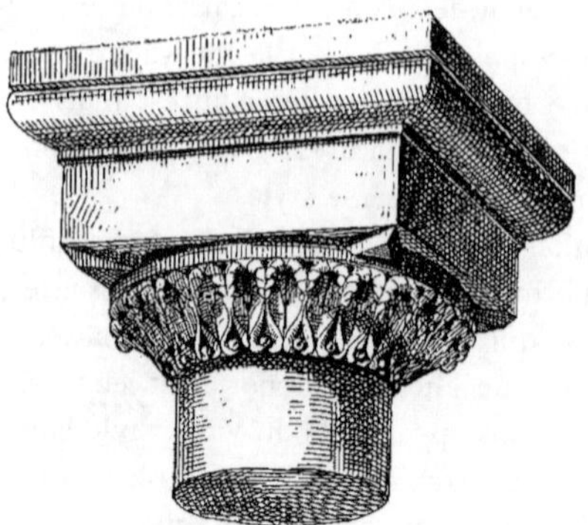

Fig. 4. — Chapiteau de l'Église de Rosheim.

subsiste néanmoins en partie dans un grand nombre d'églises, associé aux colonnes et à l'ornementation byzantine.

On ne connaît pas le nom de la plupart des artistes de cette époque : ils le taisaient par humilité. C'est en fouillant dans les vieux manuscrits tirés des couvents, qu'on est parvenu à tirer quelques artistes de l'oubli absolu où ils étaient. Ce n'est donc jamais avec une bien grande certitude qu'on peut leur attribuer la construction de certains édifices ou la fabrication de certains objets d'art.

DRAGOBOD

D RAGOBOD, abbé de Wissembourg, est le plus ancien artiste dont le nom soit connu en Alsace. Dragobod, qui fut abbé de Wissembourg en 674, devint évêque de Spire en 690 ; mais il quitta son siége au bout de quelques années pour aller reprendre l'abbaye dont il avait été le fondateur et l'architecte. Les constructions qu'il a élevées ont péri, mais son nom devait nécessairement figurer en tète des artistes de l'Alsace[1].

DROGON

D ROGON, évêque de Metz en 825, est un fils naturel de Charlemagne, qui fut destiné aux fonctions ecclésiastiques par Louis le Débonnaire. A cette époque, l'étude de l'architecture religieuse entrait dans l'enseignement de tous ceux qui avaient l'espoir de devenir évêques ou abbés, car ils devaient diriger leur église matériellement aussi bien que moralement. Il n'est donc pas étonnant que Drogon ait donné les plans d'une église.

En 827, les bâtiments monastiques de Marmoutier ayant été incendiés, Louis le Débonnaire chargea son frère de les rebâtir ; et en 833, Drogon transféra solennellement dans l'église qu'il venait d'élever

---

1. Pour tout ce qui concerne ces époques obscures, nous avons suivi pas à pas le beau travail de M. Gérard, intitulé : *Les Artistes de l'Alsace pendant le Moyen Age.*

les reliques de saint Céleste, qui l'avait précédé dans le siége épiscopal de Metz.

La façade actuelle de Marmoutier passe pour appartenir à l'ancien édifice élevé par Drogon; mais l'intérieur de l'église est d'une construction beaucoup plus récente. Drogon a également rebâti l'abbaye de Neuwiller, et il reste peut-être des vestiges de son œuvre dans les parties les plus anciennes.

WILLO

WILLO, moine de Murbach et abbé d'Ebersmunster, vivait au xie siècle; c'est à lui que se rattachent les plus anciennes traditions de l'orfévrerie en Alsace. Il était très-habile doreur, et l'empereur Henri III, dit le Noir, le chargeait de dorer des vases de cuivre ou d'étain, qu'il donnait ensuite à ses vassaux, leur faisant croire qu'ils étaient d'or. Ceux-ci finirent par s'en apercevoir, et ne pouvant se venger sur l'empereur, résolurent de tuer l'artiste. L'empereur, voulant le protéger, lui donna l'abbaye d'Ebersmunster, bien que les moines eussent déjà nommé un autre abbé. Les moines se révoltèrent, mais l'empereur le réintégra par force. Willo, redoutant une nouvelle révolte, vola le trésor de son église et s'enfuit avec ses rapines.

On ne sait rien de plus sur cet artiste, qui passe pour avoir été d'une habileté prodigieuse. Bien qu'il n'ait pas, dans la légende, la réputation d'intégrité de saint Éloi, son nom est important à noter, parce que c'est le plus ancien qu'on connaisse dans l'orfévrerie alsacienne.

III

LES MINIATURES

’ORIENT n’avait souffert que des dévastations passagères et les barbares ne s’y étaient point établis en maîtres. Il en résulte que les traditions léguées par l’antiquité avaient été complétement transformées par l’établissement du culte, mais n’avaient pas été anéanties comme dans nos pays par une cessation d’activité. Les vieilles légendes païennes étaient trop populaires pour disparaître absolument ; mais, par la plus étrange des métamorphoses, elles se modifiaient juste assez pour s’adapter à la morale chrétienne et se fondaient souvent dans les histoires pieuses qu’on racontait sur les saints. C’est surtout dans les miniatures qu’on voit ce curieux mélange et qu’on peut étudier les origines poétiques des légendes du christianisme sur lesquelles sont venues se greffer tant de fables païennes plus ou moins défigurées.

Sous l’influence de Charlemagne et de ses successeurs, les artistes byzantins s’établirent en très-grand nombre dans les contrées rhénanes, et leur influence s’est manifestée visiblement dans l’école de miniaturistes qui s’est formée en Alsace vers le xiie siècle.

De cette école, il reste, ou du moins il restait, une œuvre prodigieuse ! — Hélas ! les Allemands ont passé par là et il n’en reste plus rien aujourd’hui. — Cette œuvre, c’était un énorme volume, j’allais dire un monument : le *Hortus deliciarum*. Il était destiné à l'instruction des établissements religieux, et les innombrables miniatures dont il était orné formaient comme un cours de symbolique chrétienne, où les fables païennes se mêlaient aux idées personnifiées et aux récits bibliques de la façon la plus étrange.

L'auteur du *Hortus deliciarum* passe pour être Herrade de Landsberg, abbesse de Hohenbourg, sur laquelle l'historien de l'art alsacien du moyen âge[1] nous donne les renseignements suivants : « Issue de la noble famille de Landsberg, dont le manoir féodal se dresse encore sur un des contre-forts de la montagne de Sainte-Odile, Herrade était entrée enfant dans le célèbre monastère de Hohenbourg, un des sièges vénérés de la sapience religieuse. L'on ne discerne point si elle était fille de Égelolphe ou de Conrad de Landsberg, tous deux vassaux et amis de Frédéric, duc de Souabe et d'Alsace, qui devint empereur sous le nom de Frédéric Barberousse. Nous n'avons guère de renseignements certains sur sa personne; mais sa longue administration abbatiale et l'époque où elle la prit permettent de placer sa naissance entre 1125 et 1130. »

L'histoire nous apprend donc bien peu de chose sur Herrade; dans la tradition, elle apparaît comme le type accompli de l'abbesse pratiquant toutes les vertus et en même temps comme une encyclopédie vivante possédant et enseignant toutes les sciences et tous les arts. Les papes correspondaient avec elle, les évêques la consultaient, et elle était pour tout le monde un objet de vénération. Outre les langues vivantes, Herrade parlait le grec et le latin; elle lisait les Pères dans leur langue originale, était familière avec les saintes Écritures, connaissait à fond Aristote, Platon et Cicéron, élucidait les questions théologiques les plus subtiles et enseignait aux jeunes filles confiées à ses soins la géométrie, l'astronomie, la grammaire et la dialectique. Grand poëte, elle composait des vers latins à la louange de Dieu; grande musicienne, elle faisait de la musique pour accompagner ses pieux cantiques; elle enseignait à ses élèves le chant religieux et excellait à jouer de plusieurs instruments. Elle était peintre habile, ses miniatures en font foi. Elle a réformé la discipline de son couvent, bâti des chapelles, fondé des hôpitaux, aidé les pauvres, secouru les

---

1. Gérard, *Histoire des Artistes de l'Alsace pendant le Moyen Age.*

voyageurs. Sa science était incomparable, ses talents merveilleux, sa vie exemplaire. Voilà ce que la tradition nous rapporte sur Herrade.

Où Herrade de Landsberg avait-elle appris l'art de peindre la miniature? La tradition veut que Relinde, qui la précéda dans le gouvernement du monastère de Hohenbourg, ait été elle-même une artiste fort habile, et M. Gérard paraît croire qu'elles ont pu travailler l'une et l'autre aux miniatures du *Hortus deliciarum*. « Il existe, dit-il, dans l'ancien cloître de Hohenbourg, un monument qui nous rappelle l'abbesse Relinde. C'est un bas-relief du xiie siècle, représentant Relinde et son amie Herrade à genoux devant la Vierge qui tient l'enfant Jésus dans son giron. Les deux abbesses soutiennent un livre, emblème de leur savoir et de leurs travaux, qu'elles déposent comme un hommage aux pieds de la Vierge. Ce témoignage de la double fraternité dans la science et dans la piété qui lia les deux saintes femmes a été posé par Herrade. J'y aperçois la preuve que Relinde a préparé avec Herrade l'œuvre qui a illustré sa jeune compagne. Ce livre, solennellement offert par la maîtresse et son élève chérie à la mère de Dieu, n'est-ce pas le *Hortus deliciarum* lui-même? »

Le *Hortus deliciarum* nous offre l'exemple le plus complet des traditions byzantines dans la miniature. Le grand nombre de compositions qu'il renferme se rattache à une multitude de sujets divers; on y trouve le type le plus ancien de plusieurs figures symboliques dont les variantes apparaissent sur divers monuments du moyen âge.

Les visions apocalyptiques dont les récits troublaient si fort nos pères, prennent, sous le pinceau d'Herrade, une grandeur surprenante. Voici d'abord la Cité de Dieu, où l'Église victorieuse, portant sur la tête un diadème étoilé. En relisant le passage on verra comment l'artiste a interprété le texte étrange de l'*Apocalypse*[1]: « Il parut un grand signe dans le ciel, une femme revêtue du soleil et qui avait la lune sous ses pieds, et sur sa tête une couronne de douze étoiles. Elle était enceinte et elle criait, étant en travail et souffrant des douleurs de l'enfantement. Il parut aussi un autre signe dans le ciel; c'était un grand dragon roux qui avait sept têtes et dix cornes, et sur ses têtes sept diadèmes. Sa queue entraînait la troisième partie des étoiles du ciel et elle les jeta sur la terre; puis le dragon s'arrêta

---

1. *Apocalypse,* chap. xii.

Fig. 5. — Sujet tiré de l'*Apocalypse*, miniature du *Hortus deliciarum* [1].

1. Tous les sujets que nous reproduisons d'après le *Hortus deliciarum*, ont été calqués sur les originaux, avant la destruction du livre.

devant la femme, afin de dévorer son enfant, quand elle l'aurait mis
au monde. Or elle mit au monde un fils, qui devait gouverner toutes

Fig. 6. — Sujet tiré de l'*Apocalypse*, miniature du *Hortus deliciarum*.

les nations avec un sceptre de fer et son enfant fut enlevé vers Dieu
et vers son trône... »

La femme peinte par Herrade (fig. 5) a la tête nimbée et les pieds sur le croissant de la lune. Le soleil dont elle est revêtue apparaît derrière son dos, et de ses épaules partent les grandes ailes d'aigle que Dieu lui a donné pour échapper au dragon. Un ange enlève au ciel l'enfant qu'elle vient de mettre au monde, et à ses pieds sont le dragon dont la queue balaye les étoiles et le lion symbolique tenant le glaive dont il doit blesser les croyants.

Le même archaïsme monumental se retrouve dans une autre scène de l'*Apocalypse*[1] : « Je vis une femme assise sur une bête de couleur écarlate, pleine de noms de blasphèmes et qui avait sept têtes et dix cornes. Cette femme était vêtue de pourpre et d'écarlate, et parée d'or, de pierres précieuses et de perles. Elle avait à la main une coupe d'or pleine des abominations et de la souillure de ses impudicités. Et sur son front était écrit ce nom mystérieux, la grande Babylone, la mère des impudicités et des abominations de la terre... »

Cette figure de la cité maudite (fig. 6), est remarquable par sa tournure étrange et grandiose, mais on remarquera que le visage, de même que celui de la précédente, est totalement dépourvu d'expression. L'artiste a été frappé par l'étrangeté de l'apparition et s'est uniquement préoccupé de la mise en scène.

Les sujets tirés de l'Ancien et du Nouveau Testament sont nombreux dans le *Hortus deliciarum,* et empreints d'un caractère réaliste très-prononcé. La création de l'homme, par exemple, est représentée d'une façon presque brutale (fig. 7). Dieu le Père est un sculpteur modelant avec ses doigts une figure qui est Adam, et quand elle est terminée Dieu lui souffle dans la bouche pour lui donner la vie. Nous sommes bien loin du spiritualisme chrétien de Michel-Ange et de Raphaël, qui nous montrent le Père éternel, créant toute chose par la seule puissance du geste, mais il y a dans la conception d'Herrade comme un souvenir confus des monuments antiques. Dans la mythologie, c'est Prométhée qui fabrique l'homme avec de l'argile, et Minerve, l'intelligence divine, lui pose sur la tête le papillon, emblème de l'âme et de la vie. Cette scène figure sur plusieurs bas-reliefs antiques. La création de l'homme, sous sa forme matérielle et palpable, où Dieu façonne sa créature avec ses doigts, au lieu de la faire

---

1. *Apocalypse,* chap. XVII.

surgir par un simple acte de sa volonté, se retrouve dans l'art chrétien jusque vers la fin du xvᵉ siècle.

Le personnage d'Abraham forme le sujet d'une représentation très-curieuse et souvent imitée au moyen âge (fig 8). Abraham, de grandeur colossale, est assis sur un trône; les élus, sous forme de petites figurines, sont portés sur le sein du patriarche, au-dessus duquel rayonnent les couronnes de vie.

Fig. 7. — Création de l'Homme.

L'histoire de Saül et David, celle de Salomon et la reine de Saba fournissent des sujets assez nombreux, parmi lesquels un des plus curieux est assurément celui qui représente David tuant le géant Goliath (fig. 9).

Dans les sujets tirés du Nouveau Testament, nous voyons les anges apparaître sous différents aspects aux bergers (fig. 10) et aux laboureurs (fig. 11), ou bien former le cortége du Christ lorsqu'il apparaît dans sa gloire (fig. 12). On remarquera que le type de ces figures a persisté assez longtemps dans l'art et on en retrouve des traces jusque vers le milieu du xve siècle. Mais ce qui dans le *Hortus deliciarum* est peut-être le plus curieux au point de vue archéologique,

Fig. 8. — Les Élus dans le sein d'Abraham.

c'est la transformation des légendes païennes sous l'influence du christianisme.

Ulysse devient le sage qui évite les séductions du péché, et ses matelots les âmes faibles qui n'ont pas su y résister. La légende appa-

Fig. 9. — David et Goliath, miniature tirée du *Hortus deliciarum*.

raît dans le *Hortus deliciarum,* mais défigurée à ce point que le vieil Homère ne s'y reconnaîtrait plus.

Fig. 10. — L'Annonciation aux Bergers, miniature tirée du *Hortus deliciarum*.

Les sirènes, symboles des voluptés dangereuses, vêtues de longues robes, ont charmé l'équipage aux sons d'une musique délicieuse et sautent ensuite sur le navire pour massacrer les matelots endormis. Mais le sage Ulysse arrive au secours de ses compagnons, sur une barque dont le pilote est un moine et transperce les enchanteresses avec sa lance, après les avoir précipitées dans la mer (fig. 13). Le héros n'a pas le bonnet conique que lui donne la tradition, et les soldats qui l'accompagnent portent le costume du xii° siècle.

Un fait assez remarquable à signaler, c'est que les sirènes sont caractérisées comme dans l'antiquité, par les ailes et les pattes d'oiseau. Les sirènes, dans la mythologie païenne, avaient été pourvues

Fig. 11. — L'Ange et le Laboureur, miniature tirée du *Hortus deliciarum*.

par Cérès d'ailes d'oiseaux, afin de voler à la recherche de Proserpine enlevée par Pluton. Elles étaient très-vaines de leur talent et portèrent un défi aux muses qui les vainquirent dans un combat musical et se parèrent de leurs plumes comme d'un trophée. C'est à tort que les artistes modernes représentent les sirènes comme des femmespoissons, forme particulière aux tritonides, mais que n'ont jamais eue les sirènes dans l'antiquité. Les Byzantins, dépositaires des traditions de l'art antique, ont conservé aux sirènes leur véritable forme et les miniatures du *Hortus deliciarum,* sont conformes à l'idée qu'on s'en faisait encore au xii° siècle.

Les muses apparaissent aussi, car les chastes sœurs ne pouvaient manquer de trouver leur place dans l'art chrétien primitif (fig. 14).

Mais elles ont changé de caractère, et n'inspirent plus que de pieux
cantiques. La vive Terpsichore et la souriante Érato seraient déplacées
dans un couvent de jeunes filles, car la muse chrétienne n'a plus pour
mission de chanter les allégresses de la vie. Mais si dans le fond des
cloîtres l'âme, oubliant un moment la régularité des exercices de
piété, veut s'élever dans les régions de l'idéal, les bienfaisantes déesses

Fig. 12. — Le Christ dans sa gloire, miniature tirée du *Hortus deliciarum*.

lui enseigneront les cadences du chant et les rhythmes exquis du
langage.

Apollon n'est plus le conducteur des muses et la lyre ne règle plus
les harmonies de l'univers. L'artiste qui n'y peut renoncer tout à fait,
continue à en faire la personnification du soleil qui nous éclaire. Une
étrange miniature nous le montre conduisant son char, avec la tête
tête radiée comme dans les monnaies de Rhodes (fig. 15).

L'idée première semble indiquer un vague souvenir des traditions antiques, mais non des monuments. Ce n'est plus le dieu brillant de la lumière dont l'éternelle jeunesse et la radieuse beauté ravissent tous les êtres comme un cri de joie de la nature; il est jeune à la vérité, mais entièrement vêtu et dans une attitude modeste qui n'implique pas le commandement. Il ne tient pas les rênes de son char, et ses chevaux qui, dans les monuments antiques semblent devoir parcourir le ciel en un moment, paraissent avoir la plus grande peine à traîner leur fardeau.

Dans les monnaies et les bas-reliefs grecs, les coursiers du soleil

Fig. 13. — Ulysse, vainqueur des Sirènes, miniature tirée du *Hortus deliciarum*.

sont représentés au grand galop, avec les membres de devant jetés fortement en avant, pour indiquer la rapidité de l'astre. Herrade au contraire a fait des chevaux qui semblent gravir lourdement la pente d'une montagne, et comme elle devait en voir journellement dans les coteaux abruptes des Vosges où était son monastère. Évidemment ces coursiers-là, avec l'immense espace qu'ils ont à parcourir, n'arriveront jamais à l'heure voulue pour se jeter dans le fleuve Océan. Mais Herrade ne s'inquiète pas de cela, et elle a voulu les dessiner comme elle les avait vus.

Le génie antique n'apparaît pas seulement dans les souvenirs mythologiques : les Grecs étaient portés par les habitudes de leur esprit à donner un corps à leurs idées qui devenaient pour eux comme des personnages réels. Non-seulement les forces de la nature ont été personnifiées, mais les abstractions qui sembleraient les plus imper-

Fig. 14. — Les Muses.

sonnelles l'ont été également, et à côté de Zeus, qui représente physiquement la voûte céleste, nous trouvons sa fille Athéné qui est l'intelligence divine.

Avec une croyance différente, les grecs de Byzance ont, comme leurs pères, fabriqué de toutes pièces des personnages de convention qui apparaissent dans l'art, sans se rattacher à aucune légende particulière, par exemple *les vertus* et *les vices,* qu'on voit si fréquemment dans les monuments du moyen âge et qu'on trouve déjà dans les miniatures du *Hortus deliciarum,* si complétement imprégnées du style byzantin.

Nous avons ici un combat en règle : la reine des vices, la *Luxure,* est le seul personnage qui ne soit point armé. Elle s'avance sur un char d'or enrichi de pierreries, et, couverte de vêtements somptueux, elle sème des fleurs sur son passage.

L'*Amour,* général en chef des soldats de la *Luxure,* est, comme dans l'antiquité, armé de son arc et de ses flèches, mais il est de plus

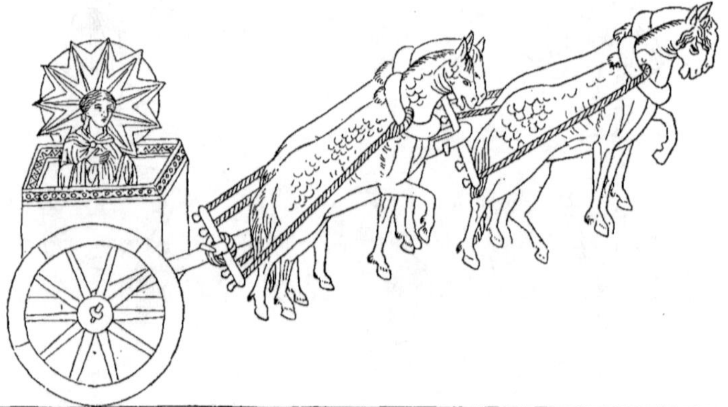

Fig. 15. — Le Char du Soleil.

vêtu d'une cotte de mailles. Les satellites de la corruption, la *Volupté,* l'*Impudicité,* le *Plaisir,* le *Parler trop libre,* l'*Intempérance,* la *Paresse,* le *Faste,* etc., sont des guerriers couverts de fortes armures et portant des casques et des boucliers. Ce sont eux qui combattent, et leur reine se contente de se montrer; il faut croire qu'elle exerce par son attrait une fascination singulière, car les vertus semblent hésiter. Mais dans la scène suivante, la *Chasteté,* qui commande aux vertus, a brisé le char de sa rivale, et les vices s'enfuient en désordre devant les vertus triomphantes.

Les miniatures du *Hortus deliciarum* sont un des plus anciens monuments où la lutte des vertus et des vices ait été figurée en Occident. Mais ces sortes de représentations sont ensuite devenues très-fréquentes, et on les multiplia jusque sous la Renaissance dans les églises et même dans les châteaux. Dans l'art religieux, les vertus paraissent sous la forme de femmes symboliques, et à chacune d'elles on oppose toujours le vice contraire; mais le vice n'a pas les honneurs du symbole et il est habituellement figuré par une scène. Ainsi le vice opposé à la *Foi* est l'*Idolâtrie,* qu'on présentait sous la forme d'un païen adorant une idole, le vice opposé à l'*Espérance* est le *Désespoir,* un homme qui se transperce de son épée, le vice opposé au *Courage* est la *Lâcheté,* caractérisée par un homme qui fuit à toutes jambes devant un lièvre, etc.

A mesure que les traditions byzantines importées dans les monastères ont été en s'affaiblissant, l'esprit plus positif des races latines a remplacé en Occident le vieil idéalisme des Grecs. Les idées personnifiées sont alors devenues des personnages historiques dont le caractère se rapportait à ces idées. Ainsi dans les châteaux du xive siècle nous voyons la *Dissolution* représentée par Tarquin, la *Folie,* par Sardanapale, l'*Iniquité,* par Néron, le *Désespoir,* par Judas Iscariote, l'*Impiété,* par Mahomet. A Pierrefonds, les vertus sont figurées par huit preux : César, Charlemagne, David, Hector, Josué, Godefroy de Bouillon, Alexandre et le roi Artus.

L'antagonisme du bien et du mal est un des traits distinctifs de l'art au moyen âge, mais c'est dans les miniatures empreintes de l'esprit byzantin, comme celles du *Hortus deliciarum,* qu'il en faut chercher l'expression la plus nette en même temps que l'origine typique.

C'est au même ordre d'idées qu'il faut rattacher l'*Échelle du Salut,* une des plus curieuses représentations du recueil. Dieu tient la couronne de vie en haut d'une vaste échelle où montent les humains; mais bien peu atteindront le but, et malgré le glaive que portent les anges pour combattre les démons, on voit que la pauvre humanité succombe toujours et finit par devenir la proie du diable.

IV

L'ARCHITECTURE OGIVALE

'ARCHITECTURE religieuse du moyen âge a fait le sujet de nombreuses études depuis quarante ans, et les idées qu'on avait à cette époque sur sa marche historique se sont beaucoup modifiées. Les archéologues allemands ont longtemps revendiqué pour leur pays l'origine et le développement du style ogival. Il est aujourd'hui démontré qu'il a pris naissance en France et que c'est dans ce pays qu'il a atteint son plus grand développement.

Le style roman a précédé le style ogival, et les monuments de la transition se trouvent surtout en France. En outre, les dates maintenant connues de la plupart des grands édifices religieux donnent à ceux de la France une antériorité évidente sur ceux de l'Allemagne.

A l'époque où les étrangers venaient par milliers à l'Université de Paris étudier sous nos professeurs, nos artistes allaient partout porter notre architecture. Ce fut aux frais des étudiants suédois que Étienne Bonneuil, tailleur de pierres de Paris, alla, en 1227, élever la cathédrale d'Upsal. Celle de Prague, commencée en 1343 par Mathieu d'Arras, fut terminée en 1386 par Pierre de Boulogne.

L'Allemagne a fait aussi appel à nos architectes. L'église de Wimpfen-en-Val est due à un Français auquel il avait été recommandé de la bâtir en style français (*opere francinego*)[1]. La cathédrale de

---

1. On peut voir à ce sujet le remarquable article de M. de Verneilh, publié dans les *Annales archéologiques*, tome VII.

Cologne est un immense édifice dont le style savant et éclectique est composé d'éléments empruntés à des monuments antérieurs; le plan rappelle ceux des cathédrales d'Amiens et de Beauvais, tandis que les détails semblent par places calqués sur la Sainte-Chapelle de Paris. Les tours de la cathédrale de Bamberg sont une imitation de celle de Laon, et parmi les rares édifices de style ogival qu'on trouve en Allemagne, il en est bien peu dont on ne trouve l'analogue dans un monument bâti antérieurement en France.

Quel a été le rôle de l'Alsace dans cette importation du goût français en Allemagne? Strasbourg a été le centre de la franc-maçonnerie, et c'est à l'aide de cette institution que du xiiie au xve siècle les idées et le goût en art ont pu être transmis d'une contrée à une autre. Les francs-maçons d'Alsace allaient puiser dans l'Ile-de-France, la Normandie et la Bourgogne, des principes qu'ils appliquaient dans leur pays et apportaient ensuite au delà du Rhin.

Le mystérieux Albert de Strasbourg passe pour l'organisateur de la franc-maçonnerie, mais les traditions qui concernent ce personnage semblent légendaires plutôt qu'historiques. Fortement constituée déjà sous Erwin de Steinbach, la franc-maçonnerie prend son plus grand développement avec Dotzinger, et ne perd son principe actif qu'à partir de la Réforme. Ainsi les trois noms auxquels se rattache la franc-maçonnerie appartiennent à l'histoire de l'art en Alsace.

Les francs-maçons constituaient des associations laïques très-importantes; ils voyageaient par troupes, s'arrêtaient partout où il y avait quelque chose à construire et se communiquaient entre eux les secrets de l'art de bâtir.

L'art monacal était par son essence même incompatible avec le besoin de changements et de nouveauté qui caractérise toujours une société vivante. Mais il avait pour lui l'habitude, la foi et des légions de travailleurs parfaitement organisés. Les laïques, en se constituant, ne pouvaient faire mieux que de calquer leur organisation sur celle des monastères. L'apprentissage répondait au noviciat; le chef-d'œuvre exigé pour jouir des priviléges de la maîtrise prouvait la capacité. Les règlements étaient à peu près les mêmes dans toutes les villes, de sorte que ces associations, répandues partout, furent bientôt en état de tenir tête aux communautés religieuses, et ensuite de les remplacer.

Dès que l'art a commencé à être exercé par des laïques, ceux-ci, qui n'avaient pas l'humilité des moines, n'avaient aucune raison pour dissimuler leur nom, et étaient au contraire intéressés à ce qu'il fût connu. Aussi l'obscurité sur les artistes est beaucoup moins grande à partir de cette époque.

AURIGA ET SAVINE

LE nom d'Hermann Auriga est le premier qui apparaisse parmi les architectes laïques. On place son existence à la fin du XIIe ou tout au commencement du XIIIe siècle. Il a fait une nouvelle enceinte à la cité de Strasbourg et élevé les tours épiscopales qui commandaient les faubourgs. Il était donc employé aux constructions civiles et militaires; mais c'est en même temps le plus ancien architecte connu qui ait travaillé à la cathédrale de Strasbourg. On attribue généralement à Hermann Auriga la construction des parties romanes de la cathédrale, le chœur et le portail à arcades cintrées qui regarde le midi.

Ce beau portail a été élevé à l'époque où le style ogival commençait à germer, mais n'était pas encore entré dans sa période active. Au reste, si remarquable qu'il soit comme architecture, il doit surtout sa grande célébrité aux admirables statues qui le décorent.

L'*Église* et la *Synagogue,* personnifiées, sont placées de chaque côté. L'*Église* ou la *Loi nouvelle* (fig. 16) est figurée triomphante : elle porte le front haut et ceint d'une couronne, tient d'une main la croix, signe de la foi chrétienne, et de l'autre le calice de la rédemption.

L'*Ancienne Loi* ou la *Synagogue* (fig. 17), aveuglée par l'esprit du mal, a les yeux bandés et tient d'une main l'étendard brisé, tandis que l'autre laisse tomber les tablettes de la loi qu'elle ne sait plus comprendre; une couronne tombée à ses pieds indique la reine déchue.

Le pilier séparatif des deux portails montre Salomon (fig. 18) sur son trône et tirant le glaive du fourreau qui repose sur ses genoux. Le buste du Sauveur, tenant le globe dans la main gauche et bénissant avec la droite, est placé au-dessus de Salomon. Ces figures, qui avaient été détruites, ont été refaites d'après des documents anciens; mais l'Église et la Synagogue sont des figures du XIIIe siècle et de la

plus admirable conservation. Ces figures représentent avec une singulière énergie les idées de nos pères sur l'ancienne Loi et la
nouvelle.

On trouve dans plusieurs églises du moyen âge des statues qui
reproduisent la même pensée, mais il est bon de noter que c'est exclusivement dans les villes où il y avait beaucoup de juifs, comme Strasbourg, Paris, Bordeaux, Worms, Bamberg, tandis que Chartres,
Amiens, Bourges, villes où les juifs étaient relativement peu nombreux, sont dépourvues de ces représentations. Au reste, quoique
répondant toujours à la même idée, les statues qui figurent l'*Église*
et la *Synagogue* diffèrent entre elles par la manière dont l'artiste en
a accentué le type.

Quelquefois le soleil et la lune accompagnent les deux figures symboliques, le soleil du côté de l'*Église,* la lune du côté de la *Synagogue.*
Saint Augustin dit en effet que la lune est l'image de la *Synagogue,*
parce qu'elle reçoit sa lumière du soleil, de même que l'ancienne Loi
s'explique par la nouvelle. A Worms, l'*Église* est à cheval sur un
animal pourvu de quatre têtes, aigle, lion, bœuf, homme, et portant la
croix et le calice. Les animaux évangéliques figurent également à Bamberg, où la *Synagogue* est placée sur une colonne à laquelle est adossé
un juif portant un diable sur sa tête. La Synagogue de l'église Saint-
Seurin, à Bordeaux, a la tête entourée par un dragon et porte une
bourse attachée à sa ceinture. A Notre-Dame de Paris, l'*Église* et la
Synagogue, qui avaient été renversées en 1792, ont été replacées
récemment.

De toutes les figures de ce genre, les plus célèbres de beaucoup
sont celles de Strasbourg. Elles passent dans la contrée pour être
l'œuvre de la statuaire Savine ou Sabine, fille du grand architecte
Erwin de Steinbach, ainsi que le pilier des anges, placé dans l'intérieur de la cathédrale.

La façade d'Erwin de Steinbach a été élevée dans la première
partie du xive siècle et les statues attribuées à sa fille paraissent de
cent ans plus anciennes par le style.

Comment la tradition a-t-elle fait de l'auteur de ces figures une
fille d'Erwin de Steinbach, et pourquoi cette erreur, accréditée depuis
trois siècles, a-t-elle encore cours aujourd'hui? C'est ce que Louis
Schneegans, archiviste et bibliothécaire de la ville de Strasbourg, s'est

proposé de démontrer dans un travail très-remarquable, publié par la *Revue* d'Alsace [1].

Fig. 16. — L'Église ou la Loi nouvelle. (Cathédrale de Strasbourg.)

L'attribution jusqu'alors admise des statues de la cathédrale vient d'une inscription ainsi conçue :

« *Gratia divinæ pietatis adesto* Savinæ
« DE PETRA DURA *per quam sum facta figura.*

1. Juin 1850.

ce qu'on a traduit par « Que la grâce de la miséricorde divine assiste
Sabine de Steinbach, par laquelle, moi, cette figure, j'ai été faite. »

Fig. 17. — La Synagogue ou Ancienne Loi. (Cathédrale de Strasbourg.)

Le premier traducteur allemand a trouvé dans *stein* (pierre) un analogue de *petra,* sans voir que *dura* n'avait aucun rapport avec *bach*
(ruisseau).

Tous les écrivains qui ont parlé de Sabine ont copié le premier
traducteur, sans prendre la peine d'examiner l'inscription originale, qui

dit simplement : « Que la miséricorde divine assiste Sabine par laquelle de pierre dure je fus transformée en statue. » Les mots *petra dura,* au

Fig. 18. — Salomon. (Cathédrale de Strasbourg.)

lieu d'être une qualification nominale de Sabine, sont simplement le complément de *sum facta figura.*

Fig. 19. — Le Pilier des Anges. (Cathédrale de Strasbourg.)

Louis Schenegans admet aisément que les statues de la cathédrale sont l'œuvre d'une femme appelée Savine, et il trouve même dans les traditions de fortes présomptions pour qu'elle soit la fille d'un architecte de la cathédrale. En effet, si l'admission d'une femme dans la corporation des tailleurs de pierre et imagiers est tout à fait contraire aux usages du moyen âge, il est tout naturel que la fille du maître de l'œuvre ait pu travailler sous la direction immédiate de son père; seulement son père ne peut pas être Erwin de Steinbach, et Louis Schnee-gans, par des assimilations de caractère et des rapprochements de date, incline à croire qu'elle doit être fille d'Hermann Auriga, l'architecte du portail où figurent l'*Église* et la *Synagogue*.

Reste la question de savoir si les figures qui décorent le pilier des anges (fig. 19) sont de la même main que celles qu'on admire au portail méridional. Au-dessous des anges qui tiennent la trompette sont placés les évangélistes, ayant en main des rouleaux dépliés, emblèmes des vérités lisibles pour tout le monde. Le caractère byzantin très-prononcé des figures du pilier des anges doit faire rejeter absolument l'hypothèse qui leur donnerait pour auteur la fille d'Erwin de Steinbach, dont le style appartient à une époque certainement postérieure. Mais si la statuaire Savine est réellement la fille d'Hermann Auriga, les figures du pilier des anges aussi bien que celles du portail méridional reprennent une date logique et tout à fait conforme aux exigences de l'histoire des styles.

HUMBRET ET GUILLAUME DE MARBOURG

PENDANT bien longtemps, Guillaume de Marbourg a été regardé comme étant l'unique architecte de la belle église de Saint-Martin, à Colmar. L'étude plus attentive des styles a fait reconnaître que cet édifice devait appartenir à deux époques différentes. Guillaume de Marbourg, qui est mort en 1366, ne pouvait être l'auteur des parties les plus anciennes de l'église, qui remontent évidemment au xiiie siècle. Les investigations des savants se portèrent donc de ce côté, et Louis Hugot, bibliothécaire de la ville, en étudiant le portail Saint-Nicolas, qui est la partie la plus ancienne du monument, découvrit non-seulement le nom, mais encore le portrait de l'architecte primitif.

Ce portail, de style ogival, repose sur trois colonnettes entre lesquelles des figures grimaçantes en demi-relief expriment les péchés et les vices (fig. 21). Le tympan, divisé en deux parties, représente en haut le jugement dernier, en bas la légende de saint Nicolas.

Fig. 20. — Maistre Humbret, architecte de Saint-Martin de Colmar.

Les premières nervures des arcs sont enrichies de feuillages; mais la dernière est peuplée de figurines superposées représentant des saints et divers personnages faisant de la musique ou tenant des instruments.

Parmi ces derniers, le quatrième en partant de la base est l'architecte qui a élevé l'édifice (fig. 20). C'est un homme d'un âge mûr, portant de longs cheveux; et tenant en main les instruments de sa profession. Une inscription placée près de lui porte en toutes lettres son nom : « Maistre Humbret. »

Le transept et la nef sont l'œuvre de maistre Humbret et appartiennent au xiiie siècle; l'inscription qui porte le nom de l'artiste étant écrite en langue française, plusieurs érudits ont émis l'opinion que cet architecte avait dû prendre naissance de ce côté-ci des Vosges. On ne possède d'ailleurs aucun renseignement précis sur sa biographie.

Fig. 21 — Portail Saint-Nicolas. (Église Saint-Martin de Colmar.)

Guillaume de Marbourg est l'auteur du chœur et des parties de l'église qui remontent au XIVe siècle.

ALBIN WOELFELIN

ON ne connaît pas le nom des architectes qui élevèrent les grandes constructions militaires de l'Alsace, mais plusieurs d'entre elles paraissent devoir être attribuées à Albin Woelfelin, qui fut gouverneur de la province pour Frédéric II [1]. Woelfelin, qu'un historien appelle le Thésée de l'Alsace, a délivré en effet ce pays des petites tyrannies locales et développé l'esprit municipal de la bourgeoisie. Colmar, Schlestadt, Kayserberg et bien d'autres villes lui doivent leurs enceintes. La légende s'est attachée à ce constructeur des villes alsaciennes, et le fait mourir étouffé par sa femme, qui aurait été l'instrument des rancunes féodales.

VOLMAR

VOLMAR est l'architecte qui a bâti le cloître des Unterlinden de Colmar. On ne sait absolument rien sur ce personnage dont le nom seul est parvenu jusqu'à nous. Nous ne pouvions nous dispenser de citer ici l'auteur d'un des plus gracieux monuments de la période ogivale. C'est dans le cloître des Unterlinden de Colmar qu'est installé le Musée de la ville.

ERWIN DE STEINBACH

PARMI les noms d'artistes que le moyen âge nous a laissés, aucun n'est plus populaire, non-seulement en Alsace, mais dans l'Europe entière, que celui d'Erwin de Steinbach. C'est à lui qu'on doit la

1. Gérard, *les Artistes alsaciens.*

magnifique façade de la cathédrale de Strasbourg, chef-d'œuvre qui certes suffit bien à sa gloire, qu'on a voulu grossir pourtant d'œuvres qui ne lui appartiennent pas.

Sa renommée s'augmente encore du mystère qui plane sur sa naissance. Une opinion qui, bien que n'étant appuyée sur aucun document, est fort répandue en Allemagne, veut qu'Erwin soit natif de Steinbach, village du duché de Bade.

Soixante villages environ portent le nom de Steinbach, mais le voisinage de Fribourg en Brisgau, dont le clocher était, disait-on, l'œuvre du même architecte, fit choisir le village badois. On a reconnu depuis que ce clocher n'appartenait pas à la même époque, et que cette opinion était dénuée de fondement. Mais quand l'archéologie du moyen âge était encore à ses débuts, la prétention allemande fut admise sans discussion. La France croyait alors aux confraternités internationales, et un sculpteur alsacien, André Friedrich, fit don d'une statue d'Erwin au village badois, où elle fut érigée en 1845. Dès lors, la chose fut regardée comme suffisamment démontrée, et tous les guides s'empressèrent de l'adopter.

Cependant une opinion différente fut émise au Congrès archéologique de Strasbourg, tenu en 1859, et un savant archéologue, M. le baron de Schauenbourg, y soutint que la véritable patrie d'Erwin était Steinbach, village alsacien situé entre Mulhouse et Thann. Il exprima le regret qu'un artiste alsacien ait contribué, sans le savoir, à dénationaliser dans l'opinion publique un grand maître que l'Alsace avait le droit de revendiquer.

L'opinion la plus accréditée aujourd'hui parmi les Allemands, est qu'Erwin est né dans la vallée du Rhin, mais qu'il a fait ses études dans les écoles de France, dont il a conservé les doctrines fondamentales. M. Gérard, toutefois, ne s'en tient pas là. « Pour moi, dit-il, je vais plus loin. Je crois qu'Erwin est un maître purement français, né en France, formé en France et venu très-jeune à Strasbourg. Le côté germanique de son talent, s'il y en a un, ne révèle point son origine, mais seulement l'influence qu'il a subie dans le milieu où il est venu se fixer [1]. On dirait, ajoute M. Gérard, qu'Erwin a voulu laisser sur la cathédrale une signature qui permît à la postérité

---

1. Gérard, *les Artistes de l'Alsace pendant le Moyen Age.*

de le reconnaître, le blason même de sa nationalité. Comment interpréter autrement la présence sur le grand portail, au cœur même de l'œuvre d'Erwin, des armoiries françaises de saint Louis et de sa mère Blanche de Castille? N'est-ce pas un véritable acte de foi de l'artiste envers son souverain et sa patrie? »

Les insignes de la royauté française, suivant la remarque de M. Gérard, ne se trouvent pas seulement dans la cathédrale de Strasbourg, mais encore dans l'église d'Haslach, également attribuée à Erwin.

L'écrivain alsacien se demande en outre pourquoi Clovis et Dagobert qui, à cette époque, représentaient le sentiment français dans la croyance populaire, occupent une place d'honneur dans la façade, tandis que Charlemagne et Louis le Débonnaire qui, à la même époque, personnifiaient l'esprit germanique, n'y figurent même pas.

Le nom même d'Erwin n'apparaît pas dans la langue allemande avant l'illustre architecte de Strasbourg, et M. Gérard ne le croit pas vraiment allemand. Il y voit la transformation tudesque du nom de *Hervé,* connu en France depuis le xᵉ siècle, ou celui de *Herpuin,* plus ancien encore. De la même manière, le nom de *Steinbach,* qu'on y ajoute, pourrait être, comme le nom de l'artiste lui-même, la forme germanisée d'une expression de la langue romane. « Il y avait dans le Beauvaisis un village appelé Pierrefont, en latin du moyen âge *Petra fons, Petræ fontes* (le ruisseau pierreux). Le terme allemand de *Steinbach* en est l'analogue philologique, et mieux que cela la représentation rigoureusement exacte. » En outre, l'épitaphe du tombeau d'Erwin n'indique pas de lieu d'origine, et le nom de Steinbach apparaît pour la première fois dans une inscription fort postérieure à l'illustre architecte.

On voit que, sans être appuyée sur une preuve absolument décisive et irréfutable, l'hypothèse de M. Gérard repose sur des raisons sérieuses. Malheureusement la destruction systématique de la bibliothèque de Strasbourg par les Allemands, et de tous les documents qu'elle renfermait, oblige la critique à s'en tenir à de simples conjectures.

Le grand architecte était occupé depuis plusieurs années à la cathédrale de Strasbourg, quand un formidable incendie, survenu en 1298, brûla tous ses échafaudages et la forêt de charpentes qui recouvrait la nef· Il fallut encore un temps fort long pour réparer le désastre. Erwin de Steinbach n'acheva pas l'œuvre gigantesque qu'il avait entreprise. Il demeura maître de l'œuvre jusqu'en 1318, époque de sa mort.

Son plan ne comportait pas la hauteur énorme qu'on a donnée depuis au clocher et la conception primitive du maître était moins étonnante peut-être, mais plus harmonieuse. On est en effet frappé par la disproportion qui existe entre le peu de largeur de la façade et l'immense élévation de la flèche. La flèche, œuvre postérieure de Jean Hultz, de Cologne, est tout à fait étrangère à la conception d'Erwin de Steinbach.

Ce qui est bien son œuvre et qui assurément suffit à sa gloire, c'est la façade, un des plus splendides chefs-d'œuvre assurément qu'ait produits l'art chrétien.

Erwin de Steinbach a eu plusieurs fils qui apprirent de lui les secrets de son art et participèrent à la construction de la merveilleuse métropole alsacienne. L'un d'eux a été maître de l'œuvre de la jolie église de Nieder-Haslach.

JEAN HULTZ

JEAN HULTZ, de Cologne, passe pour être l'architecte qui a modifié les plans primitifs d'Erwin de Steinbach en élevant la fameuse flèche de Strasbourg. Une grande obscurité règne sur la construction de cette flèche, et la concordance des dates est si difficile à établir, que M. Gérard n'hésite pas à admettre deux architectes ayant porté le même nom et travaillé au même édifice.

Suivant cet écrivain, dont les décisions doivent faire autorité en cette matière, Jean Hultz le vieux aurait déterminé la figure de la tour octogone et conçu l'idée des quatre tourelles contenant les escaliers en spirale qui donnent tant d'élégance à la tour. Les Junckher de Prague menèrent l'exécution jusqu'au couronnement de la flèche, qui serait l'œuvre de Jean Hultz le jeune.

Cette flèche, percée à jour, et dont la hauteur prodigieuse donne

le vertige, a été depuis qu'elle existe l'objet de l'admiration la plus
enthousiaste. Au milieu de ce concert de louanges, quelques critiques
se sont pourtant fait entendre. « La flèche de Strasbourg, dit M. Viollet-
le-Duc, est courte, grêle, comparativement à la dimension de la tour.
Comme structure, cette flèche est la plus étrange conception qu'on
puisse imaginer. L'effet qu'elle produit est loin cependant de répondre
aux efforts d'intelligence qu'il a fallu pour la tracer et pour l'élever. Il
y a tout lieu de croire qu'elle ne fut pas entièrement exécutée comme
elle avait été conçue, et il manque certainement à sa silhouette des
appendices très-importants qui n'ont jamais été terminés... Il est
entendu, nous ne prétendons pas le nier, que la flèche de Strasbourg
est un chef-d'œuvre, mais cette admiration assez générale est surtout
motivée sur la hauteur excessive de l'édifice. Pour nous, architectes,
dont l'admiration ne croît pas avec le niveau des monuments, nous
devons considérer la flèche de Strasbourg comme une des plus ingénieuses conceptions de l'art gothique à son déclin, mais comme une
conception pauvrement exécutée. »

JOST DOTZINGER

Jost Dotzinger, de Worms, fut maître de l'œuvre de la cathédrale de Strasbourg à une époque où l'édifice était déjà presque
terminé. Sa part dans la construction ne put donc être bien grande,
mais il est l'auteur du joli baptistère exécuté en 1453 et qui est un
bijou sculpté en pierre (fig. 22).

Jost Dotzinger a joué un rôle très-important dans la franc-maçonnerie ; par son influence, l'institution établit son centre définitif à
Strasbourg. Les loges de Zurich, de Cologne et de Vienne, commandant chacune à une assez vaste étendue de pays où elles réglaient les
constructions des édifices religieux, furent surbordonnées à la loge
mère dont le maître de l'œuvre de la cathédrale de Strasbourg fut le
directeur suprême.

Le blason de la loge de Strasbourg fut la Vierge avec l'enfant
Jésus dans une gloire, et un écusson portant une équerre et un compas.

La suprématie de Strasbourg sur les villes d'Allemagne dura long-temps, et nous voyons encore, en 1705, sa loge régulatrice imposer des amendes à celles de Dresde et de Nuremberg qui lui étaient subor-données; mais, en 1707, la diète de Ratisbonne décida qu'aucune ville

Fig. 22: — Baptistère de la Cathédrale de Strasbourg

allemande ne devait recevoir la loi d'une ville française. A cette époque, du reste, la franc-maçonnerie n'avait plus beaucoup d'impor-tance; ses formules symboliques cessèrent d'avoir leur raison d'être dès que l'architecture religieuse, abdiquant tout caractère propre, se subordonna aux caprices des architectes chargés des constructions civiles.

JACQUES DE LANDSHUT

L A chapelle de Saint-Laurent, qui était une des parties les plus anciennes de la cathédrale de Strasbourg, tombait en ruine dès la

Fig. 23. — Portail Saint-Laurent, à Strasbourg.

fin du xv siècle. Jacques de Landshut fut chargé des réparations nécessaires et éleva un portail nouveau qui regarde le côté du nord et est connu sous le nom de portail Saint-Laurent (fig. 23). Cette construction, qui bien qu'un peu maniérée ne manque pas d'élégance, marque la décadence du style appelé gothique et les derniers efforts de l'art ogival contre le goût néo-grec devenu prépondérant.

Le portail Saint-Laurent a été élevé en 1494 ; il est donc contemporain de la Renaissance. Les statues qui le décorent sont de Jean d'Aix-la-Chapelle, et leur style contraste avec celui des figures du grand portail de la façade qui sont d'une époque antérieure, et dont la belle simplicité produit une impression autrement grave.

La pierre est taillée et fouillée comme si c'était de la dentelle, et l'enchevêtrement des ornements déroute l'œil le plus exercé tout en le charmant par la délicatesse du travail. Grâce à ce portail, un des ouvrages les plus fameux du xve siècle, la cathédrale de Strasbourg présente un spécimen de tous les styles de l'architecture religieuse pendant le moyen âge. Cette partie de l'église a été la plus endommagée par le bombardement des Allemands en 1870.

V

LA STATUAIRE MONUMENTALE

ANS les églises chrétiennes, les statues qui décorent l'édifice se rattachent à une pensée générale qui symbolise le mystère de la rédemption d'après les principaux faits de l'Histoire sainte et les idées essentielles du dogme catholique.

Tout cet ensemble, dont bien souvent le sens nous échappe aujourd'hui, était au moyen âge comme le livre des illettrés. Les enfants, ne sachant pas lire pour la plupart, ne pouvaient pas comme aujourd'hui apprendre le catéchisme; mais, après l'enseignement oral, les fidèles regardaient les statues, dont la signification était comprise par tout le monde, et quand on savait par cœur les images semées à profusion dans toutes les parties de l'église, on possédait toutes les connaissances requises pour un chrétien.

A Strasbourg, le tympan du portail central (fig. 24) est divisé en quatre bandes, où se déroule toute l'histoire de Jésus-Christ. En bas, nous voyons l'Entrée à Jérusalem, la Cène, la Flagellation, puis, au-dessus, le Christ en croix ayant à ses côtés l'*Église* et la *Synagogue,* et, à ses pieds, le Tombeau d'Adam. En remontant encore, nous trouvons la Descente aux enfers, le Christ et saint Thomas, et, tout en haut, l'Ascension, qui termine la vie terrestre.

Sur le trumeau, la Vierge tient l'enfant Jésus dans ses bras, et sur les côtés de la porte sont placés les prophètes et les rois de l'Ancien Testament. Dans les cordons extérieurs des voussures, est figurée la création du monde, celle de l'homme, la chute et ses suites,

Fig. 24. — Tympan du Portail central. (Cathédrale de Strasbourg.)

puis viennent les patriarches, les apôtres, les évangélistes et les pères.

Le tympan du portail de gauche représente les scènes de l'enfance du Christ, y compris la fuite en Égypte. Sur les côtés, les vertus, sous forme de vierges couronnées de diadèmes, foulent aux pieds les vices.

Au portail de droite, on voit la résurrection et le jugement avec les statues des vierges sages et des vierges folles; puis dans les voussures des deux portails, les anges, les martyrs et les saints confesseurs.

Chacun des personnages représentés se rapprochait plus ou moins d'un caractère typique destiné à le faire reconnaître. Les prophètes et les patriarches sont des figures graves, portant de longues barbes, et la plupart du temps tenant en main des rouleaux en partie

Fig. 25. — Statues du Portail de Strasbourg.

déployés (fig. 25). On les représentait rarement avec des livres comme nous en voyons quelquefois aux apôtres.

La parabole des *vierges sages* et des *vierges folles* est représentée sur un grand nombre de monuments religieux. Habituellement, les vierges sont au nombre de dix : les cinq sages sont placées à la droite du Christ; près d'elles est souvent un arbre vigoureux et couvert de feuilles et de fruits. Le mauvais arbre de l'Évangile, dont les branches sont stériles, porte une hache qui attaque le tronc destiné à être jeté au feu; il est placé près des vierges folles. Ces vierges figurent sur nos grandes cathédrales.

A Notre-Dame de Paris, les vierges sages tenaient des lampes

allumées, les vierges folles des lampes éteintes et renversées. La porte
du ciel s'ouvre pour les sages et se ferme pour les folles.

Mais parmi les représentations de ce genre, les plus célèbres sont
celles qui décorent la façade de la cathédrale de Strasbourg. Elles sont
placées sur les portails latéraux. Les vierges sages sont accompagnées
de l'image du fiancé : un jeune gentilhomme élégant et beau est éga-

Fig. 26. — Statues du Portail de Strasbourg.

lement placé à côté des vierges folles, mais les reptiles qui rampent
sur son dos expriment aux yeux des fidèles son caractère diabolique.
En effet, celui-ci n'est plus le fiancé, c'est le tentateur.

Tant que l'art avait été uniquement exercé par des moines agis-
sant sous la direction immédiate de leurs supérieurs, il avait une signification très-déterminée et toujours facile à comprendre pour les fidèles,
mais il en fut tout autrement quand les travaux de l'église furent con-
fiés à des laïques.

VI

L'IMAGERIE SCULPTÉE

Fig. 27.

Le symbole, en tant que figure mystérieuse, commence à perdre sa vertu dès que l'art n'est plus pratiqué exclusivement par des moines. L'architecture emprunte alors ses motifs à la flore et à la faune : les tailleurs de pierre dessinent et sculptent d'après nature. Mais l'imagination réclame toujours ses droits, et l'allégorie satirique fait place en maint endroit au symbolisme religieux.

Les laïques employés à la construction des cathédrales n'ont pas comme les moines la connaissance des types consacrés et se livrent à mille caprices qui, dans certains cas, blessent la chasteté. Aussi les purs, les austères, les saints s'élèvent avec force contre ce mouvement qui bat en brèche les vieilles traditions monacales.

« Dans des cloîtres, s'écrie saint Bernard (1125), devant des frères occupés à lire, à quoi servent ces monstruosités ridicules, ces admirables difformités? Que font ici ces singes immondes, ces lions farouches, ces centaures, ces moitiés d'hommes, ces tigres tachetés, ces soldats combattant, ces chasseurs sonnant du cor? Vous pouvez voir plusieurs corps réunis sous une seule tête, ou plusieurs têtes sur un seul corps : un quadrupède à queue de serpent à côté d'un serpent à tête de quadrupède ; un monstre, cheval par devant et chèvre par derrière ; un animal à cornes traînant la croupe d'un cheval ; enfin, de toutes parts, une variété de formes si étonnante qu'il est plus attrayant de lire les pierres que les livres... Grand Dieu ! si l'on n'est pas honteux de tant futilités, comment du moins ne pas regretter tant de dépenses ! »

Saint Bernard, qui passe pour avoir lui-même dessiné les plans du monastère de Lucelle en Alsace, a dû prêcher dans cette contrée sa doctrine artistique si conforme à la tradition byzantine. Si au xiie siècle saint Bernard se récriait déjà contre les tendances naissantes

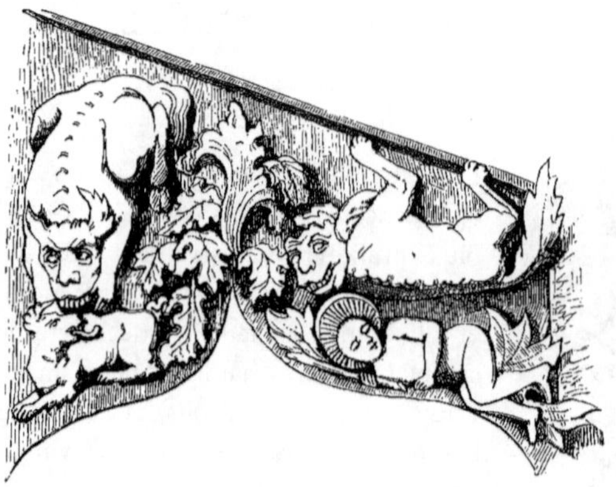

Fig. 28. — Sculpture de la Cathédrale de Strasbourg.

de l'art laïque, qu'aurait-il dit s'il avait pu entrevoir les caprices du xive ou du xve siècle ?

Ici l'enfant Jésus apparaît couché parmi des bêtes horribles dont la présence ne trouble en rien son paisible sommeil (fig. 28).

Voici ailleurs un aigle qui regarde le soleil et semble inviter ses aiglons à faire de même (fig. 29) : c'est une allusion à une vieille croyance de nos pères. L'aigle avait la propriété de se rajeunir en allant brûler ses ailes au soleil et en se plongeant ensuite dans une fontaine. A côté, un chasseur s'approche d'une licorne, qui, debout sur ses pattes de derrière, l'attend de pied ferme. Aucune force humaine ne peut venir à bout de la licorne, animal fantastique, non admis par les naturalistes, mais qui a une grande importance dans les monuments figurés du moyen âge. Quand la licorne voit une vierge, elle s'en approche et ne lui fait aucun mal, mais sans cette condition il est absolument impossible de s'en rendre maître.

Les représentations d'animaux dans nos anciennes églises ont une signification dont les bestiaires copiés et annotés par les moines pourraient seuls nous donner la clef. La présence d'une foule d'animaux réels ou figurés s'explique par le sens que nos pères y attachaient : ainsi le *Pélican* qui se déchire les entrailles pour ses enfants, le *Phénix* qui renaît de ses cendres, le *Centaure* qui symbolise les passions brutales, la *Sirène,* image des séductions dangereuses, étaient parfaitement à leur place dans un édifice religieux ; mais les associations d'ouvriers qui sous la forme du compagnonnage se mettaient au service

Fig 29. — Sculpture de la Cathédrale de Strasbourg.

des constructeurs n'étaient pas des théologiens. Les secrets qu'ils s'interdisaient de révéler aux profanes se rapportaient à la construction et à l'ornementation, mais non au symbole, que les ecclésiastiques peuvent seuls dicter et expliquer. De là vient l'incohérence des sujets qui, dans la période ogivale et surtout à partir du xive siècle, décorent les chapiteaux des colonnes, les bas-reliefs et les frises de nos églises.

Le père Cahier, dans ses nouveaux *Mélanges d'archéologie,* a tenté de donner une explication de la frise de Strasbourg. Mais en niant absolument la fantaisie individuelle pour voir partout un symbolisme prémédité, le savant jésuite ne va-t-il pas un peu trop loin dans ses affirmations. Et quand il voit un code de morale dans toute l'imagerie de nos églises, n'y met-il pas un peu de complaisance? Voici, par exemple, un chien qui danse au son d'un tambourin : « L'air piteux du pauvre danseur, dit le père Cahier, et la corde qu'on lui tient passée au cou durant cet exercice agréable, font bien voir que sa volonté ne s'y prête qu'à demi, et la musicienne lui montre un visage qui signifie clairement qu'elle se sent sa maîtresse. Puissance d'une malheureuse habitude sur le cœur qui s'abandonne dans les voies de l'iniquité; il ne viendra plus à bout de briser la chaîne qui lui fait honte. »

L'explication morale peut être ingénieuse, mais est-on bien sûr que l'artiste ait pensé à cela? Un chien qui danse s'amuse en général assez peu, et si l'artiste lui a donné l'air piteux, c'est peut-être simplement parce qu'il a observé que cela se passait ainsi dans la nature.

Mais continuons : voici maintenant une femme arrachant les che-

Fig. 30. — Sculpture de la Cathédrale de Strasbourg.

veux d'un homme tout nu, qui tient un pavé, et à côté une femme élevant la main, en manière de bénédiction, sur la tête d'un homme à genoux devant elle. La femme, nous dit le père Cahier, c'est la séduction qui asservit le pauvre homme, vainement armé d'une force redoutable, symbolisée par le pavé dont il ne se sert pas, et ensuite voilà le malheureux agenouillé devant son tyran qui lui pardonne son peu de résistance.

Je comprends parfaitement la moralité qu'on prétend tirer de cette sculpture; seulement, je me demande si elle était parfaitement claire pour les fidèles auxquels elle s'adressait.

L'archéologie chrétienne répondra que ce qui est lettre close pour une époque sans foi comme la nôtre pouvait être facilement intelligible pour nos pères. Cependant le père Cahier convient que saint Bernard ne comprenait rien à toutes ces singularités; mais il glisse un peu trop

sur ce point, qui me semble avoir une importance capitale dans l'histoire de la sculpture chrétienne ; saint Bernard ne se serait pas élevé
avec tant d'ardeur contre cette imagerie naissante, s'il avait vu la signification morale qu'on veut lui prêter.

Les archéologues ne tiennent pas toujours assez compte de la
marche logique que l'art suit dans ses transformations. Le Sphynx peut
avoir eu dans une très-haute antiquité une signification symbolique,
mais l'ouvrier grec ou romain qui fait un sphynx comme pied de table,
pense à la forme décorative d'un support et nullement à un symbole.
Il en est de même pour l'art chrétien : il n'est pas douteux que pendant

Fig. 31. — Sculptures de la Cathédrale de Strasbourg.

les premiers siècles de l'Église, toute figure d'homme ou d'animal
devait avoir une signification déterminée ; mais quand, après la formation des communes, les ouvriers laïques ont travaillé de tous côtés à la
décoration des églises, ils ont pu représenter encore par habitude des
figures dont le sens leur échappait, mais il est fort probable qu'ils ont
puisé beaucoup dans leur imagination, notamment pour les figures
grotesques.

Le malheur de l'archéologie, c'est de vouloir appliquer à des
époques postérieures les procédés d'investigation qu'elle a employés
avec succès pour les temps primitifs ; et le père Cahier, dont l'immense
érudition a jeté tant de lumières sur l'origine de certains types de l'art
chrétien, me semble s'égarer un peu dans l'explication qu'il donne de
la frise de Strasbourg, qui est un ouvrage du xvᵉ siècle, ou tout au
plus de la fin du xivᵉ.

VII

LES SCULPTEURS

IEN que la sculpture ait produit en Alsace, pendant le moyen âge et la Renaissance, un grand nombre d'ouvrages remarquables, la plupart des artistes qui en sont les auteurs sont demeurés inconnus.

Ainsi le célèbre mausolée des frères Ulrich et Philippe de Werd, dans l'église de Saint-Guillaume à Strasbourg, est resté longtemps sans attribution.

C'est seulement depuis peu que Woelfelin de Rouffach a été reconnu pour être l'auteur de ce beau monument. Le landgrave Ulrich, en costume de guerre, avec le casque, la cotte de mailles et les gantelets, est couché à côté de son frère qui porte les habits sacerdotaux. Des lions sont aux pieds du guerrier et un chien à ceux de l'ecclésiastique.

Woelfelin, qui était aussi architecte, a attaché son nom à la belle église Saint-Arbogaste, à Rouffach. Il paraît avoir travaillé dans cette ville jusque vers 1341, époque où il est allé s'établir à Strasbourg. La tombe d'Irmengarde, fondatrice du couvent de Lichtenthal près Bade, passe pour être un ouvrage du même artiste.

LERCH

Nicolas Lerch, que les Allemands regardent comme leur plus grand sculpteur au xvᵉ siècle et que l'Alsace revendique comme bourgeois de Strasbourg, était originaire de Leyde en Hollande.

Les premiers ouvrages que Nicolas Lerch exécuta à Strasbourg étaient pour l'ancienne chancellerie de la ville qui fut en grande partie brûlée en 1686 et finalement démolie sous la Révolution. Le portail qu'il avait sculpté comprenait des figures, des bustes, des armoiries, des feuillages et des frises d'ornements. Les débris qui en restaient avaient été transportés dans la bibliothèque de Strasbourg, où ils ont été détruits par les Allemands.

Le fameux Christ du cimetière de Bade, qui porte la date de 1467, est un ouvrage de Nicolas Lerch, auquel on doit aussi les magnifiques stalles de la cathédrale de Constance. L'empereur Frédéric III ayant demandé à la ville de Strasbourg de lui céder son sculpteur, celui-ci fut chargé d'exécuter le tombeau de l'impératrice Éléonore, dans l'église Saint-Étienne de Vienne.

HAMMERER

La chaire de Notre-Dame de Strasbourg (fig. 32) est considérée comme le chef-d'œuvre de la sculpture ogivale fleurie, et elle ne cesse d'exciter l'admiration des artistes et des archéologues. Elle est l'œuvre de Jean Hammerer, auquel elle fut commandée en 1486. Ce gracieux monument est supporté par un pilier octogone entouré de six colonnettes. Une pieta forme le centre de l'œuvre. La Vierge, saint Jean, les apôtres, les évangélistes avec leurs attributs symboliques, les martyrs, les saints confesseurs, les Pères de l'Église, les anges forment de charmantes statuettes répandues sur tout le pourtour de la chaire

où il n'y en a pas moins de cinquante. Des figures grotesques couvraient autrefois la rampe de l'escalier. On croit que les deux figures

Fig. 32. — Chaire à prêcher dans la Cathédrale de Strasbourg.

qu'on voit au pied de la chaire sont le portrait d'Hammerer et de sa
femme. Cette admirable chaire a pu être sauvée des bombes allemandes, grâce au blindage dont l'a fait entourer M. le chanoine
Straub.

VIII

LES VITRAUX

L y a deux espèces de vitraux : ceux qui sont faits avec des morceaux de verre de couleur, et ceux qui sont faits avec des morceaux de verre sur la surface desquels on peint. La première n'est en réalité qu'une sorte de mosaïque dont les parties sont reliées avec des linéaments en plomb au lieu d'être appliquées sur le sol ou contre une muraille ; la seconde est une véritable peinture, qui est exécutée sur le verre au lieu de l'être sur la pierre, le bois ou la toile.

Les vitraux les plus anciens sont ordinairement composés de médaillons circulaires, trilobés ou elliptiques, comprenant des sujets bibliques ou légendaires. Il y a aussi de grandes figures, mais beaucoup moins que dans l'époque suivante. Les contours sont indiqués soit par la baguette de plomb, soit par un linéament noir ; les ombres sont inconnues.

La période ogivale fut éminemment favorable à la peinture des vitraux. Dans l'époque romane, les percées étaient rares et étroites, tandis que les grandes fenêtres ogivales, avec les riches couleurs de leurs verrières, produisaient sous l'action de la lumière comme un scintillement de pierres précieuses, qui se mariait avec l'or des ornements intérieurs et les teintes variées des dalles du pavage.

Dans le xivᵉ siècle, les grandes figures commencent à prévaloir, tandis que les angles de l'ogive s'enrichissent de petits sujets, de chérubins, de fleurons. Aux pieds des saints, on place généralement les armoiries des donateurs de vitraux.

Au xvᵉ siècle, le dessin devient beaucoup plus correct, et les

Fig. 33. — Saint Sylvestre, pape.

détails sont souvent traités avec une extrême délicatesse. Mais la couleur perd beaucoup de sa richesse, et l'effet est loin d'avoir la même puissance. A partir du xviᵉ, la perspective s'introduit et les figures sont modelées comme dans les tableaux; les teintes plates de l'ancien art décoratif ont complétement disparu.

La cathédrale de Strasbourg suffirait pour faire une histoire des vitraux, depuis le xiiᵉ jusqu'à la fin du xvᵉ siècle. Ceux des galeries supérieures de la nef représentent les ancêtres de Jésus-Christ, avec les images des saints et des martyrs. Les scènes de l'histoire biblique, le Jugement dernier, la Jérusalem céleste, la Naissance de Jésus-Christ, les mages, les empereurs chrétiens, forment une splendide décoration en verre.

Un certain nombre de ces vitraux sont fort anciens : ce sont,

Fig. 34. — L'Empereur Henri II, l'Oiseleur.

pour la plupart, des grandes figures en pied de saints (fig. 33), de chevaliers martyrs et d'empereurs (fig. 34), d'un effet imposant et d'une rare beauté d'exécution. De la même époque sont aussi les deux grandes roses du croisillon méridional.

Les vitraux de Strasbourg avaient une célébrité européenne, et les habitants de la cité en parlaient avec un légitime orgueil. Dans la nuit du 25 au 26 août 1870, les Allemands, sans parvenir à les détruire entièrement, en ont saccagé une grande partie. Ceux de la partie supérieure ont particulièrement souffert. Les bombes dirigées sur la cathédrale entraient par les vitraux du côté du nord et ressortaient par ceux de l'autre côté. L'incendie, dont les flammes sortaient du toit percé d'obus et s'élevaient à une hauteur énorme, a achevé de briser ce que les bombes n'avaient pas atteint. Les vitraux du bas ont moins souffert, étant en partie préservés par les constructions voisines.

Plusieurs autres églises de la contrée possèdent d'admirables vitraux dont la description nous entraînerait trop loin. Ces verreries gigantesques, destinées à l'instruction de la *sainte plèbe de Dieu,* comme disent d'anciennes inscriptions, forment une des plus grandes richesses artistiques de l'Alsace, et peu de provinces sont aussi magnifiquement dotées. Mais, comme dans tous les arts du moyen âge, les auteurs de ces chefs-d'œuvre nous sont généralement inconnus, et bien peu de noms parmi eux sont parvenus jusqu'à nous.

Jean de Kircheim est le plus ancien peintre verrier de l'Alsace qui ait acquis de la célébrité. On lui a quelquefois attribué l'ensemble des grandes verrières de la cathédrale de Strasbourg, erreur manifeste, puisqu'elles appartiennent à des époques différentes ; mais la série des apôtres qui décore la chapelle Sainte-Catherine, dans cette église, paraît être bien positivement son ouvrage. Il vivait au milieu du xive siècle.

IX

LES FRESQUES

ᴇs vestiges nombreux prouvent que la peinture monumentale a été cultivée en Alsace pendant tout le moyen âge; mais ils sont trop détériorés pour qu'on puisse se faire une idée du style qui leur est propre. Aussi les archéologues regardèrent comme une véritable trouvaille la découverte faite, en 1824, dans le temple neuf de Strasbourg, d'une danse des morts dont plusieurs parties étaient bien conservées. Mais, en 1870, le temple neuf a été brûlé par les Allemands, et il ne reste plus rien de la vieille peinture dont la découverte avait fait tressaillir les archéologues et les amateurs de la peinture alsacienne.

L'école primitive de Bohême se rattache à un un Alsacien, Nicolas Wurmser, qui peignait à Prague, antérieurement aux plus anciens maîtres allemands. Au xv⁵ siècle, Jean de Schestadt, dont il ne reste malheureusement rien, s'était acquis, en Alsace, une très-grande célébrité. Ce peintre passa, en 1418, un traité avec les magistrats de la ville de Bâle, pour la décoration d'une chapelle dite *à la Croix des misérables,* qui avait été élevée en 1402 en souvenir d'une ancienne croix très-vénérée par le peuple bâlois.

Les termes de ce traité sont parvenus jusqu'à nous et sont extrêmement curieux, parce qu'ils nous montrent comment on entendait alors la décoration d'une église, et quels arrangements on prenait avec le peintre chargé de la décorer.

D'abord les mandataires de la ville prennent à leurs frais tous les échafaudages qu'il sera nécessaire d'élever pour l'exécution du travail et se chargent également de faire couvrir les murs avec du plâtre fin et bien ébarbé. « Cela étant fait, maître Jean recouvrira avec de la toile, d'une manière propre et nette, tous les joints du plafond, et lorsqu'ils seront ainsi recouverts, il commencera à peindre et peindra la surface du plafond avec de la couleur bleue. »

Cette couleur bleue, que le traité appelle ailleurs de l'*azur fin,* devait être fournie par la ville, sans doute à cause de sa cherté, mais toutes les autres couleurs, et même l'or, demeuraient à la charge du peintre, qui s'engageait à n'employer que les meilleures qui se fissent dans le pays, et recevait pour cela une somme de 3oo florins rhénans, « à tels termes qu'il en aura besoin, sans toutefois lui payer trop à l'avance ». Lorsque l'ouvrage sera terminé d'une manière « louable, bonne et solide », les mandataires décideront ce qui doit lui être alloué en sus des 3oo florins stipulés.

Le traité parle ensuite du genre de décor, qui consistait en sujets, animaux, ornements et dorures, le tout devant être exécuté « d'après le mode que l'on remarque dans le plafond de la Chartreuse de Dijon, en Bourgogne ». Cette prescription est extrêmement importante, parce qu'elle prouve qu'à cette époque l'art alsacien puisait ses inspirations du côté de la France et non du côté de l'Allemagne.

X

LA RENAISSANCE

A Renaissance en architecture, bien que s'appuyant toujours sur Vitruve et les monuments romains, s'est manifestée dans chaque pays d'une manière très-différente. En Italie, où les monuments antiques sont beaucoup plus nombreux qu'ailleurs, la Renaissance veut être littérale. C'est en mesurant, le compas à la main, tous les fragments anciens qu'ils rencontrent, et en dissertant sur chaque passage et sur chaque mot de Vitruve, que les architectes italiens espèrent renouveler l'architecture.

La Renaissance française est plus libre, plus indépendante, et les châteaux des bords de la Loire qui en montrent l'expression la plus nette resteront des modèles d'élégance ornementale. Le détail est souvent emprunté à l'antiquité, l'ensemble ne l'est jamais; les enroulements ioniques et les feuillages corinthiens apparaissent dans de capricieuses tourelles, et ornent des escaliers dont la spirale imprévue aurait paru barbare au classique Vignole.

On chercherait vainement en Alsace un monument qui puisse être mis en parallèle avec les châteaux de Blois, Chambord, Chenonceaux ou Gaillon. Mais si on regrette l'absence d'un chef-d'œuvre, on peut constater que le goût public s'est affirmé d'une façon charmante dans une foule de constructions d'un ordre secondaire. La maison de l'œuvre de Notre-Dame à Strasbourg, les hôtels de ville de Mulhouse, Colmar, Ensisheim, une quantité d'habitations privées construites avec beaucoup de goût, des fontaines ou des puits d'une rare élégance de forme attestent la vitalité de l'art à cette époque. C'est bien moins l'inspiration qui a manqué aux architectes alsaciens que l'occasion d'employer leurs talents à des édifices plus importants.

Le moment était peu propice pour de grandes constructions. Les guerres religieuses ensanglantaient l'Alsace et ne lui laissaient aucun repos. La gravure en médailles a eu sa plus brillante période dans ces moments de troubles, et l'Alsace a fourni son contingent aux belles productions de cette époque.

Parmi les pièces les plus remarquables, il faut citer celle qui fut

Fig. 35. — Médaille de Jacques Sturm.

faite en l'honneur de Jacques Sturm, mort en 1553 : la tête est d'une individualité saisissante qui montre les tendances réalistes de l'art à cette époque (fig. 35). Jacques Sturm est un des beaux caractères de l'histoire d'Alsace. Comme magistrat de la ville de Strasbourg, il sut maintenir les droits et les libertés de la patrie, et on lui doit en outre la fondation de la haute école qui devint plus tard le gymnase. Jacques Sturm en fut le premier recteur.

Il existe aussi de belles médailles de Jean de Manderscheid, évêque de Strasbourg, mort en 1592 et qui prit une part active dans les troubles religieux de cette époque. Le profil du personnage marque une énergie qui va jusqu'à la dureté (fig. 36).

La ville de Strasbourg, avec son enceinte et ses clochers, apparaît sur une autre médaille avec une victoire qui plane au-dessus. Sur le revers, on voit les armes de la ville, entourées de celles des dix villes impériales, Munster, Kayserberg, Turckheim, Colmar, Schlestadt, Landau, Wissembourg, Rosheim, Haguenau, Obernai (fig. 37).

Dans la peinture, l'Alsace occupe une place brillante sous la Renaissance et se rattache directement à la primitive école flamande.

Bruges a dans les écoles du Nord une importance analogue à celle de Florence, dans le Midi. C'est le laboratoire où ont germé toutes les idées qui ont pris ensuite leur centre d'activité sur des points diffé-

Fig. 36. — Médaille de Jean de Manderscheid, évêque de Strasbourg.

rents. Les villes situées sur la rive gauche du Rhin, Cologne, Worms ou Colmar ont suivi l'impulsion venue de Bruges et ont formé l'école allemande.

Les écrivains allemands ont tenté de revendiquer en faveur de

Fig. 37. — Autre Médaille.

Cologne l'antériorité sur l'école de Bruges, et ont voulu faire des Van Eyck les disciples de cette ancienne école de Cologne. Cette opinion est à peu près abandonnée aujourd'hui, parce qu'elle ne reposait sur aucun fondement sérieux. L'historien de la peinture flamande, M. Alfred Michiels, conteste formellement l'ancienneté qu'on a attribuée à l'école de Cologne. « Ce que les critiques d'Allemagne, dit-il, prennent pour des œuvres tout à fait primitives antérieures aux Van

Eyck, ce sont les produits d'une école attardée, images provinciales peintes d'après une vieille méthode. Parce que les auteurs suivaient de loin les transformations de l'art chromographique, on les a crus nés un siècle avant l'époque où ils virent le jour, on a antidaté hardiment leurs travaux. Les fonds d'or, par exemple, qui cernent leurs images, ont paru un signe archaïque, une preuve de lointaine origine. Mais les Allemands ont conservé l'usage des fonds d'or jusqu'au début du xvi⁰ siècle... Enfin, argument suprême, les panneaux de l'école rhénane, cités comme des œuvres primitives, qui auraient servi de modèles aux coloristes flamands, sont tous peints à l'huile. C'est une vérité amère pour le cœur des Teutomanes; aussi ont-ils voulu éloigner d'eux ce calice. Leur forfanterie nationale a prétendu que les vieux artistes germains délayaient leurs couleurs dans une substance mystérieuse, dans un liquide spécial, trouvé par leur génie inventif. Mais l'analyse a prouvé que cette matière inconnue était de l'huile bouillie mêlée avec des essences, conformément au procédé des Van Eyck. »

MARTIN SCHONGAUER

MARTIN SCHONGAUER, né vers 1420, a été peintre, graveur et orfévre. Il est appelé souvent Martin Schœn, et plus souvent encore *le beau Martin*. Sa vie est à peu près inconnue et les dates qui le concernent sont pleines de contradictions. On sait seulement qu'il fut élève du Flamand Rogier Van der Weyden et se rattache par là à l'école des Van Eyck. Sa peinture suffirait à le démontrer. « Martin Schongauer, élève de Rogier Van der Weyden, dit M. Charles Goutzwiller[1], avait adopté le type des figures créées par cet artiste. Toutes ses Vierges ont le front vaste, disproportionné, les tempes largement découvertes et le derrière de la tête peu développé. Telles sont la *Vierge aux roses,* la *Vierge de l'Annonciation,* la *Vierge adorant l'Enfant,* toutes les têtes de Vierge, sans exception, qui font partie de l'œuvre de Schongauer à Colmar. »

1. *Revue d'Alsace,* avril 1867.

L'ANGE DE L'ANNONCIATION   LA VIERGE DE L'ANNONCIATION

Peintures attribuées à Martin Schongauer (Musée de Colmar).

Placé au début de la Renaissance, dont il marque en quelque
sorte une étape dans les écoles du Nord, Martin Schongauer fut en
relation avec les artistes les plus éminents de son temps et notamment
avec le Pérugin. Il a eu l'insigne honneur, selon Vasari, d'avoir eu un
de ses ouvrages copiés par Michel-Ange. C'est une composition étrange,
où l'on voit saint Antoine enlevé dans les airs et maltraité par les

Fig. 38. — Saint Antoine tourmenté par les démons, d'après une gravure
de Martin Schongauer.

démons (fig. 38). Cette gravure de Schongauer a été considérée comme
le point de départ du fantastique Allemand, et il est certain que plus d'un
artiste d'outre-Rhin s'en est inspiré. Mais elle a été conçue dans un
jour d'inspiration fiévreuse et fait exception dans l'œuvre du maître,
dont le talent positif et réaliste montre en général un esprit observateur
bien plutôt qu'une imagination portée au délire.

Suivant l'opinion généralement admise, Martin Schongauer est
né à Colmar; quelques-uns pourtant le font naître à Augsbourg, car le

lieu de sa naissance est énigmatique comme tout ce qui concerne cet artiste. La seule chose que l'on sache positivement, c'est qu'il a vécu, a travaillé et mort à Colmar.

Comme peintre, on ne peut lui attribuer avec certitude qu'un nombre de tableaux assez restreint. La *National Gallery* de Londres possède un petit tableau sur la *Mort de la Vierge,* qui est de la jeunesse du maître et pourrait aisément se confondre avec un ouvrage de Rogier Van der Weyden. Au musée de Madrid, il y a un retable à trois compartiments, représentant le *Sauveur, Notre-Dame* et *Saint*

Fig. 39. — L'Annonciation, d'après une gravure de Martin Schongauer.

Jean. Un autre retable dans le même genre se trouve au musée de Vienne.

La ville de Colmar est en possession du chef-d'œuvre de Martin Schongauer : la *Vierge aux roses;* il est placé dans la sacristie de l'église de Saint-Martin. Mais le musée de la ville possède aussi plusieurs ouvrages du maître, entre autres l'*Enfant Jésus adoré par la Vierge,* le *Saint Antoine ermite,* l'*Annonciation,* etc.

C'est surtout par ses gravures que Martin Schongauer se place au premier rang parmi les maîtres du style archaïque. Bartch ne cite pas moins de quatre-vingt-dix sujets gravés par lui et tous de sa composition.

Parmi les gravures les plus célèbres de Martin Schongauer, on peut citer la *Sainte Agnès,* le *Saint Antoine enlevé par les démons* (fig. 38), l'*Annonciation* (fig. 39), le *Portement de croix,* la *Mort de la*

Vierge, la *Fuite en Égypte,* des saints et saintes, des anges, etc. Quelquefois aussi il a fait des sujets humoristiques, comme le *Conducteur d'ânes,* etc. Enfin on lui doit de très-beaux modèles d'orfévrerie, tels que l'*Encensoir,* la *Crosse* (fig. 40), etc.

On a quelquefois regardé Martin Schongauer comme l'inventeur

Fig. 40. — Crosse, d'après une gravure de Martin Schongauer.

de la gravure; c'est une erreur, puisqu'il existe des gravures antérieures aux siennes, mais il est assurément le premier qui, dans les écoles du Nord, ait su élever la gravure au rang d'un grand art.

BALDUNG GRÜN

Né vers 1470 et mort à Strasbourg en 1562, Hans Baldung Grün commença par être franc imitateur d'Albert Dürer, et exagéra le

Fig. 41. — La Cuisine des sorcières, d'après une gravure de Baldung Grün.

côté lugubre et fantastique du talent de son maître. Au musée de Bâle c'est la Mort sous la forme hideuse d'un squelette qui saisit et mord au visage une belle femme nue. Le peintre Wirth s'est inspiré de cette composition dans un tableau qui a fait grand bruit à Bruxelles, mais où il a singulièrement affadi la pensée du vieux maître.

Le caractère étrange de son inspiration n'est pas moins accentué dans une curieuse gravure qui représente la *Cuisine des sorcières* et qui porte la date de 1510 (fig. 41). Au pied d'un arbre dépouillé, les sorcières, nues, font leur cuisine dans un pot couvert d'une inscription cabalistique. Une autre sorcière, tenant en main la fourche traditionnelle, galope dans les airs, montée sur son bouc. Des crânes et des fourches pour les maléfices, des boudins pour le repas, un chat et un bouc montrent les occupations et les habitudes des sorcières.

Le réalisme de Baldung Grün est empreint d'une trivialité souvent choquante, mais si la forme est vulgaire la pensée présente parfois une sauvagerie étrange. Son principal ouvrage est un grand tableau placé dans la cathédrale de Fribourg, et représentant le *Couronnement de la Vierge,* avec une multitude d'anges qui jouent de divers instruments.

Au musée de Berlin, Baldung Grün a une *Lapidation de saint Étienne* où le peintre, suivant Waagen, s'abandonne à des exagérations révoltantes.

Waagen attribue à Baldung Grün deux tableaux représentant la tentation de saint Antoine et sa visite à saint Paul l'ermite, au musée de Colmar. Toutefois le catalogue du musée n'accepte pas cette attribution et inscrit ces deux tableaux sous le nom de Mathias Grunevald.

GRUNINGER

S TRASBOURG a une très-grande importance dans l'histoire de la typographie et de la gravure. Jean Reinhard, surnommé Gruninger, a publié en 1496 un Térence, en 1499 un Horace, et en 1502 un Virgile; ces éditions eurent un grand succès à cause des nombreuses gravures dont elles étaient accompagnées. « Certes, dit M. Ambroise-Firmin Didot, les costumes y sont singulièrement figurés, mais ils sont curieux pour l'histoire de l'art et font voir de quelle manière grotesque on comprenait l'Antiquité au xv⁰ siècle : Énée est déguisé en margrave, Achate en écuyer du xv⁰ siècle, Tityre et Mélibée sont des bergers auvergnats du moyen âge, et Virgile est splendidement vêtu, tel qu'on se figure Pétrarque montant au Capitole pour y être couronné. Si Jupiter et Vénus y apparaissent dans un costume très-peu vêtu, il n'en est pas moins des plus bizarres; si on y voit des arquebuses, du moins on n'y voit pas encore de canons. »

L'art de faire des livres n'avait pas du tout, aux commencements de l'imprimerie, le caractère de morcellement qu'il présente aujourd'hui. L'imprimeur était presque toujours un savant et très-souvent un artiste : en tout cas il avait la haute main sur la confection du livre dans toutes ses parties. Son atelier comprenait, outre les fondeurs de caractères et les compositeurs, des ornemanistes, des graveurs, des aquarellistes, des relieurs, en sorte que le livre se fabriquait réellement dans sa maison et n'en sortait que dans sa perfection intégrale. Gruninger passe pour avoir gravé lui-même plusieurs des pièces qui ornent les livres qu'il a imprimés; en tout cas c'est un de ceux qui ont le plus popularisé la gravure.

STIMME.

Parmi les artistes qui ont poussé le plus loin la gravure sur bois en Alsace, il ne faut pas oublier Tobie Stimmer, dont Rubens faisait le plus grand cas. Né de parents peu fortunés, Tobie Stimmer avait été occupé dans sa jeunesse à décorer de peintures à fresque la façade des maisons de Strasbourg. Il a fait un grand nombre de compositions dont plusieurs ont été gravées par Christophe Stimmer, son frère et son élève.

ÉTIENNE DE LAULNE

É TIENNE DE LAULNE naquit à Orléans en 1520 et passa presque
toute sa vie à Strasbourg, où il mourut en 1595 environ. Étienne
de Laulne affectionne beaucoup Jean Cousin et a remarquablement

Fig. 42. — Miroir, d'après une gravure d'Étienne de Laulne.

traduit plusieurs de ses ouvrages. Son nom de famille ne se trouve pas
sur ses estampes, qu'il signe de l'initiale de son nom latin Stephanus.
On a de lui près de 400 pièces, tant d'après ses propres dessins que
d'après ceux des maîtres.

Étienne de Laulne, qui était orfévre en même temps que graveur, nous a laissé une curieuse estampe représentant l'intérieur d'un atelier d'orfévre-émailleur. On y voit trois graveurs qui travaillent sur une table placée au milieu de l'atelier ; un autre est occupé à un tour et un cinquième personnage met au four les plaques émaillées.

On doit à cet artiste un très-grand nombre de gravures destinées à servir de modèles pour l'industrie, telles que manches de couteau, pommeaux d'épée, garnitures de gaîne, miroirs élégants où les personnages allégoriques se mêlent aux arabesques (fig. 42).

DIETTERLIN

W ENDEL DIETTERLIN est né à Strasbourg en 1541. On ne connaît aucun détail sur sa vie ; mais comme architecte et comme ornemaniste, il occupe une place assez importante dans l'histoire de l'art. Il a coopéré comme architecte à plusieurs édifices importants en Allemagne, notamment au château de Heidelberg. Mais obligé dans la pratique de se plier aux nécessités de la construction, il est moins à l'aise que lorsqu'il compose des ornements sans autre guide que sa plantureuse imagination.

L'exubérance de vie qui caractérise les compositions de Dietterlin étonne plus qu'elle ne charme ; on voudrait parfois une ligne tranquille, un repos pour l'œil et on trouve partout une richesse d'invention singulière, mais parfois fatigante par la multiplicité des détails. Héritier direct des ornemanistes au style flamboyant du xve siècle, il adopte pourtant les formes habituelles de la Renaissance, mais en les tourmentant et en les surchargeant de manière à les rendre méconnaissables.

Quand Vignole et Palladio emploient le pilastre, c'est pour avoir une surface calme se reliant au monument par les deux lignes verticales du contour. Aussi la base de leurs pilastres est toujours très-simple, et le milieu tout à fait dépourvu d'ornements : c'est en haut seulement que la richesse éclate dans les feuillages qui décorent le chapiteau. Encore usent-ils des ornements d'une façon généralement assez sobre.

Tout autre chose est un pilastre conçu par Dietterlin : il met
autant de soin à dissimuler les grandes lignes verticales que les Italiens
en prennent pour les affirmer (fig. 45). De par les ornements qui les
couvrent du haut en bas, son pilastre semble un caprice bien plus
qu'un élément de construction. La base paraît souvent plus étroite
que le milieu, et le chapiteau se rétrécit assez volontiers par places. Le
corps même du pilastre est chargé d'ornements qui se croisent et s'en-
chevêtrent en amusant l'œil par leur ingéniosité d'invention, mais en
masquant absolument le principe constructeur.

La même observation peut s'appliquer aux colonnes, qui, bien que

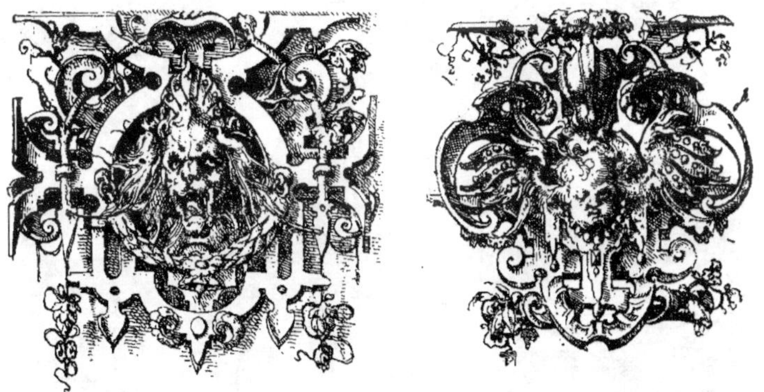

Fig. 43. — Ornements par Dietterlin.

se rattachant aux ordres antiques par certaines intentions ornementales,
s'en éloignent complétement par le style. Le chapiteau composite
romain, si riche pourtant et si fouillé, paraîtrait avoir la sévérité du
dorique, si on le plaçait à côté des chapiteaux composés par Dietterlin.
Et l'artiste a tellement peur de tomber dans la froideur, il se place à
un point de vue si exclusivement pittoresque, que non-seulement dans
ses modèles il présente habituellement ses chapiteaux par les angles,
mais encore il les renverse et les incline en divers sens pour obtenir
ainsi des raccourcis et des déformations perspectives (fig. 44). En outre,
il les fendille pour simuler l'action du temps, et dans les dessins destinés à servir aux études des jeunes artistes, il prévoit le cas où, l'édifice
étant en ruine, les fragments tombés parmi les broussailles doivent
produire une note piquante dans le paysage.

Fig 44. — Colonnes par Dietterlin.

Fig. 45. — Pilastres par Dietterlin.

Il existe un portrait de Dietterlin par lui-même, qui sert de frontispice à son grand ouvrage sur l'architecture; l'artiste est représenté de trois quarts avec une longue moustache et des cheveux courts. La bordure ovale qui le renferme est encadrée dans une porte cintrée et supportée par une console sur laquelle s'appuient deux femmes figurant le travail et la vigilance. Dietterlin est mort en 1599.

Son ouvrage comprend deux cent huit planches; ce sont des modèles de portes, de fenêtres, de cheminées, de fragments d'architecture.

XI

LE XVIIIe SIÈCLE

NE architecture vraiment grotesque et qui n'a pas son équivalent de ce côté-ci du Rhin s'est produite en Allemagne au xviiie siècle. Figurez-vous des colonnes dont les chapiteaux présentent leur angle du côté de la façade, des guirlandes qui grimpent en tournant autour de ces colonnes, de petits amours assis sur tous les angles, des superpositions de frontons coupés, contenant des figures entassées, tandis que d'autres, ne se trouvant pas à l'aise, montent sur leurs frontons, s'asseyent ou se remuent dans des postures impossibles ; figurez-vous des églises dont la façade est couverte de haut en bas de lourdes niches, et, dans ces niches, des saints qui mettent la main sur leur cœur, des évêques qui tendent le jarret et lèvent les bras en tenant leur crosse, partout de grosses draperies flottantes qui ont la prétention d'être agitées par le vent, des corbeilles chargées de fleurs en pierre surmontées de petits enfants, des ornements boursouflés, des consoles qui se contournent en portant des personnages qui gesticulent, et vous n'aurez qu'une idée encore bien imparfaite du rococo allemand.

Comme au dernier siècle tous les princes allemands cherchaient à modeler leur cour sur celle de France, on n'appréciait que ce qui émanait de Versailles ; ce style baroque fut qualifié de goût français, bien que tout ce dévergondage fût aussi éloigné de ce qui se faisait chez nous que nos propres monuments l'étaient de l'antiquité dont ils avaient la prétention de reproduire le style.

L'Alsace n'offre rien d'analogue : le château de Saverne, l'ancien palais épiscopal de Strasbourg, devenu ensuite château impérial, l'hôtel

Fig. 46. — Porte monumentale à Strasbourg.

de la préfecture dans la même ville appartiennent complétement au style français. Une allure grandiose, caractérisée par de grandes portes monumentales, forme le trait distinctif de cette architecture (fig. 46).

La miniature est un art dans lequel les Alsaciens se sont particulièrement distingués à cette époque. Frédéric Brentel et Guillaume Bauer ont acquis dans le xvii⁰ siècle une véritable célébrité dans ce genre.

La céramique alsacienne a une très-grande importance, et les produits de Strasbourg et de Haguenau sont très-recherchés des amateurs.

Au commencement du XVIIIe siècle, Charles Hannong possédait à Strasbourg une usine de pipes; il s'associa avec un transfuge allemand qui possédait les secrets de la fabrication de la porcelaine, et monta bientôt une seconde fabrique à Haguenau. Ses deux fils prirent chacun une des deux fabriques à leur compte et les deux établissements prospérèrent.

Paul Hannong, qui dirigeait la fabrique de Strasbourg, avait découvert une dorure qui accompagnait très-bien l'émail blanc, et lorsque Louis XV passa à Strasbourg, il offrit au roi un spécimen de ses produits. Mais la fabrique royale prit ombrage de cette concurrence et interdit la fabrication au malheureux potier alsacien, qui s'exila dans le Palatinat et y fonda la fabrique de Frankenthal. Des tentatives furent faites par son fils pour reprendre la fabrication de Strasbourg; mais à la suite d'un procès avec l'évêque de la ville, son usine fut vendue et il s'enfuit en Allemagne. En 1780, l'usine de Strasbourg avait complétement perdu son activité.

Cette usine avait mené de front la fabrication de la faïence avec les essais sur la porcelaine. « Ce qu'est la faïence de Strasbourg, dit M. Jacquemart, chacun le sait; fine, bien travaillée, elle emprunte les formes les plus élégantes et se charge des appendices les plus compliqués. Son émail est uni, blanc, sans craquelures, et il reçoit les peintures du moufle les plus compliquées. En général, le rouge d'or y est fréquent. »

LOUTHERBOURG

PHILIPPE-JACQUES LOUTHERBOURG (1740-1814) était fils d'un peintre en miniature établi à Strasbourg, et apprit de lui les premiers éléments du dessin. A l'âge de quinze ans, il vint à Paris se mettre sous la direction de Carle Vanloo; mais le genre mythologique ne convenait guère à son tempérament et il quitta bientôt ce maître pour entrer chez Casanova. La manière facile de Casanova ne pouvait manquer de plaire à un jeune homme doué d'une imagination très-vive et d'un esprit enjoué, mais assez antipathique aux études sérieuses qu'on exige d'un peintre d'histoire.

Loutherbourg débuta au Salon de 1765 et obtint un éclatant

Fig. 47. — La bonne fermière, par Loutherbourg.

succès. « Voici, disait Diderot, un jeune artiste qui commence par se mettre, pour la vérité des animaux, pour la beauté des sites et des scènes champêtres, pour la fraîcheur des montagnes, sur la ligne du vieux Berghem, et qui ose lutter pour la vigueur du pinceau, pour l'entente des lumières naturelles et artificielles, et les autres qualités du peintre, avec le terrible Vernet. »

Très-jeune, Loutherbourg fut agréé à l'Académie avec acclamation. Wille raconte ainsi sa réception dans son journal : « Le 25, dit-il, fut agréé à l'Académie royale M. Loutherbourg, de Strasbourg, d'une voix unanime. Les paysages qu'il présenta, au nombre de trois, furent trouvés charmants, bien composés, dessinés et coloriés. C'est effectivement surprenant pour un jeune homme de cet âge. Je me levai de ma place pour courir l'embrasser et l'introduire dans l'assemblée. »

Fig. 48. — Le père, la mère, le petit fanfan, le cousin germain, l'oncle à la mode de Bretagne et le perruquier de toute la famille, par Loutherbourg.

Le style de Loutherbourg est exclusivement pittoresque ; ce peintre excellait dans le paysage, les animaux, les batailles. Mais tout en choisissant de préférence les sujets rustiques, il partageait le goût de son siècle pour le côté aimable de la nature, et à côté de ses vaches et de ses ânes, il introduisait de petites paysannes d'une fort jolie tournure. Le réalisme brutal, comme nous le comprenons aujourd'hui, n'aurait eu aucun succès à cette époque.

De même dans le paysage, il savait trouver des motifs séduisants, des agencements piquants, et il aurait cru faire une étude, mais non un tableau, s'il s'était contenté de peindre d'après nature un mur avec un champ de betteraves à côté. C'est dans les bois touffus, dans les ravins bordés de rochers, dans les prairies verdoyantes et coupées d'eaux limpides, qu'il fait mouvoir ses troupeaux de vaches, ses muletiers, ses fermières, ses joyeux enfants.

Peintre de batailles, il aimait les épisodes brillants, les chocs de cavalerie, les scènes vives et animées; peintre de marine, il cherchait les effets de nuages balayés par le vent, le mouvement des barques s'agitant sur les vagues; toujours inventif, même devant la nature, il n'eût jamais soupçonné que l'industrie voulût suppléer à l'imagination, et que des peintres, à l'aide de procédés comme la chambre claire ou la photographie, se croiraient un jour dispensés d'user de leur intelligence pour composer un tableau.

Mais Loutherbourg, avec les qualités de son siècle, en avait aussi les défauts. Dessinant trop de pratique, il trouvait sous son crayon des formes toujours gracieuses, mais souvent conventionnelles, et n'apportait pas devant la nature cette observation soutenue qui, chez les maîtres, n'exclut nullement l'imagination. C'est un charmant artiste, mais ce n'est pas un grand peintre, quoi qu'ait pu dire Diderot.

Malgré la fécondité de son pinceau et l'aisance avec laquelle il plaçait toutes ses productions, Loutherbourg, qui dépensait plus encore qu'il ne gagnait, fut obligé de s'expatrier pour satisfaire à son train de maison. Il accepta les offres brillantes qui lui furent faites en Angleterre, et partit à Londres pour diriger les travaux décoratifs du théâtre de Drury-Lane.

Le succès de Loutherbourg en Angleterre fut immense, et dès 1781, il fut nommé membre de l'Académie royale de Londres, comme il l'était de celle de Paris. Malgré de fréquents voyages en France et en Suisse, c'est en Angleterre qu'il a passé la plus grande partie de sa vie d'artiste et qu'il est mort. Cela ne l'a pas empêché d'ailleurs d'être très-assidu aux Salons de Paris, où il a toujours été accueilli par les plus chaleureux applaudissements.

En s'occupant du décor pour l'Opéra de Londres, Loutherbourg a apporté de grandes améliorations dans les machines qui produisent les changements à vue. Il inventa des moyens ingénieux pour simuler les chutes d'eau et les transformations des effets de la lumière. Enfin il est l'inventeur d'un théâtre mécanique qui fut essayé à Strasbourg en 1780, et c'est d'après son système qu'on a établi depuis à Paris le fameux théâtre Séraphin, qui a fait la joie de tant de générations d'enfants.

L'œuvre de Loutherbourg comme peintre est extrêmement considérable; ses tableaux les plus connus sont *la Bonne Fermière* (fig. 47),
l'Anier (fig. 48), le *Repos du berger*, la *Fraîche matinée*, les *Joueurs
d'échecs*, les *Voleurs attaquant des voyageurs*, etc. Il a fait aussi
beaucoup de marines et de batailles. L'impératrice de Russie lui

Fig. 49. — Les Amateurs.

avait commandé un tableau sur le *Passage du Danube par l'armée
russe;* l'artiste, qui était grand collectionneur d'armes, prétexta qu'il
avait besoin d'avoir sous les yeux les armes dont on s'était servi, et
enrichit ainsi sa collection.

Le musée du Louvre n'a rien de Loutherbourg; mais ses ouvrages
se trouvent dans presque toutes les collections importantes de l'Europe,
et notamment en Angleterre. A Greenwich, on voit de lui la destruction de la fameuse flotte espagnole l'*Armada*. Au collége de Dulwich,

il y a aussi plusieurs ouvrages de lui et son portrait peint par Gainsborough.

Loutherbourg a fait aussi beaucoup de dessins, de sépias, de gouaches très-spirituellement touchées, des séries de costumes, et de nombreuses caricatures (fig. 49).

Loutherbourg a été un excellent graveur et ses eaux-fortes, qui traduisent toujours ses propres compositions, sont très-recherchées des amateurs.

LEBERT

L EBERT, un des premiers artistes qui apportèrent dans l'industrie des toiles peintes en Alsace un talent mûri par de fortes études, se destinait d'abord à la gravure en taille-douce. En 1784, il fut appelé par Pierre Dolfus pour être attaché à sa maison en qualité de dessinateur et de graveur d'impression sur étoffes.

L'industrie de toiles peintes était encore très-récente en Alsace, et on cherchait surtout à imiter les étoffes des Indes par l'impression sur toiles de coton. L'Angleterre était beaucoup plus avancée que nous pour cette fabrication, et trouvait dans ses relations maritimes avec l'Orient de nombreux modèles qui manquaient à notre pays. Un artiste lyonnais, Jean Pillement, fit pour l'industrie des dessins à la mine de plomb rehaussés de pastels, dans un style pseudo-chinois fortement arrangé au goût de l'époque. Ses modèles, toujours très-habiles d'exécution, souvent gracieux, quelquefois baroques, étaient fort en vogue à l'époque où Lebert arriva en Alsace.

Lebert fit aussi quelques imitations francisées du style chinois, mais, nourri à l'école de Watteau et Boucher, il créa un genre de décor où le paysage et la figure dominaient. L'extrême fécondité de cet artiste et sa facilité à saisir tous les genres lui permirent de faire à la fois des chinoiseries se détachant sur fond blanc et des camées antiques en grisailles, des vases de fleurs, des groupes de fruits, des bosquets, des parcs où l'architecture jouait un rôle important, des petits sujets tirés des *Métamorphoses* d'Ovide ou des *Fables* de La Fon-

taine, etc. Ces tissus de coton, ainsi décorés et imprimés, étaient
employés pour des meubles, pour des tentures, pour des robes, et on
vit, au milieu du goût sévère imposé par l'école de David, l'industrie
alsacienne conserver le style gracieux et maniéré de l'école précédente. De pareilles oppositions ne sont pas rares dans l'histoire de
l'art, mais la rapidité des communications les rend bien difficiles
aujourd'hui, et on doit s'attendre à voir un goût uniforme régner
désormais sur la plus grande partie de l'Europe.

Lebert a une grande importance dans l'art alsacien ; son fils a été
à son tour, pendant près d'un demi-siècle, un des dessinateurs les
plus en renom de l'industrie des toiles peintes. Malaine, Gros-Jean,
Hirn ont acquis de la réputation dans le même genre de travail. Hirn
fit aussi des tableaux de fruits fort estimés et obtint une médaille d'or
au Salon de 1812.

OMACHT

O MACHT, qui a passé une grande partie de sa vie à Strasbourg et
considérait cette ville comme sa patrie, est originaire d'une famille
de la Forêt-Noire. Son père, bon paysan chargé d'une nombreuse
famille, faisait peu de cas du petit garçon qu'il regardait comme un
paresseux, et disait à tous ceux qui voulaient l'entendre que cet
enfant-là était venu en expiation de ses péchés et était destiné à
devenir le fléau de la famille.

Un jour, son père lui confia des bêtes à garder dans un pâturage ;
l'enfant, qui s'était amusé à tailler dans le bois des petits animaux,
laissa échapper des vaches qui allèrent fourrager le champ du voisin.
Le père entra dans une fureur facile à comprendre, et prenant les petits
morceaux de bois sculptés, comme pièces de conviction, il alla chez
le vieux Gassner, alors bourgmestre de la ville impériale de Rothwell,
et lui déclara que son maudit enfant causerait la ruine de la famille par
sa paresse et sa bêtise ; étant bien décidé à ne plus le garder à la
maison, il demanda au bourgmestre comment il devait s'y prendre
pour s'en débarrasser, ajoutant que tous ses autres enfants lui donnaient

de la satisfaction, mais que ce petit drôle les gâterait un jour s'il restait parmi eux, et qu'il ne voulait plus lui voir remettre les pieds chez lui.

Gassner laissa le bonhomme exhaler sa bile, puis se mit à examiner les petits objets sculptés que le père avait apportés dans sa poche, et décida que la meilleure chose qu'il y eût à faire était de placer l'enfant comme apprenti chez un sculpteur en bois du voisinage.

Omacht, qui était né en 1760, entra donc à douze ans chez un de ces menuisiers en petit qui, dans la Forêt-Noire comme dans les Alpes, taillent dans le bois des chalets et autres menus objets qui sont une des industries du pays. Il ne tarda pas à s'apercevoir qu'il en savait plus long que son maître, et obtint d'aller finir son apprentissage à Fribourg en Brisgau.

Il fut bientôt en état de gagner sa vie, comme ouvrier sculpteur, mais, l'ambition s'éveillant avec l'âge, il vécut de privations, et dès qu'il eut réalisé de petites économies, il alla se perfectionner chez Melchior, statuaire en réputation qui habitait Frakenthal. Le vieux Gassner, qui n'avait pas oublié son petit protégé, lui commanda pour l'église de Rothwell quelques travaux qui commencèrent la réputation de l'artiste.

Omacht commença alors à faire des bustes, mais comme il fallait gagner le pain de chaque jour, il parcourait le pays, faisant des petites statuettes en albâtre qu'il débitait assez facilement. Ce fut dans un de ses voyages en Suisse qu'il fit la connaissance de Lavater avec lequel il se lia de la plus étroite amitié.

En 1790, Omacht partit pour l'Italie et resta deux ans chez Canova qui faisait le plus grand cas de son talent. Il parcourut ensuite l'Allemagne, travailla successivement à Munich, à Vienne, à Dresde et à Hambourg, où il exécuta un mausolée qui eut un éclatant succès.

Il revint dans son pays en 1796 avec une réputation faite et épousa la fille de Gassner. En 1801, il fut chargé d'exécuter le monument du général Desaix à Strasbourg et vint habiter cette ville où il demeura jusqu'à sa mort en 1834.

Les ouvrages d'Omacht sont assez nombreux ; les principaux sont : un *Jugement de Pâris,* dans le jardin du palais royal de Munich ; — un buste d'Holbein et un buste d'Erwin de Steinbach, au musée de Munich ; — une statue de *Neptune* destinée à un parc des environs de Strasbourg ; — une *Vénus* et une *Flore* qui étaient au musée de Strasbourg ; — le monument funéraire du publiciste Koch, à Stras-

bourg; c'est un groupe important où l'on voit un génie ailé et la ville
de Strasbourg personnifiée, près de l'autel où est placé le buste; — un
buste colossal du préfet du Bas-Rhin, Marnesia, placé au Casino littéraire de Strasbourg; — un *Christ,* une statue de la *Foi* et une de la
Charité, dans l'église de Carlsruhe; — une *Hébé,* dont nous donnons
la gravure; — un buste de Raphaël; — un monument érigé à l'empe-

Fig. 50. — Hébé.

reur Rodolphe, à Spire ; — un *Martin Luther,* à Wissembourg; — les
monuments de Hausmann, Oberlin, Emmerich, Blessig, Turckheim;
— les *Muses,* qui décoraient le théâtre de Strasbourg. Ces *Muses,* au
nombre de six, étaient considérées comme le chef-d'œuvre d'Omacht.
Elles ont été mutilées par les Allemands en 1870.

GUÉRIN

CHRISTOPHE GUÉRIN (1758-1830) et Jean Guérin (1760-1836) sont deux frères natifs de Strasbourg. Christophe Guérin fut un graveur distingué. Ses principaux ouvrages sont : *l'Amour désarmé,* d'après le Corrége ; *l'Ange et Tobie,* d'après Raphaël ; la *Danse des muses,* d'après Jules Romain, etc. On a un portrait de lui par Drolling père, et lui-même a fait un très-grand nombre de portraits dessinés. Il était conservateur du musée de la ville et y avait réuni de précieux dessins de maîtres et des estampes rares qui furent détruits par les Allemands en 1870.

Jean Guérin, son frère, est un des plus habiles miniaturistes de l'école française. Il était venu à Paris dans les années qui précédèrent la révolution. Il se fit connaître assez promptement et fut appelé à la cour pour y peindre le portrait de Louis XVI et celui de Marie-Antoinette.

En 1789, Jean Guérin entreprit, d'après les députés de l'Assemblée nationale, une suite de portraits de forme ovale dont quelques-uns furent gravés à la manière noire. Cette suite fut interrompue par les événements qui survinrent.

Guérin était très-attaché à la famille royale et paya de sa personne pour la défendre. Poursuivi après le 10 août, il se réfugia à Obernai, dans une famille dont il était l'ami. Mais craignant de compromettre ses hôtes, il les quitta furtivement et alla à Strasbourg se livrer au général Desaix, lui déclarant qu'il était poursuivi. Desaix ne voulut pas le livrer au tribunal révolutionnaire, mais lui donna un uniforme et l'enrôla dans son armée.

En 1798, Jean Guérin reparut au Salon avec le portrait de Kléber, son compatriote et son ami. C'est une superbe miniature, maintenant au Louvre.

Guérin a fait successivement plusieurs des généraux de la République, Gouvion-Saint-Cyr, Desaix, Bernadotte, Bonaparte. Ce dernier portrait fait en 1799, montre le général avec les yeux trèsenfoncés, le visage maigre et les cheveux longs; il a été popularisé par la gravure.

David, qui avait pour Guérin une estime particulière, le chargea de faire le portrait d'une de ses filles au moment où elle allait se marier. Ce portrait et celui de l'empereur, exécuté en 1812, comptent parmi les ouvrages les plus célèbres de l'artiste, qui vécut fort vieux et s'en alla mourir à Obernai, chez les amis qui lui avaient autrefois donné asile.

Gabriel Guérin, fils de Christophe, est né en 1790 et a été élève de Regnault. Il a fait plusieurs tableaux d'histoire, entre autres une *Mort de Polynice* et un *Servius Tullius*. Mais il a eu surtout une grande renommée comme professeur, et c'est chez lui que se sont formés la plupart des artistes alsaciens qui ont aujourd'hui de la célébrité.

KARPFF

JEAN-JACQUES KARPFF, dit *Casimir,* est né à Colmar en 1770. Il vint à Paris en 1790 et fut un des premiers élèves de David; ses camarades lui donnèrent le nom de Casimir, à cause de l'impossibilité où ils étaient de prononcer son véritable nom. Casimir a fait un assez grand nombre de compositions dont le sujet était toujours emprunté à l'antiquité. Ne se sentant pas de grandes dispositions pour la couleur, il se livra exclusivement au dessin ou à la peinture monochrome et devint dans ce genre un excellent portraitiste. Il fut chargé du portrait de l'impératrice Joséphine, et acquit bientôt une très-grande vogue. Après le Salon de 1809, où il avait obtenu parmi les artistes un véritable succès, David lui écrivit : « Je vous le répète et je l'assurerai à qui veut l'entendre, que l'on ne peut pousser plus loin l'art du dessin. » Cette phrase du grand maître a été gravée sur le tombeau de Casimir, qui mourut en 1829 [1].

---

1. Pour les détails sur cet artiste, on peut consulter la *Revue d'Alsace,* juillet 1856.

ZIX

B ENJAMIN ZIX, né à Strasbourg en 1772 et mort en 1811, n'est aucunement connu en dehors de l'Alsace, où son nom a une très-grande importance. C'était un homme doué d'une extrême facilité pour composer, qui a fait un nombre incalculable de petites gouaches, très-spirituellement touchées. La biographie de cet artiste est peu connue, mais la *Revue d'Alsace* a publié à propos des amateurs de son œuvre une notice que nous reproduisons[1] :

« La destruction des cinq tableaux et de plus de cent cinquante dessins de Benjamin Zix, l'artiste strasbourgeois par excellence, qu'avait réunis avec tant de peine pour le musée de Strasbourg son dévoué conservateur Egmont Massé, nous engage à citer très-sommairement les amateurs de son œuvre. Benjamin Zix, à qui l'on doit les dessins de trois bas-reliefs de la colonne Vendôme, fut tour à tour volontaire à l'armée du Rhin, dessinateur, graveur attaché au grand quartier général de l'Empereur. Vivant Denon, bon juge en matière d'art, l'estimait beaucoup. Il mourut en 1811, dans la force de l'âge, à Pérouse; il dessinait alors les champs de bataille d'Italie. L'admirable esquisse de la bataille d'Eylau, qui a inspiré le baron Gros pour son tableau, était chez son neveu, M. Ch. Bœrsch, rue des Tonneliers, à Strasbourg. François Schuler, architecte, son ami d'enfance, avait soixante-douze compositions pour les *Métamorphoses* d'Ovide, datant du commencement du siècle. En 1870, ces dessins, moins deux, passèrent au musée et devinrent la proie des flammes (avec la *Fête de village,* la *Danse de l'ours,* les *Musiciens ambulants, Orphée et Eury-dice,* les *Musiciens du régiment,* etc.). »

Zix a fait également des dessins pour plusieurs ouvrages, entre autres la *Relation des fêtes données par la ville de Strasbourg à LL. MM. les 22 et 23 janvier 1806* (fig. 51).

---

1. *Revue d'Alsace,* tome IV, nouvelle série, 1875, p. 209.

Fig. 51. — Un Bal, par Zix.

DROLLING

Martin Drolling est né à Oberbergheim, près Colmar, en 1752. Il apprit les premiers éléments du dessin avec un peintre inconnu de Schlestadt et sentit de bonne heure le besoin de venir à Paris. Il chercha d'abord à quel peintre il s'adresserait pour être son professeur; mais dès qu'il eut vu au Louvre des tableaux de l'école hollandaise, il résolut de ne suivre aucune école spéciale et se mit à faire des copies au musée.

Il vécut ainsi jusqu'à la vieillesse dans une position des plus modestes et sans avoir la moindre réputation. En 1817, il exposa une *Cuisine,* qui obtint un succès aussi énorme qu'inattendu. Tout le monde, à cette époque, faisait du grec et du romain, et la manière dont Drolling avait rendu le cuivre luisant des casseroles fit applaudir toutes les ménagères. Ce tableau fut acquis par l'administration et placé au musée.

Drolling a peu produit; son *Intérieur de salle à manger,* sa *Maîtresse d'école de village,* exposés, comme sa *Cuisine,* l'année même de sa mort, sont exactement peints de la même façon. Une exactitude minutieuse, une absence absolue d'interprétation et une certaine maigreur d'exécution se trouvent dans tous les traits de cet artiste, qui mourut en 1817, l'année même où il établit sa réputation.

Michel-Martin Drolling, fils du précédent, naquit en 1786 et fut élève de David. Il eut le prix de Rome en 1810 et prit rang parmi les peintres d'histoire les plus distingués de son temps. Son *Orphée et Eurydice,* qu'on vit longtemps au musée du Luxembourg, était un ouvrage remarquable. Drolling a fait des plafonds pour le musée du Louvre et décoré plusieurs églises, notamment celles de Saint-Sulpice et de Notre-Dame de Lorette, à Paris. Son *Jésus-Christ discutant avec les docteurs,* placé dans cette dernière église, est considéré comme son meilleur ouvrage.

Venu un des derniers dans l'école de David, Drolling fut un de ceux contre qui s'acharnèrent les novateurs de romantisme. Il ouvrit pour-

tant une école qui fut très-suivie et d'où sont sortis une foule de
peintres distingués : Baudry, Breton, Henner, Jundt, etc. Drolling,

Fig. 52. — Intérieur par Drolling.

qui avait depuis longtemps pris rang parmi les membres de l'Institut,
mourut en 1851, laissant à quelques-uns de ses élèves l'héritage de
son savoir et à tous les plus excellents souvenirs.

HEIM

FRANÇOIS-JOSEPH HEIM, un des peintres d'histoire les plus distingués de l'époque dite impériale, est né à Belfort en 1787. A quinze ans, il remporta le prix de l'école de dessin de Strasbourg, et vint ensuite à Paris se placer sous la direction de Vincent. En 1806, il obtint un second prix de Rome avec le *Retour de l'Enfant prodigue* et en 1807 le premier prix avec *Thésée vainqueur du minotaure*. Il avait alors vingt ans et se trouva ainsi libéré du service militaire.

Les ouvrages que Heim envoya de Rome firent sensation, et au Salon de 1812 il obtint une médaille d'or de première classe. En 1819, il eut un éclatant succès avec le *Martyre de saint Cyr et de sainte Juliette*, maintenant à l'église de Saint-Gervais. C'est un tableau de tous points remarquable, mais qu'il est malheureusement difficile de bien voir dans l'endroit où il est placé. Au même Salon, Heim exposait la *Résurrection de Lazare*, la *Clémence de Titus, Vespasien distribuant des secours au peuple*. La grande réputation de Heim date de cette exposition.

Le *Martyre de saint Hippolyte*, la *Sainte Adélaïde*, le *Saint Hyacinthe*, qui parurent successivement, furent d'autant plus remarqués que les peintres de cette époque faisaient des sujets mythologiques beaucoup plus volontiers que des sujets religieux.

Le *Massacre des Juifs* exposé en 1824 est un des épisodes de la destruction de Jérusalem par Titus. Croyant, sur la foi des faux prophètes, trouver un asile dans une des cours du temple, une foule de malheureux qui s'y étaient réfugiés furent impitoyablement massacrés. Le groupe de la femme renversée à terre avec son enfant qu'elle veut préserver des coups d'un cavalier romain est admirable de mise en scène dramatique. Cette peinture, qui fit à l'époque de son apparition une sensation énorme, valut à l'artiste d'être décoré de la propre main du roi devant son ouvrage même et lui fournit l'occasion de faire un tableau d'un tout autre caractère et qui est peut-être son chef-d'œuvre. C'est celui qui représente *le Roi Charles X distribuant les récompenses*

LE BARON GROS, DESSIN DE HEIM

au Salon de 1824. Ce tableau a fait longtemps partie du musée du Luxembourg ainsi que le *Massacre des Juifs;* ils sont maintenant tous les deux au Louvre.

A cette époque, Heim fut chargé d'un important travail décoratif, dans le musée Charles X, où sont placés les vases étrusques. C'est un grand plafond qui représente *Jupiter donnant au Vésuve le feu du*

Fig. 53. — Portrait de Berton, dessin de Heim.

ciel. Les trois villes personnifiées d'Herculanum, Pompéi et Stabia implorent le roi des dieux, et Minerve, protectrice des arts, intercède pour elles, tandis qu'Éole tient les vents enchaînés et attend les ordres de Jupiter. Les voussures représentent des génies sauvant des œuvres d'art, et différents sujets de circonstance, comme la *mort de Pline l'ancien,* et *Pline le jeune écrivant ses lettres.* Les figures de cette décoration sont empreintes d'une certaine mollesse : néanmoins, ce plafond est assurément un des meilleurs parmi ceux de la Galerie de Charles X au Louvre.

La cinquième salle du musée Campana est également décorée par Heim, mais les sujets, parfaitement appropriés quand les ouvrages de l'école française étaient disposés dans ces salles, ne le sont plus aujourd'hui qu'elles contiennent un musée archéologique. Le plafond central représente sous une forme allégorique la *Renaissance des Arts en France* et les petits sujets placés dans les voussures montrent le *Pérugin faisant le portrait de Charles VIII, François I*er *visitant Benvenuto Cellini,* la *Mort de Léonard de Vinci,* etc.

Après la révolution de Juillet, Heim fut chargé de plusieurs tableaux pour le musée de Versailles, entre autres la *Bataille de Rocroy,* la *Défense du château de Burgos, en 1812,* la *Chambre des députés présentant au duc d'Orléans l'acte qui l'appelle au trône,* et divers portraits de personnages historiques.

Après cette époque Heim se fit un peu oublier, et son nom fut enveloppé dans l'anathème lancé contre tous les peintres qui avaient été acclamés par la génération précédente. Mais une réhabilitation complète eut lieu en 1855, et la critique applaudit des deux mains l'artiste qu'elle bafouait depuis quinze ans.

Voici comment Théophile Gautier apprécie Heim à cette occasion : « L'exposition universelle de 1855, en admettant parmi les œuvres actuelles les œuvres du passé, a permis à des gloires éclipsées, à des réputations tombées dans l'oubli, de représenter leurs titres et de faire reviser le jugement porté sur elles par une génération qui ne connaissait que leurs plus faibles ouvrages, dont les passions du moment ne leur laissaient pas la liberté d'apprécier le mérite ; aux époques de lutte il est difficile d'être impartial, et tout système nouveau procède envers celui qu'il remplace d'une façon nécessairement irrévérente. Les jeunes romantiques ne furent certes pas plus cruels à l'endroit des vieux classiques que ne l'avait été David à l'école de Vien, de Boucher, de Vanloo, de Fragonard, et autres charmants peintres pour qui le jour de la réhabilitation est aussi venu. Dans la bouche de l'auteur du *Serment des Horaces,* le mot académique était synonyme de détestable et prenait la valeur d'une injure ; jamais rapin échevelé de 1830 n'y attacha une signification plus mortifiante. Ces violences aveugles semblent regrettables à la calme postérité, qui n'assistait pas à ces batailles dont elle

MADAME HERSENT, DESSIN DE HEIM

ne saurait comprendre les causes, occupée qu'elle est d'autres passions ; les idées de littérature et d'art créent des antagonismes furieux et des haines comiquement absurdes. Les camps rivaux échangeaient les épithètes les plus aimables : momies, perruques, vandales, enragés, barbes de bouc. Ce qui ressortait le plus clairement de la chose, c'est qu'alors nous avions des cheveux et que nos adversaires étaient chauves ; ils chantaient comme les anciens de Lacédémone : à quoi nous faisions la réponse des jeunes Spartiates dans Plutarque. Ce grand tumulte s'est apaisé, et les œuvres des deux écoles qui s'excluaient figurent amicalement côte à côte sur les murailles éclectiques de l'exposition universelle, et voilà que nous admirons M. Heim après l'avoir fort malmené et fort rudoyé, surtout lorsqu'il était membre du jury et refusait — nous nous le figurions du moins — les œuvres romantiques que nous affectionnions principalement. »

En 1859, Heim exposa l'admirable série de dessins représentant les membres de l'Institut (fig. 53). Il y a dans tous ces dessins, maintenant placés au Louvre, une jeunesse, une vie, une fermeté qu'on ne soupçonnait pas chez le vieux peintre classique, et ils demeureront assurément un de ses titres de gloire pour la postérité.

ARTISTES ALSACIENS

CONTEMPORAINS

ERS 1830 le mouvement romantique se produisit simultanément en France et en Allemagne, mais d'une façon diamétralement opposée, qui caractérise bien le génie propre des deux nations. L'Alsace, par sa situation géographique, semblait appelée à servir en quelque sorte de trait d'union, et on devait s'attendre à ce que les artistes de ce pays se partageraient entre les deux courants qui avaient leur centre d'activité à Paris et à Munich. Il n'en a rien été pourtant : sur le bruit qui se faisait autour des grands ouvrages exécutés pour le roi Louis de Bavière, un grand nombre de jeunes Alsaciens ont été suivre les cours de l'Académie de Munich, recevant la même instruction que les jeunes Allemands et vivant avec eux. Pas un seul pourtant ne peut se rattacher par ses œuvres au courant germanique; mais tous, rejetant ce qu'il y avait d'allemand dans leur éducation, ont pris place dans l'école française contemporaine, et le symbolisme d'outre-Rhin a peut-être trouvé parmi eux des admirateurs (il y en avait aussi à Paris), mais pas le moindre prosélyte. C'est que le génie propre d'une race est plus fort que les engouements de la mode. Les Alsaciens, qui, malgré leur accent, appartiennent à la famille gallo-romaine, ne pouvaient se plier aux élucubrations métaphysiques de l'art allemand.

Pour comprendre la différence profonde qui sépare les Alsaciens des Allemands dans le sentiment artistique, nous sommes obligés de dire quelques mots de cette fameuse école de Munich qui fit tant de bruit en Europe il y a trente ans.

D'après l'opinion qui régnait en Allemagne, l'idée était tout dans la peinture et la sculpture, l'exécution n'était rien. Pour laisser plus de liberté à l'imagination et ne pas l'emprisonner dans les habitudes d'une vérité rigoureuse, les artistes de ce pays avaient supprimé l'étude du modèle vivant, et, dans les écoles, on enseignait à dessiner de pratique. Dès qu'un jeune homme, après avoir appris les proportions du corps humain et l'anatomie, se voyait en état de dessiner d'idée la figure qui se présentait à son esprit, il se mettait à lire les poëtes, et, sans jamais consulter la nature, il faisait d'immenses compositions, qui semblaient bien moins des conceptions du grand art décoratif que de simples illustrations dessinées sur une échelle colossale et coloriées ensuite d'une façon pitoyable.

L'Allemagne avait une foi profonde dans la rénovation qu'elle tentait, et les fresques qui décorent la nouvelle pinacothèque de Munich sont en quelque sorte le catéchisme des vérités que l'art allemand apportait au monde.

Parmi ces fresques, exécutées d'après les dessins de Kaulbach, il y en une qui symbolise et résume toutes les autres : elle est intitulée la *Lutte contre le mauvais goût,* ce qui, dans la pensée des Allemands, signifiait la *Lutte contre le goût français.* Le mauvais goût est personnifié par un chien à trois têtes portant perruque, et ce Cerbère est préposé à la garde d'une prison où les Grâces sont retenues captives. Mais on peut prévoir leur délivrance, car le monstre est attaqué de toutes parts.

D'un côté, Winkelmann lance son encrier contre un des trois visages du geôlier des Grâces; M. de Klenze, l'architecte du bâtiment, sort de la mer, on ne sait trop pourquoi, et se prépare à la lutte, dédaignant d'énormes crapauds qui, placés sur le rivage, lancent leur venin à l'artiste novateur (les crapauds sont ici la personnification de la critique française).

En même temps, Pégase fend l'air, portant sur lui Cornélius qui brandit une lance, Owerbeck tenant une croix, et le sculpteur Schwantaler tendant la main à un autre artiste dont on ne voit pas le visage, mais qui pourrait bien être Kaulbach lui-même. En s'élançant sur l'ennemi, Pégase écrase un malheureux académicien qui porte perruque et est habillé à la Robespierre.

Ce qu'il y a de plus curieux, c'est que cette caricature monumentale, où les personnages sont plus grands que nature, est peinte d'une manière froide et magistrale, tout comme si c'était un Léonidas ou une Descente de croix. Mais les gens qui ont la foi ne s'aperçoivent pas du ridicule, et les Allemands, au lieu de rire, ont applaudi des deux mains à cette grotesque décoration.

Le sculpteur Schwantaler, un des apôtres de la doctrine nouvelle, est beaucoup moins connu en France que les peintres Cornélius et Owerbeck. Ses œuvres, moulées en plâtre, ont été réunies dans une galerie spéciale à Munich. En voyant à côté l'une de l'autre ces nombreuses statues, on est frappé de l'uniformité du caractère dans une aussi grande diversité de sujets. Pas une main, pas une poitrine, pas une forme qui ne soit identique à celle de la figure voisine, pas une draperie qui ne soit agencée de la même façon. Le manque absolu d'observation et d'individualité ne fatigue pas moins que l'étonnante fécondité d'un artiste qui a mis tant d'habileté à parler pour ne rien dire.

En architecture, la rénovation allemande consistait à revenir aux types les plus primitifs, en les appropriant à nos usages modernes. De là, la préférence donnée au dorique dans les monuments inspirés de l'antiquité et la recherche de la tradition chrétienne dans les édifices religieux. Cette tendance à régler l'inspiration par la science archéologique était le fond et le principe de tout ce qui se faisait en Allemagne en fait d'architecture. Munich a vu s'élever une quantité d'édifices d'après lesquels on peut facilement apprécier le résultat d'un pareil système. Ce qui est bon est une pure imitation et presque un décalque; ce qui n'est pas une copie littérale est dénué de toute espèce de valeur.

La plupart des artistes alsaciens dont nous allons parler ont été à Munich à l'époque de la plus grande fièvre du romantisme allemand.

Une fois la curiosité satisfaite, ils ont fait volte-face et pris place dans l'école française, dont ils forment aujourd'hui un rameau important. Si leur patriotisme n'avait déjà prouvé à quel point ils sont Français par le cœur, l'examen de leurs œuvres suffirait à démontrer qu'ils sont de la même race que nous.

Notre intention en commençant ce travail était d'indiquer la nationalité pour laquelle avait opté chacun des artistes dont nous avions à parler. Tous, sans aucune exception, tant en Alsace que dans les parties annexées de la Lorraine, ont tenu à demeurer Français; nous n'aurons donc pas à y revenir individuellement.

BARTHOLDI

FRÉDÉRIC-AUGUSTE BARTHOLDI[1], natif de Colmar, a conquis depuis longtemps une place éminente comme statuaire. Les études qu'il a faites sur l'architecture, et qu'il a souvent eu l'occasion d'utiliser, ont développé singulièrement son intelligence particulière de la décoration sculpturale. En 1852, Bartholdi travaillait encore à l'atelier de son maître Ary Scheffer et faisait sous ses yeux son premier ouvrage, un bas-relief, le tableau de *Françoise de Rimini*. Puis nous le voyons exécuter des petits groupes ou des sujets de fantaisie que le commerce s'empresse d'éditer, comme le *Bon Samaritain*, les *Sept Souabes*, la *Lyre berbère*, etc.

1. Ses principaux ouvrages sont : 1851. Le *Bon Samaritain*, groupe publié en réduction. — 1855. Les *Sept Souabes*, légende allemande éditée en bronze ; *Statue du général Rapp*, érigée à Colmar. — 1857. La *Lyre berbère*, groupe en bronze acquis par la Société des Amis des Arts de Lyon. — 1858. *Fontaine monumentale* pour les Quinconces à Bordeaux (1er prix au concours). — 1859. Le *Génie dans les griffes de la misère*; *Palais de Longchamps à Marseille* (projet). — 1860. *Tombeau de R...*, violoniste (cimetière Montmartre). — 1861. *Monument de Martin Schongauer*, érigé à Colmar. — 1863. *Monument de l'amiral Bruat*, érigé à Colmar. — 1864. *Martyr moderne* (la Pologne), musée de Colmar. — 1867. Le *Général Arrighi, duc de Padoue*, à Corte en Corse. — 1868. Les *Loisirs de la paix*, groupe en bronze. — 1869. *Le Petit Vigneron alsacien*. — 1870. *Vauban*, statue avec architecture décorative, à Avallon ; *Vercingétorix* (appartient à l'État); *Lafayette*. — 1872. Le *Commerce d'Alsace*, monument offert à M. Bergmann,

VERCINGÉTORIX, GROUPE DE BARTHOLDI

Son tempérament l'entraînait néanmoins dans une direction tout autre, la statuaire monumentale. Un concours ouvert par la ville de Bordeaux lui fournit bientôt l'occasion de se distinguer. Il s'agissait d'un projet de fontaine destinée à orner la place des Quinconces. Le modèle de Bartholdi obtint le prix d'une valeur de 6,000 francs.

L'année suivante, le Conseil municipal de Marseille, voulant élever un monument pour décorer l'avenue de Longchamps, au pied d'une colline qui devait recevoir plus tard le Muséum d'histoire naturelle, s'adressa à Bartholdi.

Mais le Conseil municipal, ayant été dissous peu après, le projet en question fut ajourné et repris seulement quelques années plus tard; la nouvelle autorité, au lieu de s'adresser à l'artiste qui avait conçu les plans, désigna un architecte pour les mettre à exécution, en y apportant quelques modifications. Bartholdi se plaignit amèrement qu'on eût confié à un autre l'exécution d'une idée dont il avait eu l'initiative, et cette affaire fit alors beaucoup de bruit parmi les artistes.

C'est à Colmar, dans la patrie de l'artiste, qu'on voit ses ouvrages les plus importants, le *Vigneron* (fig. 53), le monument de Martin Schongauer et celui de l'amiral Bruat. Le petit vigneron alsacien forme la décoration d'une fontaine; il a figuré au Salon de 1869.

Le monument de Martin Schongauer est placé au centre du joli cloître des Unterlinden, où est maintenant installé le musée de la ville. Il est exécuté en pierre rose de Lutzelbourg, près de Saverne : l'esquisse est au musée.

Le monument a la forme d'une fontaine, supportant la statue du grand maître, représenté au moment où il regarde l'épreuve d'une de

de Strasbourg; *Erckmann-Chatrian,* bustes; *Tombeaux des gardes nationaux de Colmar,* morts en combattant pour la patrie en 1870; La *Malédiction de l'Alsace,* groupe en argent offert par les Alsaciens à Gambetta. — 1873. *Monument des victimes du siége de Brisach,* exécuté, mais dont l'érection n'a pas été autorisée par les Prussiens; *Tombeau de Salzmann le paysagiste* (près de Genève). — 1874. Grandes figures en terre cuite faisant partie de la décoration d'une vaste cheminée avec bas-reliefs et ornements pour le docteur Mony, à Sarre; les *Quatre Étapes de la vie chrétienne,* Baptême, Communion, Mariage, Mort, bas-reliefs exécutés pour la décoration du cloître de Brattle Street Church à Boston (figures de 4 mètres); *Concours pour une Fontaine à Rouen.* — 1875. *Fontaine* pour Philadelphie; *Champollion* (collége de France); le *Lion de Belfort* (en voie d'exécution); *Monument de l'indépendance américaine.*

ses estampes. Aux quatre angles de la fontaine sont des figures symboliques personnifiant les aptitudes diverses de Martin Schongauer, la peinture, la gravure, la ciselure et l'étude.

Fig 54. — Le petit Vigneron alsacien.

Bartholdi est aussi l'auteur du monument élevé en 1864 au rondpoint du Champ de Mars à la mémoire de l'amiral Bruat.

Parmi les meilleurs ouvrages de Bartholdi, on doit citer le *Lafayette arrivant en Amérique;* il est représenté tendant la main vers

LE MONUMENT DE MARTIN SCHONGAUER.

ses alliés, et serrant son épée sur son cœur, tandis qu'il a encore un
pied sur le vaisseau qui l'amène. C'est une figure dont la vaillance
aimable, rehaussée de tout l'éclat de la jeunesse, porte bien la tournure
franche et dégagée du xviiie siècle (fig. 55).

L'archéologie tourmente quelquefois cet artiste qui, pour son
Vercingétorix, a mis à contribution le musée de Saint-Germain. Mais
si toutes les pièces qui lui ont servi peuvent se reconnaître l'une après
l'autre, elles n'ont d'autre importance dans son œuvre qu'un certi-

Fig. 55. — Lafayette arrivant en Amérique.

ficat de véracité. Aussitôt la certitude historique admise et prouvée,
Bartholdi s'est bien gardé de la souligner; il s'est efforcé au contraire d'effacer l'érudit derrière l'artiste. Nous avons devant nous un
chef gaulois qui galope sur un cheval de forte encolure, et, dans sa
course rapide, s'élance par-dessus le cadavre d'un soldat romain
gisant à ses pieds. C'est un groupe bien arrangé, pittoresque, plein
d'entrain et de mouvement.

Le joli groupe intitulé *les Loisirs de la paix,* qui parut au Salon
de 1868, montre un guerrier assis près de sa femme qu'il enlace
dans son bras, avec un petit enfant à leurs pieds. Hélas! quand il
composait ce groupe, l'artiste ne songeait guère que, deux ans plus

tard, l'Alsace serait ravie à la France, et que lui-même quitterait le ciseau du sculpteur pour prendre le fusil du soldat. Quand, après nos désastres, il est rentré dans son atelier de travail, ce ne sont pas les loisirs de la paix qu'il y a trouvés, mais les inspirations de la colère. C'est alors qu'il a fait la *Malédiction de l'Alsace,* beau groupe en bronze, où une femme alsacienne jure sur le corps de son fils qu'un jour viendra pour la justice.

Un travail plus important et actuellement en voie d'exécution attendait Bartholdi. La ville de Belfort, dont la belle défense tranche si glorieusement au milieu de nos désastres, a voulu élever un lion colossal au pied de sa montagne, pour en perpétuer le souvenir. Bartholdi était naturellement désigné pour ce monument. La tâche était difficile et particulièrement délicate dans les circonstances présentes. Faire un lion menaçant était une forfanterie inutile, et le faire abattu était un manifeste de découragement que le sentiment national eût repoussé.

L'artiste a trouvé la juste mesure dans son patriotisme. Blessé gravement, mais non mortellement, le lion est couché et commence à relever la tête, comme pour voir d'où est venue la flèche qui l'a blessé. Ce monument, qu'on apercevra de loin dans la campagne, raconte du même coup nos désastres de la veille et nos espérances du lendemain. Il ne pouvait être mieux placé que dans le seul coin de l'Alsace qui soit resté français.

BENNER

L ES frères Benner appartiennent à une famille mulhousaine qui a de l'importance dans l'histoire de l'industrie alsacienne. Deux générations de dessinateurs ont rendu ce nom familier à tous ceux qui s'occupent des fleurs et des ornements appliqués aux tissus. Les frères Benner pourtant sont des déserteurs, ils ont renoncé aux travaux qui les avaient fait connaître et sont venus à Paris s'essayer sur un champ plus vaste.

Jean Benner, le premier, résolut de faire des tableaux de figures; il partit pour l'Italie, où il fit la connaissance d'Hamon. Il est installé depuis plusieurs années dans l'ile de Capri. C'est de là qu'il a envoyé en 1872 un tableau intitulé *Après une tempéte à Capri,* avec lequel il a obtenu une deuxième médaille. Ce sont des femmes affolées, qui du haut d'un rocher semblent interroger la mer et se penchent vers le gouffre en tordant leurs cheveux. Malgré une allure un peu mélodramatique, il y avait dans ce tableau un désespoir poignant.

Les *Chanteurs de Capri* montrent un autre aspect des mœurs du

Fig. 56. — Hirondelles sur un fil télégraphique, faïence de Deck, composée par Jean Benner.

pays. Ils sont rangés à la file, et leurs types méridionaux, très-bien exprimés, nous transportent dans un monde différent du nôtre; on voit que c'est une scène prise sur nature.

Emmanuel Benner qui fait, comme son frère, des tableaux de figures, montre aussi un penchant marqué pour l'Italie, et s'est déjà fait remarquer à nos Salons annuels. Les frères Benner ont tous deux un véritable talent comme peintres et on compte sur eux. Tout en appréciant leurs efforts pour élever leur talent par des études sérieuses, on aime à constater qu'ils restent pleins de verve et d'entrain dans leurs fantaisies décoratives. Aussi les Deck n'ont eu garde de les oublier, et ils comptent parmi les collaborateurs assidus de la maison (fig. 56).

BERNIER

CAMILLE BERNIER, de Colmar, est un des meilleurs paysagistes de l'école française. Il est élève de Léon Fleury, peintre bien oublié aujourd'hui, mais qui a eu de la réputation au temps où florissaient Watelet et Rémond ; Léon Fleury a passé autrefois pour un roman-

Fig. 57. — Environs de Plougastel, paysage par Bernier (appartient à M. Léon Gaucherel).

tique, et il l'était en effet par rapport à Bidault et à Valenciennes. Malgré sa facture mince et sa couleur terne, ce n'était pas un homme sans valeur, et l'agencement de ses tableaux est presque toujours heureux.

Son élève, Bernier, ne lui ressemble aucunement, et si le livret ne nous apprenait pas qu'il a fait ses premières études avec Léon Fleury, il serait impossible de le soupçonner.

En réalité, Bernier a pu apprendre d'un autre les pratiques de son métier, mais c'est devant la nature qu'il est devenu artiste. L'école moderne a certainement exercé une influence considérable sur le déve-loppement de son talent, car on n'échappe pas au milieu dans lequel

SOUS BOIS — HIVER.

Fig. 58. — Les Rochers de Plougastel (Finistère), paysage par Bernier.

on vit. Mais il ne s'est attaché à aucune des grandes personnalités du paysage contemporain; il n'a ni les audaces de Jules Dupré, ni les recherches fiévreuses de Théodore Rousseau, ni les tendresses et la rêverie de Corot.

Cet Alsacien s'est épris de la Bretagne et elle lui a révélé sa voie.

Fig. 59. — Fac-simile d'une eau-forte de Bernier.

Il a trouvé là une nature qui convenait à son tempérament et l'a traduite, non avec une passion brûlante, mais avec une fidélité scrupuleuse. Aussi sa peinture n'étonne jamais et charme toujours. Son talent sobre et contenu a donné la mesure exacte entre les finisseurs à outrance et les chercheurs de brutalité quand même. Son esprit positif le porte à observer ce qu'il voit plutôt qu'à rêver sur ce qu'il ne voit pas; par ce côté, il est donc réaliste. Seulement, c'est un réalisme

ENVIRONS DE DANNALEC (FINISTÈRE), TABLEAU DE BERNIER

(Salon de 1873.)

distingué, et Bernier ne se contente pas de faire vrai, il choisit ce qu'il fait. De même, dans l'exécution, il interprète, souligne certaines parties, pour en dissimuler d'autres, et son intelligence d'artiste n'est pas l'esclave de son œil.

Le grand tableau de Bernier exposé au Salon de 1870, *Un Chemin près de Bannalec* (Finistère), est un endroit comme on en a vu cent fois, et qui, s'il n'est pas très-grandiose, est assurément très-champêtre. Une allée, une barrière, une demi-douzaine d'arbres, c'est assez pour éveiller en nous le souvenir d'une promenade, et quand c'est traduit avec talent, que la couleur est agréable et le dessin châtié, il faudrait ne pas aimer la campagne pour n'être pas satisfait.

Le charme d'un pareil motif vient de la personnalité que l'artiste sait y mettre : ce n'est pas ce qu'il a vu qui nous séduit, c'est la manière dont il raconte ce qu'il a vu.

Cet artiste est le peintre du paysage breton. Il aime les sites intimes et traduit leur caractère agreste; les aspects sauvages de la nature l'inspirent également. Dans le *Doué près Plougastel,* il nous montrait des roches granitiques se découpant sur un ciel clair, dans une prairie où paissent des vaches. Dans la *Grève de Guisemy* c'étaient des pêcheurs apportant leur poisson, au milieu des rochers coupés de flaques d'eau.

Parfois Bernier a quitté la Bretagne et s'est échappé dans le Midi, mais il revient toujours à son pays de prédilection. Chaque année il rapporte une moisson d'études variées, à l'aide desquelles il peint les tableaux que nous voyons au Salon. Parmi les paysagistes alsaciens, c'est celui qui fait le plus d'honneur à son pays. Bernier a été médaillé en 1867, 1868 et 1869; il est décoré depuis 1872.

BEYER

E UGÈNE BEYER de Strasbourg a acquis en Alsace une grande réputation à laquelle malheureusement il a manqué la consécration de Paris. C'est un peintre d'histoire, qui a fait des toiles de proportions énormes, dont le sujet est généralement emprunté à l'histoire de la province. Une

Fig. 60. — Le Supplice des Juifs, tableau de Beyer.

des plus importantes est celle qui retrace le terrible carnage de Saverne en 1525. Les paysans révoltés s'étaient emparés de Saverne où ils furent assiégés par le duc Antoine de Lorraine. Après une assez vive résistance, ils se rendirent sous la seule condition qu'ils auraient la vie sauve et sortirent sans armes de la ville. Mais à peine avaient-ils passé la muraille, que les assiégeants se ruèrent sur eux et en firent un épouvantable massacre. Malgré ses efforts, le duc Antoine ne put retenir ses soldats, qui pénétrèrent dans la ville et tuèrent également ceux qui n'étaient pas encore sortis. Les cadavres encombraient les rues, les places et les alentours de la ville. Cette scène de fureur prête à une mise en scène pittoresque qui convenait au tempérament de Beyer.

Le *Supplice des Juifs,* la *Famille réformée en prière après la révocation de l'édit de Nantes* et en général les scènes qui appellent des expressions un peu violentes unies à des costumes pittoresques, forment le cycle habituel où il aime à se mouvoir. Mais il a fait aussi des petits sujets de genre, comme la *Diseuse de bonne aventure,* le *Jeu de dés,* le *Conteur,* etc. Ces deux derniers tableaux avaient été acquis par la Société des Amis des Arts de Strasbourg.

BOESWILLWALD

É MILE DE BOESWILLWALD, architecte et archéologue éminent, est né à Strasbourg en 1815. Il fit ses premières études dans sa ville natale, puis cédant au mouvement qui après 1830 entraînait tant de jeunes gens du côté de l'Allemagne, il se rendit à Munich. Mais il n'y resta pas longtemps et vint à Paris se mettre sous la direction de Labrouste.

En 1843, il fut attaché à la commission des monuments historiques, et fut ensuite nommé successivement inspecteur à Notre-Dame de Paris, et architecte de la cathédrale de Luçon.

Devenu architecte diocésain, il fut occupé successivement à Soissons, Bayonne, Orléans, puis chargé de la restauration de plusieurs monuments historiques, dans les départements de la Haute-Marne, de la Meuse, du Haut-Rhin et du Bas-Rhin.

Fig. 61. — Triptyque, par Bœswillwald.

A Metz et à Laon, il a fait aussi des travaux importants. Bien que sa vie d'artiste ait été presque entièrement absorbée par des restaurations d'édifices anciens, et des reconstitutions archéologiques, on lui doit quelques ouvrages personnels, entre autres, la jolie chapelle de Biarritz. Il a composé aussi des meubles et notamment un joli triptyque, que Steynhel a décoré de peintures.

Boeswillwald a exposé souvent de beaux dessins qui ont été fort remarqués, tels que les églises de Guebwiller, Neuwiller, Nieder-Haslach, etc. Mais, quoique ses études aient principalement porté sur l'Alsace, on lui doit d'intéressants travaux sur le palais des ducs de Lorraine à Nancy, sur les monuments religieux de la Picardie, etc. Boeswillwald est décoré depuis 1853 et a eu une première médaille à l'exposition universelle de 1855.

BOETZEL

E RNEST BOETZEL, né à Saar-Union (Bas-Rhin), s'est fait un nom dans la gravure sur bois. Une publication illustrée, intitulée *le Veilleur de nuit alsacien,* le fit d'abord connaître à Strasbourg. Il vint ensuite à Paris et travailla pour un grand nombre de recueils. Longtemps collaborateur de la *Gazette des Beaux-Arts,* il a attaché son nom aux principales publications artistiques, telles que la *Vie des peintres,* le *Tour du monde,* etc. Enfin il a lui-même publié dans ces dernières années des albums sur le Salon qui ont fait beaucoup de bruit par la manière dont ils étaient conçus. Les exposants faisaient eux-mêmes le dessin de leurs tableaux, que Boetzel faisait ensuite graver par ses collaborateurs, en se réservant, bien entendu, pour lui-même une part de travail.

Quand il s'est agi de reproduire les *Dernières cartouches* de Neuville, il a tenu à honneur de prendre lui-même le crayon en même temps que le burin pour populariser cette œuvre si éminemment nationale. Boetzel est en effet un des rares graveurs sur bois qui peuvent dessiner eux-mêmes les bois qu'ils gravent, et il figure à nos expositions, tantôt comme graveur, tantôt comme dessinateur. Il vient

Fig. 62. — Les Dernières Cartouches, dessin et gravure de Boetzel, d'après le tableau de Neuville.

d'obtenir, à l'exposition de 1875, une médaille pour laquelle il avait été déjà proposé en 1869, mais qu'il avait alors refusée, étant lui-même membre du jury cette année-là.

Nommé cinq fois de suite membre du jury de gravure, par l'élection des artistes, Boetzel s'est fait une position exceptionnelle et très-militante, dans les discussions qui avaient lieu au sujet des réceptions ou des récompenses à décerner. Défenseur quand même de l'intérêt de ses confrères les graveurs sur bois, il s'est trouvé en lutte avec les membres du jury, partisans des traditions classiques de la gravure en taille-douce.

En soutenant que la gravure sur bois avait droit aux mêmes récompenses que les autres genres de gravure, Boetzel était certainement dans le vrai. Puisqu'elle a produit des chefs-d'œuvre, elle ne doit pas être exclue. L'outil et les moyens pratiques d'exécution ne comptent pour rien dans une œuvre d'art. Mais si de la gravure nous passons aux graveurs, la question change. Le graveur en taille-douce dessine et le graveur sur bois calque la plupart du temps. Or un homme qui calque avec son burin un dessin tracé par un autre peut être difficilement assimilé à celui qui a gravé son propre dessin. Toute la question est là, et quand on décerne une médaille à un graveur, il faudrait d'abord s'informer s'il a lui-même dessiné le bois qu'il a gravé, ce que le livret a tort de ne pas indiquer.

Mlle Hélène Boetzel, qui a obtenu en 1872 une médaille dans la section de gravure, est la sœur et l'élève de l'artiste dont nous venons de parler.

BRION

G USTAVE BRION[1], né en 1824 à Rothau, dans le département des Vosges, appartient à la Lorraine par sa naissance et à l'Alsace par son éducation artistique. En 1831, sa famille était venue s'établir à Stras-

---

1. Ses principaux ouvrages sont : 1843. Les *Pipeaux ; Ronde de paysans.* — 1845. *Copies* d'après Isabey, Jules Dupré, Roqueplan. — 1847. *Intérieur de ferme à Dambach* (Salon). — 1849. *Rentrée des blés ; l'Italien à la fontaine ;* un *Schlitter* (à Strasbourg).

bourg et il avait seize ans lorsqu'il entra en 1840 dans l'atelier du peintre Gabriel Guérin, en même temps que le statuaire Friedrich lui enseignait les premiers éléments de la sculpture et de l'architecture.

Obligé de subvenir très-jeune à son existence, il se mit de bonne heure à donner des leçons de dessin et à faire des portraits, des lithographies, et des illustrations pour les livres, en même temps qu'il continuait ses études.

Son premier tableau exposé fut un *Intérieur de ferme à Dambach* qui figura au Salon de 1847. En 1853, il obtint une seconde médaille avec ses *Schlitters de la Forêt-Noire,* tableau qui fut acquis pour le musée de Strasbourg, et fut détruit en 1870 dans l'incendie allumé par les Allemands.

Le *Train de bois sur le Rhin* et l'*Enterrement dans les Vosges,* exposés en 1855, placèrent Brion au premier rang parmi nos peintres de genre. Debout sur le radeau qui glisse comme un long serpent sur les eaux vertes du Rhin, les mariniers qui conduisent le train de bois sondent la profondeur du fleuve avec de longues perches, ou luttent contre le courant avec de lourds avirons. Ces trains de bois, qui amenaient sur le Rhin les sapins arrachés aux montagnes de la Suisse, étaient de véritables villes flottantes; les bateliers logeaient dans des espèces de huttes où ils faisaient leur cuisine. Toute la vie étrange de cette population fluviale se déroule sur le radeau qui est pour elle comme une patrie. On sent là comme une misère humide et froide, et l'artiste a traduit pour nous des mœurs qui déjà appartien-

---

— 1851. Copie du *Dante et Virgile* de Delacroix (détruit par les Allemands); Le *Chemin de Halage;* un *Chien dans un jeu de quilles; Enfants au bain.* — 1853. Les *Schlitters de la Forêt-Noire* (détruit par les Allemands); *Récolte de pommes de terre pendant l'inondation* (musée de Nantes); *Batteurs en grange* (en Angleterre). — 1855. Le *Train de bois sur le Rhin* (en Angleterre, gravé par Jaset); la *Fête-Dieu* (en Angleterre, gravée par Jaset; la *Source miraculeuse* (en Angleterre); *Enterrement dans les Vosges* (en Amérique). — 1856. Reproduction du *Train de bois sur le Rhin;* l'*Enfant malade; Berger ramenant son troupeau* (à Strasbourg); même sujet (en Angleterre). — 1857. Le *Saltimbanque au moyen âge* (en Autriche); *Fête du premier mai; Porche d'église basque; Bouvier basque; Chevrier basque.* — 1859. *Porte d'église en Bretagne pendant la messe* (en Angleterre); le *Jeu de quilles; Enterrement sur le Rhin; Breton et Bretonne passant une haie; Breton et Bretonne au puits.* — 1861. Le *Repas de noce* (gravé par Ballin); le *Bénédicité* (gravé par Ballin); la *Noce* (musée de Stuttgard, gravée par P. Girardet). — 1863. Les *Pèlerins de Sainte-Odile* (musée du Luxembourg à Paris); *Jésus et saint Pierre sur les eaux;* le *Retour des pèlerins; Batteries de*

LES PÈLERINS DE SAINTE ODILE.

Fig. 63. — Le Saltimbanque au moyen âge, tableau de Brion.

nent à l'histoire, puisque la navigation du Rhin s'est complétement transformée depuis quelques années.

L'*Enterrement dans les Vosges* est une scène sinistre présentée sous un jour pittoresque. La montagne est couverte par la neige et sur une pente très-raide un cercueil glisse en prenant le chemin de la fosse qui doit l'engloutir. Cette bière noire produit un effet saisissant ; les parents et les amis suivent le mort, et leur cortége forme une tache sombre sur le paysage neigeux.

A la même exposition l'artiste avait envoyé la *Fête-Dieu,* comme pour montrer qu'il possédait aussi la note gaie. Des paysans endimanchés entourent un Christ maigre, allongé sur une croix de pierre que couvrent des couronnes de bluets, de coquelicots et d'églantines.

L'Alsace est pleine de constructions des temps anciens ; les villes et les villages ont en maint endroit gardé leur vieille physionomie. En peignant le *Saltimbanque au moyen âge,* l'artiste a voulu montrer les anciennes maisons de son pays, avec la population qui les habitait.

Malgré son goût pour les mœurs alsaciennes, Brion a fait des incursions dans d'autres provinces et s'est montré parfois Breton ou Basque. Nous devons à son voyage dans l'ouest de la France le *Breton causant au bord d'un puits avec une Bretonne,* et là *Porte d'église en Bretagne, pendant la messe,* charmant tableau plein d'une saveur champêtre, où les paysans, agenouillés devant une petite église de campagne qui ne peut les contenir tous, accompagnent de leurs prières l'office divin qui se célèbre à l'intérieur.

catapultes au siége d'une ville par les Romains (acheté par Napoléon III) ; deux dessins pour l'empereur : *Attaque par les Gaulois des retranchements romains,* et *Légion romaine en retraite* ; plusieurs dessins non édités pour le *Jules César,* de Napoléon III ; illustrations d'un roman d'Amédée Achard ; le *Malade imaginaire.* — 1864. Les *Vanneuses en Bretagne* ; la *Fête de mai* ; la *Quête au loup en Espagne.* — 1865. Illustrations des *Misérables,* de Victor Hugo ; de *Notre-Dame de Paris.* — 1866. La *Fête des Rois.* — 1867. Le *Retour des vendangeurs* ; le *Sixième Jour de la création* ; l'*Invasion* ; les *Quatre Saisons* (en quatre tableaux) ; l'*Éducation obligatoire, mais gratuite* ; *Deux Jeunes Gens au coucher du soleil* ; les *Aubépines* ; la *Leçon de musique* ; le *Retour de la foire.* — 1868. La *Lecture de la Bible* (à Berlin). — 1869. Un *Mariage protestant.* — 1870. Un *Enterrement à Venise* (en Angleterre). — 1871. Le *Vainqueur à la danse* ; l'*Abandonnée* ; les *Cadeaux de noce* ; *Arrivée d'une noce à la maison paternelle.* — 1872. *Sortie d'église protestante* (en Amérique). — 1873. Le *Baptême* (en Amérique) ; les *Nouvelles de France* (au musée de Colmar). — 1874. *Noce en Alsace.* — 1875. Le *Jour du baptême* ; la *Jeune Fille au rosier* ; la *Délaissée.*

L'INVASION EN LORRAINE. DESSIN DE TRION

Fig. 64. — Siége d'une ville par les Romains sous Jules César, tableau de Brion

En visitant les pays basques, Brion a fait une petite incursion en Espagne, et, sans s'inquiéter des moines à la mine austère ou des mantilles amoureuses, il en a rapporté la *Quête au loup,* scène rustique empruntée au pays basque. Deux mendiants, appuyés contre une maison, ont devant eux la dépouille d'un loup, qu'ils ont monté sur quatre piquets dans la posture d'un loup véritable. Ils ont délivré le pays du fléau destructeur des moutons et attendent de la générosité publique la récompense qui leur est due.

Brion a vu Naples, Rome et Florence, mais une seule ville l'a arrêté en Italie, c'est Venise, et ce qu'il a vu à Venise c'est... un enterrement ! Il paraît que dans ce pays-là le deuil se porte en rouge; l'artiste nous montre une gondole, toute drapée de rouge, qui file silencieusement sur un canal bordé de palais. Le cercueil est rouge et les hommes qui l'emmènent sont également vêtus de rouge.

Brion a fait tous les genres. Ennemi-né des théories creuses de l'esthétique, il peint sans s'inquiéter du désespoir qu'il cause aux faiseurs de classifications fort embarrassés de savoir dans quelle catégorie ils doivent le ranger. La lutte de l'idéal et du réel ne le touche en aucune façon et il dirait volontiers comme le poëte :

> L'âme et le corps, hélas! ils iront deux à deux,
> Tant que le monde ira, — pas à pas, — côte à côte,
> Comme s'en vont les vers classiques et les bœufs,
> L'un disant « tu fais mal » et l'autre « c'est ta faute! »

Néanmoins, le sentiment pittoresque l'emporte chez Brion sur tout autre, même lorsqu'il traite des sujets religieux. Ainsi dans le *Saint Pierre marchant sur les eaux,* ce n'est pas le Christ dans sa toute-puissance qui a ému l'artiste, et le sujet évangélique n'a été pour lui qu'un prétexte à faire clapoter des vagues.

Et on peut en dire autant de la *Fin du déluge*. Noé est sur l'avant de la fameuse arche et tend ses bras à l'oiseau de bon augure; près de lui trois femmes regardent l'espace immense. Mais les figures ne sont pas non plus la partie intéressante du tableau. Le soleil du soir baigne l'Océan et dessine encore une longue ligne de feu sur l'horizon. Voilà le véritable sujet sur lequel l'artiste a rêvé, et s'il y a introduit des figures, c'était pour animer son paysage.

Une circonstance imprévue vint subitement jeter l'artiste dans

UN MARIAGE PROTESTANT, TABLEAU DE BRION.

l'archéologie romaine. L'empereur Napoléon III faisait son livre sur
Jules César, et se préoccupait beaucoup des moyens d'attaque et de
défense usités par les anciens Romains. Brion fut chargé de faire un
tableau représentant les épisodes militaires d'un siége dans l'antiquité.

Il étudia les documents, s'y conforma scrupuleusement et fut
bientôt en état de faire des scènes rigoureusement exactes, tout en y
mettant l'accentuation pittoresque qui lui est propre. Il fit un tableau

Fig. 65. — Les Adieux, tableau de Brion.

qui fut fort remarqué à l'Exposition de 1863 et qui représente le *Siége
d'une ville par les Romains sous Jules César* (fig. 64). C'est une
batterie de balistes et de catapultes. Les soldats tendent la corde qui
doit chasser le projectile ou balancent le madrier qui va battre en
brèche les remparts. Les boucliers, rangés au pied des machines de
guerre, vont bientôt former la *tortue* au moment décisif de l'attaque.
Pour les gens du monde, c'était un tableau instructif; pour les amateurs, c'était une toile exquise.

Si heureuses qu'aient pu être pour Brion ses incursions dans
le domaine de l'histoire, elles n'ont été dans sa vie d'artiste que des
accidents, et il revient toujours de préférence aux sujets alsaciens. Les

premières impressions de la jeunesse se gravent dans la mémoire d'une manière impérissable, et il les retrouve avec bonheur.

Sainte Odile est la patronne de l'Alsace, et la montagne qui lui est consacrée est le lieu de pèlerinage le plus suivi de la contrée. On arrive à l'endroit vénéré en traversant de sombres bois de sapins; les pèlerins se sont arrêtés pour entendre une lecture pieuse. Debout et attentifs à la voix de leur pasteur, ils écoutent avec recueillement, et leurs vêtements éclatants tranchent sur les teintes sombres du fond. La scène se passe dans une épaisse forêt; un rayon de lumière vient l'éclairer en faisant une percée à travers la futaie et se projette en reflet sur les mousses épaisses qui recouvrent le terrain. Les garçons et les filles se sont réunis pour le pèlerinage; mais si la prière est le but qu'on se propose en partant, les fiançailles ont été plus d'une fois le résultat de la pieuse fête.

Suivons donc Brion, car il va dérouler devant nous toute la vie du paysan alsacien, et nous allons assister maintenant au *Mariage protestant,* où nous voyons le pasteur unir les deux jeunes époux en présence de la famille et des témoins.

Tout mariage appelle une noce et en Alsace on ne s'en prive pas. Aussi le peintre nous convie-t-il à un *Repas de noces.* Les époux se tiennent à l'ouverture d'un escalier qui monte à la salle du festin. Le citron symbolique est entre les mains du marié qui embrasse les filles, pendant que sa femme est embrassée par les garçons.

Puis voilà le joyeux violon des ménétriers qui conduit les convives à la danse. Filles et garçons concourent à qui dansera le mieux et un coq est la récompense promise au vainqueur. C'est sous une grange ensoleillée que la scène se passe : les filles ont leurs jupes rouges et s'apprêtent à lutter contre les garçons qui ont déposé leurs grands chapeaux sur des escabeaux de bois. Puis ce sont des lanternes et, hélas! des drapeaux tricolores, dont les vives couleurs viennent égayer la scène.

Cependant le ménage s'installe et le peintre va nous faire assister aux joies de la petite famille qui a poussé. Le *Jour des Rois* est une grande fête en Alsace; voici un bon fermier alsacien qui fête l'Épiphanie avec sa femme et ses enfants. Au moment où il vient de partager le gâteau qui va faire proclamer un roi, trois petits enfants revêtus d'habits royaux entrent portant les attributs des mages dont ils veulent

LA NOCE, TABLEAU DE BRION

symboliser la venue. Les vêtements royaux consistent en une grande chemise blanche, probablement empruntée au papa, et une couronne de papier découpé : parmi les attributs, on remarque une étoile en papier blanc placée au bout d'une baguette. Naturellement, la famille réunie à table fait le meilleur accueil aux petits mages et paraît surprise de leur arrivée. Le mobilier, qui annonce l'intérieur d'un paysan aisé, ajoute encore par son caractère alsacien à cette petite scène locale qui est pleine de charme.

En Alsace on a conservé les habitudes de piété qu'avaient nos pères, et la famille ne se mettrait pas à table sans avoir entendu le *Bénédicité*. Le père de famille récite la prière devant les enfants debout en face de lui, tandis qu'un grand plat de pommes de terre, qui fume sur la table, va satisfaire bientôt l'appétit des convives. Personne ne sait unir comme Brion le caractère sérieux des impressions de l'âme avec les détails piquants du costume et des accessoires.

Il faut maintenant procéder par des lectures pieuses à l'éducation de la jeune famille. La *Lecture de la Bible,* qui a obtenu la médaille d'honneur au Salon de 1868, est une composition charmante de recueillement et de naïveté rustique. Un vieux paysan, assis dans un grand fauteuil de cuir et tenant sur ses genoux une grosse Bible, fait sa lecture devant la famille attentive. Les auditeurs sont de grandes et belles filles bien découplées, des gamins à la mine éveillée et à la chevelure épaisse, de jeunes garçons tenant en main leurs chapeaux. Ceux-ci sont debout, dans une attitude méditative, les femmes sont assises sur des chaises de bois dont la forme alsacienne est bien caractérisée.

Quand la famille est élevée, il faut qu'elle dise adieu à son chef. L'artiste nous montre donc l'*Enterrement sur le Rhin.* Immobiles sur le rivage, les parents et les amis regardent la barque qui emporte le corps. Le batelier s'éloigne du rivage et des femmes en pleurs accompagnent le cercueil.

Ce qui plaît dans les tableaux de M. Brion, c'est l'honnêteté. Rien qu'à voir ses intérieurs, les meubles simples et robustes qu'il aime à peindre, le grand poêle en faïence verte qui lui est si cher, on sent que le monde qui peuple ses toiles mène une vie patriarcale et douce, et ne connaît de la vie que les émotions intimes des fiançailles ou de la famille.

DECK

Voici un artiste de l'industrie qui honore singulièrement son pays. Quand on parle aujourd'hui des frères Deck, leur nom éveille dans

Fig. 66 — Plat en faïence par Deck.

la pensée les plus belles colorations de la faïence, et les étonnants progrès que leurs efforts ont fait faire à une de nos industries d'art les plus intéressantes.

En 1841 Théodore Deck entrait en apprentissage dans la fabrique de poêles de Hugelin de Strasbourg, dont nous parlerons bientôt et qui présente une des faces les plus intéressantes de l'art alsacien. Déjà à cette époque, Th. Deck manifestait des goûts artistiques qui le mettaient fort au-dessus des autres apprentis et qui, en se développant, devinrent pour lui une ressource.

En effet, lorsque vers 1844, il eut l'idée de visiter l'Allemagne pour étudier les procédés en usage dans le pays, il fut accueilli partout

Fig. 67. — Plat en faïence par Deck.

comme un artiste auquel on pouvait confier un genre de travail dont les autres ouvriers n'auraient pas été capables. S'arrêtant partout où il trouvait une fabrique, restant davantage dans celles où il croyait se perfectionner, il visita successivement le duché de Bade, le Wurtemberg, la Bavière, la Styrie et notamment Gratz, où il séjourna quinze mois.

A cette époque le système des corporations subsistait encore en Allemagne, en sorte que les travaux artistiques exécutés par Deck sur son passage lui avaient fait une réputation qui n'était pas seulement locale, mais s'étendait à tout son corps d'état.

Aussi, lorsqu'il se rendit à Vienne, toutes les fabriques d'Autriche

Fig. 68. — Faïence de Deck

lui ouvrirent leurs portes et cherchèrent à l'attirer, mais le choix de son atelier était fait d'avance. Pendant le séjour de quinze mois qu'il fit à Vienne, Deck exécuta plusieurs poêles monumentaux qu'il avait modelés à la main dans le style Louis XV pour le château de Schœnbrunn, pour le duc de Lucques en Illyrie et pour le prince de Rothau à Prague.

La fabrication de ces poêles diffère de celle de Paris en ce qu'elle est essentiellement artistique. C'est là une supériorité qu'il faut bien reconnaître à l'Allemagne, ou du moins à l'Allemagne méridionale ; dans toutes les maisons riches, le poêle, au lieu d'être un instrument de chauffage, est un véritable monument, participant de l'architecture et du mobilier, et dont la décoration commande celle de l'appartement.

De Vienne, Deck se rendit à Pesth, où il séjourna quatre mois, puis il repassa par Vienne pour aller à Prague, Dresde, Leipsick et Berlin qu'il quitta au bout de trois mois, avec l'intention de venir à

Fig. 69. — Faïence de Deck.

Paris. Mais il s'arrêta quelque temps en route, à Hambourg, Hanovre, Dusseldorf. Deck est véritablement un homme d'un autre âge, transporté parmi nous, et la connaissance approfondie qu'il a de son état vient de ce qu'il a étudié en tous lieux les procédés de fabrication. C'est ainsi que, du temps des corporations, les hommes de métier procédaient, au grand avantage de l'artiste qui ne gagne jamais à l'isolement.

Deck arriva à Paris au mois de décembre 1847, possédant à fond tous les secrets de la fabrication allemande, à cette époque si supérieure à la nôtre. Il entra dans la fabrique de poêles de M. Vogt, mais la révolution de Février ayant interrompu les travaux, il alla pour quelque temps à Guebwiller, sa ville natale, puis revint à Paris, chargé par la maison Dumas de fonder une nouvelle fabrique de faïences pour poêles.

Cette époque marque en même temps le commencement des innovations de Deck, qui s'établit définitivement en 1858. Il était alors vivement préoccupé de la belle coloration des faïences persanes. Un échantillon de carreau ébréché, qu'on lui prêta, fut de sa part l'objet

Fig. 70. — Plat par Deck.

d'une étude attentive et le convainquit que cette fabrication était toute autre que celle usitée en Occident.

Trouver la teinte des faïences orientales fut dès lors une idée fixe pour lui, et il donnait à ses essais la plus grande partie de son temps. Cette nouvelle fabrication lui causa bien des soucis et des tribulations, car il n'avait que les ressources de son travail quotidien pour lui venir en aide. Ne perdant jamais courage malgré ses nombreux insuccès, il finit par obtenir le résultat qu'il attendait.

En 1860, Deck fit pour Nadar différents travaux, entre autres de grandes jardinières, une vasque de plus d'un mètre de diamètre, etc.

Les trois grands bustes colossaux qui décoraient encore, il y a quelque
temps, le pignon de la maison Nadar sur le boulevard des Capucines,
étaient son ouvrage, et la manière dont ils ont bravé les intempéries

Fig. 71. — Cylindre à décors japonais par Deck.

des saisons, sans subir aucune altération, devrait attirer davantage
l'attention des architectes.

A cette époque, quelques artistes, comme Hamon, Ranvier,
Gluck, Bracquemond et Mme Escallier, étaient préoccupés des tons
qu'on peut obtenir avec la faïence ; ils se réunirent à Deck et apportèrent le concours de leur talent à cet infatigable chercheur, désireux
de faire des tentatives en tout genre.

Deck fit sa première apparition en public, à l'exposition des arts industriels de 1861, et reçut une médaille d'argent comme récompense. Cette exposition lui valut en outre divers travaux intéressants, entre autres la décoration en faïence de l'hôtel Païva, aux Champs-Élysées.

L'exposition de Londres, en 1862, fut encore pour Deck l'occasion d'un éclatant succès. On y remarqua particulièrement ses bleus

Fig. 72. — Vase de style oriental par Deck.

turquoises et ses pièces décorées dans le style oriental. Il faut rendre justice aux Anglais : s'ils font des efforts inouïs pour perfectionner leur industrie nationale, ils accueillent toujours très-bien les productions étrangères.

En 1863, Deck fit la décoration intérieure d'un kiosque en style persan, pour M. Luce de Marseille. Une partie de cette décoration a figuré à l'Exposition des beaux-arts appliqués à l'industrie, et la beauté de ses colorations fut très-remarquée. Cependant cette poterie n'était pas parfaite. Elle était sujette à la tressaillure qui, sans pour

UNE FONTAINE, PAR DECK

cela compromettre la solidité des pièces, ne les laissait pas moins traverser par l'eau.

Ce grave défaut devait être combattu, et ce n'était pas chose facile avec une couverte alcaline qui convenait aux couleurs de Deck et qu'il tenait naturellement à conserver. Après bien des essais, il arriva au but, et à l'exposition des arts industriels de 1864, il montra des échantillons de pièces non tressaillies.

Les produits de Deck sont dus à la création d'une fabrication

Fig. 73. — Porte-bouquet à émaux polychromes par Deck.

nouvelle qui lui est toute personnelle, et c'est à ses études sur les faïences orientales qu'il doit surtout l'éclat et la variété de ses teintes.

Deck a toujours su s'assurer la collaboration d'artistes éminents tels que Mme Escallier, Hamon, Ranvier, Gluck, Ehrmann, Anker, Legrain, Benner, Colin, Reyber, Martinus, etc. Leurs qualités artistiques d'invention et de dessin, leurs recherches sur l'harmonie des teintes, viennent en aide à l'éminent céramiste qui, de son côté, les fait profiter de son expérience pratique et de ses excellents procédés.

Depuis quelques années des travaux importants ont été exécutés dans les ateliers de Deck, comme revêtements de salles de bains, grandes jardinières à poste fixe de vingt et trente mètres de développement, etc. En ce moment même, de grands travaux de revêtements sont en cours d'exécution pour Bordeaux, Francfort, la Silésie et Rome.

Dans les progrès nouveaux et intéressants qu'il a réalisés dans son industrie, Deck ne pouvait manquer de trouver des imitateurs. La maison Minton, en Angleterre, s'est beaucoup préoccupée de ses procédés et a souvent appliqué ses modèles et son genre de décoration.

En 1869, une grande maison anglaise proposa à Deck de fonder près de Leeds, dans le Yorkshire, un grand établissement industriel, en l'associant à cette maison sans autre déboursé que son travail, mais il refusa, préférant faire profiter son pays des progrès qu'il pourrait encore réaliser dans son industrie.

DOCK

Dock (E.), né à Strasbourg en 1827, fut placé dans une maison de commerce en 1842. Mais il la quitta en 1845, par un coup de tête, et entra dans l'atelier de sculpture de la cathédrale. Il partit ensuite pour Paris et suivit quelque temps les cours de l'École des beaux-arts.

Forcé de travailler pour vivre, il chercha à faire des modèles pour l'industrie, et vint finalement s'établir à Strasbourg en 1860. Il acquit bientôt une réputation qui s'étendit à toute la contrée, et ses productions en tout genre se répandirent dans tous les départements qui avoisinent la Suisse.

Bien qu'il ait fait plusieurs statues, E. Dock a établi sa réputation par ses travaux décoratifs. En même temps qu'il faisait ses études comme statuaire, il avait étudié les principes de l'architecture. Il se trouva ainsi à même d'entreprendre les décorations d'édifices publics, d'églises, de châteaux, de maisons particulières. Il a fait en outre des cariatides, des statuettes en marbre, en pierre, en bois, des modèles que l'industrie a reproduits en bronze, en fonte de fer, en faïence, etc.

Certes nous sommes loin de dédaigner les applications qu'un artiste peut faire de son talent pour des objets d'usage journalier, et nous savons parfaitement que le mot *art,* sous la Renaissance, comme dans l'antiquité, ne s'appliquait nullement à un genre spécial de travail, mais simplement à l'excellence d'un travail quelconque. C'est seulement par la formation des académies au xviie siècle qu'on a séparé les deux mots d'art et d'industrie.

Mais tout en félicitant Dock de la réputation que ses travaux en

Fig. 74 et 75. — Statues décoratives par Dock.

tout genre lui ont acquis dans son pays, nous regrettons qu'il n'ait pas attaché plus d'importance à la consécration de Paris, en envoyant à nos concours annuels quelque ouvrage important qui marque dans l'histoire de notre temps et nous permette de lui assigner une place d'honneur parmi nos statuaires contemporains.

DORÉ

GUSTAVE DORÉ, né à Strasbourg en 1833, est fils d'un ingénieur des ponts et chaussées. Il a fait ses études classiques au lycée de Strasbourg et ensuite au lycée Charlemagne. Comme dessinateur,

Fig. 76. — La Liberté, composition de Gustave Doré.

Gustave Doré a été un véritable enfant prodige, et son étonnante précocité a fait parler de lui de bonne heure. En 1848 le *Journal pour rire* imprimait ses *Douze Travaux d'Hercule;* il avait alors quinze

PAYSAGE PAR GUSTAVE DORÉ.

ans. Il a été collaborateur d'un grand nombre de journaux illustrés, notamment le *Journal pour tous*, le *Musée anglo-français* et plusieurs publications anglaises.

Doué d'une verve intarissable, Gustave Doré a fourni des dessins

Fig. 77. — Fac-simile d'un croquis de Gustave Doré.

pour une multitude d'ouvrages dont les plus connus sont : les *Œuvres de Rabelais* (1854); la *Légende du Juif-Errant*, les *Contes drôlatiques* de Balzac (1856); les *Contes de Perrault*, les *Essais de Mon-*

taigne (1857); le *Voyage aux Pyrénées* de M. Taine (1859); l'*Enfer* du Dante (1861); le *Don Quichotte* (1863); les *Fables de La Fontaine,* la *Mythologie du Rhin,* le *Capitaine Castagnette,* le *Baron de Münchausen* et surtout la *Bible,* qui passe pour son œuvre capitale.

Comme peintre, Gustave Doré a fait de nombreux tableaux, dont quelques-uns d'une très-grande dimension. Ceux qui ont été le plus remarqués au Salon sont : la *Bataille de l'Alma* (1855); la *Bataille d'Inkermann* (1857); plusieurs tableaux tirés de l'*Enfer* du Dante, et de nombreux paysages, presque toujours choisis dans des sites montagneux. Il y a à Londres (New Bond street), une galerie exclusivement consacrée aux ouvrages de cet artiste et qui porte le nom de « Doré-Gallery ».

Les tableaux de Gustave Doré ont été appréciés très-diversement, et, malgré l'importance que l'opinion publique lui accorde généralement, la critique a été quelquefois dure à son égard. Improvisateur fécond, il est doué d'une imagination inépuisable et s'astreint difficilement aux exigences rigides de la grande peinture. Il apporte dans ses tableaux toutes les qualités qu'on trouve dans ses illustrations, mais il n'attache pas assez d'importance à celles qui constituent le peintre proprement dit. Gustave Doré, qui a fait des milliers de compositions charmantes, n'a jamais fait un portrait remarquable. Il est chevalier de la Légion d'honneur depuis 1861.

EHRMANN

François-Émile Ehrmann[1], né à Strasbourg en 1833, se destina d'abord à l'architecture. Après avoir fait ses premières études dans sa ville natale, il vint à Paris en 1853 et entra dans l'atelier de M. Gilbert, puis dans celui de M. Questel. Il avait un goût assez prononcé pour la

---

1. Ses principaux ouvrages sont : 1863. *Hercule entre le vice et la vertu.* — 1864. Les *Athéniens allant consulter l'oracle, arrivent en vue de Delphes.* — 1865. La *Pêche de la Sirène* (ce tableau, qui avait été acquis par le Musée de Strasbourg, a été détruit par les Allemands en 1870). — 1866. Les *Parques* (Musée de Mulhouse). — 1867. *Fronton de l'Exposition des Beaux-Arts,* au Champ-de-Mars; *Plafond du Cercle du commerce,* place

Fig. 78. — L'Histoire de l'Art, frise décorative par Erhmann.

partie artistique de son état, et les succès qu'il avait obtenus comme étudiant pouvaient lui faire présager un brillant avenir. Mais il s'épouvanta de la partie pratique inhérente à son état, et, pouvant difficilement se faire aux questions d'administration et de comptabilité qui tiennent une si grande place dans la vie d'un architecte, il crut trouver plus d'indépendance dans la peinture et entra, en 1856, dans l'atelier de Gleyre.

Un artiste se ressent toujours de ses premières impressions : les habitudes de précision et d'exactitude mathématique étaient entrées dans l'esprit d'Ehrmann, et il s'aperçut bientôt que ses tableaux, à force d'être soulignés dans toutes leurs parties, avaient une sécheresse qui détruisait tout le charme de l'aspect. Il fit tous ses efforts pour combattre ce défaut que lui-même avait contracté dans l'exercice de l'architecture. Mais, en même temps, la nécessité où il avait été de s'attacher aux proportions et aux relations des parties accessoires avec l'ensemble avait développé en lui un goût d'agencement décoratif qui est demeuré la première de ses qualités comme peintre.

Ehrmann a toujours eu le goût des sujets antiques : son premier tableau représentait *Hercule et Omphale*. Tout en suivant la direction vers laquelle il se sentait appelé, il comprit bientôt l'importance que le paysage pouvait avoir dans un tableau d'histoire, et le désir de peindre les flots bleus de la mer Méditerranée entra pour quelque chose dans la composition de ses *Athéniens en vue de l'île sacrée de Délos*.

En 1866, Erhmann nous a donné une interprétation gracieuse de l'antique fable des Parques. Malgré l'importance que, d'après les anciens, les Parques avaient dans les destinées humaines, l'art grec en a donné bien rarement des représentations plastiques. Sous la Renaissance, Michel-Ange a présenté les Parques sous la forme de trois vieilles femmes complètement vêtues qui tiennent la quenouille et le fuseau. Au contraire, quand Rubens veut montrer les trois Parques

du Château-d'Eau; *Plafond d'un hôtel*, rue Murillo. — 1868. Un *Vainqueur* (aux Gobelins); l'*Étoile du matin* (Musée de Colmar). — 1869. *Vercingétorix appelle les Gaulois à la défense de la Patrie* (Musée de Clermont-Ferrand). — 1871. La *Suisse secourant Strasbourg* (Musée de Neufchâtel). — 1872. *Strasbourg pendant le siège* (Musée du Havre). — 1873. La *Fontaine de Jouvence; Thésée abandonnant Ariane* (aquarelle, au Musée de Luxembourg). — 1874. Une *Histoire de l'Art* (frise décorative). — 1875. Le *Passage de Vénus; Persée et Andromède* (aquarelle).

LA FONTAINE DE JOUVENCE

filant la destinée de Marie de Médicis, il en fait des jeunes femmes blondes, complétement nues et étalant avec complaisance ces formes dodues si habituelles dans ses tableaux. Erhmann, voulant peindre le fil de la destinée humaine, a repoussé l'interprétation morose du grand maître italien ; mais il n'a pas adopté non plus la santé par trop florissante dont le grand peintre flamand a affublé les déesses. Il en fait des jeunes filles gracieuses et sveltes.

L'élégance est d'ailleurs une qualité inhérente à Ehrmann, et on se rappelle le succès très-légitime qu'obtint en 1873 son gracieux tableau de la *Fontaine de Jouvence*. Cette année (1875), l'artiste a eu l'idée un peu bizarre de donner une forme plastique au *Passage de Vénus,* dont on a tant parlé dans le monde savant. La déesse passe, en traversant le ciel, devant l'image radieuse du soleil.

Ehrmann a quelquefois appliqué son talent aux industries d'art, et il compte parmi les collaborateurs habituels de Deck. Comme décorateur, on lui doit plusieurs ouvrages importants : il est l'auteur d'un plafond exécuté pour le cercle du commerce, et c'est lui qui fut chargé, en 1867, de décorer le fronton de l'Exposition des Beaux-Arts, au Champ-de-Mars. On lui doit aussi une belle frise décorative sur l'*Histoire de l'Art,* qui a figuré au Salon de 1874.

FRIEDRICH

L E statuaire Friedrich est né en 1798 à Ribeauvillé (Haut-Rhin). Bien qu'il ait travaillé dans différentes écoles, il a subi l'ascendant qu'Omacht exerçait autour de lui et s'est plus d'une fois guidé d'après les exemples qu'il en avait reçus. Il a rendu hommage à son souvenir en faisant d'après lui un buste qui se voit au Musée de Colmar.

Les ouvrages de Friedrich sont fort répandus en Alsace et en Allemagne. Lorsque les Allemands revendiquèrent pour le village de Steinbach, dans le duché de Bade, l'honneur d'avoir donné le jour à l'architecte de la cathédrale de Strasbourg, personne ne songea à les contredire. Friedrich fit la statue du grand homme qu'il admirait et en fit don au village allemand qu'il regardait comme son pays natal.

C'était le temps où l'on croyait aux confraternités nationales, et le sculpteur avait pour l'Allemagne des sympathies que toute la France partageait alors. Rien d'ailleurs ne pouvait faire présumer que le lieu de naissance d'Erwin de Steinbach serait un jour contesté.

Friedrich a exécuté plusieurs travaux en Allemagne. Dans l'église de Fribourg en Brisgau, on voit une statue de lui représentant un archevêque de cette ville. Il a fait également le monument de sir Francis Drake, élevé sur une des places publiques d'Offenbach. Sir Francis Drake est le premier qui a apporté la pomme de terre en

Fig. 79. — Erwin de Steinbach. Bas-relief par Friedrich.

Europe, en 1586. Sa statue en granit rouge le représente debout sur son navire, tenant dans la main un pied de pomme de terre et dans l'autre une carte d'Amérique.

Parmi les autres ouvrages de Friedrich, il faut citer le monument élevé à la mémoire du grand-duc Léopold, qui a été inauguré en 1855 sur la place d'Achern. Voici comment le *Courrier du Bas-Rhin* en rend compte : « Sur un piédestal octogone s'élève la figure gracieuse d'une femme, le génie de Bade; elle fixe de la main gauche une guirlande de roses autour d'un autre piédestal, sur lequel repose le buste de feu le grand-duc, qu'elle couronne de la main droite. Ce buste est d'une ressemblance parfaite et l'artiste a su mettre dans ses traits la bonhomie paternelle qui distinguait ce prince. Aux pieds de la figure, des gerbes de blé et des symboles de l'industrie caractérisent la richesse productrice du pays; la face du piédestal est décorée des armes d'Achern; un bouclier, qui s'y appuie à gauche, porte les armoiries des communes voisines. »

Friedrich a exécuté de nombreux travaux pour la France, entre autres la fontaine monumentale de Ribeauvillé, le nouveau monument de Turenne, à Sassbach, la statue du poëte Pfeffel, à Colmar, celle de l'évêque Wernher, à la cathédrale de Strasbourg, etc. Il a fait aussi un grand nombre de bas-reliefs : celui que nous avons fait graver représente Erwin de Steinbach, en compagnie de son fils qui fut également architecte, et de la statuaire Savine, qu'une tradition erronée lui donne pour fille.

GLUCK

Eugène Gluck[1], natif d'Altkirch, a commencé par faire des dessins pour les éditeurs. Son premier travail un peu important est le *Cortége de la fête de Guttenberg,* célébrée à Strasbourg en 1840. C'est un ouvrage de cinquante-deux planches, où presque toutes les petites figures sont des portraits.

Son premier maître, à Strasbourg, avait été Gabriel Guérin, artiste chez lequel ont commencé la plupart des artistes alsaciens qui ont aujourd'hui de la réputation. Il arriva à Paris en 1843 et entra à

---

1. Ses principaux ouvrages sont : 1847. *Une Bataille antique.* — 1849. Le *Dragon de l'île de Rhodes.* — 1857. Les *Bergers de Gessner;* la *Défense de Kars; Portrait d'homme.* — 1859. *Céphale et Procris; Portrait du général V.* — 1860. *Bataille...* (Musée de Colmar). — 1864. *César et les Gaulois;* le *Baron de Hoh–Andlau partant pour la guerre.* — 1866. *Un Homme utile; Chevalier partant pour la guerre.* — 1868. *Un Dimanche au bon vieux temps.* — 1870. *Chasse au sanglier.* — 1873. Le *Marquis de Larochejaquelein,* général vendéen. — 1875. *Portrait du sculpteur Ch. Gautier;* le *Moulin de Cernay* (aquarelle).

l'atelier de Léon Cogniet. De 1845 à 1850, il a fait un assez grand nombre de lithographies, entre autres vingt-quatre planches sur le département du Lot, ouvrage dont son frère, alors professeur à Cahors, avait fait le texte.

La première exposition de Gluck date de 1847, et, depuis cette poque, il a envoyé au Salon des ouvrages d'un caractère très-varié. Quoique porté par tempérament vers les sujets et les costumes du moyen âge, il a poussé des pointes vers l'antiquité et même vers le réalisme. En 1859, il avait un *Céphale et Procris,* et en 1864, un épisode de la vie de César dans la guerre des Gaules. Dans une bataille

Fig. 85. — Le Chevalier partant pour la guerre.

contre les Gaulois, César fut saisi par un ennemi d'une force prodigieuse qui l'enleva tout armé de son cheval, lorsqu'un autre Gaulois, reconnaissant le chef romain, s'écria : « Frappe-le, c'est César. » Le guerrier, étourdi de ces paroles et de l'importance de son prisonnier, le laissa échapper. Le Gaulois à longues moustaches montre du doigt César. On se bat partout et les légionnaires accourent pour sauver leur général. Toute cette scène est pleine d'entrain et d'animation.

La seule incursion que Gluck ait faite dans les eaux du réalisme, est un tableau qui a figuré au Salon de 1866 et qui avait pour titre :

Fig. 81. — Cavaliers du xvi" siècle se promenant avec des Dames, faïence de Deck (composition de Gluck).

Un Homme utile. Cet homme utile est un cordonnier, ou plutôt un savetier en train de travailler à une chaussure près d'une petite table où sont ses outils.

En 1870, la *Chasse au sanglier,* panneau décoratif imitant la tapisserie, a été fort remarqué et méritait de l'être.

Gluck a une grande entente de l'art décoratif et a fait des choses admirables pour l'industrie et notamment celle de la céramique. On se rappelle ses jolies faïences, les *Préparatifs de la chasse,* le *Chevalier partant pour la guerre.*

Gluck est un des collaborateurs habituels de Deck, pour lequel il a fait toutes ses belles faïences. Les cavaliers du xvie siècle, se promenant avec des dames, sont une composition très-remarquable et dont les couleurs sont tout à fait appropriées à la faïence.

GOUTZVILLER

CHARLES GOUTZVILLER, né à Altkirch (Haut-Rhin), en 1819, est un érudit doublé d'un artiste. Longtemps collaborateur de la *Revue d'Alsace,* il s'y fit connaître comme écrivain, et ses recherches sur les anciens artistes de l'Alsace le firent appeler au musée de Colmar, dont il rédigea le catalogue avec M. Ugot. Goutzviller refait en ce moment (1875) une nouvelle édition illustrée de ce catalogue.

Après l'annexion allemande, Ch. Goutzviller a renoncé à la position qu'il occupait en Alsace et est venu, à Paris, utiliser son talent de dessinateur. Tous les recueils d'art se sont ouverts devant lui, et il est aujourd'hui un de nos dessinateurs les plus en renom. Il a participé par plusieurs de ses dessins à la collaboration de ce livre.

CHASSE AU SANGLIER, PAR GLUCK.

GRASS

G RASS, de Strasbourg, un des statuaires distingués de l'Alsace
contemporaine, est élève d'Omacht. C'est à lui qu'on doit la belle
statue de Kléber, qui est à Strasbourg. Il avait au musée de cette ville

Fig. 82. — Erwin de Steinbach.
Statue par Grass.

Fig. 83. — Savine, dite Sabine de Steinbach.
Statue par Grass.

un *Icare* en bronze, et une *Jeune Paysanne* en marbre qui obtint un
grand succès au Salon de 1839. Ces deux ouvrages ont été détruits
par les Allemands.

Nommé sculpteur en titre de Notre-Dame de Strasbourg, Grass a consacré son talent à restituer d'après des documents anciens les statues qui décoraient autrefois l'église et avaient été enlevées ou détruites pendant la Révolution. C'est à lui qu'est due notamment la gigantèsque sculpture du *Jugement dernier,* qui a été placé en 1849 sur la façade de la cathédrale. Il a fait aussi la statue de la statuaire Savine, et celle d'Erwin de Steinbach qui décore le portail méridional de la cathédrale. Grass a toujours vécu à Strasbourg et sa réputation, très-grande dans sa ville natale, ne s'étend guère au delà de la province où il a toujours vécu et travaillé.

GROS

Lucien-Alphonse Gros, natif de Wesserling (Haut-Rhin), est élève de Meissonier. Il représente en Alsace le genre lilliputien et traite avec beaucoup d'esprit les petits sujets à costumes. On a remarqué, en 1866, ses *Cavaliers cherchant un gîte,* jolie petite toile représentant trois cavaliers en costume Louis XIII, trempés jusqu'aux os, qui viennent frapper à la porte d'une ferme. Ce genre de tableaux prête aux agencements pittoresques, et l'artiste est très-préoccupé de ce côté de l'art. Il peint fort bien les figures à costumes historiques, et cette année son tableau intitulé *les Importants conspirent contre le cardinal Mazarin,* constate les progrès dus à ses efforts.

Gros est un homme de talent; il a été déjà récompensé et aura bientôt son contingent de médailles. Seulement il demeure à Poissy, près de son maître Meissonier, dont il subit nécessairement l'influence, et il est à craindre qu'il n'oublie trop le fameux axiome de Michel-Ange : « Celui qui marche en suivant un autre est sûr de ne pas arriver le premier. »

HAFFNER

Félix Haffner [1] naquit à Strasbourg en 1818; son père était un ancien officier retraité du premier Empire; mais il avait un oncle qui était professeur de dessin et eut une grande influence sur sa vie. Il perdit son père à quinze ans, se lança dans la carrière des arts avec une ardeur frénétique et fut bientôt en état de soutenir sa mère par les ressources qu'il s'était créées avec ses dessins et ses aquarelles. Il n'en continuait pas moins ses études et prit la résolution d'aller se perfectionner en Allemagne; mais pendant un séjour qui se prolongea au delà d'une année, il put se convaincre que son génie était français et incompatible avec les méthodes allemandes.

En 1840, Haffner revint à Paris, sous la mauvaise impression de ce qu'il avait vu en Allemagne, et en 1844, nous le trouvons dans

1. Ses principaux ouvrages sont : 1845. *Marais près de Dax* (Landes) ; *Brasserie aux environs de Munich; Portrait.* — 1846. *Intérieur de ville* (Fontarabie) ; *Chaudronniers catalans; Intérieur de ferme dans les Landes.* — 1847. *Noce de paysans béarnais; Portrait.* — 1848. *Halte de Gitanos* (au musée de Valenciennes); la *Mendiante; Intérieur de la ville de Strasbourg; Bergère des Landes; Passage du Rhin par les Germains; Portrait.* — 1849. *Marché à Schlestadt* (acquis par la Société des Amis des Arts de Strasbourg); *Environs de Tarias dans les Landes; Zingaris;* les *Laveuses en Alsace.* — 1850. *Paysage aux environs de Bade* (commandée par le ministère de l'intérieur); un *Verger;* un *Chemin creux; Vendanges en Alsace; Bac sur le Rhin.* — 1852. *Une Fontaine à Obernay; environs de Strasbourg;* la *Récolte des pommes dans le grand-duché de Bade* (commandé par le ministère de l'intérieur). — 1853. *Arrivée des bateliers du Rhin au marché de Strasbourg; Mon Jardin.* — 1855. La *Récolte du tabac en Alsace; Sanglier ravageant un champ de maïs; Chevreuil surpris; Intérieur de basse-cour.* — 1857. *Étang de Meinau aux environs de Strasbourg;* les *Bords du Rhin; Intérieur; Rendez-vous de chasse de Meinau; Chalet de la ville de Kappel à Bade.* — 1859. Le *Coup double; Pluie et beau Temps;* la *Pêche* (panneau décoratif). — 1861. *Chevreuils chassés par des chiens.* — 1863. *Chat sauvage dévorant un faisan; Étang du château de la Doutre; Pommiers en Alsace.* — 1865. *Bords de l'Ill aux environs de Strasbourg; Entrée de la forêt de Wanzenau, près Strasbourg.* — 1866. *Robertsau, près Strasbourg.* — 1867. *Halte de chasse chez Fuchs, dans la forêt de Strasbourg.* — 1868. *Loutre; Arbres fruitiers en Alsace.* — 1869. *L'Affût aux canards.*

les Landes, en compagnie de son ami Jules Dupré, qui personnifiait alors la tendance la plus énergique de la jeune école française.

Haffner, sans avoir les audaces des grands révolutionnaires de la peinture, a su résumer en lui leurs qualités les plus opposées.

Théophile Gautier a apprécié son talent avec une remarquable justesse, lorsqu'il a dit : « Haffner aperçoit la nature comme à travers

Fig. 84. — Marché de Schlestadt.

un prisme et nuancée des couleurs les plus brillantes ; les teints d'ivoire jauni, les costumes noirs et les fonds de bitume lui feraient peur, et, tout en peignant des bohémiennes ou des paysannes, il frippe leurs haillons épais et les fait miroiter comme des jupes de taffetas ; si la joue est trop brûlée par le soleil, il y pose une touche de fard et jette un peu de poudre de riz sur le bras ganté de hâle. Sa manière rustique a des grâces d'opéra. Mais comme c'est un charmant coloriste, on lui permet volontiers ces petits mensonges, qui ne nuisent à personne. »

L'œuvre de Haffner est extrêmement varié; quelquefois, comme

Fig. 85. — Pluie et beau Temps.

dans le *Marché de Schlestadt,* le sentiment pittoresque déborde. Ailleurs, ses paysannes ont du style et, sans rien perdre de leur caractère rustique, elles se cambrent comme des statues. Dans le tableau intitulé *Pluie et Beau Temps,* il touche au sentiment, quoique avec une pointe de malice. Sur un chemin battu par une effroyable averse, un chasseur accompagne une jeune Alsacienne et partage son parapluie.

Ils sont malgré cela trempés jusqu'aux os, mais ils se contentent de douces choses.

Paysagiste plein de charme, Haffner sait aussi peindre les animaux avec une remarquable habileté. Ses *Chevreuils surpris* étaient un tableau exquis; on les voit tremblants, effarés, s'élancer d'un mouvement brusque pour échapper au danger dont ils se croient menacés. Mais notre peintre arrive à une véritable expression dramatique dans son *Sanglier ravageant un champ de maïs*. Il y a là une brutalité et une sauvagerie bien étonnantes chez un homme qui peint habituellement de si jolies paysannes.

Quelquefois, mais bien rarement, Haffner a tenté la peinture religieuse qui paraît répondre moins bien que le genre pittoresque aux aptitudes de l'artiste. Et cependant, il a fait en dehors de ses tableaux, plusieurs ouvrages décoratifs importants. A Saulure, dans les Vosges, il y a de lui un immense plafond figurant une galerie circulaire autour de laquelle se développent les principaux épisodes d'une chasse et d'un joyeux repas.

Dans les salons de l'Hôtel de ville de Strasbourg, Haffner a peint dix dessus de porte, traités avec la touche fière et libre qui le caractérise. Ce sont des paysages, des chasses, des fleurs, etc. Chez Mme Rouher, il a fait les saisons personnifiées par des jeux d'enfants, et dans une villa d'Ingouville, près du Havre, il a peint des panneaux décoratifs représentant des fêtes vénitiennes.

Après l'annexion de l'Alsace à l'Allemagne, Haffner, déjà malade et très-vivement affecté, a quitté sa ville natale et est venu avec ses sœurs se retirer dans une petite campagne, à Menil-Amelot (Seine-et-Marne). Il s'est consumé peu à peu par le chagrin, et s'est éteint en 1875, à l'âge de cinquante-sept ans.

HELLER

FLORENT-ANTOINE HELLER, né à Saverne (Bas-Rhin), est un graveur en pierres fines très-distingué. On sait les merveilleux chefs-d'œuvre que l'antiquité nous a laissés dans ce genre, si peu cultivé aujourd'hui. Au Salon la peinture absorbe à peu près exclusivement l'attention publique, et bien peu de personnes s'arrêtent devant ces petits cadres qui renferment les derniers efforts tentés dans un art oublié.

En récompensant Heller en 1870, le jury n'a pas voulu seulement donner un encouragement à la gravure en pierres fines, mais constater le mérite réel du jeune artiste alsacien. Dans ses camées, Heller emprunte naturellement ses sujets à la mythologie : l'*Amour,* n'est-ce pas le petit enfant potelé ou l'adolescent aux formes élégantes? Et il en est ainsi pour toutes les divinités grecques, qui, quoi qu'on fasse, fourniront toujours des types aux sculpteurs.

Cependant Heller ne s'en tient pas là et prend quelquefois pour ses camées des sujets de fantaisie. On se rappelle son *Singe peignant* devant un chevalet, du Salon de 1866.

Heller demeure maintenant aux États-Unis d'Amérique. C'est de là qu'il a envoyé cette année (1875) son *Alsace esclave,* modèle exécuté pour la société d'Alsace-Lorraine de New-York. On a beau habiter au delà de l'Océan, on n'oublie jamais la patrie.

HENNER

JEAN-JACQUES HENNER, né à Berwiller (Haut-Rhin), a fait ses études au collége d'Altkirch, où il eut pour professeur de dessin Charles Goutzviller. Il alla ensuite à Strasbourg, et entra chez Gabriel Guérin qui l'initia aux premières notions de peinture.

Henner avait dix-sept ans quand il est venu à Paris se mettre sous la direction de Drolling. C'était un jeune homme blond, d'un caractère doux et même un peu timide. Enclin à une certaine rêverie qui tranchait avec la pétulance de ses camarades, il n'a jamais frayé à l'atelier avec les farceurs et les faiseurs de charges.

Élève exact et laborieux, il voulut ne pas dévier de la route qu'il s'était tracée dès l'origine; après avoir obtenu tous les succès qu'on peut avoir à l'École des Beaux-Arts, il aspira au plus décisif et monta en loge pour le grand concours. En 1858, le sujet proposé était *Adam et*

Ève trouvant le corps d'Abel : Henner remporta le grand prix de Rome et partit pour l'Italie.

Je me rappelle qu'à cette époque un de nos camarades, peu avancé en dessin, mais très-révolutionnaire dans ses idées sur la peinture, me dit en m'annonçant le succès d'Henner : « Encore un de coulé; c'est dommage! — Et comment? — Oh! je dis coulé comme peintre, car il est bien sûr d'arriver à tous les honneurs, c'est un *paloignon!* »

Ce mot de *paloignon* ne me frappa pas tout d'abord. Depuis, j'ai remarqué que cette épithète singulière résumait toutes les haines et toutes les colères que les artistes dissidents nourrissent contre l'École de Rome. En voici l'origine.

On sait que les lauréats de l'Académie de France à Rome sont logés aux frais de l'État à la villa Médicis. Un jour, ils étaient réunis à la table commune, quand l'un d'eux, invoquant le plaisir qu'on aurait toujours à se rappeler mutuellement des souvenirs de jeunesse, proposa qu'une fois revenus à Paris, les anciens prix de Rome se réunissent une fois par mois à un souper de camarades, afin qu'on ne perdît pas le souvenir les uns des autres. La motion fut adoptée sur-le-champ, et comme il y avait ce jour-là de la soupe à l'oignon, et que la réunion projetée devait avoir un caractère essentiellement intime et frugal, il fut décidé que cette soupe commencerait toujours le repas, ce qui rappellerait, en même temps, l'origine de l'institution.

Cette réunion mensuelle des anciens lauréats de l'École des Beaux-Arts dure encore, et elle a rendu à plusieurs d'entre eux de véritables services, car les vieux poussant les jeunes, chacun étend ainsi ses relations et tout le monde s'en trouve bien. Aussi les peintres qui n'ont pas eu les honneurs du grand prix ont quelquefois conçu de la jalousie contre leurs anciens camarades arrivés plus vite et plus haut qu'eux, et ne manquent pas de dire que l'École de Rome est une coterie dangereuse, à laquelle l'administration des Beaux-Arts prodigue injustement toutes les commandes. C'est à cause de ce dîner mensuel que, pour certain groupe de peintres, les anciens prix de Rome constituent ce qu'ils appellent la *Confrérie de la soupe à l'oignon* et par abréviation les *paloignons*.

Pour les intransigeants du *réalisme,* pour les révolutionnaires de *la pure tache,* pour les purs enfin, l'épithète de *paloignon* est le dernier terme du mépris et veut dire simplement un homme qui reçoit des

PORTRAIT DE Mme H...

honneurs immérités. Il n'était pas inutile de donner une fois l'origine de ce mot, qui est admis aujourd'hui dans le jargon des ateliers; s'il venait à passer dans la langue usuelle, comme cela est arrivé pour tant de mots forgés par les artistes,[1] les savants rédacteurs du dictionnaire de l'Académie seraient peut-être embarrassés pour en trouver l'étymologie.

Si le terme de *paloignon* m'est revenu à propos d'Henner, c'est que je ne connais pas d'artiste plus convaincu et surtout moins intrigant que celui-là. Le succès a bien fait de venir le chercher, car il n'aurait jamais su courir après. C'est un talent sérieux qui n'a aucun charlatanisme et plaît justement par sa sincérité. Comme il n'a jamais eu de grands travaux décoratifs commandés par le gouvernement, je ne vois pas que ses anciens camarades aient pu lui servir à grand'chose. Ce ne sont assurément pas eux qui peignent ses tableaux et ses admirables portraits, et le rang élevé qu'il occupe dans les arts tient uniquement à la qualité de ses ouvrages.

Pour nous, le grand prix de Rome ne donne assurément pas un brevet de génie, mais il implique chez celui qui l'a remporté une certaine somme d'étude, ce qui n'est pas à dédaigner par le temps qui court. Il est certain que le séjour de plusieurs années en Italie modifie le goût d'un artiste, et s'il le détourne quelquefois du courant de la mode, c'est pour le rattacher à une tradition plus sérieuse. Qui croira par exemple que, sans l'étude approfondie qu'il a faite de Léonard de Vinci, Henner saurait imprimer à ses peintures cette suavité de forme, cette délicatesse de modelé, cette distinction suprême qui est le trait caractéristique de son talent?

Les études qu'Henner envoya de Rome montrèrent de suite la direction où il allait s'engager. Ses tableaux ne présentent habituellement qu'une ou deux figures généralement nues et dans une pose toujours très-simple. Nos musées en possèdent plusieurs : à Dijon, le *Jeune Pêcheur* et le *Réveil;* à Colmar, la *Madeleine* et le *Christ en prison;* au Luxembourg, la *Chaste Suzanne* et l'*Idylle.*

L'*Idylle* est peut-être le tableau qui résume le plus complétement le talent de l'artiste. Deux femmes nues, mais d'une nudité chaste qui n'éveille que l'admiration, sont arrêtées devant une fon-

---

1. Le mot *rococo* vient des élèves de David, qui qualifiaient ainsi le goût régnant au xviii⁰ siècle; le mot *chic* vient de l'atelier d'Ingres.

taine et respirent les senteurs du soir. L'une est assise et joue de la flûte; l'autre debout écoute sa compagne. Une lumière douce glisse du ciel, argente les figures et se perd dans les reflets d'une eau tranquille. Peinture exquise et sans fracas, qui ne passionnera pas beaucoup la foule, mais que les vrais amis de l'art n'oublieront jamais quand ils l'auront contemplée une fois.

Malgré la valeur de ses tableaux, c'est surtout avec ses portraits qu'Henner a établi sa réputation. Nos portraitistes en renom ont tous une spécialité. L'un peint la femme du grand monde et s'efforce de rendre les élégances aristocratiques. Un autre fréquente une société plus libre, et traduit dans une peinture alerte et brillante les séductions et les sourires des femmes de théâtre. La spécialité d'Henner est la femme ou la jeune fille simple et honnête; personne mieux que lui n'a su rendre l'ingénuité du visage, la candeur du regard et le charme pudique de la jeunesse.

Après la guerre, Henner a voulu, comme bien d'autres, apporter le tribut de son talent à la patrie malheureuse. C'est lui qui est l'auteur de la figure d'Alsacienne à mi-corps dont la photographie se voit partout.

Henner, avec ses cheveux blonds, ses yeux bleus et son air à la fois bien portant et endormi, pourrait au premier abord passer pour un Allemand naturalisé; mais, n'en doutez pas, il est bien et purement Français. S'il avait du sang germanique dans les veines, cela se trahirait dans ses œuvres. On le verrait évoquer les Titans et peupler ses toiles de symboles prétentieux qu'un gros volume suffirait à peine pour expliquer. Son talent, bien au contraire, sent la simplicité et la clarté d'un esprit qui observe la nature avec passion et la rend avec une distinction dont la peinture d'outre-Rhin n'offre pas d'exemple.

HOLTZAPFFEL

L A mort tragique de Holtzapffel fit beaucoup de bruit en 1866. Le jury avait refusé son tableau, et le malheureux artiste s'était suicidé. La presse s'émut à cette nouvelle, et pendant plusieurs jours son nom fut dans toutes les bouches. Le marquis de Boissy parla chaudement de l'artiste que le désespoir avait rendu fou, et la rigueur du jury prit dans l'opinion publique l'importance d'une question politique. Informations prises, on s'aperçut que la décision du jury n'avait aucunement condamné le peintre à la misère, puisque sa position de fortune le mettait à l'abri du besoin.

En réalité, Holtzapffel était un artiste de talent ; son tableau refusé n'était probablement pas un chef-d'œuvre, car quoi qu'en disent les mécontents, aucun jury ne refuse des chefs-d'œuvre. Mais il y avait probablement au Salon bon nombre de tableaux admis qui ne valaient pas le sien, ce qui arrivera toujours, quelle que soit la composition du jury.

Quoique ayant fait des tableaux assez variés par le sujet, Holtzapffel aimait surtout les scènes où il pouvait montrer des costumes piquants. Sa *Procession au* xviie *siècle* du Salon de 1864, son *Secret de Polichinelle*, n'étaient pas des tableaux hors ligne, mais c'étaient des ouvrages estimables. L'artiste voulait monter plus haut et aurait à coup sûr progressé, si sa nature ne l'eût porté au découragement. Il avait l'intelligence qui fait les bons peintres, il n'a jamais eu la foi robuste qui fait les maîtres.

HÜGELIN

Voici un poêlier qui occupe dans l'art de notre époque une position bien plus élevée que celle de beaucoup de peintres d'histoire. La maison Hügelin existe à Strasbourg depuis le xviie siècle. De père en fils on y a fabriqué de la poterie, d'abord de la simple poterie en terre, puis de la faïence ou poterie émaillée en blanc, bleu, brun, puis enfin le poêle en émail plombifère, composé d'oxyde de plomb, d'étain, de sel, de potasse et de sable blanc.

Le grand-père de J. Hügelin, mort en 1792, avait déjà essayé de donner aux poêles en faïence des formes de meubles, comme bahut, commode, secrétaire, et surtout ces vieux meubles à larges tiroirs qu'affectionnaient tant nos grand'mères.

L'art de fabriquer de beaux poêles a été introduit en Alsace par son fils, qui rapporta d'Allemagne des procédés de fabrication inconnus en France, et les transmit à J. Hügelin, dernier représentant d'une longue lignée de céramistes. Théodore Deck et Joseph Hügelin ont travaillé côte à côte dans l'atelier du père, estampant des carreaux de poêle, modelant, dessinant et chantant.

Tandis que Th. Deck parcourait l'Europe et recherchait ensuite

Fig. 86. — Poêle par Hügelin.

avec passion les colorations de l'Orient, J. Hügelin, fidèle aux traditions de sa maison, s'efforçait d'améliorer plutôt que d'innover. Si Deck a trouvé pour ses faïences un bleu turquoise ravissant, Hügelin colore ses poêles avec un vert inimitable, et son coloris atteint le dernier degré de l'intensité fauve. La forme se rattache habituelle-

UN POÊLE PAR HUGUELIN.

ment à la Renaissance, et les figures, comme les ornements, montrent dans leur sobriété un style grandiose et vraiment monumental.

Travailleur infatigable, J. Hügelin, qui a fait toutes les études qu'on demande à un artiste peintre, peint souvent des paysages sous couverte et dans la pâte molle de l'émail, pour les enchâsser ensuite dans d'immenses poêles de salle à manger ou des meubles en vieux chêne. Toujours à la recherche de nouveaux émaux, de nouvelles terres colorées, il reste fidèle à la ville de Strasbourg et laissera à ses compatriotes des œuvres qui leur rappelleront le souvenir de leurs vieux maîtres poêliers du xvᵉ et du xviᵉ siècle.

La famille Hügelin est tout entière composée d'artistes. Louis Hugelin, frère du céramiste, est un architecte très-distingué et collaborateur assidu de la *Revue d'architecture et des travaux publics*.

JUNDT

G USTAVE JUNDT[1], né à Strasbourg en 1830, est le petit-fils du fameux orfévre Kirstein. Il entendit donc parler d'art dès son enfance, et ses aptitudes, qui se manifestèrent de très-bonne heure, ne rencontrèrent aucune opposition dans sa famille. A dix-sept ans, il entrait dans l'atelier de Gabriel Guérin, et deux ans après il venait à Paris se mettre sous la direction de Drolling.

Son goût pourtant ne le portait aucunement vers les études classiques et il ne sut jamais qu'imparfaitement peindre une figure nue.

1. Ses principaux ouvrages sont : 1856. *La Fête au village voisin.* — 1857. *L'Invitation à la noce.* — 1861. Le *Premier-né;* le *Quatuor;* les *Paysans surpris par une procession.* — 1863. Le *Mai;* une *Danse au Tyrol;* le *Départ de la mariée.* — 1865. La *Noce surprise par la pluie* (Musée de Colmar). — 1866. *Retour du Concours régional; Visite au Musée du grand-duc.* (Ce tableau, qui faisait partie du Musée de Strasbourg, a été détruit par les Allemands en 1870). — 1867. *Parrain et Marraine; Après Sadowa.* — 1868. *Marguerite;* l'*Heure de l'office.* — 1869. *Les Iles du Rhin; La Nourrice sous bois.* — 1870. *Retour de la fête;* les *Libellules.* — 1872. *Vive la France!* les *Internés quittent la Suisse.* (La même année, Jundt avait envoyé l'*Arbre de Noel,* mais ce tableau, dont la pensée était malveillante pour la Prusse, a été retiré, avant l'ouverture, par mesure administrative). — 1873. Le *Dimanche matin; Pendant la noce.* — 1874. Le *Pardon de sainte Anne;* le *Retour du Pardon.* — 1875. La *Coupe des cheveux à la foire de la Tour* (Auvergne).

En revanche, il composait avec une extrême facilité, et se mit de bonne heure à faire des illustrations. Avec cette organisation, il put suivre quelque temps les cours de l'École des Beaux-Arts, mais jamais il ne put y obtenir aucun succès. Au reste, cela lui était fort égal, et tandis que ses camarades s'escrimaient à faire une rotule, il s'amusait à faire des tableaux, à son idée et sans s'inquiéter le moins du monde des traditions ou de l'enseignement officiel.

Il a été toute sa vie un indépendant, et ne sait que par ouï dire

Fig. 87. — L'Invitation à la noce, tableau de Jundt.

qu'il existe un prix de Rome. Quand on le verra mettre sa cravate blanche pour faire des visites de candidat au quarante immortels de l'Académie des Beaux-Arts, je connais quelqu'un qui sera terriblement étonné.

Jundt n'a jamais soupçonné que la peinture pût présenter une difficulté quelconque : pour s'en convaincre, il suffit de l'avoir vu peindre une fois. Les métamorphoses et les changements à vue d'une pièce féerique à grand spectacle ne sont rien à côté de celles que subit son tableau en un moment. J'ai connu un paysagiste qui vendait ses petites études à raison de 10 francs pièce. Le brocanteur de tableaux trouvant

qu'il débiterait mieux ses toiles si elles étaient *meublées,* ajoutait un
franc pour chaque bonhomme ou animal qui serait placé dans le
paysage. Ah! si Jundt avait été l'ami de ce peintre-là, quel coup de
main il aurait pu lui donner !

Il dessine comme on marche, sans avoir l'air d'y penser, et il peint
comme on cause, en improvisant toujours. Seulement, il y a des gens
qui ont bonne tournure en marchant, bien qu'ils ne s'en préoccupent
guère, et il y a des gens qui causent avec un esprit et une verve inta-
rissables, sans y mettre aucune prétention. C'est exactement comme cela
que Jundt compose et peint. Ses tableaux sont de piquantes improvi-
sations où la malice déborde, et les gaucheries campagnardes prennent

Fig. 88. — Le Premier-né, tableau de Jundt.

sous sa touche vivante et animée une bonhomie toujours amusante.
Vous rappelez-vous son premier tableau exposé : la *Fête au village
voisin?* Ces jeunes garçons qui traversent la route en chantant ne sont
assurément pas des personnages bien intéressants en eux-mêmes; mais
ils s'amusent de si bon cœur et leur gaieté est si communicative qu'on
est tenté de se mettre à chanter comme eux.

Voyez maintenant l'*Invitation à la noce* (fig. 87), et l'importance
que se donnent les garçons d'honneur qui arrivent tout enrubannés dans
la maison de la demoiselle invitée. Jundt excelle dans les scènes de ce
genre : un de ses meilleurs tableaux, à mon avis, est celui qui a pour

titre le *Premier-né* (fig. 88). Un enfant vient de naître chez un paysan du Tyrol. Tandis que la mère est dans son lit, les voisins accourent la féliciter et regardent curieusement l'enfant ; le père, un grand maigre qui se tient le menton en souriant d'un air satisfait, a l'air de dire : « C'est moi qui suis l'auteur de ce chef-d'œuvre ! »

Il y a aussi un entrain charmant dans la *Noce surprise par la pluie*. Quelle averse ! Jugez de l'anxiété où se trouvent les amies de la mariée, et la mariée elle-même ; le fâcheux contre-temps a frappé tout le monde : les témoins, les invités, les musiciens, et nul n'est épargné, car l'eau ruisselle de toutes parts. Ah ! les pauvres filles, elles qui avaient justement mis leurs plus beaux atours !

La même pensée burlesque se retrouve dans un tableau tout différent de mise en scène, le *Retour de la fête*. Ici, il n'y a qu'un personnage : c'est une jeune paysanne qui s'apprête à traverser un ruisseau, en posant le pied sur des cailloux assez espacés. Son visage montre bien quelle est sa préoccupation : au retour d'une fête on est peu disposé à prendre un bain de pied.

Au même Salon, le peintre avait envoyé les *Libellules* : c'est une jeune fille couchée sur un bateau, où elle semble poursuivre un rêve intérieur. Autour d'elle, parmi les hautes herbes, des libellules voltigent en se poursuivant l'une l'autre ; et voilà comment l'esprit vient aux filles !

Bien que Jundt ne soit pas ennemi du grotesque et que son talent frise quelquefois la caricature, il sait être grave à ses heures, et le *Dimanche matin*, où l'on voit des Alsaciennes qui reviennent de la messe, est un de ses tableaux les mieux réussis.

Un reproche quelque peu mérité, que j'ai souvent entendu faire à ce peintre, c'est de couvrir quelquefois ses tableaux d'une teinte blanchâtre qui les fait paraître comme sous un voile de gaze. Cela tient à ce qu'autrefois il abusait un peu des *laits*. — Un *lait*, qu'est-ce que cela, direz-vous ? — Ouvrez la *Cuisinière bourgeoise*, à l'usage des peintres. J'appelle ainsi les petits livres destinés à enseigner aux amateurs tous les procédés en usage dans la peinture à l'huile. Il est vrai que les peintres ne les lisent jamais, mais ils connaissent par habitude toutes les recettes indiquées, et les pratiquent sans savoir leur nom, comme M. Jourdain quand il faisait de la prose. — Quand vous voulez faire du *moelleux,* dit la *Cuisinière bourgeoise,* vous prenez un peu de blanc d'argent que vous délayez avec de l'huile ou du siccatif,

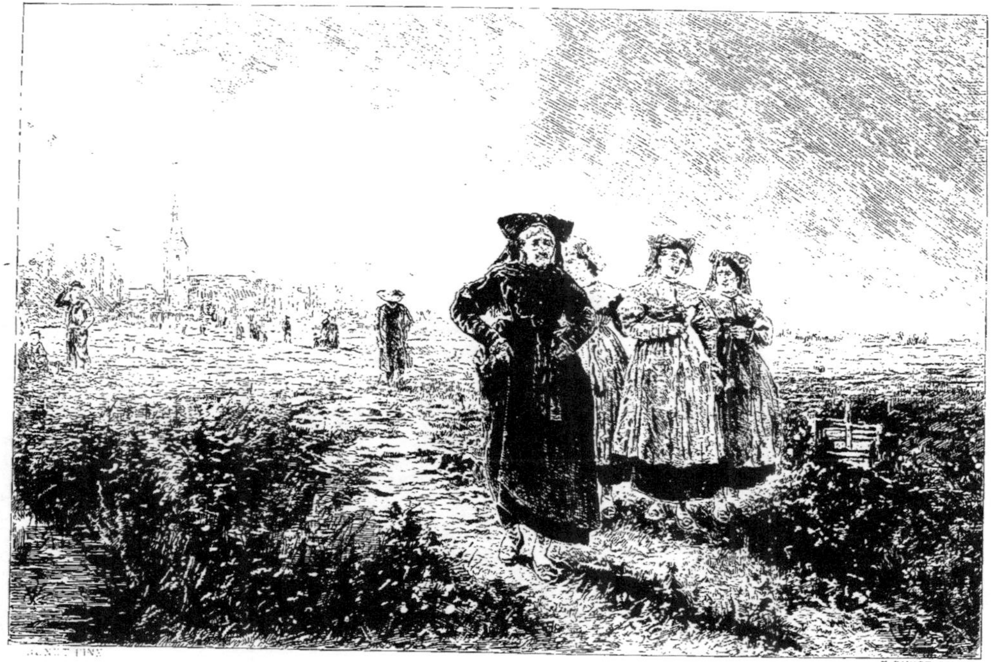

LE DIMANCHE MATIN

Imp. A. Salmon, Paris.

et, à l'aide d'une brosse plate, vous badigeonnez impitoyablement la totalité ou certaines parties de votre tableau, qui bien entendu doit être parfaitement sec, — sans cela vous brouilleriez tout. — Aussitôt que vous avez étalé cette sauce, vous prenez un chiffon propre et vous essuyez complétement ce que vous venez de mettre. Le peu qui aura résisté au chiffon et sera resté dans l'interstice des empâtements donnera du moelleux à vos feuillages, les reliera avec le ciel et répandra sur vos fonds une teinte nacrée tout à fait vaporeuse, etc... Voilà, convenez-en, une recette bien commode pour faire du *flou*. — Eh bien ! il y a dans Paris une centaine de peintres se disant sectateurs de Corot, qui s'imaginent ressembler au maître, parce qu'ils ont prodigué les *laits,* et en montrant leurs paysages blafards, ils ne manquent pas de parler de poésie, de vapeurs matinales, de tendre rosée, tandis que les profanes s'écarquillent en vain les yeux pour voir autre chose qu'un glacis de blanc essuyé au chiffon. — Notons en passant que Corot n'usait jamais de tous ces procédés et peignait très-simplement.

Quant à Jundt, c'est autre chose ; il en use, mais tout à fait sans arrière-pensée, — il a bien trop d'esprit pour croire que le sentiment s'obtient à l'aide d'un tube de blanc délayé, — seulement comme il tripote continuellement sa peinture, il trouve quelquefois ce qu'on appelle, — toujours dans la *Cuisinière bourgeoise,* — des *imprévus.* Voulez-vous un exemple d'un *imprévu?* Il vous souvient sans doute d'un tableau où il y avait des Alsaciennes endimanchées et des petits cochons avec un ruban autour de la queue? — Certainement. N'était-ce pas le *Retour d'un concours régional,* une scène très-animée, par un effet de brouillard intense? C'était d'ailleurs un fort joli tableau, mais où est l'*imprévu?* — Voici. Cet effet de brouillard a d'abord été un effet de soleil : ciel bleu, temps superbe. — Bah! et était-ce réussi? — Nullement, et le peintre a même trouvé son tableau tellement raté, qu'au moment de l'envoyer au Salon il a voulu l'effacer, perdant ainsi son travail plutôt que d'exposer un mauvais tableau. Pour utiliser sa toile, il l'a rebadigeonné du haut en bas, et alors, — c'est ici qu'est l'*imprévu,* — le fond, qui avait le défaut de venir beaucoup trop en avant, s'est trouvé non pas reculé, mais complétement effacé. Sur les figures essuyées, le peintre a remis des touches sur le terrain des accents. Quelques frottis de bitume ont simulé l'humidité à certaines places; des parties du tableau ont reparu sous le chiffon, d'autres ont été changées, des petites flaques d'eau ont été ajoutées entre les cailloux, et c'est ainsi qu'au bout de quelque temps le tableau s'est trouvé transformé en effet de brouillard.

Les mauvais peintres cherchent toujours des *imprévus* et ne savent pas en trouver; les bons n'en cherchent jamais, mais ils en trouvent quelquefois et en profitent. Soyez persuadé que Jundt n'a aucunement agi par calcul, mais le hasard, qui, en définitive, ne sert que les gens d'esprit, s'est quelquefois mis de la partie dans ses ouvrages. — Pline raconte que Timanthe, ne pouvant faire l'écume à la bouche d'un cheval, jeta de colère son pinceau sur son tableau, et que l'écume se trouva faite. Si Pline avait connu Jundt, il en aurait conpté bien d'autres.

Jundt a fait de nombreuses études de paysage, bien qu'il n'en fasse pas sa spécialité. Un jour, dans la forêt de Fontainebleau, je vis dans un épais fourré un parasol blanc piqué en terre, à côté d'une boîte à couleurs, d'un pliant et de tout ce qui constitue l'attirail d'un peintre. L'âne qui avait porté tout cela dans la forêt se trouvait à quelques pas de là, et l'artiste, que je reconnus aussitôt pour Jundt, tenait en main son chiffon à peindre et semblait fort préoccupé en essuyant la langue pendante et bavante de son âne. « Que diable faites-vous là? lui dis-je en l'abordant. — Je crois bien, me dit-il, que mon âne est empoisonné. Pendant que j'avais le dos tourné, il a léché ma palette au moment où je venais de la charger. Pauvre bête! » Et en disant cela, il continuait d'essuyer la langue du malheureux âne, qui était toute diaprée de vermillon, de chrome, de bleu de Prusse et de vert Véronèse. Quand il se trouva suffisamment nettoyé, l'âne, qui jusque-là avait toujours tenu la bouche ouverte et la langue tendue, reprit une position normale et n'y pensa plus. Un formidable hi! han! nous démontra bientôt qu'il était complétement revenu de son émotion.

Jundt a toujours eu des aventures grotesques et il les raconte de la façon la plus plaisante. Son esprit enjoué lui a attiré de nombreux amis et il a parmi ses camarades la réputation de ne jamais dire du mal de personne. C'est le bavard le moins cancanier qui se puisse voir et son intarissable gaieté sait se passer de la médisance. Comme peintre, on peut lui reprocher certains défauts, mais il possède une qualité bien rare : c'est une incontestable originalité. Jundt est du petit nombre de ceux qui pourraient se dispenser de signer leurs tableaux.

LIBELLULES, TABLEAU DE JUNDT

LES KIRSTEIN

J ACQUES-FRÉDÉRIC KIRSTEIN est né à Strasbourg en 1765. Fils
d'un orfévre, il apprit le travail des métaux dans l'atelier de son
père et s'essaya à faire de la ciselure. Comme il avait le goût du dessin,
il fit de rapides progrès et se mit à rêver la restauration de ce bel art
de l'orfévrerie, dont on avait perdu le sentiment dans sa ville natale.
Il arriva à une perfection peu commune dans son état, et sa réputation
devint européenne.

Kirstein était grand chasseur, grand amateur de courses pédestres
dans les Vosges et la forêt Noire ; il étudiait et trouvait ses modèles
dans la nature. C'est ainsi qu'il est arrivé à se créer dans l'orfévrerie

Fig. 89. — Dessus de boîte par Kirstein.

un genre absolument original et pour lequel il n'existait aucun précédent. Les biches, les cerfs, les sangliers étaient pris sur le vif ; les
sujets pittoresques en demi-relief lui servaient à orner des tabatières,
des broches, des médaillons. Ses chasses et ses groupes d'animaux
étaient toujours fort petits et très-finement travaillés. Il obligeait le
métal à se faire paysagiste, en sorte que les branches et les broussailles,
se mêlant aux cornes et aux pattes des animaux, produisent quelquefois
une certaine confusion dans l'ensemble, mais il rachetait tout par l'ingéniosité de l'invention, le charme de l'agencement, la finesse du mouvement, la délicatesse exquise du travail.

Il n'est pas absolument démontré que les sujets choisis de
préférence par Kirstein et la manière dont il les traite soient absolument convenables pour l'orfévrerie. L'esprit conçoit avec une cer-

taine répugnance des forêts et des feuillages en relief exécutés avec du métal. Mais ces petites pièces sont charmantes et le résultat fait absoudre ce que la théorie voudrait condamner. En tout cas, Kirstein

Fig. 90. — Médaillon par Kirstein.

est le créateur du genre et il a incontestablement le mérite de l'originalité.

Au reste, il ne s'est pas borné là, et a montré la souplesse étonnante de son talent en abordant le genre classique. On a vu alors de lui des vases et des coupes monumentales conçus de la façon la plus magistrale. On peut citer comme son chef-d'œuvre dans cette voie le grand vase qui reproduit le célèbre bas-relief de Thorwalsen sur le triomphe d'Alexandre. Il a été acheté par la ville de Strasbourg et placé à l'Hôtel de ville.

C'était, paraît-il, un bonhomme, ce Kirstein, un Alsacien de la

Fig. 91. — Dessus de boîte par Kirstein.

vieille souche, tout rond, nullement cérémonieux et ne méprisant pas la bonne chère. Il était venu à Paris voir Charles X, pour qui il avait exécuté divers travaux, et le roi, frappé de son accent très-prononcé,

GRAND VASE DE KIRSTEIN.

lui dit en riant : « On voit bien, monsieur Kirstein, que vous êtes Alsacien. — Mais, sire, je m'en flatte, » répondit sans hésiter l'orfévre
strasbourgeois.

Kirstein était fils de ses œuvres et s'était formé lui-même par le
travail et l'observation. Jamais il n'avait eu l'occasion d'entreprendre
des voyages dans le but d'étudier les chefs-d'œuvre de l'antiquité.

Fig. 92. — Coupe de Kirstein fils.

Souvent il a regretté cette lacune de son éducation artistique, et il s'était
promis, dès qu'il aurait un fils et un successeur dans son art, de ne
rien négliger pour développer son intelligence et son savoir. Cet enfant
vint au monde, et Kirstein eut le bonheur de diriger lui-même son
éducation.

Joachin-Frédéric Kirstein, fils aîné de Jacques-Frédéric Kirstein
(1805-1860), est élève de son père pour la ciselure. Comme statuaire,
il a reçu les leçons d'Omacht et de David d'Angers. Après avoir suivi

les cours de l'École des Beaux-Arts à Paris, il visita, pour se perfectionner, l'Italie, la Belgique et l'Allemagne.

Quoiqu'il ait fait comme son père de la ciselure et de l'orfévrerie, Kirstein fils fut surtout un statuaire et un graveur en médailles. La Société des Amis des Arts de Strasbourg lui avait commandé le portrait de son père pour l'offrir au Musée de la ville. Cette statue a été détruite par les Allemands en 1870, en même temps qu'un grand bas relief en marbre blanc, représentant Jésus qui appelle à lui ses petits enfants.

On doit à Kirstein fils un groupe de *Laure et Pétrarque,* qui fut fort remarqué au Salon de 1834. C'est également lui qui a exécuté pour l'église de Saint-Nicolas le monument du prédicateur Haffner : c'est un bas-relief en grès. Le Génie de la Religion, à demi voilé en signe de deuil, est assis dans une attitude résignée auprès du médaillon de son éloquent interprète.

Parmi les bustes assez nombreux de Kirstein fils, on cite celui de *Goze,* doyen de la Faculté de médecine ; de *Weyler,* architecte, etc.

Enfin dans les médailles, genre où il s'est particulièrement distingué, les plus remarquables sont celles de *J. F. Oberlin, Jean Sturm, Erwin de Steinbach* et *Jean Gutenberg.*

KREIDER

A LEXIS KREIDER[1], né en 1839 à Andlau (Bas-Rhin), est un de nos peintres de fleurs les plus distingués. Il est élève de Laville et de Fuchs : ses tableaux sont remarquables par la franchise de la touche et l'éclat du coloris. Il a fait divers travaux décoratifs, notamment à Bruxelles, où il a peint un plafond qui n'a pas moins de six mètres. Quoiqu'il dispose quelquefois ses fleurs en bouquet, il préfère en général les montrer après l'arbuste qui les porte et les marier ainsi avec le ciel et le paysage.

1. Ses principaux ouvrages sont : 1863. *Un Rosier blanc.* — 1864. *Fleurs et Fruits.* — 1865. *Offrande à Bacchus.* — 1866. *Fleurs.* — 1867. *Rosier en automne.* — 1868. *Raisins* (Musée du Luxembourg). — 1869. *Une Source.* — 1870. *Fleurs des champs.* — 1872. *Pommier en fleur.* — 1873. *Une Vigne ; Roses.* — 1875. *Un bouquet de roses ; Lilas ; Raisins.*

FAMILLE DE CERFS AU REPOS, PAR KIRSTEIN

KREUTZBERGER

C HARLES KREUTZBERGER, né à Guebwiller en 1829, a exercé
pendant dix ans le métier d'écrivain lithographe avant du
devenir dessinateur. Ayant été employé dans une imprimerie de
Turin, il suivit quelque temps les cours de l'Académie royale
de cette ville; déjà à Strasbourg, il avait appris du peintre
Laville les éléments du dessin. A Paris, il fréquenta l'École des
Beaux-Arts et se fit connaître par sa collaboration à divers recueils
illustrés, entre autres le *Musée français* de Philippon, l'*Art pour
tous,* les ouvrages de Figuier, Champfleury, etc. C'est lui qui est
l'auteur des dessins du bel ouvrage de M. Dupont Auberville sur
l'ornement des tissus.

Quoiqu'il soit principalement dessinateur, Kreutzberger a peint,
et ses portraits ont figuré plusieurs fois au Salon. Il est également écrivain, et a collaboré à diverses publications littéraires en
Alsace.

LAVILLE

E UGÈNE LAVILLE, né à Saverne en 1814, s'est acquis au temps
du romantisme une certaine célébrité comme dessinateur. Il
fut un des premiers collaborateurs du *Magasin pittoresque* et du
Musée de Versailles, fit des illustrations pour *Corinne,* les *Mille et
une Nuits,* le *Décameron,* etc. Étant allé à Rome, il s'éprit des
ouvrages des grands maîtres et voulut faire de la grande peinture.
Il a décoré de ses peintures murales la chapelle du cimetière de
Saverne, et plusieurs édifices religieux de la contrée.

Laville a fait aussi des tableaux de genre, comme la *petite*

Bergère du Musée de Mulhouse. Néanmoins c'est principalement comme dessinateur qu'il s'est fait connaître et aussi comme profes-

Fig. 92. — La petite bergère par Laville.

seur, car il a eu pendant longtemps un atelier très-suivi. Laville est mort en 1869.

LIX

FRÉDÉRIC-THÉODORE LIX, natif de Strasbourg, fit ses premières études dans sa ville natale et vint ensuite à Paris se mettre sous la direction de Drolling.

Il fréquenta aussi les cours de l'École des Beaux-Arts et fit toutes les études qu'on demande à un peintre d'histoire. Mais, obligé de chercher des moyens d'existence, il fit de bonne heure des illustrations et prit bientôt place parmi nos dessinateurs en renom. Il est peu de publications illustrées dont Lix ne soit aujourd'hui collaborateur.

Le premier tableau de Lix, qui ait été remarqué au Salon, est l'*Idylle interrompue* : sous ce titre, l'artiste avait représenté un troupier et une bonne d'enfant, se voyant obligés d'interrompre momentanément une conversation qui était assurément pleine de charme.

En 1872, Lix, s'inspirant des tristes événements qui ont arraché

Fig. 93. — Quand il y en a pour deux, il y en a pour trois.

l'Alsace à la France, envoya au Salon les *Adieux à la patrie*. En 1875, il a obtenu un véritable succès avec un charmant petit tableau intitulé : *Quand il y en a pour deux, il y en a pour trois*. Deux jeunes Alsaciennes, fraîches, roses et ne manquant pas d'embonpoint, cheminent dans la campagne en tenant un immense parapluie qui les met à l'abri de l'averse. Un chasseur est venu prendre sa part de l'abri et paye l'hospitalité du parapluie par des propos qui égayent fort les jeunes filles.

MARCHAL

C HARLES MARCHAL n'est pas Alsacien de naissance, mais dès qu'il eut quitté l'atelier de Drolling, où il avait fait ses études, il se prit de passion pour les contrées vosgiennes, s'installa à Boux-

Fig. 94. — Un cabaret à Bouxwiller, tableau de Marchal.

willer, village de la basse Alsace, y séjourna longtemps et en rapporta de charmants tableaux qui établirent promptement sa réputation, notamment le *Cabaret de Bouxwiller*. Il a conquis par son talent des droits de naturalisation et doit, à ce titre, occuper une petite place dans ce travail.

Le *Choral de Luther* et la *Foire aux servantes*, sur lesquels est fondée la popularité attachée au nom de l'artiste, sont deux tableaux de même taille et destinés à se faire pendant. Le premier est un

Fig. 95 — La Foire aux servantes, tableau de Charles Marchal (Musée du Luxembourg).

tableau un peu sentimental où des jeunes filles reviennent du village après le soleil couché et chantent des cantiques en se donnant le bras.

La *Foire aux servantes* est, au contraire, un sujet qui est presque goguenard. Une douzaine de campagnardes, fraîches, bien portantes et assez jolies pour la plupart, sont rangées le long des maisons. Paysans et fermiers viennent faire leur choix parmi ces servantes, à qui les galants content fleurette en passant.

Charles Marchal a, depuis quelques années, abandonné l'Alsace qu'il aimait tant autrefois; il continue néanmoins à passer pour un peintre alsacien parmi le public, et c'est, en effet, à l'Alsace qu'il doit ses meilleures inspirations.

MATTHIS

CHARLES-ÉMILE MATTHIS, né à la Walk, en 1838, est élève de Lix et d'Eugène Froment. Cet artiste s'est fait connaître surtout par ses travaux comme dessinateur pour la librairie, et il n'a pas comme peintre une bien longue carrière, puisque sa première exposition à Paris date de 1868; son tableau avait pour titre l'*Orpheline*.

Il envoya au Salon de 1869 l'*Étude et la Prière,* plus une faïence intitulée *Chacun pour tous,* en 1870, un portrait de M. Hetzel, l'éditeur de la plupart de ses dessins. Mais en 1872, l'artiste avait été frappé dans son patriotisme, et son tableau de *Strasbourg* impressionna vivement les Alsaciens.

La malheureuse ville est symbolisée par une grande figure tristement assise au milieu des ruines et tenant de la main droite un glaive dont la pointe est baissée. Cette composition a valu à son auteur les honneurs d'une petite persécution de la part des Allemands. L'artiste l'avait envoyée à l'Exposition de la Société des Amis des Arts, de Strasbourg, mais au bout de quelques jours, elle avait disparu et était remplacée par la mention : *retiré.* Le plus curieux c'est que l'autorité allemande n'était, paraît-il, pour rien dans cette affaire, ce qui semble en effet assez probable, puisque la gravure, qui a été faite d'après le tableau, se voit aux vitrines de tous les marchands d'estampes en

Alsace. Mais les anciens membres de la Société des Amis des Arts
ayant déserté en masse depuis la conquête, il est arrivé de nouvelles
recrues d'Allemagne, et c'est cette majorité d'hier qui a cru devoir se

Fig. 96. — Au bord du chemin (souvenir de Frœschwillér), tableau de Matthis.

montrer plus intolérante que le gouvernement lui-même. Elle a manqué
son but et cette petite manœuvre n'a profité qu'à l'artiste dont le nom
est devenu, du jour au lendemain, très-populaire en Alsace.

Au Salon de 1873, Émile Matthis a exposé : *Au bord du chemin, souvenir de Frœschwiller*. C'est un vieux paysan alsacien, contemplant tristement la tombe des hommes morts pour la patrie. Ce nouveau tableau fut encore un succès pour l'artiste qui est en progrès et ne s'en tiendra pas là.

NIEDERHAUSEN

F RITZ NIEDERHAUSEN-KŒCHLIN appartient à une famille de Liverdun, mais il est établi à Mulhouse depuis plusieurs années et c'est dans cette ville qu'il s'est fait connaître comme paysagiste. Plusieurs de ses tableaux ont été remarqués à nos Salons de Paris, entre autres : le *Bois de Pomy,* le *Glacier de Stein,* dans le canton de Berne, *Solitude,* le *Bois de Lutterbach* près Mulhouse, le *Lac de Neufchâtel.* Outre ses tableaux Niederhausen a fait souvent des dessins au fusain très-remarquables.

PABST

C AMILLE-ALFRED PABST, né à Heiteren (Haut-Rhin), a commencé par être avocat. En faisant de la peinture en amateur, il y prit goût, et, s'aidant des conseils de M. Comte, il a bientôt pris rang parmi les artistes les plus distingués de l'Alsace. Sa réputation toutefois est bien récente puisqu'il a été récompensé pour la première fois en 1874. La *Mariée en Alsace* comptait parmi les bons tableaux du Salon de 1875. C'est en effet une charmante toile, bien que la couleur manque un peu de consistance et de fermeté; mais la disposition est heureuse, et l'expression des figures parfaitement trouvée. La jeune mariée, en grande toilette et conduite par sa mère, occupe le milieu de la scène, qui se passe dans une chambre de paysan aisé. Une jeune fille tire le voile d'un grand coffret pour le remettre à la mariée, qui baisse

UNE MARIÉE EN ALSACE, TABLEAU DE PABST

(Salon de 1875)

les yeux et dont l'air modeste et embarrassé contraste avec la mine souriante et malicieuse tout à la fois de ses jeunes amies, assises sur un banc de bois, auprès d'elle. Il y a dans tout cela un air d'honnêteté qui charme, et l'esprit petille dans la physionomie des personnages secondaires. M. Pabst est un artiste d'avenir sur lequel l'Alsace peut compter.

PULL

GEORGES PULL est né à Wissembourg en 1810. Rien dans son enfance ne fit pressentir le genre de travail par lequel il se ferait connaître plus tard. A vingt ans, il n'avait ni instruction ni profession, et s'engagea. Le hasard voulut que son régiment vînt à Paris. Un jour Pull s'arrêta comme ébloui devant une boutique de brocanteur où il vit un plat émaillé avec des figures en relief. Il entre, questionne et entend prononcer pour la première fois le nom de Bernard Palissy.

Dès ce jour, il avait trouvé sa voie ; mais on ne s'improvise pas céramiste, et au sortir du service, il fallait gagner sa vie. Pull entra comme garçon de bureau dans une revue médicale ; il entendit parler d'histoire naturelle et se mit à empailler. Il acquit bientôt une réputation d'habileté et s'établit dans une petite boutique marchand d'animaux empaillés.

Tout en vivant de son état, Pull poursuivait toujours un but secret et faisait maint essai pour y arriver ; le souvenir de Bernard Palissy ne pouvait s'effacer de son esprit. Après bien des sacrifices il obtint enfin un éclatant émail sur un plat en terre qu'il avait fait cuire au feu. Le secret une fois trouvé, il ne peut contenir sa joie, fait porter à l'hôtel des ventes tous ses animaux empaillés, et se met à faire des plats tout chargés de grenouilles, de poissons, de serpents, d'herbages colorés de diverses façons.

Pull s'est en quelque sorte identifié avec Bernard Palissy, et il ne s'en rapproche pas seulement par les produits, mais encore par la nature de son caractère. On peut en juger par cette lettre de lui que nous empruntons à la *Revue d'Alsace*[1] : « A quoi bon dire mes essais, mes tâtonnements, mes déceptions? Elles furent sans nombre. Comme un homme qui tâte dans les ténèbres, je broyais toutes les matières que je croyais utiles à mes desseins, je les mêlais au hasard, mais en ayant soin de tenir note des substances et des doses employées. Mes épreuves sortaient du feu, les unes imparfaitement cuites, les autres brûlées. J'avais beau consulter les ouvrages de Bernard Palissy, que je savais presque par cœur, ils ne m'apprenaient rien ; ils sont si pleins de réticences! Aujourd'hui seulement que pour moi la lumière s'est faite, je puis enfin les comprendre. J'employai ainsi bien des années à la recherche de l'inconnu, payant par des instants de découragement, mon tribut à la faiblesse humaine, quelquefois même me surprenant à douter de mon bon sens. Aux yeux de mes amis, je passais pour un visionnaire; on ne cessait de répéter à ma femme que j'avais la tête fêlée. Mais ces heures de faiblesses et de doute étaient de courte durée, et comme Bernard de Palissy, *l'espérance que i'avoys me faisoyt procéder en mon affaire plus virilement que jamais.* »

REIBER

É MILE REIBER, de Strasbourg, architecte et dessinateur, est un des artistes auxquels l'industrie française doit les succès qu'elle a obtenus dans les dernières expositions universelles. La librairie, la céramique et l'orfévrerie lui sont redevables d'importants travaux.

Outre les nombreux dessins qui ont paru dans différents ouvrages on doit à Reiber d'avoir fondé l'*Art pour tous,* une des publications les plus intéressantes pour les applications de l'art à l'industrie ; il prépare en ce moment une étude raisonnée des éléments décoratifs chez les peuples de l'extrême Orient.

Dans la céramique, Reiber est un des collaborateurs assidus de Deck.

---

1. *Revue d'Alsace,* novembre 1864.

Néanmoins c'est dans l'orfévrerie et les bronzes d'art que Reiber a apporté son concours le plus actif depuis plusieurs années. Émile Reiber est à la tête des ateliers de composition et de dessin de la maison Christofle; les émaux cloisonnés et les magnifiques bronzes que le public a si souvent admirés dans les expositions dernières sont en grande partie dus à son génie fécond et inventif. Il a fourni à la mai-

Fig. 97. — Vase de style oriental par M. Christofle (composition de Reiber).

son Christofle plus de 1,500 dessins et compositions de toute nature. Nous rappellerons seulement, parmi les émaux cloisonnés, le superbe vase avec des fleurs et des faisans. Il est impossible d'appliquer avec plus bonheur le style décoratif des Orientaux.

Comme bronze, la pièce capitale d'Émile Reiber est le superbe vase connu sous le nom de *Vase Anacréon,* et qui est également sorti des ateliers de M. Christofle. Reiber a un goût déterminé pour l'Orient, mais il n'est pas exclusif et fait volontiers des incursions dans l'anti-

Fig. 98. — Vase de style grec, par M. Christofle (composition de Reiber).

quité. Une ode d'Anacréon qui décrit un ouvrage grec, représentant la naissance de Vénus, a servi de motif à la composition de ce vase remarquable et qui a figuré à l'Exposition universelle de Vienne.

Au bas du panneau on lit une strophe de l'ode 39 : « Quand je bois, c'est parfumé des essences les plus suaves ; et, les bras enlacés à ceux d'une jeune fille, je chante Vénus. »

Un dessin de Girodet a fourni la composition de ce panneau qui représente Anacréon enlacé dans les bras d'une jeune fille. Mais des modifications importantes ont été apportées par Reiber à la composition primitive en vue de se plier aux nécessités de la décoration.

La superbe exécution des pièces exécutées par MM. Christofle entre assurément pour beaucoup dans la valeur de leurs produits ; en choisissant Reiber pour diriger leurs ateliers de dessin et de composition, ils ont fait preuve d'un goût qui les honore, en même temps qu'ils ont fourni à l'éminent artiste alsacien l'occasion de déployer sur une vaste échelle son savoir et son talent.

RIESTER

MARTIN RIESTER, né à Strasbourg en 1819, y fit ses premières études et se destinait lui-même à l'instruction publique. Il avait même obtenu de sa ville natale une bourse destinée à subvenir à ses besoins pendant qu'il se préparait à la carrière qu'il devait embrasser. Mais son goût inné pour le dessin l'entraînant dans une autre direction, il renonça à l'enseignement des lettres, remboursa son département et vint à Paris en 1840.

Il se voua alors tout entier aux applications de l'art à l'industrie, et devint bientôt un de nos dessinateurs les plus distingués dans ce genre. Les papiers peints, l'orfévrerie, les bronzes, la gravure sur verre, les métaux découpés, la bijouterie, etc., l'ont occupé tour à tour, et il est bien peu d'industries d'art auxquelles il n'ait apporté le concours de son talent fécond et inventif.

Membre actif de l'Union centrale des Beaux-Arts appliqués à l'industrie, Martin Riester s'est occupé des questions d'enseignement et a publié des motifs d'ornementation à l'usage des écoles de dessin. Il a été le collaborateur de nombreux ouvrages sur l'ornement et a obtenu plusieurs récompenses à nos expositions.

SALTZMANN

A UGUSTE SALTZMANN, né à Ribeauvillé (Haut-Rhin), s'est fait connaître à la fois comme archéologue et comme peintre de paysage. Attaché à la mission de M. de Saulcy, dans la Syrie et dans l'île de Rhodes, il a rapporté de ces pays de nombreuses études et un goût pour les lignes sévères dans le paysage qu'il a ensuite reporté sur ces tableaux. Les paysagistes qui mettent au-dessus des détails pittoresques l'ampleur des formes et le style élevé de la composition sont assez rares, et Saltzmann, qui joignait à cela de véritables qualités de peintre, est du petit nombre de ceux qu'on pourrait appeler classiques, si ce mot n'était discrédité aujourd'hui. Sa *Vue des temples de Pœstum* et son *Golfe de Naples,* sa *Mare d'eau par un effet du soir,* sa *Charmille de l'ancien parc des comtes de Ribeaupierre à Ribeauvillé,* attestent un artiste consciencieux devant la nature, mais évitant avec soin les vulgarités et très-préoccupé du choix des formes et de la pondération des lignes.

TH. SCHULER

T HÉOPHILE SCHULER[1], de Strasbourg, se destinait d'abord à la gravure en taille-douce et vint à Paris se mettre sous la direction de Muller et Bein. Mais son imagination toujours en

---

1. Ses principaux ouvrages sont : 1845. La *Construction de la cathédrale de Strasbourg* (dessin à la plume). — 1846. Les *Croisés à la vue de Jérusalem.* — 1849. Illustrations d'une comédie en dialecte strasbourgeois, intitulée *le Lundi de la Pentecôte.* — 1850. Le *Char de la Mort* (musée de Colmar). — 1853. Les *Schlitteurs et Bûcherons des Vosges* (illustrations). — 1855. L'*Arrivée des Zurichois à Strasbourg en 1576* (acquis pour le musée de Strasbourg et détruit par les Allemands en 1870). — 1861. Les *Soldats défricheurs ;* le *Cavalier d'alarme* (grisaille). — 1862. Le *Gage touché.*

Fig. 99. — Les Soldats défricheurs, tableau de Th. Schüler.

activité et la facilité qu'il avait pour exprimer sa pensée avec le crayon lui firent mettre le burin de côté, et au Salon de 1845 il envoya un dessin à la plume, la *Construction de la cathédrale de Strasbourg,* qui fut fort remarqué. La critique française, et notamment Théophile Gautier, applaudit aux essais du jeune artiste, qui se fit remarquer l'année suivante par les *Croisés apercevant Jérusalem.*

Théophile Schüler était encore très-jeune, et sa réputation en bonne voie, quand les événements de 1848 le rappelèrent dans son pays. Il publia en 1849 l'illustration d'un poëme en dialecte strasbourgeois, intitulé *le Lundi de la Pentecôte* et fit en même temps une grande toile allégorique intitulée *le Char de la Mort,* qui se voit au musée de Colmar. C'est une composition confuse et tout empreinte de l'esprit germanique. Je constate le fait à titre d'exception, peut-être unique dans la peinture alsacienne, en général très-éloignée du symbolisme prétentieux des Allemands.

Aussi Théophile Schüler, un moment égaré par le contact des voisins, est revenu bien vite au vrai sentiment de sa race, qui répugne au style *abracadabrant,* et dont le premier mérite est la clarté. Les *Schlitteurs et Bûcherons des Vosges,* dessins inspirés par le sol même de l'Alsace, dénotent un observateur intelligent et un artiste doué d'un vif sentiment pittoresque.

Cette fois Théophile Schüler avait trouvé sa voie, et désormais ses œuvres, toujours consacrées aux souvenirs de l'Alsace, lui assurèrent une place éminente parmi nos artistes nationaux. Ses nombreux dessins sur les mœurs alsaciennes ont une saveur de terroir qui leur prête un charme particulier. Il a fait aussi quelques tableaux qui se rapportent également à l'Alsace. En 1855, Théophile Schüler fit un grand tableau représentant l'*Arrivée des Zurichois à Strasbourg en 1576* pour assister au grand tir qui se célébrait à cette époque. C'est une reconstitution archéologique fort curieuse, avec de nombreuses figures, qui viennent animer la vieille cité que ses maisons à pignons rendaient si pittoresque. Acheté par le musée de Strasbourg, il a péri dans l'incendie de 1870 avec tous les autres.

On a beaucoup remarqué aussi son tableau des *Soldats défricheurs,* exposé en 1861 et celui qui a figuré au Salon de 1863 et qui avait pour titre *le Gage touché.* C'est un usage emprunté aux mœurs alsaciennes du xviiie siècle, et qui répond à ce qu'on appelle encore dans certaines provinces les *petits jeux innocents*. Pendant que les parents prennent le café ou savourent les bons vins d'Alsace, les jeunes s'amusent, et naturellement la conclusion est toujours une demoiselle qui se laisse embrasser avec un cérémonial déterminé. La scène, qui se passe dans la campagne, au milieu des vergers, est d'une animation et d'une gaieté charmantes.

Depuis plusieurs années on ne voit plus guère de tableaux de Schüler, et cet artiste consacre son talent à des illustrations qui ont rendu son nom très-populaire. Outre les dessins qu'il fait journellement pour le *Magasin pittoresque* et d'autres recueils illustrés, on lui doit les jolies compositions qui accompagnent les livres de ses compatriotes alsaciens Erckmann-Chatrian. Enfin il vient de terminer les illustrations de deux ouvrages nouveaux les *Patins d'argent* et le *Chalet des Sapins,* publiés tous les deux par la librairie Hetzel.

Après l'annexion de l'Alsace à la Prusse, Schüler fit comme tant d'autres et ne put supporter la vue des étrangers parlant en maîtres sur un sol français. Il est allé demeurer en Suisse, dans la jolie petite ville de Neufchâtel, où il a maintenant son atelier.

SCHUTZENBERGER

L OUIS-FRÉDÉRIC SCHUTZENBERGER, natif de Strasbourg, est venu à Paris se placer sous la direction de Gleyre, et s'est fait remarquer de bonne heure dans nos Salons annuels. Abordant tour à tour les sujets les plus divers, il a pu être classé successivement parmi les peintres de paysanneries alsaciennes, parmi les conteurs d'anecdotes historiques et parmi les sectateurs de l'antiquité classique.

La *Famille alsacienne émigrant en France après la guerre de 1870* est peut-être le meilleur tableau que lui ait inspiré son pays. Il y a une tristesse profonde dans ce pêle-mêle pittoresque, où le sentiment moral de la patrie, plus puissant que l'amour du bien-être, pousse de pauvres gens à quitter le sol qui les a vus naître pour se soustraire à la domination de l'étranger. C'est une protestation douloureuse qui s'est renouvelée sur tous les points de l'Alsace, et qui méritait bien d'avoir sa consécration dans l'art.

Parmi les tableaux du genre anecdotique, nous nous rappelons avec plaisir la *Marie Stuart en Écosse*. La reine, montée sur un poney à tous crins, a oublié la chasse et contemple la mer houleuse, qui la sépare du « doux pays de France ». L'escorte se tient à distance pour ne pas troubler sa rêverie, et les pages portent en silence leurs faucons encapuchonnés.

Faut-il ranger dans la même catégorie la *Promenade du pape au Monte-Pincio* ? Le saint Père, suivi de deux cardinaux, a laissé à distance les gens de sa suite et se promène dans la campagne de Rome.

Les Premiers Astronomes donnent une note différente. Par une nuit claire et près des tentes de la tribu errante, un pâtre chaldéen veille en regardant le ciel, ses deux mains sont appuyées sur un bâton recourbé. Le soleil vient d'éteindre ses feux, l'horizon est encore incandescent et les rochers se silhouettent sur les teintes dorées du crépuscule. Les troupeaux dorment déjà et, devant un feu dont la fumée monte, un chien seul relève la tête, inquiété par les bruits vagues de la nature. La figure rêveuse du berger est une des meilleures inspirations de l'artiste.

Les sujets antiques forment une grande partie de l'œuvre de Schutzenberger. On a beaucoup remarqué ses tableaux de centaures, son *Enlèvement d'Europe,* sa *Faunesse* et surtout son *Pygmalion et Galatée.*

Pygmalion est un roi en même temps qu'un sculpteur. Dans Chypre où il habite, les femmes sont très-dissolues : il en a vu beaucoup de fort belles, mais aucune n'a ce charme pudique sans lequel il ne saurait aimer. Il conçoit un modèle conforme à l'idéal qu'il rêve et en fait une statue dont il ne peut plus se détacher. Toujours en admiration devant cette figure inanimée, Pygmalion invoque Vénus, et la supplie de permettre qu'il trouve dans ses États une femme pareille à celle dont il a sculpté l'image. La déesse l'entend et l'exauce ; la statue s'anime et se voyant nue elle rougit. En naissant à la vie, sa première pensée est un sentiment de pudeur.

Fig. 100. — Promenade du Pape au Monte-Pincio (tableau de Schutzenberger).

Cet adorable sujet, une des plus gracieuses fictions de la mythologie antique, a déjà tenté plus d'un artiste. Dans la jolie composition de Girodet, la statue est debout, et le sculpteur ravi semble ne pas oser l'approcher; c'est un Amour voltigeant qui sert de trait d'union. Moins respectueux et plus passionné, le Pygmalion de Schutzenberger embrasse résolûment sa nouvelle épouse. Dans le tableau de Girodet, Galatée baisse les yeux en signe de pudeur, et dans celui de Schutzenberger, elle les ouvre en signe d'étonnement. Girodet, malgré l'afféterie de son dessin, me paraît plus conforme à l'esprit de la légende; mais, bien qu'il ait modernisé son sujet, Schutzenberger n'en a pas moins fait un fort joli tableau, qui a été acquis pour le musée de Strasbourg et détruit par les Allemands en 1870.

STEINHEL

L OUIS-CHARLES-AUGUSTE STEINHEL[1], né à Strasbourg en 1814, s'est fait connaître à nos expositions par de charmants tableaux; néanmoins sa réputation vient surtout des admirables vitraux qu'il

1. Ses principaux ouvrages sont : — TABLEAUX : 1836. *Consolations.* — 1837. *Lénor,* ballade de Burger. — 1838. *Sujet tiré du Nouveau Testament.* — 1840. *Jeune Vierge présentée au Christ.* — 1841. *Sainte Philomène.* — 1844. *Portrait de M. M...* — 1845. *Mon petit doigt me l'a dit; Une Mère de famille.* — 1846. *Scène d'intérieur; Fruits et légumes.* — 1847. Les *Bulles de savon* (musée de Nantes). — 1848. *Jeune Mère; le Matin.* — 1849. *Femme et enfant; Portrait de M. F...* — 1850. *Portrait du général Chabert; Fleurs.* — 1852. *Aquarelle d'après un christ trouvé en Auvergne; État actuel des peintures de la Sainte-Chapelle.* — 1863. *Giroflées.*

VITRAUX ET PEINTURES DÉCORATIVES, à Paris : *Restauration des vitraux de la Sainte-Chapelle; Dessins du dallage; Peintures au-dessous de la rose; Restauration des sujets peints dans les quatre feuilles.* — A NOTRE-DAME : *Vitraux de la nef; Vitraux à personnages dans trois chapelles; Vitraux en grisailles dans le pourtour du chœur; Vitraux dans la sacristie; Peinture de saint Georges.* — Église Saint-Jean, à Belleville : *Vitraux de la nef et des transsepts.* — Conservatoire des Arts et Métiers : *Grisailles dans la bibliothèque et dans la salle des machines.* — Église Saint-Roch : *Christ en croix.* — Église Saint-Étienne-du-Mont : *Vitrail sur la vie de sainte Geneviève.* — Verdun : *Peintures de la chapelle du séminaire.* — Amiens : *Une Fenêtre avec sujets légendaires et grisailles; Sainte Madeleine; Saint François d'Assise; Sainte Thérèse; Saint Firmin; Figures dans*

UNE FEMME ET SON ENFANT

a composés pour la décoration de nos églises. Steinhel, qui est le beau-frère de Meissonier, a eu des commencements difficiles, et nous devons à la nécessité où il s'est trouvé de gagner sa vie les excellents dessins qui illustrent plusieurs ouvrages, tels que la *Vie des saints,* l'*Imitation de Jésus-Christ,* les *Chants et Chansons populaires de la France,* la *Notre-Dame de Paris* de Victor Hugo, etc. Mais il n'a pas seulement fait des compositions; ses dessins sont très-recherchés pour les livres de botanique, parce qu'il possède deux qualités qu'on trouve bien rarement associées : l'exactitude minutieuse, qui satisfait les savants, et le charme d'aspect qui séduit les artistes. Employé par la librairie Curmer, pour l'ouvrage du *Jardin des Plantes,* il a fait également des bois et des eaux-fortes pour plusieurs livres spéciaux.

Comme peintre, Steinhel a fait quelquefois des sujets religieux, mais plus volontiers des petites scènes d'intérieur, pleines de tendresse et d'intimité, comme la *Jeune Mère,* les *Bulles de savon,* la *Femme et l'Enfant,* charmants tableaux où l'artiste arrive sans sécheresse, aux plus extrêmes finesses de l'exécution.

Steinhel a peint aussi des fleurs avec talent. Voici comment M. Paul Mantz appréciait un tout petit tableau qui figurait au Salon de 1863 : « Il représente des giroflées dans une potiche de faïence, à décor bleu sur fond blanc : ce vase est posé sur une table recou-

des arcatures. — Nevers : *Vitraux dans la nef de la cathédrale.* — Saint-Pierre-des-Calais : *Vitraux de l'église Saint-Pierre.* — Pau : *Vitraux de l'église Saint-Martin.* — — Bourg : *Vœu d'un duc de Savoie* (vitrail). — Lyon : *Vitraux de l'église Saint-Bonaventure; vitraux de l'église des Chartreux.* — Dunkerque : *Le Mariage de la Vierge et l'Arbre de Jessé* (les dessins originaux sont au musée de Dijon). — Le Puy : *Vitraux dans la nef et le chœur de la cathédrale.* — Nantes : *Vitraux de la chapelle du grand séminaire.* — Mantes : *Restauration de la rose de l'église.* — Angers : *Vitraux du séminaire et restauration des vitraux de la cathédrale.* — Saint-Omer : *Vitraux de deux chapelles.* — Poissy : *Vitraux dans la chapelle de l'abside.* — Quimper : *L'Adoration des bergers,* vitrail de la cathédrale. — Salins : *Vitraux de l'église de Notre-Dame.* — Évreux : *Vitraux de l'église.* — Laon : *Restauration de la rose et des vitraux.* — Carcassonne : *Restauration des vitraux de la cathédrale et de Saint-Nazaire.* — Strasbourg : *Restauration des anciens vitraux de la cathédrale et vitraux nouveaux dans le chœur; Vitraux de l'hospice Saint-Charles.*

Steinhel a encore des vitraux à Nancy, Vitry-le-François, Auxerre, Sens, Bourges, etc., et il a exécuté des restaurations dans ceux de Chenonceaux, Argentan, Langres, Cannes, Braisne, etc., etc.

verte d'un tapis chamarré de couleurs diverses. Le tableau de
M. Steinhel est grand comme la main; mais il est peint largement,
finement, et à la manière des meilleurs hollandais du XVIIe siècle.
M. Steinhel est vraiment un artiste singulier et bien coupable. Depuis
le jour où il exposait, en 1847, son charmant tableau, la *Mère,* il a

Fig. 101. — Mort de la mère de sainte Philomène, vitrail de Steinhel (cathédrale de Limoges).

prouvé l'habileté de son pinceau toutes les fois que, laissant pour un
instant ses travaux d'archéologue, il a bien voulu peindre des scènes
de genre et des sujets familiers. Nul mieux que lui ne réussissait
dans la peinture et il s'obstine à n'en faire jamais. »

Fig. 102. — La Sainte Famille, vitrail de Steinhel (église Saint-Bonaventure, à Lyon).

Steinhel, en effet, a produit peu de tableaux à l'huile; ses ouvrages décoratifs ont absorbé toute son activité. Très-versé dans l'étude des styles et de l'archéologie chrétienne, il a la faculté bien rare de garder toujours sa personnalité, tout en sachant se plier aux goûts d'un autre âge. Ses reconstitutions de vitraux dans la Sainte-Chapelle, dans Notre-Dame et dans plusieurs autres églises de France sont des travaux qui touchent à l'érudition autant qu'à l'art proprement dit.

Dans une multitude d'édifices, Steinhel a été appelé, non plus

Fig. 103. — Fragment d'une composition de Steinhel.

seulement à rétablir des parties manquantes, mais à créer de toutes pièces des vitraux en harmonie avec l'architecture de l'édifice. C'est alors qu'il se montre véritablement grand artiste. Pénétrant dans le caractère intime d'une époque par la disposition générale, il trouve, pour l'expression des figures et la tournure des personnages, des inspirations qui lui appartiennent en propre.

Voyez l'*Adoration des bergers* dans la cathédrale de Quimper,

ADORATION DES BERGERS, VITRAIL DE STEINHEL

ou la *Sainte Famille,* dans l'église Saint-Bonaventure à Lyon : si on excepte Flandrin, il n'y a pas un artiste parmi les contemporains qui ait atteint cette délicatesse de sentiment unie à une telle pureté dans le dessin. Dans la *Sainte Philomène* de la cathédrale de Limoges, on retrouve toute la simplicité et l'ampleur dramatique des compositions de Lesueur pour la vie de saint Bruno. Ailleurs, ce sont des naïvetés charmantes, d'adorables groupes d'enfants, et une réalité saisissante qui sait n'être jamais triviale.

Steinhel a un fils qui, malgré son extrême jeunesse, a déjà pris place parmi nos peintres distingués. On a vu de lui en 1870 les *Copistes;* — en 1872, l'*Étudiant pauvre, Chrysanthèmes;* — en 1873, *Conversation chez un peintre;* — en 1874, la *Recommandation;* — en 1875, l'*Interrogatoire.* Ce dernier tableau, qui a été très-remarqué et reproduit dans plusieurs recueils, montre chez le jeune artiste de grandes qualités d'expression unies à une précision de dessin, qui fait bien augurer de lui pour l'avenir.

La liste des tableaux exposés par Auguste Steinhel n'est pas bien longue; celle de ses travaux décoratifs est au contraire considérable. Nous ferons observer en passant que Steinhel ne peint pas lui-même sur verre, et fournit seulement des compositions aux peintres-verriers.

TOUCHEMOLIN

ALFRED-CHARLES TOUCHEMOLIN, né à Strasbourg en 1829, est venu à Paris peu avant la révolution de 1848, se mettre sous la direction de Drolling. Il suivit en même temps les cours de l'École des Beaux-Arts et revint à Strasbourg en 1855, après avoir terminé ses études.

Arrivé dans sa ville natale, il se voua au professorat et ouvrit un atelier qui fut suivi par un très-grand nombre d'élèves. Cet atelier a duré jusqu'à la guerre; à ce moment il se ferma pour ne plus se rouvrir.

Touchemolin est un des rares artistes alsaciens qui soit resté à Strasbourg après l'annexion allemande, bien qu'il ait comme tous les autres opté pour la nationalité française. Il va d'ailleurs quitter cette ville, où il se trouve en butte aux petites vexations des autorités nouvelles, qui empêchent ses tableaux d'être exposés aux vitrines des marchands.

Il est vrai que ses tableaux représentent presque toujours des

Fig. 104. — Une rue de Strasbourg pendant le bombardement, par Touchemolin.

sujets militaires. Touchemolin est lié avec un grand nombre d'officiers français, et a fait en vue de ses études de prédilection, plusieurs séjours au camp de Châlons, y vivant de la vie de soldat.

Sa première exposition date de 1863; son tableau représentait une *Batterie de siége au moyen âge*. En 1864, il fit la *Gare de Magenta*, en 1865, la *Bataille de Solferino*, et en 1866, une *Batterie de fuséens autrichiens*.

Depuis 1870, il a fait encore plusieurs tableaux et un grand nombre de dessins la plupart relatifs à la guerre. Il avait fait des illustrations, notamment pour le grand ouvrage de son beau-père, Frédéric Piton, intitulé *Strasbourg illustré*. La réputation de Touchemolin est très-bien établie en Alsace, mais il lui manque la consécration que donnent les succès obtenus aux Salons de Paris.

ULMANN

BENJAMIN ULMANN[1] est né en 1829, à Blotzheim, dans le Haut-Rhin. Il vint de bonne heure à Paris et entra dans l'atelier de Drolling, où il fut le compagnon d'études de Baudry, Jules Breton, Henner, Jundt, etc. Son intention, bien arrêtée dès le début, avait été de suivre religieusement l'enseignement de l'École des Beaux-Arts. Aussi, quand Drolling mourut, il passa sans hésitation dans l'atelier de Picot.

Après avoir concouru trois fois sans succès, il obtint le grand prix de Rome, en 1859, avec un tableau représentant *Coriolan chez Tullus,* et, la même année, il avait une médaille au Salon avec un tableau sur *Bsutus*. Il avait reçu une éducation classique des plus complètes, et il est toujours resté fidèle aux doctrines qu'il avait puisées dans sa jeunesse.

Ses envois de Rome, *Amphydamas et Patrocle, Samson et*

1. Ses principaux ouvrages sont : 1855 : Le *Dante et Farinata*. — 1856. Le *Retour de Tobie* (à Philadelphie). — 1857. *Résurrection de Lazare* (à Philadelphie). — 1858. *Adam et Ève trouvant le corps d'Abel* (à M. D..., à Paris). — 1859. *Coriolan chez Tullus* (grand prix de Rome ; *Brutus* (au musée de Melun). — 1863. *Amphydamas et Patrocle* (musée du Mans) ; *Samson et Dalila* (à M. de S... à Périgueux). — 1864. *La Défaite* (musée de Colmar). — 1866. *Sylla chez Marius* (musée du Luxembourg). — 1867. L'*Ora del pianto* (musée de Marseille) ; *Portrait du docteur H...* — 1868. *Portrait de Mme L...; Portrait de M. T...; Décoration de la Cour de cassation.*—1869. *Ariane abandonnée* (à M. D..., à Paris). — 1870. *Mort d'Étienne Marcel* (à l'État). — 1872. *Les Sonneurs de Nuremberg* (à M. V..., à Paris) ; *Pillage d'une ferme* [retiré de l'Exposition, *par ordre*] (à Mme B..., à Monaco). — 1873. Le *Denier du jeudi, à Burgos* (à la Haye) ; L'*Éducation alsacienne.* — 1874. *Les Gitanos; Portrait de Mme J. Claretie; Portrait de M. K...* — 1875. Le *Remords; Portrait de M. J...; Portrait de M. H...*

Dalila, la *Défaite,* sont des tableaux où le nu domine et qui attestent l'étude approfondie qu'il a faite du corps humain et l'importance qu'il y attache.

Son envoi de dernière année, *Sylla chez Marius,* figura au Salon de 1866. Les artistes et un petit groupe d'écrivains apprécièrent tout ce qu'un pareil tableau exigeait de savoir et d'études ; il eut un succès d'estime, et l'immense toile d'Ulmann prit place au musée du Luxembourg. Mais le public vit avec indifférence une peinture dont le sujet lui semblait absolument démodé.

Ulmann a fait aussi des tableaux de genre, notamment l'*Ora del piano* (le Moment des larmes). C'est une scène italienne : le corps inanimé d'une jeune fille est couché par terre au milieu d'une chambre, et, autour d'elle, la famille est dans la douleur.

En 1868, Benjamin Ulmann fut chargé de la décoration de la Cour de cassation. C'était un travail très-vaste et tout à fait conforme aux aptitudes du peintre. Il y avait d'abord un grand plafond destiné à la cour criminelle et divisé en trois compartiments : 1° *la Cour protége l'innocence et laisse châtier le crime ; 2° la Cour sanctionne ; 3° la Cour casse ou annule.* Par suite de l'incendie du Palais de justice, l'ancienne salle de la Cour criminelle, miraculeusement préservée du feu, a été transformée en chambre des requêtes, en sorte que la décoration d'Ulmann ne se trouve plus en rapport avec la destination de la salle.

Le peintre avait fait également un grand plafond pour la salle du conseil de la Cour d'assises. Il représentait l'*Équité dévoilant le crime.* La salle ayant été brûlée, cette peinture est anéantie.

La *Mort d'Étienne Marcel,* exposée en 1870, et les *Sonneurs de Nuremberg,* du Salon de 1872, furent remarqués du public ; mais on on parla surtout d'un tableau intitulé : *Avec Dieu, pour le roi et la patrie.* Comme le véritable sujet était des Prussiens pillant une ferme, il n'a pas pu figurer à l'Exposition, pour une cause facile à deviner. C'est un village alsacien qui est livré au pillage : des femmes cherchent à se défendre avec leurs balais et sont souffletées par les soldats prussiens. Un enfant vient d'être renversé d'un coup de pied et un vieux paysan ruiné pleure dans un coin. Un officier allemand, fumant froidement son cigare à bout d'ambre, regarde ses hommes qui défoncent les barriques, enlèvent les pendules, brisent les meubles et

Fig. 105. — *Ora del pianto*, tableau d'Ulmann.

emmènent les moutons. Ce tableau, un des meilleurs ouvrages du peintre, était destiné à un éclatant succès ; un avis émané du ministère décida l'artiste à le retirer.

VETTER

JEAN-HÉGÉSIPPE VETTER[1], bien que né à Paris, appartient à une famille de Strasbourg, et les Alsaciens le revendiquent pour un des leurs. Il est élève de Steuben, peintre oublié aujourd'hui, mais qui, sous Louis-Philippe, a souvent attiré sur ses œuvres l'attention du public.

En 1842, Vetter a fait sa première apparition au Salon avec un portrait, mais l'année suivante le *Jean Bart enfant* montra sa première tentative dans le style anecdotique qui lui est propre et dont il ne s'est jamais départi depuis. Le *Molière chez le barbier,* qui figura au Salon de 1847, marque le premier succès de l'artiste. Molière, allant se faire raser chez le barbier le plus proche, observait autour de lui la clientèle. Il écoutait les conversations de chacun, retenait dans sa mémoire les saillies de l'un, la tournure de l'autre, se mettait au courant de tous les commérages, et sans prendre part à la conversation observait ce qui se passait autour de lui, et ne perdait pas un mot de ce qui se disait. L'artiste nous le montre avec la serviette attachée au cou, et sa physionomie narquoise et sérieuse tout à la fois contraste avec la scène prosaïque à laquelle il se trouve mêlé. Cette figure de Molière plaît à M. Vetter, qui a représenté le

---

1. Ses principaux ouvrages sont : 1842. *Un Portrait.* — 1843. *Jean Bart enfant.* — 1844. *Quatre Portraits.* — 1846. *Deux Portraits.* — 1847. *Molière chez le barbier.* — 1848. *Alchimistes à la recherche de la pierre philosophale;* — 1849. *Portrait.* — 1852. *Deux Portraits.* — 1853. *Portrait.* — 1855. *Le Quart d'heure de Rabelais;* le *Maître d'armes.* — 1857. Le *Fumeur;* la *Liseuse;* le *Récit.* — 1859. *Une Halte à l'hôtellerie; Femme à sa toilette;* le *Départ pour la promenade.* — 1861. *Bernard Palissy;* la *Déclaration.* — 1864. *Molière et Louis XIV* (Exposition universelle). — 1865. *Mascarille présentant Jodelet à Cathos et à Madelon* (musée du Luxembourg). — 1866. *Un Mignon s'exerçant au bilboquet.* — 1867. *Au Cabaret.* — 1872. *Mazarin.* — 1874. *La Fuite en Égypte.* — 1875. Le *Raffiné.*

grand comédien dînant à la table de Louis XIV au milieu des courtisans stupéfaits.

Un très-spirituel tableau de Vetter, placé au musée du Luxembourg, montre *Mascarille présentant Jodelet à Cathos et à Madelon*.
Cet artiste connaît à fond le xviiᵉ siècle et l'a présenté sous tous ses
aspects. Ici c'est Mazarin, épuisé par la fièvre, qui cherche une
distraction en se faisant apporter l'un après l'autre les tableaux de sa
collection. Toute petite toile fine, spirituelle et harmonieuse. Ailleurs,
l'artiste nous fait assister à une *Déclaration*. Un jeune homme, le
jarret tendu, le pied en avant, présente une fleur à une dame assise
sur un grand fauteuil et qui sourit en le regardant. Le *Départ pour
la promenade* et le *Raffiné* du temps de Louis XIII sont des compositions exquises de tournure et d'élégance.

Vetter a fait aussi des incursions dans la Renaissance. Le
Quart d'heure de Rabelais est un de ses meilleurs tableaux. L'anecdote sur laquelle repose le sujet est bien connue. Étant à Lyon et
n'ayant plus un sou pour revenir à Paris, il fit prévenir les médecins
de la ville qu'il avait des révélations à leur faire. Quand il les vit
réunis, il leur montre une fiole, disant qu'elle contenait du poison
pour le roi de France. Il est aussitôt dénoncé, arrêté et conduit à
Paris aux frais de la ville de Lyon, désireuse de prouver son zèle
pour le souverain. Le roi rit de bon cœur en apprenant que Rabelais
s'était fait passer pour un empoisonneur et le fit immédiatement
relâcher.

Le tableau de Vetter nous montre l'arrestation de Rabelais et le
désordre produit par la nouvelle qui vient de se répandre. Les
médecins analysent le contenu des fioles et les examinent avec précaution, les gens de justice inventorient la valise du voyageur,
l'hôtelier et sa femme sont tout stupéfaits d'avoir hébergé un pareil
scélérat, les marmitons jettent un regard furtif et curieux, les soldats
s'indignent : seul, Rabelais, qu'on est en train d'arrêter, conserve
son air narquois et rit sous cape du succès de son stratagème. Tout
cela est rendu avec un esprit gaulois vraiment digne de celui qui
est le héros de la scène. Les têtes ont toutes une expression parfaitement appropriée au sujet, et la figure de Rabelais notamment est
un petit chef-d'œuvre. Cette grosse face rousse percée de deux yeux
vifs, avec les narines bien ouvertes, le nez sensuel, la bouche rail-

leuse, les lèvres relevées dans les coins, tranche par l'étrangeté de sa physionomie avec la stupéfaction, le courroux, l'attention inquiète et les sentiments si différents qui animent les autres personnages.

Le *Bernard Palissy* de Vetter a été aussi un des grands succès du Salon. Dans une grande salle délabrée, qui ressemble pas mal à une grange, Bernard Palissy a établi ses fourneaux. Il est là, désespéré, ruisselant de sueur, assis sur un méchant escabeau, et regarde ce four où s'est englouti tout son avoir. Écrasé par l'insuccès matériel, il espère pourtant encore; mais tout autour de lui, la famille et les voisins, qui le regardent en pitié, semblent l'accuser les uns d'un égoïsme impardonnable qui lui fait négliger ses devoirs les plus sacrés, les autres d'une démence incurable qui cause la ruine des siens.

LE QUART D'HEURE DE RABELAIS, TABLEAU DE VETTER

LE DÉPART POUR LA PROMENADE

TOPOGRAPHIE

ARTISTIQUE ET MONUMENTALE

DE L'ALSACE

I

STRASBOURG

STRASBOURG [1], l'ancien *Argentorat,* est une des premières villes de l'Europe par l'importance de ses monuments. C'est aussi, malgré les nombreuses transformations qu'elle a subies depuis ces dernières années, une des villes qui ont le mieux conservé leur physionomie ancienne. Les toits élevés de ses vieilles maisons, les nids de cigogne qui couvrent ses cheminées, les poutres apparentes et les pignons qui avancent sur la rue lui donnent un cachet original, qui, néanmoins, tend beaucoup à disparaître. Mais des estampes assez nombreuses reproduisent la ville telle qu'elle était au XVIIe et au XVIIIe siècle, et fournissent aux archéologues de précieux renseignements.

---

1. Strasbourg porte d'argent à bande de gueules, avec deux lions soutenant l'écusson timbré d'un heaume à couronne d'or, d'où sortent deux ailes de cygne.

La ville possède plusieurs places décorées de statues qui méritent d'être signalées. Le monument de Gutenberg a été inauguré en 1840 sur l'ancien marché aux herbes qui prit le nom de place Gutenberg. David d'Angers, auteur de la statue, a montré l'inventeur de l'imprimerie appuyé sur une presse : il tient à la main une feuille sur laquelle est gravée cette phrase : *Et la lumière fut.* La figure est en bronze, et repose sur un piédestal en grès orné de bas-reliefs allégoriques.

La place Kleber est la plus grande de la ville : la statue du général est due à Grass et est considérée comme son meilleur ouvrage. Le vainqueur d'Héliopolis est représenté au moment où, ayant reçu de l'amiral anglais l'ordre de se rendre, il adresse à son armée sa fameuse allocution : « Soldats, à de telles insolences on ne répond que par des victoires; préparez-vous à combattre. » Des bas-reliefs représentant les batailles d'Héliopolis et d'Altenkirchen décorent le piédestal, sous lequel est un caveau renfermant les cendres du héros.

La cathédrale est construite sur un emplacement consacré au culte depuis les temps les plus reculés, et la fondation d'une église chrétienne en ce lieu, qui était sacré chez les païens, remonte à Clovis. Détruite plusieurs fois par le feu, la cathédrale de Strasbourg s'est toujours relevée plus belle. Les parties les plus anciennes de l'édifice actuel passent pour être du xi° siècle. A cette époque, l'évêque Werner conçut un projet grandiose, fit appeler les architectes les plus habiles, passa huit années à rassembler des matériaux, recueillit des fonds en accordant des indulgences à ceux qui contribueraient à l'érection du monument et eut la gloire de jeter les fondements d'un des plus beaux édifices que l'art du moyen âge ait élevés.

Pendant quatre siècles, on a travaillé à la cathédrale alsacienne, qui présente ainsi le style de diverses époques. Parmi les architectes qui ont tour à tour dirigé les constructions, ceux auxquels on attribue les parties principales sont Hermann Auriga, auteur du chœur et du portail de style roman, qui regarde le nord, Erwin de Steinbach, que l'évêque Conrad appela pour élever la façade, Jean Hultz, qui termina le clocher, et Jacques de Landshut, auquel on doit le portail Saint-Laurent, du côté du midi.

La cathédrale de Strasbourg, qui n'a jamais été achevée, a subi à diverses époques de nombreuses mutilations. Sous la Révolution,

Fig. 106. — Vue de Strasbourg d'après une ancienne estampe.

elle fut transformée en un *Temple de la Raison,* et un monument en rochers, symbolisant la nature, remplaça l'ancien autel.

Une proposition, qui circula alors, ne tendait à rien moins qu'à abattre la flèche, et, dans la fièvre du moment, on ne sait ce qui serait arrivé, si un homme d'esprit (il y en a partout, même dans les clubs) n'eût proposé de la coiffer d'un bonnet de la liberté. Sa péroraison mérite d'être rapportée : « C'est le seul point, sur toute la République, s'écria-t-il, où les couleurs nationales peuvent être portées aussi haut vers le ciel, protecteur des hommes libres! L'étranger peut les apercevoir de la rive opposée; puisse cette vue être bientôt celle du serpent d'airain contre les souffrances de l'esclavage ! » Un tonnerre d'applaudissements prouva à l'ingénieux orateur qu'il avait porté juste, et un bonnet de la liberté en fer-blanc fut hissé au haut du clocher. Il en fut retiré ensuite pour prendre place dans les collections de la ville, où il est resté jusqu'à la destruction de la bibliothèque par les Allemands.

Malgré les mutilations qu'elle a subies pendant la Révolution et les statues qui en ont été arrachées, des désastres bien autrement graves étaient réservés à la cathédrale alsacienne. Si elle n'est pas entièrement détruite, c'est parce que l'artillerie allemande n'est pas encore suffisamment perfectionnée. Le clocher a servi de but aux obus, et un officier pariait, en riant, qu'en trois coups il abattrait le sommet de la flèche. En renversant l'immense croix placée au haut du clocher, les Allemands espéraient que son poids entraînerait dans sa chute une partie de la flèche déjà criblée par les obus. La croix fut, en effet, atteinte par l'habileté des artilleurs, mais, retenue par les barres du paratonnerre, elle se courba sur elle-même sans tomber. De nombreuses photographies, prises après le bombardement, représentent la flèche de Jean Hultz, dont on voit la cime penchée. C'est ainsi que le chef-d'œuvre du plus grand artiste de l'Allemagne put résister aux coups de ses compatriotes acharnés à le détruire.

La teinte rouge-brun du grès vosgien employé pour la construction de la cathédrale de Strasbourg lui donne un aspect étrange et original. Les trois portails de la façade sont décorés de statues dont les plus remarquables sont les *Vierges sages* et les *Vierges folles* (fig. 109); mais nous n'avons pas à y revenir puisque nous en avons parlé plus haut. Il en est de même des vitraux de l'inté-

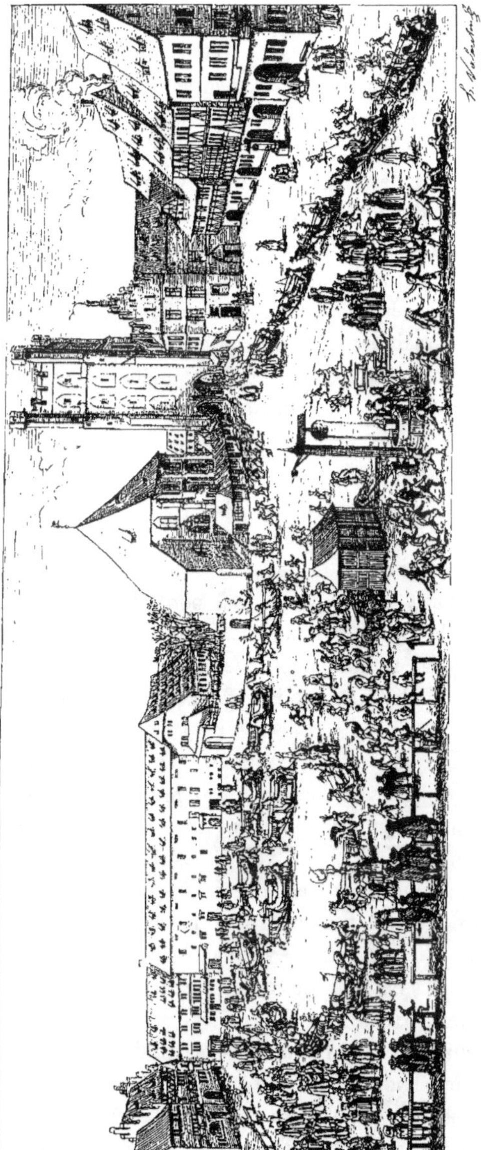

Fig. 107. — Vue de Strasbourg d'après une ancienne estampe.

rieur, ainsi que du baptistère de Jost Dotzinger et de la superbe chaire à prêcher due à Jean Hammerer. L'horloge astronomique est une des grandes curiosités de la cathédrale de Strasbourg, mais son ingénieux mécanisme est tout à fait en dehors du cadre qui nous est imposé dans ce travail.

La crypte, qui s'étend sous toute la longueur du chœur, est la plus ancienne partie de l'édifice, et quelques-uns la font remonter à l'évêque Verner. Cette crypte forme elle-même comme une sorte d'église composée d'une nef avec deux absides et un chœur arrondi. La forme cubique des chapiteaux montre l'influence byzantine que l'architecture subissait à cette époque.

Il faudrait un volume pour indiquer, même sommairement, les richesses artistiques de la cathédrale de Strasbourg, surtout en sculpture.

Parmi les nombreuses statues qui décorent l'édifice, il y en a qui sont placées à une telle hauteur, qu'il serait bien difficile de les étudier. Mais les moulages qui en ont été faits sont réunis dans une sorte de musée, installé dans la *Maison de l'Œuvre de Notre-Dame,* placée en face le portail nord de la cathédrale. Cette maison, qui est le siége de l'administration d'une riche et ancienne dotation ou *œuvre* spécialement affectée à l'entretien de l'église, est elle-même un des plus jolis spécimens de la Renaissance en Alsace.

L'édifice date de 1581 et montre un curieux exemple de ce qu'on peut appeler le caprice en architecture. La porte seule, par sa disposition singulière, pourrait en donner une idée. Mais il faut entrer dans l'intérieur et voir le curieux escalier en spirale par lequel on monte dans les étages supérieurs de la maison.

Les collections de moulages sont placées au rez-de-chaussée, avec les pièces du mécanisme de l'ancienne horloge; au premier étage on voit, dessinés sur de vieux parchemins, les anciens plans de la cathédrale, très-curieux à étudier, à cause des différences qu'ils présentent avec le monument tel qu'il a été exécuté.

L'église Saint-Thomas, consacrée au culte protestant, est l'édifice le plus important de Strasbourg après la cathédrale. Elle s'élève sur l'emplacement occupé auparavant par un ancien palais des rois francs. L'église Saint-Thomas appartient en grande partie au style

Fig. 108. — Cathédrale de Strasbourg, portail septentrional

roman. Elle est pourvue de deux tours, dont une est du xie siècle.

L'église Saint-Thomas renferme plusieurs monuments très-intéressants pour l'art et l'archéologie. On y voit entre autres un bas-relief du xiiie siècle représentant *Saint Thomas touchant les plaies du Christ,* et le cercueil en pierre de l'évêque Adeloch (fig. 112). Ce tombeau, qui porte sa date sur une inscription, nous donne un curieux spécimen de la sculpture au ixe siècle. Il repose sur deux lions de style byzantin, et présente la forme d'une caisse surmontée d'un couvercle angulaire.

On voit aussi dans l'église Saint-Thomas plusieurs monuments funéraires dus au statuaire Omacht, et le fameux tombeau du maréchal de Saxe, un des monuments les plus importants de la statuaire française au xviiie siècle.

Le tombeau du maréchal de Saxe, œuvre du statuaire Pigalle, a été élevé en 1777 par ordre de Louis XV. Le héros est devant une pyramide avec des trophées. La mort entr'ouvre un cercueil et lui fait signe d'y descendre malgré les supplications de la France éplorée qui essaye de la repousser. Hercule, placé vis-à-vis de la Mort, semble plongé dans la douleur. D'un côté du maréchal on voit l'aigle d'Autriche, le lion belge et le léopard anglais abattus sur leurs drapeaux brisés. De l'autre côté et derrière la statue allégorique de la France, l'Amour pleure et tient son flambeau renversé.

Cette figure attira à l'auteur les critiques les plus violentes : on trouvait l'image de l'Amour tout à fait déplacée dans un tombeau. Pigalle répondit qu'une figure d'enfant était nécessaire à son groupe, et que ce monument ayant un caractère historique, devait montrer que la vie du maréchal avait été partagée entre la gloire militaire et les aventures galantes. Le ministre se fâcha et écrivit à Pigalle que les faiblesses du maréchal n'avaient pas besoin d'être transmises à la postérité, et que s'il avait besoin d'un enfant dans son groupe, il pouvait en faire le génie de la guerre, mais non l'amour. Il ajouta que ce n'était pas un conseil, mais bien un ordre qu'il transmettait au sculpteur.

Pigalle dut obéir et changea la figure d'enfant, qu'il coiffa d'un casque; mais il était désolé et disait à ses amis : « On veut me déshonorer en rendant mon groupe ridicule ; aujourd'hui je plie, mais je me redresserai bientôt. » En effet il avait son plan. Une estampe

CATHÉDRALE DE STRASBOURG.

fut publiée avec le génie de la guerre, la critique se tut et parla
d'autre chose. Le sculpteur fit en sorte que les choses traînassent en

Fig. 109 — Statues du grand Portail de la Cathédrale de Strasbourg.

longueur, puis quand il fallut placer le groupe dans l'église Saint-

Thomas, il s'enferma dans un échafaudage de planches, et replaça son Amour tel qu'il l'avait conçu primitivement. Quand le monument fut inauguré, Louis XV venait de mourir, et l'opinion publique s'inquiétait assez peu du maréchal de Saxe : on ne fit pas attention au changement et Pigalle eut ainsi gain de cause.

Le temple neuf de Strasbourg était, malgré son nom, un édifice

Fig. 110. — Porte de la Maison de l'Œuvre de Notre-Dame, à Strasbourg.

fort ancien. En 1824, en travaillant dans cet édifice on découvrit sous le crépi des traces de peinture, et on reconnut bientôt qu'il y avait là une *Danse des morts*, peinte à sept pieds du sol et s'étendant sur les deux murs de l'église ; ces fresques étaient fort endommagées.

Dans la première un frère prêcheur entretenait ses auditeurs des

austères pensées de la mort. Parmi eux on voyait un pape, un cardinal, un évêque, des gentilshommes et des gens de toutes conditions.
Ensuite, la mort vient prendre le pape entouré de ses cardinaux. Puis

Fig. 111. — Escalier de la Maison de l'Œuvre de Notre-Dame, à Strasbourg.

c'est l'empereur et l'impératrice, rayonnants de jeunesse et magnifiquement parés, puis un roi, un évêque, une reine, un abbé que la Mort
appréhende sans distinction et comme au hasard : les costumes sont
ceux du xve siècle.

La danse des morts de Strasbourg, quoique moins importante
que celle de Bâle, était une très-grande curiosité pour l'archéologie

et l'histoire de l'art en Alsace. Le temple neuf, avec tout ce qu'il contenait, a été détruit par les Allemands en 1870.

L'église Saint-Guillaume est surtout remarquable par les monuments du comte Ulric, landgrave de la basse-Alsace, et de son frère Philippe, précieux échantillons de la sculpture au moyen âge.

Parmi les édifices civils de Strasbourg, il faut citer le château, construit de 1728 à 1741 par le cardinal prince de Rohan, évêque de Strasbourg, l'hôtel de la préfecture, le théâtre, etc.

Le musée de Strasbourg, dont le désordre et le mauvais entretien ont été maintes fois signalés par la critique, était pourtant très-digne d'intérêt. Après avoir été traité par l'administration française avec une négligence fautive, il a été détruit par les Allemands en 1870, et il n'en reste plus rien aujourd'hui.

Ce musée renfermait trois ou quatre morceaux, qui, partout

Fig. 112 — Tombeau de l'évêque Adeloch

ailleurs, eussent été la gloire de collections plus célèbres, bien qu'ils fissent peu d'effet, à cause de l'abandon où on les laissait et du peu de soin qu'on en prenait. Il y avait d'abord un Pérugin des plus remarquables, la *Sainte Apolline,* dont Bein a fait une gravure au burin à une époque où ce tableau était attribué à Raphaël. C'était une figure de grandeur naturelle, portant un manteau bleu pâle doublé de vert sur une robe rouge cerise.

La *Sainte Apolline* était un envoi fait en 1803 par le musée central, et provenait de la sacristie de l'église des Augustins à Pérouse. C'est à la suite du traité de Tolentino, en 1798, qu'elle était venue en France avec plusieurs autres ouvrages du même artiste.

On pouvait encore signaler dans l'école italienne un bon tableau du Bassan représentant *Abraham offrant un sacrifice ;* après avoir fait partie de l'ancien cabinet du roi; il avait été envoyé à Strasbourg sous le Consulat.

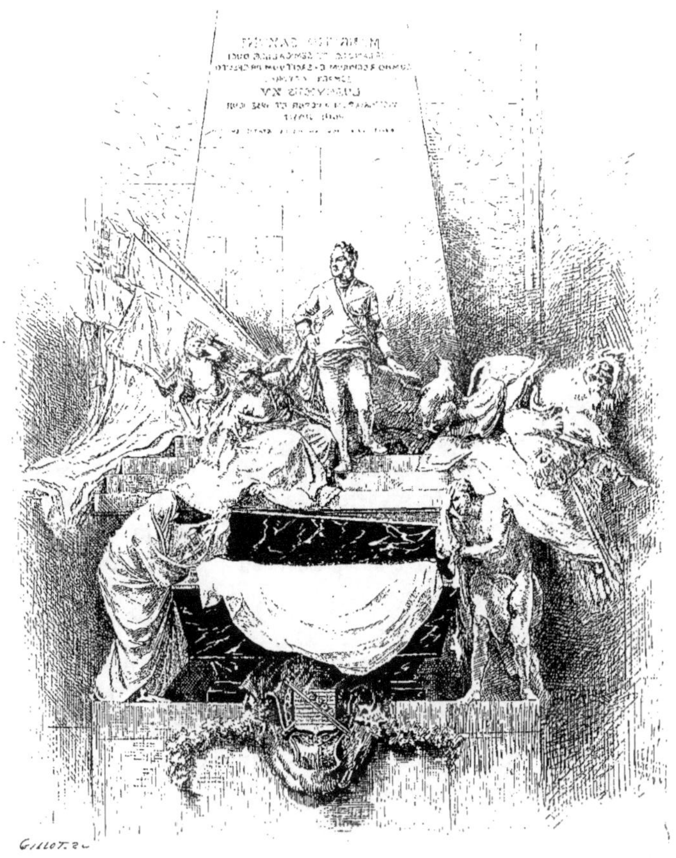

Fig. 113. — Tombeau du maréchal de Saxe.

Dans l'école flamande, le musée de Strasbourg possédait un ouvrage important de Memlinck, dont l'attribution a été contestée, mais qui passait pour un des plus beaux tableaux des écoles

primitives : le *Mariage mystique de sainte Catherine d'Alexandrie.*
Au centre du tableau, la Vierge, assise sur un trône de marbre blanc,
portait le divin Enfant. Elle était couverte d'une robe bleue à franges
d'or et d'un manteau rouge. L'Enfant passait l'anneau au doigt de
sainte Catherine, somptueusement parée. Sainte Barbe, vêtue d'une
robe verte et tenant un fruit, complétait cette composition, dont le
style archaïque s'unissait à une exécution des plus délicates. Ce
tableau avait appartenu au peintre Gabriel Guérin, qui l'avais acquis
en 1838 pour 20,000 francs, somme énorme pour l'époque et qui
prouve l'importance de l'œuvre.

Un vigoureux tableau de l'école de Rubens, des *Nymphes
poursuivies par des Satyres* et une *Adoration des Rois* avec vingt
personnages de grandeur naturelle, un beau portrait de femme,
de Mireveldt, une *Rixe de paysans dans un cabaret,* joli tableau
d'Adrien Van Ostade, signé et daté 1633, des peintures primitives des
écoles rhénanes constituaient la part des étrangers dans ce musée,
dont le Pérugin et le Memlinck étaient les pièces principales.

L'école française ancienne était représentée par Simon Vouet,
Lebrun, Largillière, Rigaud, Valentin, Detroy, Oudry, etc. Le *Cerf
blanc faisant tête aux chiens,* passait pour être le chef-d'œuvre
d'Oudry ; il portait en grosses lettres sa date 1731. On signalait aussi,
parmi les pièces intéressantes, un joli tableau mythologique de
Trémollières, *Alphée et Aréthuse,* un beau portrait du maréchal de
la Feuillade, par Largillière, un portrait de Kléber, considéré comme
le meilleur ouvrage de Regnault, etc.

Le musée de Strasbourg possédait aussi quelques tableaux
recommandables soit par leur rareté, soit parce qu'ils se rattachaient
à des souvenirs locaux : par exemple, un *Intérieur strasbourgeois
en 1600,* sans nom d'auteur, mais très-curieux par les détails précis
du mobilier et du costume, un tableau intéressant de Ninet de
l'Estain, maître peu connu de l'école française et disciple de Simon
Vouet : ce tableau, fait pour Notre-Dame de Paris, représentait
Saint Pierre et Saint Paul, et a été gravé par Abraham Bosse. Enfin,
un artiste cher aux Strasbourgeois, Benjamin Zix, avait là ses
ouvrages principaux : Une *Fête de village,* la *Danse de l'ours,*
les *Musiciens ambulants,* les *Musiciens du régiment,* etc.

L'Alsace contemporaine était représentée au musée de Strasbourg

Fig. 114. — Une Fête à Strasbourg.

par des œuvres de la plupart de ses artistes en renom. On y voyait entre autres les *Schlitteurs de la forêt Noire*, tableau qui fut exposé en 1857 et contribua beaucoup à la réputation de Brion, l'*Arrivée des Zurichois au tir de Strasbourg, en 1576* et une *Fête à Strasbourg*, deux tableaux capitaux de Théophile Schüler, la *Mort de Polynice* et *Servius Tullius*, par Guérin de Strasbourg, la *Fête de la grand'mère*, par Marchal, qui, s'il n'est pas natif du pays, peut compter parmi les Alsaciens d'adoption, le *Dimanche chez le grand-duc*, un des plus jolis tableaux de Jundt.

On se rappelle le succès que ce dernier tableau obtint au Salon

Fig. 115. — Un Dimanche chez le grand-duc, tableau de Jundt (musée de Strasbourg).

de 1864: Jundt n'a jamais été plus spirituellement gauche dans ses paysanneries allemandes. Les visiteurs circulent dans un vaste salon, au milieu duquel est une *Vénus* de Milo. Un paysan endimanché, avec de gros gants verts et son formidable chapeau à la main, jette sur la statue un regard investigateur et admire cette belle nourrice. Il est d'un niais à faire pâmer de rire. Près de lui, deux jolies paysannes, étrangement coiffées, se font des petites remarques, tandis qu'un Suisse, en grande livrée rouge, explique quelque chose aux visiteurs avec la gravité traditionnelle qui caractérise en tout pays les gardiens d'une collection.

Les œuvres de la sculpture n'étaient pas très-nombreuses au musée de Strasbourg, mais il y en avait d'excellentes, entre autres un beau buste de Louis XV, par Lemoyne, celui du cardinal de Rohan, par Bouchardon, celui de Louis XVI, par Houdon, la *Vénus sortant des eaux* et la *Flore* du statuaire Omacht, la *Jeune Paysanne trempant son pied dans un ruisseau,* jolie statue de Grass, etc. Une collection

Fig. 116. — Vase de Strasbourg.

assez complète de moulages d'après l'antique, complétait le musée des Beaux-Arts, dont il ne reste plus rien aujourd'hui.

Strasbourg possédait en outre une riche collection d'antiquités qui a eu le même sort que celle des tableaux. Parmi les raretés qu'elle renfermait, il faut signaler une série de bas-reliefs d'un travail grossier, mais très-curieuse pour l'étude de la mythologie celtique, un autel qu'on croit avoir été consacré au dieu gaulois Teutatès, et plusieurs ouvrages se rattachant aux plus anciennes antiquités de l'Alsace.

L'art gallo-romain était représenté par une petite Vénus en bronze, appartenant à la belle époque, un autel consacré à Apollon, une curieuse pierre tumulaire avec un soldat romain complétement armé, divers instruments à l'usage des médecins, de nombreuses urnes cinéraires et des vases en verre, dont un de la plus extrême rareté. Ce vase, entourée d'une sorte de réseau ou de grillage en verre rouge et portant une inscription en verre vert, a été trouvé en 1825 dans un cercueil en forme d'auge, tout près des glacis de Strasbourg.

Un vase en cuivre, trouvé dans le Rhin, près de Schlestadt, et qui paraît avoir servi pour l'administration du baptême, nous reporte aux origines du christianisme en Alsace, ainsi qu'une grande table en pierre couverte d'emblèmes et d'animaux symboliques. Puis c'est un ancien bas-relief polychrome, montrant les gardes endormis auprès du sépulcre du Sauveur, une cuve baptismale du xi⁵ siècle ornée de bas-reliefs archaïques, deux statues colossales représentant l'évêque Arbogast et Rodolphe de Habsbourg, qui, avant d'être empereur, avait été capi-

Fig. 117. — Monnaies de Strasbourg.

taine des Strasbourgeois, une riche collection des médailles et monnaies alsaciennes, contenant des pièces de la plus grande rareté, entre autres celles qui se rapportent à la période franque, une collection de vitraux provenant de l'ancienne chartreuse de Molsheim, des instruments de torture trouvés dans les vieux châteaux des Vosges, un plan en relief de la ville et des fortifications de Strasbourg, fait par Speclin en 1574, de vieux instruments de musique, le sabre de Kléber, une quantité de dessins d'antiquité locale, un pot en bronze venant des Zurichois, etc.

Parmi les curiosités du musée archéologique, aucune n'était aussi populaire en Alsace que l'ancienne bannière de la ville de Strasbourg, représentant la Vierge assise avec les bras étendus et l'enfant Jésus sur ses genoux. Un type analogue se retrouve sur des monnaies de la ville.

La bibliothèque de la ville, qui a été détruite par les Allemands
en même temps que le musée de peinture et la collection des antiquités, était une des plus riches de France et d’Europe pour les
manuscrits précieux et les miniatures. Elle ne contenait pas moins de
150,000 volumes et environ 1,600 manuscrits, dont la perte est irréparable pour la science. Dans les salles du rez-de-chaussée étaient rangés
les incunables, provenant de l’ancienne commanderie de Saint-Jean,
les nombreux manuscrits du moyen âge, la collection très-curieuse des

Fig. 118. — Ancienne Bannière de Strasbourg.

vieilles impressions du xvᵉ siècle, les pièces du procès de Gutenberg
et le titre par lequel le chapitre de Saint-Thomas prête à l’inventeur
une somme de 80 livres, un recueil des lois canoniques écrit en 788,
un dictionnaire des notes tironiennes, ou caractères sténographiques
usités dans la chancellerie des rois carlovingiens, le poëme de la
Guerre de Troie en 60,000 vers, par Conrad de Wurtzbourg, un très-
beau recueil de prières du viiiᵉ siècle, écrit sur vélin pourpré, en

caractères d'or et d'argent, un superbe bréviaire avec des miniatures encadrées d'arabesques, un missel portant les armes de Louis XII, etc. Mais la pièce la plus importante de la bibliothèque de Strasbourg était incontestablement le *Hortus deliciarum,* de Heriade de Landsberg, recueil prodigieux dont les nombreuses miniatures ont servi de modèles à une quantité de vitraux et de sculptures qui décorent les églises du moyen âge. Nous n'avons pas à revenir sur ce travail dont nous avons déjà longuement parlé et dont la perte constitue une lacune irréparable pour l'histoire de l'art. Ajoutons, pour finir avec Strasbourg, que ces destructions honteuses, que rien ne justifiait et qui n'ont pas avancé d'une heure la victoire, resteront dans l'histoire comme une flétrissure que les travailleurs de tous les temps reprocheront toujours à l'Allemagne.

Les ruines des châteaux de Ringelstein, de Hohenstein et de Nideck, forment un but habituel d'excursions aux environs de Strasbourg. Le château de Ringelstein était situé sur une haute montagne, et c'est moins les débris qui en restent que les magnifiques vues qu'on a aux environs, qui attirent les touristes de ce côté. Il en est de même pour celui de Hohenstein dont il subsiste seulement quelques massifs de maçonnerie.

Une grosse tour carrée et un corps de bâtiment divisé en plusieurs terrasses et entouré de fortifications marquent l'emplacement de l'ancien château de Nideck; c'était un manoir féodal situé dans une position effrayante et dominant une cascade qui se précipite à travers les rochers.

De nombreuses légendes se rattachent au château de Nideck, dont la date de construction est inconnue. Il était jadis habité par une famille de géants, bonnes gens d'ailleurs, mais vivant loin des hommes. Un jour, cependant, une petite fille de cette famille, très-jeune assurément puisqu'elle n'avait encore que quarante pieds de haut, ayant quitté la montagne, vint faire un tour dans la plaine du côté qu'habitent les hommes, et fut frappée d'étonnement en voyant un laboureur qui conduisait sa charrue. Il est probable que le laboureur ne fut pas moins surpris que la petite géante. Mais celle-ci, s'étant baissée, prit délicatement le paysan avec ses bœufs et sa charrue et alla montrer à ses parents le joli joujou qu'elle avait trouvé. « Ma fille, lui dit son père, reporte bien vite où tu les as

Fig. 119. — Porte de l'église d'Haslach.

trouvés, ce laboureur et ses bœufs. Car ce que tu prends pour un joujou est ce qui fait vivre les géants aussi bien que les hommes. »

Dans la vallée que domine ce château était l'ancienne abbaye d'Haslach. L'église, qui sert aujourd'hui de paroisse, est un charmant édifice commencé vers la fin du xiii siècle ; la nef et la tour abbatiale ont été élevés au xiv siècle par le fils d'Erwin de Steinbach.

HAGUENAU

L A ville de Haguenau mérite d'être visitée à cause de ses églises. La construction de l'église Saint-Georges paraît remonter à la fondation de la ville. La petitesse des fenêtres, les billettes en damier ornant les corniches et le dessus des portes, les arcades cintrées et les lourdes colonnes surmontées de chapiteaux cubiques affirment la tradition byzantine. Cependant le chœur et plusieurs chapelles construites postérieurement sont de style ogival. Une grande tour octogone, avec fenêtres en ogives naissantes, montre l'époque de la transition.

L'intérieur, d'un aspect grandiose, comprend trois nefs séparées par six travées, non compris le transsept et le vestibule. On y voit un beau tabernacle exécuté en 1523, enrichi d'un grand nombre de sculptures, et une chaise en pierre ornée de bas-reliefs.

On remarque aussi à Haguenau l'église Saint-Nicolas, dont le chœur, de style ogival, renferme un bel autel en bronze doré et des boiseries intéressantes.

WISSEMBOURG

L'ÉGLISE Saint-Pierre et Saint-Paul de Wissembourg[1] est du XIIIe siècle, mais la grande tour carrée qu'on remarque à l'extrémité occidentale est beaucoup plus ancienne. Le long de la nef du côté du nord, on voit une des galeries de l'ancien cloître, dont les colonnes ont leurs chapiteaux ornés de feuillages, qui reproduisent les plantes de la contrée. Aux environs de Wissembourg, on visite les ruines des châteaux de Winstein, de Schœneck, de Wineck, d'Arusberg et de Wasenstein, dont les débris couronnent des rochers de l'aspect le plus pittoresque.

SAVERNE

SAVERNE est une ville fort ancienne dont le nom figure sur les plus anciens documents géographiques. Sous la domination romaine ce lieu était considéré comme le passage le plus fréquenté des Vosges. Les restes d'un camp romain ont été découverts à dix kilomètres de la ville et les fouilles faites aux environs ont mis à jour un nombre considérable d'antiquités gallo-romaines qui ont été réunies au Musée.

Le *Musée archéologique de Saverne* a été établi, en 1859, dans une chapelle du XVe siècle. Il renferme un assez grand nombre de monuments funéraires dont quelques-uns présentent une forme particulière au pays.

Il y a entre autres un tombeau *triboque ;* les Triboques sont une tribu germaine qui avait envahi la Gaule avant l'arrivée de Jules César. Il y a également un assez grand nombre d'urnes cinéraires appartenant à la période gallo-romaine, un bas-relief représentant

1. Wissembourg porte de gueules à porte de ville crénelée surmontée de deux tours d'argent.

Mercure avec le pétase ailé, un autel quadrilatère avec les figures de Mercure et Hercule.

Plusieurs objets assez remarquables du moyen âge complètent la collection : ce sont des fragments d'armures damasquinées en argent, un bénitier roman provenant de la crypte de la chapelle Saint-Michel, un baptistère du xv⁵ siècle, de forme hexagonale, etc.

L'*Église paroissiale de Saverne* appartient à trois époques. La tour romane remonte au xii⁵ siècle ; elle est divisée en cinq étages et percée d'ouvertures en plein cintre. Le chœur est du xiv⁵ siècle et la nef du xv⁵. On voit à l'intérieur une très-belle chaire due au sculpteur et architecte Hammerer, l'auteur de la fameuse chaire de Strasbourg, et quatre peintures sur bois attribuées à Wohlgemuth.

Le *Palais épiscopal de Saverne* a été bâti au xviii⁵ siècle par le cardinal de Rohan, évêque de Strasbourg. L'ancien château avait été brûlé, et l'édifice actuel ne put être terminé à cette époque à cause de la Révolution qui interrompit les travaux. Sous Napoléon III, ce château, qui, depuis cinquante ans, était sans destination, fut affecté au logement des veuves des fonctionnaires de l'État.

Ce vaste palais, conçu dans le style solennel et un peu froid qui a prévalu en France depuis Versailles, est décoré, dans toute sa hauteur, de pilastres cannelés ; il a deux façades, dont la plus importante regarde le jardin. Le château de Saverne était autrefois enrichi de plusieurs sculptures de Coyzevox, et la décoration en avait été confiée à Robert le Lorrain. Il a aujourd'hui perdu sa splendeur, et son beau parc, jadis orné de statues et de fontaines jaillissantes, n'est plus que l'ombre de lui-même.

Le château de Haut-Barr, situé en haut de la montagne qui domine Saverne, a été bâti au xii⁵ siècle par l'évêque Rodolphe de Strasbourg et démantelé au xvii⁵ après le traité de Munster. Les ruines consistent en un donjon, des débris du mur d'enceinte et une chapelle romane : elles occupent le sommet d'un massif de rochers avec lequel se confond le paysage.

Près de là sont les ruines du grand et du petit Gerolsdeck, auxquelles se rattachent de nombreuses légendes, mais qui sont assez informes. On y voit pourtant une salle à peu près conservée et dont les arceaux, en plein cintre, reposent sur des piliers carrés. Ces constructions remontent au xi⁵ siècle.

MARMOUTIER

L'ÉGLISE abbatiale de Marmoutier[1], dans l'arrondissement de Saverne, est un des monuments historiques les plus intéressants de l'Alsace. Sa façade passe pour être l'œuvre de Drogon, évêque de Metz en 825, et fils naturel de Charlemagne. Elle est décorée dans toute sa hauteur de bandes verticales que relient entre elles de petites arcades cintrées, et se termine par

Fig. 120. — Église de Marmoutier.

trois frontons et trois tours; celle du milieu carrée, les deux autres

1. Marmoutier porte d'azur, à une église à portail d'argent sur une terrasse de sinople.

octogones. Le porche est formé de trois arcades que supportent des colonnes à chapiteaux cubiques décorés de raisins.

L'intérieur de l'église est de style ogival et ne remonte pas au delà du xɪvᵉ siècle ; il comprend trois nefs avec transsept. On y voit les tombeaux des Gerolsdeck et de belles boiseries sculptées appartenant à l'art moderne.

L'église Saint-Jean-des-Choux, à une lieue et demie de Saverne, faisait partie d'une ancienne abbaye de bénédictines, dont les constructions sont fort anciennes. Elle renferme trois longues nefs séparées par des arceaux qui reposent sur des piliers carrés. L'abside du chœur est fort curieuse : des petites colonnes striées horizontalement de lignes brisées ou ondulées ornent la fenêtre du milieu. A la porte d'entrée on voit de belles pentures forgées qui datent de l'époque de la construction de l'église.

L'abbaye de Neuwiller, dont l'église placée sous l'invocation de saint Pierre et saint Paul a été restaurée de nos jours par M. Boeswilwald, est un des monuments les plus intéressants de la contrée. Le chœur, les transsepts et les bas côtés de l'église remontent au xɪɪᵉ siècle. Les deux belles statues de saint Pierre et de saint Paul qui se voient près de la porte comptent parmi les ouvrages célèbres de la statuaire au xɪɪɪᵉ siècle.

La chapelle Saint-Sébastien, attenant au chœur de l'église, est de l'époque carlovingienne. Elle se compose de deux étages. Dans la crypte est une piscine ou les catéchumènes recevaient le baptême par immersion. Dans l'étage supérieur, les chapiteaux et les bases des colonnes sont ornés d'animaux bizarres tenant dans leurs gueules des branches dont le feuillage s'enlace autour de leur corps. On voit aussi dans cette chapelle un vitrail du xɪɪᵉ siècle et un retable du xvɪᵉ orné de peintures remarquables.

Des bâtiments de l'abbaye, il reste une vaste salle rectangulaire, qui était probablement le réfectoire ; elle est divisée dans sa longueur par deux rangs de colonnes à chapiteaux richement ornés.

L'église de Saint-Adelphe, également à Neuwiller, est aussi un édifice de style romano-byzantin, auquel pourtant a été ajouté postérieurement un chœur de style gothique.

INTÉRIEUR DE L'ÉGLISE DE ROSHEIM

ROSHEIM

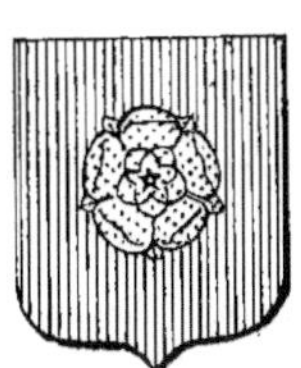

La jolie église de Rosheim[1] est un monument très-complet et un des plus singuliers du style roman-alsacien. La construction de cette église se rattache à une légende très-populaire en Alsace.

Le comte de Salen avait eu plusieurs fils, mais il ne lui en restait plus qu'un, car les loups avaient successivement dévoré tous les autres. Aussi quelle surveillance le malheureux comte exerçait sur cet unique enfant.

Une fois pourtant il fut pris en défaut et cet instant suffit pour qu'un loup vînt saisir l'enfant et l'emporter dans les bois. Le comte, désespéré, s'en alla trouver un saint ermite qui lui promit de nouveaux héritiers s'il bâtissait une église à l'endroit que lui indiquerait un oiseau de la forêt.

Un jour que le comte errait dans la solitude, en proie à ses chagrins, il vit un oiseau arriver en tournoyant autour de lui, et, reconnaissant le signe céleste dont l'ermite avait parlé, il fonda en ce lieu l'église de Saint-Pierre et Saint-Paul. C'est pour cela qu'un oiseau est sculpté sur le faîte du fronton, et qu'on voit aux angles un loup tenant un enfant qu'il s'apprête à dévorer.

Il paraît aussi que, tandis qu'on bâtissait l'église, l'argent fit défaut; l'architecte fit une quête dans la contrée et la dévotion des fidèles lui fournit les fonds nécessaires pour achever l'œuvre commencée. Pour perpétuer le souvenir de cette quête, l'architecte s'est représenté lui-même, au pied du clocher, dans l'attitude d'un homme accroupi qui tient une bourse à la main.

« L'église de Rosheim, dit M. Bœswilwald, est un monument exceptionnel dans l'architecture du xiie siècle, en Alsace et sur les bords du Rhin. Elle se distingue tout particulièrement par le style, la variété et l'originalité de ses sculptures, ainsi que par la beauté des profils, de ses bases et de ses corniches. Les chapiteaux cubiques des

1. Rosheim porte de gueules à une rose d'or.

Fig. 121. — Église de Rosheim.

colonnes de la nef, tous variés de composition, n'ont d'analogues dans
aucun des monuments de la même époque en Alsace. »

SCHLESTADT

 La ville de Schlestadt[1] est un des centres d'excur-
sion les plus intéressants de l'Alsace. L'église Sainte-
Foi et l'église Saint-Georges méritent d'être visitées :
la première, qui est la plus ancienne, est remarquable
par ses tours et son abside. L'église Saint-Georges
est un joli édifice de style ogival, qui a été récemment l'objet d'importantes restaurations.

La plus imposante ruine de l'Alsace, celle du Haut-Kœnisberg,
se trouve aux environs de Schlestadt. Cet immense château est situé
sur une montagne extrêmement élevée. Un architecte qui a beaucoup
étudié les monuments des contrées rhénanes, M. Daniel Ramée en
parle ainsi : « Les abords du Haut-Kœnisberg sont si bien défendus
par la nature, que le corps du logis n'est protégé par aucune fortifi-
cation au nord et au sud. A l'est et à l'ouest, au contraire, il est
couvert par deux enceintes carrées terminées à leurs angles par de
grosses tours. La place affecte ainsi la forme d'un parallélogramme
très-allongé, qui serait divisé en trois sections parallèles : celle du
milieu, réservée aux usages de la vie civile et celles des deux
extrémités occupées par des travaux de défense. C'est la forme à peu
près constante des châteaux de l'Alsace. »

Pour entrer dans le corps d'habitation, il fallait franchir quatre
portes, suivre les détours d'un chemin tortueux, et monter plusieurs
escaliers. Il y avait plusieurs étages, aujourd'hui écroulés, ce qui
donne à l'intérieur de la ruine un aspect étrange et grandiose.
D'immenses voûtes, quelques salles, des tours et parmi elles un gros
donjon, des terrasses d'où on jouit d'une vue splendide, voilà tout
ce qui reste debout de cette immense demeure féodale.

1. Schlestadt porte d'argent à un lion couronné de gueules.

Les montagnes qui avoisinent Schlestadt sont couvertes de vieux châteaux dont les ruines attirent les touristes, mais dont la description nous entraînerait à des redites inutiles. Peu de contrées sont aussi riches en vieilles constructions féodales. Citons seulement, parmi celles qu'on visite le plus, le château de Frackenbourg, dont la tradition

Fig. 122. — Château du Haut-Kœnisberg. (Extérieur.)

populaire attribue l'origine à Clovis, ceux de Girbaden, de Dreysten, de Lutzelbourg, de Bernstein, d'Ortenberg, etc.

De toutes les excursions qu'on peut faire aux environs, la plus intéressante est celle de la montagne Sainte-Odile. De là on découvre vingt villes, plus de trois cents villages, le Rhin qui, dans son parcours immense, semble un filet d'argent, la forêt noire qui s'échelonne par mamelons successifs et tout à l'horizon, par les belles matinées d'été, les cimes neigeuses des Alpes. Tout autour, les montagnes sont

ouronnées de vieux châteaux en ruine : celui-ci a été bâti par les
géants, cet autre était la demeure d'une fée, tous ont une histoire à
raconter. Sur le plateau même, il y a des groupes de rochers, que semblent relier entre eux des constructions d'apparence cyclopéenne. C'est
ce qu'on appelle le *mur païen :* il y a là comme une enceinte de plus

Fig. 123. — Château du Haut-Kœnisberg. (Intérieur.)

le dix mille mètres dont les débris apparaissent partout. Puis ce sont
les traces de voies romaines, des rochers semblables à des *menhirs*
ou des *dolmens* celtiques. Les archéologues de France et d'Allemagne
sont venus cent fois interroger ces vestiges d'une histoire inconnue.

Les Romains avaient-ils bâti dans les Vosges une sorte de rem-
part analogue à la muraille de la Chine, pour préserver la contrée des
incursions barbares. On serait tenté de le croire en voyant ces traces
de fortifications qui reparaissent çà et là dans les vallons vosgiens;

mais l'histoire romaine est connue, les historiens auraient signalé une construction de cette importance, et ils n'en disent pas un mot. D'un autre côté, si une partie du mur païen est de construction romaine, d'autres parties bien plus considérables semblent être d'une date antérieure, et, parmi les débris qu'on trouve épars dans la contrée, il y en a qu'on rattache à la période préhistorique. Il y a donc là toute une longue série d'événements, tout un passé attesté par les monuments et dont on ignore le premier mot : énigme étrange dont on cherchera longtemps encore la solution.

Mais ce ne sont pas seulement des historiens et des touristes qui fréquentent la montagne Sainte-Odile et ses environs, ce sont des pèlerins qui affluent de toutes parts. Sainte Odile est la patronne de l'Alsace, et le lieu qu'elle a habité est la montagne sainte des Vosges. Ici, à défaut de l'histoire, la légende s'affirme à chaque pas, et de pieuses stations indiquent au pèlerin l'endroit où il doit se recueillir, en souvenir d'un événement merveilleux qui s'y est passé.

Vers la fin du viie siècle, le duc Athic ou Étichon gouvernait l'Alsace où il avait de nombreux vassaux. Le duc n'avait pas d'enfants, et sa femme Bereswinde paraissait stérile. Il rêvait pourtant d'avoir un fils qui pût porter son nom et hériter de sa puissance. Aussi quelle joie dans le château quand on apprit que Bereswinde allait mettre au monde un enfant ! L'enfant vint en effet ; mais, au lieu d'un fils, ce fut une fille, et, qui pis est, une fille aveugle. Le courroux du duc n'a pas de bornes : il bannit l'enfant de sa présence. La nourrice l'emporte et va trouver saint Erhard et saint Hidolphe qui baptisent la petite fille. Au moment où l'eau sainte mouille le front de l'enfant, ses yeux reviennent à la lumière, elle n'est plus aveugle ! Le bruit du miracle se répand dans la contrée, et le duc est obligé de reprendre sa fille puisque maintenant elle est chrétienne ; mais il ne lui rend pas sa tendresse. Odile ne semble pas la fille du puissant seigneur auquel chacun rend hommage. Confondue avec les servantes, elle passe sa vie dans les travaux les plus humbles, et, la crainte qu'inspire son père fait que nul ne lui rend les honneurs qui sont dus à son rang.

Cependant Odile grandit, et sa beauté devient merveilleuse. Le duc alors réfléchit qu'un gendre puissant pourrait servir ses vues et annonce à sa fille qu'il a résolu de la marier. Pour tout au monde Odile n'eût pas voulu contrarier la volonté de son père, mais elle s'est vouée à Dieu et doit renoncer au monde. Le duc exige qu'elle se marie et la jeune fille quitte le toit paternel. Alors commence pour elle une course mystérieuse et vagabonde à travers les montagnes et les forêts, car le duc, armé jusqu'aux dents et suivi de nombreux soldats, poursuit la fugitive qui n'a pour se défendre que l'extase et la prière. En combien de lieux a-t-elle passé en laissant partout des traces de sa foi et de la puissance du Dieu qu'elle sert! Que de fatigues n'a-t-elle pas essuyées, que de maux et de privations ont épuisé son corps sans

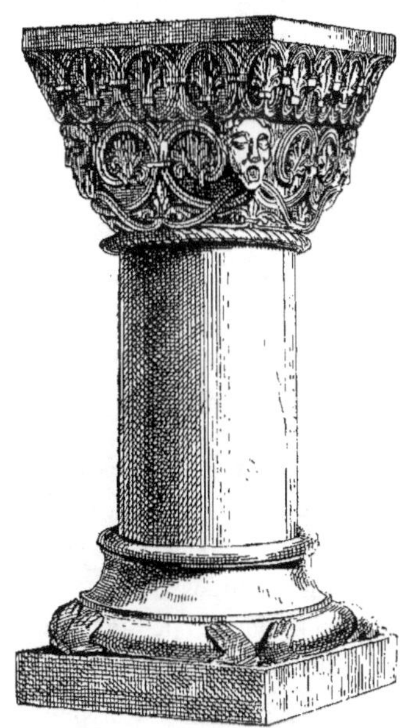

Fig. 124. — Colonne du monastère de Sainte-Odile.

jamais ébranler sa résolution! La voilà maintenant qui a passé le Rhin : comment? nul ne le sait; mais le duc l'a traversé après elle, et quand, accablée par la lassitude, elle arrive à la forêt Noire, où elle espère se cacher dans l'antre d'un rocher, elle se trouve en face de son père qui est parvenu à l'atteindre. Mais alors la terre s'entr'ouvre pour recevoir la sainte, et le rocher se referme sous les yeux du duc, qui reconnaît enfin que la volonté de Dieu est plus puissante que la sienne.

Confondu par le miracle qui vient de s'accomplir sous ses yeux, le duc jure de ne plus contrarier désormais la vocation de sa fille. L'antique château se change alors en monastère, et les jeunes filles de la noblesse austrasienne et bourguignonne viennent se consacrer au Seigneur sous la direction de sainte Odile. Lorsque le duc fut mort, la sainte vit en songe son père expiant dans le purgatoire les rigueurs qu'il lui avait fait subir : elle fondit en larmes et pleura jusqu'à ce que Dieu, touché de ses prières, consentît à le délivrer.

La sainte éleva alors la *Chapelle des Larmes,* et, comme les anges venaient souvent la visiter, elle voulut consacrer ce souvenir en élevant la *Chapelle des Anges.* Bien des miracles vinrent prouver aux populations la sainteté de l'abbesse, et une source qu'elle a fait jaillir dans la montagne où est son monastère possède encore le don de guérir les maladies des yeux.

Après bien des péripéties, le monastère de Sainte-Odile est redevenu un lieu de pèlerinage. Des images sculptées ou peintes, appartenant à diverses époques, mais pour la plupart modernes, retracent les épisodes de la vie de la sainte. Les parties conservées de l'ancien édifice appartiennent au style roman primitif : le tombeau de sainte Odile est un sarcophage décoré d'arceaux, dont la date est difficile à déterminer. Dans la *Chapelle des Larmes,* on montre une pierre que la sainte a usée en s'agenouillant pour prier. La *Chapelle des Anges* possède un singulier privilége : les jeunes filles qui suivent le sentier qui l'entoure sont assurées de se marier dans l'année.

Sainte Odile n'est pas seulement le type de la vierge austère et convaincue, la tradition veut encore en faire une artiste. On la représente comme imposant à ses religieuses l'obligation de transcrire des manuscrits et de les orner de miniatures. Inutile de dire qu'au temps où se place la légende de sainte Odile, aucun monastère de femmes ne se livrait à ce genre d'occupation. Mais le couvent qu'elle avait fondé, en place de l'ancien château de Hohenbourg, s'est distingué entre tous, dans un âge postérieur, par son caractère savant et artiste, en sorte que l'imagination populaire, avide de tout personnifier, a fait de la patronne de l'Alsace le type du savoir et de l'étude, en même temps que le modèle de toutes les vertus monacales. C'est à une abbesse de Hohenbourg, Herrade de Lansberg, que se rattachent les monuments les plus importants de la peinture alsacienne au moyen âge.

Au ixe siècle, Richarde, épouse répudiée de Charles le Gros, vint prier sur la tombe de sainte Odile, pour connaître le lieu qu'elle devait choisir pour retraite. La sainte lui apparut dans une vision et lui ordonna de se fixer aux environs, dans un endroit où elle serait témoin très-prochainement d'un fait extraordinaire.

A quelque temps de là, Richarde, traversant la vallée d'Andlau, aperçut une ourse entourée de ses petits, qui grattait la terre et traçait l'emplacement d'une enceinte. Elle fonda là une abbaye et fut elle-même canonisée au xie siècle. Le trou creusé par les ours est marqué dans la chapelle par une ouverture circulaire, qui a eu longtemps des propriétés médicales. On nourrissait toujours un ours dans l'abbaye d'Andlau, en mémoire du miracle qui avait présidé à sa fondation, mais l'ours ayant une fois dévoré un enfant, cet usage fut aboli, et on sculpta un ours en pierre qui se voit encore près la porte de l'église.

L'ancienne église abbatiale d'Andlau montre de curieux bas-reliefs, où des scènes de chasse sont mêlées aux sujets religieux. On voit à l'intérieur la châsse de sainte Richarde, ouvrage du xive siècle, où sont sculptés les principaux traits de la vie de la sainte. La crypte, d'une construction très-ancienne s'étend sous le chœur de l'église.

RIBEAUVILLÉ

RIBEAUVILLÉ[1] est pour les archéologues, aussi bien que pour les amateurs de paysage, un des centres d'excursion les plus intéressants de l'Alsace. La ville a conservé sa physionomie ancienne. La tour de la Bou-cherie, sur la place du Marché, est la seule qui reste des grandes tours qui séparaient autrefois les quatre quartiers de la ville. Elle a cinq étages, et est percée à sa base par une porte ogivale sous laquelle passe la rue. Les armes des sires de Ribeaupierre,

1. Ribeauvillé porte d'argent à une main à poignet d'azur accompagnée de trois écussons de gueules.

entourées du collier de la Toison d'or, sont sculptées sur la balustrade, et les gargouilles sont formées de figures représentant un chevalier armé de pied en cap, un manant à oreilles d'âne et à grosses moustaches, un lion à tête de moine et un fou coiffé du bonnet à grelots.

L'église est une construction ogivale intéressante où les sires de Ribeaupierre avaient leur caveau sépulcral. Une fontaine de la Renaissance, sur la place du Marché, montre sur une colonne décorée

Fig. 125. — Pierre tombale d'un chevalier de Ribeaupierre, à Ribeauvillé.

de figures symboliques, un lion qui supporte les armes de Ribeaupierre.

La petite ville de Ribeauvillé, encaissée dans une gorge profonde, parmi les montagnes rocheuses couronnées de vieilles tours féodales, est percée de rues étroites et tortueuses où l'on trouve encore un assez grand nombre de maisons anciennes. L'une d'elles richement sculptée, avec un encorbellement supporté par des figures d'anges, était à la fin du moyen âge, le lieu de réunion de la corporation des ménétriers.

Les comtes de Ribeaupierre, seigneurs de Ribeauvillé, étaient patrons des musiciens d'Alsace et portaient, à cause de cela, le titre de rois des ménétriers. De grandes fêtes avaient lieu sous leurs auspices, où tous les ménétriers étaient convoqués, et on y buvait force rasades, car les crus du pays sont très-renommés. A ces fêtes des ménétriers d'Alsace, la ville accueillait joyeusement ses invités, et les comtes de

Fig. 126. — 1ᵉʳ Vase de Ribeauvillé.

Ribeaupierre, outre le vin qu'ils prodiguaient, avaient l'habitude d'offrir une coupe ou un hanap, qui restait ensuite la propriété de la ville.

Plusieurs de ces pièces se trouvent aujourd'hui dans le petit musée si intéressant et si peu connu qui est placé dans l'hôtel de ville de Ribeauvillé. Malheureusement celles qui sont parvenues jusqu'à nous ne sont pas les plus anciennes; mais, bien qu'elles ne remontent pas plus loin que le xviie siècle, elles constituent un document bien curieux pour l'histoire de l'orfévrerie alsacienne.

Nous avons fait graver quelques-unes des coupes données par la famille de Ribeaupierre et conservées dans le musée de Ribeauvillé. Pour les explications, nous avons suivi pas à pas l'excellente notice publiée par M. Ch. Goutzwiller, qui a bien voulu se charger de faire lui-même les dessins qui nous étaient nécessaires.

Une coupe en vermeil donnée à la ville de Ribeauvillé, en 1628, par le comte Eberhard, représente le globe terrestre soutenu par Atlas (fig. 126). Ce globe, divisé en deux hémisphères qui se coupent à la

Fig. 127. — 2e Vase de Ribeauvillé.

ligne équatoriale, forme le récipient du vase, et est surmonté d'une sphère. La carte, gravée avec grand soin, résume les connaissances géographiques de l'époque. Les noms des villes, mers, fleuves, montagnes, sont indiqués en langue latine. La figure d'Atlas, debout et tenant un compas à la main, porte sur un piédestal orné de bas-reliefs représentant les quatre vents. Cette coupe, évidemment faite avec la collaboration de deux artistes, dont l'un a modelé les figures et les ornements, et l'autre a buriné la géographie, a 0ᵐ,47 de hauteur et porte le monogramme G. L'intérieur porte une inscription dont voici la traduction : « Eberhard, comte de Rappolstein, Hohenvach et Geroltseck dans les Vosges, fait ce cadeau en éternel souvenir à la chambre du Conseil de Ribeauvillé en l'année 1628. »

Fig. 128. — 3ᵉ Vase de Ribeauvillé.

Louis de Rust, qu'on croit avoir été un des officiers de la maison de Ribeaupierre, a donné aussi une coupe, travaillée au repoussé, qui a 0ᵐ,265 de hauteur (fig. 127). La panse, très-chargée d'ornements, est en outre décorée de médaillons représentant des paysages. Le piédestal est enrichi d'arabesques et un phénix surmonte le couvercle. L'épigraphe, gravée sur le pied, porte l'inscription suivante : « Donné en souvenir à la chambre du Conseil de Ribeauvillé par Louis de Rust en 1633. » Cette pièce d'orfévrerie, marquée du monogramme G. L. avec un poinçon représentant un raisin, rappelle les vases exécutés en Bavière vers la même époque, et dont un assez grand nombre a été retrouvé récemment près de Ratisbonne.

La troisième en date est une superbe coupe donnée par les seigneurs de Ribeaupierre et exécutée en 1639. C'est la plus grande et la plus importante pièce de la collection (fig. 128). Elle a 0^m,51 de

Fig. 129. — 4° Vase de Ribeauvillé.

hauteur et porte le monogramme E. H. La panse et le piédestal sont ornés de nombreux bossages en haut-relief, ovales et pyriformes, ressortant au milieu d'arabesques. Le couvercle est surmonté d'un Cupidon décochant une flèche. Sous le piédestal on lit : « George-Frédéric et Jean-Jacques frères, seigneurs de Ribeaupierre, font cadeau de ce vase en souvenir à la chambre du Conseil à Ribeauvillé, en l'an 1659. »

On a retrouvé, près de Ratisbonne, un vase d'une forme à peu près analogue, mais d'une dimension beaucoup plus petite.

Voici une coupe formée par un œuf d'autruche enchâssé dans une garniture en vermeil (fig. 129). C'est un don de la comtesse Agathe de Solms, seconde femme d'Eberhard de Ribeaupierre. L'œuf d'autruche est supporté par un piédestal travaillé à jour, et le couvercle est

Fig. 130. — 5e Vase de Ribeauvillé.

surmonté d'une fleur de pavot. Cette pièce, qui n'a pas de monogramme d'orfévre, a 0ᵐ,35 de hauteur. Elle porte l'inscription suivante sur une de ses faces : « Agathe, dame de Ribeaupierre, née comtesse de Solms, veuve, fait cadeau de ce vase en souvenir à la chambre du Conseil de Ribeauvillé en l'an 1639. »

C'est encore une dame de Ribeaupierre qui donne le vase suivant, d'un très-beau travail, mais malheureusement mutilé, puisque la statuette qui couronnait le couvercle n'existe plus. Toute la surface est décorée d'entrelacs et de fruits, encadrant de grands médaillons représentant des oiseaux qui font la chasse aux reptiles (fig. 130). Le vase a o^m,36 de hauteur et porte le monogramme d'orfévre T. N., avec un poinçon surmonté d'une fleur. Sous le piédestal on lit : « Annè-Claudine, dame de Ribeaupierre, née Wild et comtesse du Rhin, 1639. »

La sixième pièce est un gobelet en vermeil, d'une hauteur de o^m,13, et sans monogramme d'orfévre. Des sujets héroïques très-artistement dessinés décorent la surface (fig. 131). La dédicace porte : « Anne-Odile, demoiselle de Ribeaupierre, fait cadeau de ce gobelet en souvenir à la chambre du Conseil de Ribeauvillé, le 22 mars 1841. »

La forme du septième vase est assez originale, mais la décoration l'est encore plus. Il est posé sur un sauvage agenouillé qui

Fig. 131. — 6° Vase de Ribeauvillé.

s'apprête à tirer de l'arc (fig. 132). Sur la panse du vase, les Amours s'ébattent avec les monstres marins. Sur le couvercle, Neptune, tenant d'une main son trident, souffle dans une conque marine, et un grand cygne aux ailes déployées allonge dans la direction opposée son long col effilé. Cette coupe, dont tous les emblèmes sont aquatiques, ne porte pas de date, mais on sait qu'elle a été donnée, comme les précédentes, par un membre de la famille Ribeaupierre.

Outre les objets que nous venons de décrire, le petit musée de Ribeauvillé renferme des armes, cottes de mailles et ustensiles divers, se rattachant presque toujours aux puissants comtes de Ribeaupierre qui étaient seigneurs de l'endroit. Mais leur orfévrerie personnelle devait être véritablement prodigieuse, et, bien que presque tout ait été détruit, le grand et magnifique vase qui est la propriété du roi de Bavière donne une étrange idée de leur magnificence.

Ce vase d'apparat, qui figura au repas de noces de Georges de Ribeaupierre en 1543, n'a pas loin d'un mètre de hauteur, ce qui n'a

Fig. 132. — 7ᵉ Vase de Ribeauvillé

pas lieu de surprendre si on se rappelle que les Ribeaupierre étaient possesseurs des riches mines d'argent qui se trouvaient dans la vallée de Sainte-Marie-aux-Mines et étaient alors en pleine exploitation. Une description minutieuse des sujets qui le décorent serait presque aussi longue que celle du fameux bouclier d'Achille. Outre les travaux des mineurs en costume du xviᵉ siècle qui sont figurés sur la base, les sujets mythologiques comme l'enlèvement d'Europe et les travaux d'Hercule, les sujets bibliques comme David jouant de la harpe, les sujets religieux comme les trois vertus théologales, l'artiste a trouvé moyen d'y placer des scènes de l'*Histoire romaine : le* combat des Horaces et des Curiaces, la mort de Virginie, les exploits d'Horatius Coclès, de Clélie, de Mutius Scévola, la mort de Lucrèce, etc., et ce sont précisément ces sujets romains qui ont empêché le vase d'être détruit et fondu sous la Révolution.

On sait qu'un décret ordonnait de porter à la Monnaie les pièces d'orfévrerie qui seraient trouvées dans les églises et les résidences seigneuriales. Or le grand vase de Ribeauvillé, qui était la propriété

Fig. 133. — Château dé Gisberg, à Ribeauvillé.

directe du seigneur de l'endroit et non de la ville, était frappé par ce décret. Les commissaires alsaciens, parmi lesquels était un artiste de talent, Casimir Karfl, firent un rapport très-habilement conçu, où ils demandèrent la conservation d'un vase dont les bas-reliefs sont, disent-ils, « *précieux par les exemples de vertus les plus propres à nourrir l'énergie républicaine* ».

Dans la séance du 3o fructidor an II, le citoyen Grégoire s'éleva à la Convention contre les ravages du vandalisme et, plaidant la nécessité de conserver ce qui était intéressant pour l'instruction du

peuple, il cita le vase dont nous parlons. « Ainsi, dit-il, à Ribeauvillé,
département du Haut-Rhin, chez un ci-devant prince, on vient de
trouver un vase en vermeil qui est un chef-d'œuvre ; il représente
Clélie, Coclès, la mort de Virginie, la suppression du décemvirat, le
dévouement de Scévola et l'expulsion des Tarquins. »

La vase fut en effet conservé, mais ce que la Révolution n'avait
pas voulu détruire fut perdu pour le pays par une courtoisie de nos
rois, car le dernier des Ribeaupierre, devenu roi de Bavière (c'est le
grand-père du roi actuel), le réclama par droit d'héritage et sa

Fig. 134. — Grand château de Ribeauvillé.

demande fut accueillie sans la moindre objection. C'est ainsi que le
monument le plus précieux de l'orfèvrerie alsacienne sous la Renaissance se trouve aujourd'hui la propriété de la famille royale de
Bavière.

C'étaient de puissants seigneurs, ces Ribeaupierre, et leur nom
se trouve mêlé à tous les souvenirs de l'Alsace. On les voit, à la
croisade près de Godefroi de Bouillon, s'allier par mariage aux
empereurs d'Allemagne, prendre parti pour le roi de France dans
la guerre des Anglais, accompagner Charles-Quint en Italie, etc.

C'est à eux qu'appartenaient les trois châteaux dont les ruines, placées sur des montagnes abruptes, encadrent si majestueusement le vallon étroit de Ribeauvillé.

Le premier, celui dont les tours semblent une menace en même temps qu'une protection pour la ville, est le château de Saint-Ulric, connu aussi sous le nom de grande forteresse de Ribeaupierre. En 1431, René d'Anjou, duc de Lorraine, attaqué dans ses États par Antoine de Vaudémont, demanda le secours de la noblesse alsacienne, et Ulric de Ribeaupierre partit avec ses vassaux. Mais il périt dans la mêlée. et sa famille éleva une chapelle commémorative sous l'invocation de saint Ulric; de là est venue la dénomination du château. Le donjon et le mur d'enceinte subsistent. en partie, ainsi qu'une grande salle ornée de belles fenêtres encadrées dans une arcade à plein cintre et ornées au sommet d'ouvertures qui affectent alternativement la forme d'un ovale, d'un losange, d'une étoile ou d'un trèfle. Les étages se sont écroulés et l'intérieur est couvert de leurs décombres.

En face de Saint-Ulric, et sur un pic abrupt, se dresse le château de Gisbert. Ils sont très-rapprochés l'un de l'autre et le ravin profond qui les sépare est tellement étroit, qu'une flèche pouvait, selon la tradition, être lancée d'un château sur l'autre. L'aspect du château de Gisbert est sinistre et ses abords sont inaccessibles. Malgré sa position formidable, il a pourtant été pris; car les Gisbert, qui le tenaient en fief des Ribeaupierre, tentèrent un jour de se révolter, et Maximin de Ribeaupierre, étant monté la nuit à l'assaut, pénétra dans la citadelle, et tua de sa main le vassal infidèle.

Sur une montagne beaucoup plus élevée et dominant complétement les deux autres, le château de Rappolstein montre au loin son donjon et ses tours à demi écroulées. Celui-ci était la véritable demeure et citadelle des Ribeaupierre, dont les autres châteaux du voisinage ne sont que les annexes. Un sentier très-raide y conduit en contournant la montagne, car du côté qui regarde le Rhin, le roc où s'élèvent les premières terrasses forme une muraille à pic tout à fait inaccessible.

« J'ai été, dit de Caumont[1], très-satisfait d'avoir fait l'ascension

1. *Bulletin monumental.*

du *Rappolstein,* quoiqu'elle soit assez pénible, et de pouvoir examiner de près la tour qui est cylindrique. Cette tour, qui n'a guère que quarante pieds de hauteur, est construite en bel appareil à bossages, de grès vosgien, dont presque toutes les pièces portent des signes d'appareilleur. Elle est fondée sur le rocher. Du côté de la vallée du Rhin, on a rétabli le niveau, à la base de la tour, entre deux crêtes de rocher, au moyen d'un arc qui simule une fausse porte; l'archivolte est garnie de gros boutons de fleurs que l'on a souvent employés dans l'architecture allemande du moyen âge. Ce moyen de supporter la partie saillante du cylindre de la tour, là où la roche était échancrée, mérite d'être remarqué; il est d'autant plus ingénieux qu'on l'a fait servir à la décoration de l'édifice... Les appartements d'habitation sont en ruine, mais il est bien facile d'en tracer le plan... On comprend difficilement aujourd'hui comment on pouvait accéder à ces forteresses suspendues sur la pente de collines plus ou moins élevées et plus ou moins abruptes; à peine peut-on gravir à pied les sentiers qui y conduisent et les graviers qui roulent sous vos pas rendent pour quelques-uns l'ascension très-pénible. Il est certain pourtant qu'autrefois on allait et venait à cheval par ces routes si difficiles, mais j'ai la conviction que le plus souvent des traverses en bois étaient disposées dans le chemin de place en place et formaient des espèces d'escalier. Nous voyons des chemins de cette espèce grossièrement figurés sur la tapisserie de Bayeux, et parcourus par des chevaux. »

COLMAR

La cathédrale de Colmar [1], située au centre de la ville et placée sous l'invocation de saint Martin, a été commencée en 1263 par Maistre Humbret, qui a élevé la nef, et terminée en 1360 par Guillaume de Marbourg, qui a fait le chœur. Par une bonne fortune bien rare dans l'archéologie chrétienne, on a découvert le portrait du premier de ces architectes. Parmi les statues de saints qui entourent la porte latérale, on voit une figure d'homme tenant en main une équerre, avec son nom gravé dans la pierre : *Maistre Humbret*. C'est celui qui a tracé le plan de l'église.

« La cathédrale de Colmar, dit de Caumont dans le *Bulletin monumental*, n'est pas d'une grande dimension. Elle a la forme d'une croix latine terminée par une abside... Les bas côtés, qui font le tour du chœur, sont fort étroits. Tous les chapiteaux annoncent le xiv⁰ siècle ; les feuilles de chêne et autres feuillages de l'époque sont employés dans leur décoration. »

Cette église devait, d'après le plan primitif, avoir deux tours ; celle du sud a seule été achevée. Un incendie survenu en 1572 détruisit les combles de l'église et la partie supérieure de la tour, dont le couronnement a été refait d'une manière assez malheureuse.

Bien qu'elle soit remarquable par son architecture, l'église Saint-

---

1. Colmar porte parti diapré de gueules et de sinople, à une masse d'armes en or brochant sur le tout.

LA MAISON PFISTER, A COLMAR

Martin de Colmar est surtout renommée par le fameux tableau de Schongauer, placé dans la sacristie : la *Vierge aux roses*. « Le plus important des tableaux de Martin Schongauer, dit Waagen, celui dont la comparaison avec la gravure constate l'authenticité, non moins sûrement que la tradition, est la Vierge encadrée de roses, à l'église Saint-Martin de Colmar. La Vierge, de grandeur naturelle, est assise

Fig. 135. — Hôtel de ville de Colmar.

sur un banc de gazon et tient sur ses genoux l'Enfant Jésus. Ses traits sont très-nobles et très-purs, et produisent un brillant effet sur les draperies d'un rouge sombre. Les deux anges, qui tiennent la couronne suspendue sur sa tête, sont pleins de grâce, et le buisson de roses, dans lequel nichent des oiseaux, complète l'expression naïve de l'ensemble. Les carnations chaudes et claires, l'exécution d'un fini remarquable. »

Colmar possède aussi plusieurs monuments civils remarquables. L'hôtel de ville est surtout intéressant par la disposition des fenêtres, qui forment des ouvertures rectangulaires, séparées seulement par un étroit linteau de pierre, de manière à former une sorte de galerie vitrée. C'est d'ailleurs une disposition qui est assez commune en Alsace et qu'on retrouve également en Belgique et en Allemagne.

Les rues tortueuses de la ville montrent encore quelques maisons anciennes d'un aspect extrêmement pittoresque, mais le nombre en diminue de jour en jour. Les vieillards se rappellent encore la rue des Marchands, qui formait, sur tout son parcours, un fragment incomparable de la vieille ville impériale.

La maison, qui est connue sous le nom de maison Pfister, date de 1538 : c'est la maison paternelle de la famille Haussmann. La tourelle octogonale, qui s'élève à l'angle, en saillie sur la rue et avec une toiture aiguë, se réunit au reste de l'édifice par une galerie ouverte; l'ensemble est d'un effet charmant et rappelle les vieilles villes de Suisse dont l'architecture privée offre une grande analogie avec celle de l'Alsace.

La maison dite des Chevaliers de Saint-Jean (fig. 136) est dans un style tout différent qui rappelle certaines constructions de la Renaissance française. La porte est basse, massive, mais non dépourvue de caractère; d'élégantes galeries à arcades cintrées sont décorées de riches balustrades. Tout est imprévu dans les constructions de ce temps; une maison ne ressemble jamais à une autre, et la liberté d'allure dont les architectes font preuve jure avec la froideur et la monotonie de nos rues modernes.

Une curieuse maison encore est celle qui est connue sous le nom de la *Maison des Têtes,* à cause des mascarons en ronde bosse qui la décorent. Elle est encore pourvue de sa tourelle en saillie sur la rue, charmante habitude de nos pères que les impitoyables règlements de la voirie rendent impossible aujourd'hui. La maison *au Cygne,* avec sa tourelle ornée de médaillons, et la maison *au Singe,* dont les atlantes bizarres, s'appuyant au rez-de-chaussée, soutenaient en grimaçant les étages supérieurs, passent pour avoir été habitées autrefois par la famille Schongauer.

Mais ce qui dans Colmar doit attirer avant tout l'attention de

Martin Schongauer pinx.
G Greux sc
LA VIERGE AUX ROSES

l'artiste, c'est le cloître des Unterlinden, qui renferme la bibliothèque
et le musée de la ville.

En 1232, deux veuves, appartenant à la noblesse, s'unirent à

Fig. 136. — Maison des chevaliers de Saint-Jean à Colmar.

d'autres femmes pieuses pour fonder un couvent dans un faubourg de
Colmar, où l'une d'elles possédait une maison ombragée de tilleuls

et qui en tirait le nom d'Unterlinden. Elles n'y restèrent pas long-temps et se transférèrent aux environs de la ville, dans un endroit qui semblait préférable. Mais dans une vision qu'elles eurent la nuit, les dames fondatrices virent saint Jean-Baptiste qui leur ordonna de retourner à leur première demeure, les assurant d'ailleurs de sa bienveillante protection. Comme elles s'apprêtaient à partir, elles entendirent une voix mystérieuse qui disait : « Prenez-moi avec vous. » Elles cherchèrent d'où venait cette voix, et reconnurent que l'appel qu'elles avaient entendu était sorti d'une statuette représentant leur saint patron. Cette image, qu'elles n'eurent garde d'oublier, devint le palladium du couvent et fit, par la suite, de nombreux miracles. Elle a été conservée et figure au musée de la ville comme un des rares spécimens de la sculpture en bois du xiiie siècle.

De cette époque date la construction de l'église et du cloître des Unterlinden. L'église est la partie la plus ancienne qui ait été conservée ; encore n'en est-il resté que le chœur. Le cloître est formé de galeries dont les arcades sont divisées en deux par une mince et élégante colonnette que termine une rose dentelée au sommet de l'arc ogival.

Sur la proposition de la société Schongauer, l'administration municipale de Colmar a décidé, en 1849, que l'ancien couvent des Unterlinden serait affecté au musée de la ville. Les travaux nécessités par l'appropriation ont fait découvrir, dans le prolongement d'une des galeries du cloître, la maison primitive, berceau de la communauté, où dans l'origine les deux fondatrices s'étaient établies avec leurs filles. Cette maison est le seul spécimen de l'architecture civile de la même époque qui soit connu dans la haute Alsace.

Au centre du cloître, dont la construction ne paraît avoir été terminée qu'au xive siècle, autant qu'on en peut juger par le style, est la jolie fontaine de M. Bartholdi, élevée en l'honneur de Martin Schongauer.

Sous les voûtes du cloître, on a rangé les statues, les pierres tombales et tous les débris de sculpture et d'architecture trouvés dans le département. Les peintures, les estampes et le musée archéologique occupent le vaisseau de l'ancienne église, dont le pavé est en partie fait avec les restes très-curieux d'une mosaïque antique, découverte en 1849, dans le village de Bercheim (Haut-Rhin).

Saint Augustin.

Saint Antoine.

Saint Jérôme.

Fig. 137. — Sculptures polychromes. (Musée de Colmar.)

Cette mosaïque formait le pavage d'une salle à manger dans une villa romaine et ne mesure pas moins de quatre-vingt-huit mètres carrés. Les matériaux qui la composent sont tous tirés du pays. Le dessin figure des compartiments ornés de vases, coquilles, rosaces, etc., reliés ensemble par de larges torsades.

L'œil est attiré tout d'abord au fond de la salle, par un grand autel décoré de sculptures polychromes de la plus belle tournure. Il provient de l'ancien monastère d'Issensheim, qui était un des plus riches couvents de l'Alsace. Ce retable, qui avait une réputation immense, n'existe plus en entier. « Les débris que possède le musée de Colmar, dit le livret, ne forment malheureusement qu'une bien faible partie de toutes ces richesses. On tient, de l'une des personnes même qui concoururent à leur enlèvement, que deux chariots de sculptures peintes et dorées furent à une époque déjà éloignée transportés dans une province voisine pour y être vendus. » Le retable, ou du moins ce qui en reste, est divisé en deux zones dans sa longueur horizontale. Au centre, saint Antoine est assis et accompagné de son cochon; d'un côté, saint Augustin debout présente le donateur agenouillé, de l'autre, saint Jérôme tient un livre dans une main et lève l'autre vers le ciel. En dessous est le buste du Christ escorté de ceux des douze apôtres.

Outre les sculptures qui le décorent, le maître-autel d'Issensheim était orné de peintures qui ont été rétablies dans la place où on suppose qu'elles étaient placées primitivement. Deux panneaux en hauteur formant les deux côtés du maître-autel représentent saint Sébastien et saint Antoine. Le saint Sébastien, attaché à une colonne et le corps percé de flèches, est d'un dessin puissant et d'une couleur vigoureuse. Cependant nous préférons encore le saint Antoine, qui, debout dans son ample draperie et la tête couverte d'une calotte, tient en main le *Tau* ou croix de saint Antoine. Au fond la tête du diable se montre à travers la fenêtre vitrée de verres ronds, pour personnifier la tentation du saint (fig. 138).

Ces peintures sont attribuées à Mathias Grunewald, peintre d'Aschaffenbourg, qui fut élève d'Albert Dürer, et dont les ouvrages principaux se voient à Mayence, à Bamberg et à Munich. Mais le catalogue du musée de Colmar donne au même maître l'étrange *Crucifiement* placé au bas du maître-autel d'Issensheim, et l'accompagne de la

Fig. 138. — Saint Antoine, attribué à Mathias Grunevald.

notice suivante : « Le Christ est à la croix; à droite, saint Jean-Baptiste montre du doigt le Christ ; à gauche, la Vierge, raidie par l'excès de sa douleur, est soutenue dans les bras de saint Jean l'Évangéliste. Au pied de la croix, sainte Madeleine tombe à genoux, les mains levées dans l'attitude du désespoir. Cette œuvre, comme les autres du même maître, renferme de belles qualités de coloris. Les chairs cadavéreuses du Christ mort ont peut-être des tons forcés; mais c'est une de ces œuvres originales, dans le goût de l'époque, qu'il faut juger par voie d'attraction, en nous plaçant au point de vue de l'artiste qui a voulu impressionner vivement l'âme du spectateur en lui offrant sous une forme émouvante, empreinte des stigmates de la torture, l'image du divin supplicié. »

Cette appréciation est d'une justesse parfaite, mais cette peinture, où un sentiment profond se joint à une inexpérience visible, est-elle de la même main que le saint Antoine, si savamment dessiné, si pondéré dans toutes ses parties, et qui dénote un peintre parfaitement maître de toutes les ressources de son art?

Le musée renferme un assez grand nombre de peintures que le catalogue rattache à Martin Schongauer ou à son école, et qui sont d'un mérite très-différent. Il est probable que la plupart de ces tableaux ont été exécutés sous la direction du maître et retouchés par lui, mais il y en a où il a, plus que dans d'autres, marqué l'empreinte de son génie et qui semblent pouvoir lui être attribués plus directement. De ce nombre sont l'Ange de l'Annonciation, peint sur un volet en hauteur et la Vierge qui lui fait pendant et devant laquelle est un lis en fleur. La Vierge adorant l'enfant Jésus et le saint Antoine appartiennent à la même série (fig. 139); on regarde aussi comme très-authentiques une *Descente de croix* et une *Mise au tombeau.*

Voici ce que dit le catalogue du musée à propos des autres tableaux classés comme Schongauer : « Les seize tableaux dont l'analyse va suivre sont attribués à Martin Schongauer, ou tout au moins à son école. L'empreinte du maître se reconnaît dans plusieurs figures essentielles, dans l'agencement général de la composition. Dans l'esprit des connaisseurs, ces tableaux de la passion du Christ passent pour des œuvres d'atelier exécutées sur commande, sous les yeux du maître par ses élèves, d'après les types créés par lui et retouchés dans leurs parties principales par le pinceau de Schongauer.

Fig. 139. — Saint Antoine, attribué à Martin Schongauer (musée de Colmar).

Ces seize tableaux, peints à l'huile, sur bois, fond d'or, sont réunis par trois et par quatre sous un même cadre, mais séparés entre eux par des baguettes en forme de compartiments. »

Le musée de Colmar possède une suite de sept tableaux, par Gaspard Isenmann, peintre et bourgeois de Colmar, en 1462 ; ils peuvent présenter de l'intérêt pour l'histoire de l'art, mais ils sont loin d'avoir les valeurs artistiques de certains tableaux primitifs que le catalogue classe parmi les maîtres inconnus. Nous citerons entre autres un *Christ en croix* avec les deux donateurs des tableaux, à genoux, les mains jointes, et accompagnés d'écussons armoriés : la *Vierge et Saint Jean adorant le Christ en croix* sont placés sur un autre compartiment (fig. 140). Les figures de ces tableaux se détachent sur un fond vert chargé d'étoiles d'or.

Il y a aussi un *Christ entre les larrons,* appartenant à un maître de l'école de Cologne, qui provient de l'église Saint-Martin de Colmar, et que le catalogue signale comme étant le plus ancien ouvrage allemand que possède la collection.

Bien que la grande richesse du musée de Colmar consiste surtout dans six peintures de l'époque archaïque, il y a aussi plusieurs ouvrages modernes qui sont dignes d'attention. Parmi les tableaux d'Alsaciens, nous signalerons une *Madeleine* et un *Christ en prison,* de Henner, une *Alsacienne* de Brion, une *Noce traversant un gué* de Jundt, une belle étude envoyée de Rome par Benjamin Ulmann, *Pfeffel dictant ses poésies à sa nièce* par Beyer, de bons paysages par Bernier, Saltzmann, etc.

En dehors de l'Alsace, on remarque un intérieur de Renoux, un naufragé de Duveau, une Vue du Sahara de Fromentin, des paysages d'Achard, Aligny, etc.

Outre ses tableaux, le musée de Colmar possède un cabinet d'estampes et une riche collection d'antiquités et d'objets d'art de toute espèce. Parmi les antiquités, nous signalerons un bas-relief en grès des Vosges qui représente un athlète combattant, plusieurs pierres tumulaires décorées de figures et appartenant à différentes époques, des fragments sculptés, des vases, etc.

Plusieurs pièces d'orfévrerie et de bijouterie, provenant de la Renaissance ou des temps modernes, méritent de fixer l'attention,

La Vierge et saint Jean.   Le Christ en croix.

Fig. 140. — Peintures d'un maître inconnu (musée de Colmar).

entre autres un joli collier récemment acquis et paraissant provenir du xvii⁰ siècle (fig. 141).

Il faut rattacher à la même époque un curieux bouclier de parade en bois peint, provenant des comtes de Ribeaupierre, et

Fig. 141. — Bijou du xvii⁰ siècle (musée de Colmar).

déposé en 1794 dans les collections de la ville. Il présente le soleil au milieu et est divisé dans son ensemble en quatre parties égales séparées par des arbres, et présentant des sujets de chasse (fig. 142).

Le musée possède également dans la galerie du cloître et dans le jardin extérieur plusieurs petits monuments qui peuvent braver les intempéries de l'air et proviennent pour la plupart des démolitions

exécutées à Colmar ou dans les environs. C'est ainsi qu'on y voit un
joli puits de la Renaissance qui était autrefois placé dans la cour de
la tribu des Tailleurs ; la maison représentée sur notre gravure
n'existe plus et nous l'avons fait rétablir d'après le grand ouvrage de
Rothmuller (fig. 143).

La petite ville d'Eguishem, près Colmar, doit son origine à un

Fig. 142. — Bouclier de Ribeaupierre.

château bâti au viiie siècle par Eberhard, petit-fils du duc d'Alsace
Etichon. De l'ancien château il reste des vestiges de fossés et une tour
hexagone ; Eguishem possède aussi une ancienne église fort curieuse,
dont la porte est décorée d'un Christ entre saint Pierre et saint Paul.
Mais les voyageurs sont surtout attirés par la belle ruine intitulée
les Trois tours d'Eguishem (fig. 144); leur silhouette, qui s'aperçoit

de très-loin dans le paysage, produit l'effet le plus pittoresque. Ce
sont les restes d'un grand château élevé vers le xie siècle et qui fut
détruit au xve dans les circonstances suivantes : un garçon meunier,
de Mulhouse, ayant eu une contestation avec son maître qu'il pré-

Fig. 143. — Cour et puits de la tribu des Tailleurs, à Colmar.

tendait lui devoir six oboles, alla se plaindre à un seigneur du
voisinage qui lui acheta sa créance. Le seigneur exigea le payement des six oboles et, n'ayant pas obtenu satisfaction, fit prendre
et jeter en prison plusieurs bourgeois de Mulhouse. Le sénat de
Mulhouse fit appel à plusieurs cités d'Alsace pour combattre la
tyrannie des seigneurs qui, de leur côté, se liguèrent pour résister.

Une guerre sanglante, connue sous le nom de *Guerre des six oboles,*
s'engagea à cette occasion et les seigneurs se fortifièrent dans le
château d'Eguishem, où ils furent assiégés par les bourgeois. Le
château fut pris et brûlé, les seigneurs pendus et avec eux le garçon
meunier, cause première de la guerre.

Le château d'Eguishem n'a jamais été réparé depuis ce jour,
mais il acquit une mauvaise réputation à cause des mauvais esprits
qui le hantaient. En 1568, on fit un procès à une sorcière accusée
d'avoir marié au diable sa fille, dont la noce avait été célébrée dans
les tours d'Eguishem. Des témoins avaient aperçu de loin les sor-

Fig. 144. — Les tours d'Eguishem.

cières qui, à cette occasion, exécutaient la ronde du Sabbat au milieu
des ruines du château.

Le pèlerinage des *Trois-Épis* est un de ceux qui attirent le plus
de monde aux environs de Colmar. La légende qui s'y rattache n'est
pas fort ancienne et ne remonte pas plus haut que le xve siècle. Du
reste, on la raconte de plusieurs manières. Voici la version la plus
répandue : En 1491, un pauvre paysan qui coupait de l'herbe en cet
endroit fut mordu par un serpent et mourut aussitôt. On fixa sur le
chêne, au pied duquel son corps avait été trouvé, une image de la
Vierge qui fut dès lors très-vénérée.

Peu de temps après, un bourgeois du pays, nommé Schoré,

étant passé par là, s'agenouilla, comme c'était l'habitude, devant la sainte image. Tout à coup la forêt s'illumine devant lui et la Mère de Dieu elle-même apparaît escortée de son chœur d'anges. Dans une main elle tenait trois beaux épis et dans l'autre un glaçon. Une voix mystérieuse charge le bourgeois agenouillé de prévenir les habitants de la contrée que s'ils se repentent de leurs péchés ils auront des épis superbes, mais s'ils ne font pas pénitence le sol sera pour eux aussi stérile qu'un glaçon. Après cet avertissement, la vision disparaît.

Le bonhomme, frappé de ce qu'il avait vu, retourna chez lui animé des plus pieuses intentions ; mais, chemin faisant, il réfléchit que la prophétie qu'il avait entendue pourrait être pour lui l'occasion d'une bonne affaire. Il achète en arrivant tous les sacs de blé qu'il trouve, ne doutant pas qu'il va faire un beau gain avec la disette qui va survenir. Mais quand il a fait son achat, aucune force humaine ne peut soulever les sacs pour les emporter dans son magasin. Il reconnaît alors qu'on ne se joue pas impunément de la Mère de Dieu, et tout en larmes il confesse sa faute devant le peuple assemblé. La foule émue le suit jusqu'au lieu où s'est accompli le miracle, et une église s'élève avec les dons des fidèles.

Malheureusement les miracles n'avaient déjà plus le don d'inspirer des chefs-d'œuvre et la chapelle des Trois-Épis n'a aucun caractère. On s'en dédommage par la magnificence du site et par la contemplation de la montagne de Honack, où fut enterré tout vif le géant qui, d'un coup de hache, a creusé la vallée de Munster. Le tombeau du géant est une grande pierre celtique qui semble menacer les habitants de la vallée et roulera sur eux le jour où le géant sortira de sa prison.

Non loin de Colmar, à l'entrée de la vallée de Munster, se dresse, au sommet d'une montagne élevée, le château de Hoh-Landsberg, une des plus belles enceintes fortifiées qui soient restées en Alsace. On y trouve, au milieu des débris couverts de broussailles, des vestiges de salles et d'escaliers, quelques tourelles assez bien conservées et d'énormes murailles dans l'épaisseur desquelles étaient des galeries. L'âge roman et l'âge ogival ont laissé des traces dans ces ruines, mais leur caractère principal annonce un remaniement assez complet vers le xvie siècle.

Près de là est le vieux donjon de Plixbourg, où une princesse fut autrefois enfermée par une fée qui la transforma en une sorte de sirène, moitié femme moitié dragon, en la prévenant qu'elle reprendrait sa forme première, si un chevalier osait l'embrasser. Un jour, il se trouva un chevalier qui, désireux de devenir possesseur du donjon, alla embrasser la sirène, croyant ainsi la délivrer. Mais la fée avait menti, et la sirène, transformée en véritable dragon, fut sans pitié pour son fiancé. La dame de Plixbourg hante encore ce château, où on l'entend pousser des cris lamentables, et il paraît qu'un voyageur n'y passerait pas à minuit sans danger.

La belle église de Saint-Arbogast à Rouffach mérite de fixer l'attention. Elle a été bâtie au commencement du xive siècle par Wœlfelin, qui fut à la fois grand architecte et grand sculpteur. On y remarque une belle rosace et un superbe baptistère.

Près de Rouffach, on va visiter l'église de Soultzmatt, célèbre par ses nombreux monuments funéraires. L'un d'eux est décoré d'un bas-relief remarquable représentant l'*Annonciation*. On y voit figurer un chevalier et sa femme dans l'attitude de la plus pieuse méditation.

KAYSERBERG

KAYSERBERG [1], une des villes les plus pittoresques de l'Alsace, séduit tout d'abord par son aspect moyen âge. Un vieux donjon, reste d'un château dont on fait remonter la construction à Barberousse, domine la ville que traverse un cours d'eau encaissé dans de vieux pans de murs et bouillonnant sur son lit de roches. L'église paroissiale, dont le portail occidental et les piliers de la grande nef remontent au xiie siècle, est intéressante par ses sculptures. Les colonnettes du portail sont surmontées de chapiteaux variés, avec des feuillages orientaux, des têtes grotesques et des

—————

1. Kayserberg porte de gueules parti d'azur à tour crénelée de trois pièces, entourée d'une enceinte crénelée et posée sur un monticule de cinq coupeaux de sinople.

animaux symboliques. Le tympan, avec têtes en support, représente
le Christ couronnant la Vierge, à qui les anges Raphaël et Gabriel
offrent l'encens. A l'intérieur, on remarque un grand retable provenant, dit-on, de la cathédrale de Bâle et décoré de sculptures en
haut-relief fort remarquables et figurant les scènes de la Passion.

Fig. 145. — Fontaine d'Ammerschvihr.

L'hôtel de ville de Kayserberg est un joli édifice de la Renaissance, avec un cabinet en saillies, et deux salles ornées de boiseries du
temps. Plusieurs maisons du xvie siècle, qui sont restées debout,
montrent la richesse des habitations privées à cette époque.

Près d'Orbey, aux environs de Kayserberg, on visite l'abbaye de Pairis, dont les bâtiments sont modernes, mais où on trouve de vieilles substructions curieuses par les pierres tombales qu'elles renferment.

La petite ville de Kientzheim, près Kayserberg, possède deux monuments intéressants : la chapelle de Sainte-Régule dont la partie inférieure est romane, avec une voûte du xiv⁰ siècle, et l'église paroissiale, où sont conservées les pierres tombales du maréchal Lazare de Schwendi et de son fils Jean-Guillaume de Schwendi, baron de Hoh-Landsberg. Ils sont tous deux représentés avec leurs armures, mais le maréchal est appuyé sur son bâton de commandement, tandis que le fils a la tête posée sur un oreiller pour indiquer qu'il est mort dans son lit. A leurs côtés, sont leurs casques et leurs armoiries de famille aux huit fers de lance croisés quatre par quatre, écartelés de l'aigle de la Seigneurie de Hoh-Landsberg. Les murs du cimetière de Kientzheim étaient autrefois décorés d'une danse macabre, qu'une tradition probablement erronée attribuait à Holbein.

Enfin de Kayserberg on peut aussi se rendre à Ammerschvihr, qui a conservé d'anciennes maisons et une jolie fontaine du xvi⁰ siècle, et à Riquevihr, où l'on entre par une belle porte fortifiée de la fin du xv⁰ siècle. Cette petite ville, dont les anciennes églises ont disparu, est pourtant curieuse par ses constructions civiles et militaires.

On montrait, dans l'intérieur d'une tour, une figure sculptée, représentant un vigneron avec la hotte de vendangeur sur le dos. Cette statue, qui paraît datée du xvi⁰ siècle, rappellerait, suivant la tradition, un habitant de la ville qui vendit sa patrie à l'ennemi et l'introduisit dans la place. C'est ce qu'on appelle le traître de Riquevihr.

MULHOUSE

MULHOUSE est une des villes les plus industrieuses de l'Europe, mais sa prospérité ne remonte pas au delà du xviii⁰ siècle. En 1746, trois citoyens de la ville, Schmalzer, Kœchlin et Dolfus s'associèrent pour fonder une manufacture d'étoffes de coton imprimé, dans le but de faire concurrence aux tissus que le commerce allait chercher en Inde. Schmalzer fabriquait, Kœchlin fournissait les fonds et Dolfus dessinait et s'occupait du décor. C'est à ces trois personnages que Mulhouse doit l'industrie des toiles peintes qui a fait sa richesse. Mulhouse s'est librement réunie à la France en 1798.

Cette ville a peu de monuments anciens; l'hôtel de ville, construit en 1551, est un édifice intéressant, décoré de peintures à l'extérieur et couvert de tuiles vertes et rouges disposées en losange; on y monte par un double escalier de l'aspect le plus original. L'intérieur possède de beaux vitraux et une grande salle où sont les écussons des bourgmestres.

La cité de Mulhouse a réalisé, par l'initiative de ses habitants, un vœu qui a été souvent émis, mais presque toujours en vain, dans plusieurs de nos grandes villes de France. Elle a organisé un musée historique, musée qui, né d'hier, est déjà d'un grand intérêt, et qui ne peut manquer de s'accroître. Cette collection, dont le catalogue ne contient pas moins de six cent soixante-quatre numéros, et aura prochainement une édition beaucoup plus complète, comprend deux parties : la première composée d'objets divers, la seconde comprenant les manuscrits et les imprimés; c'est donc un musée annexé à une bibliothèque, musée absolument local et exclusivement consacré à ce qui peut intéresser l'histoire de la ville.

L'antiquité est représentée par des médailles romaines, un glaive, des bijoux, des vases et différents objets trouvés dans la banlieue de Mulhouse. Pour le moyen âge, ce sont des bannières, des clefs, des armoiries, des plans, des sceaux, des monnaies, une quantité d'objets provenant des anciennes corporations. Puis une série assez nombreuse de portraits nous mène jusqu'à l'histoire moderne, pour laquelle on a réuni des dessins, vues, photographies, estampes anciennes, fragments de toute espèce.

La bibliothèque est particulièrement riche en titres, transactions, documents relatifs à l'histoire de la ville.

Outre son musée historique, Mulhouse en a deux autres, qui sont placés sous la direction de la Société industrielle de la ville. Le premier, consacré aux études pour l'industrie, renferme, entre autres richesses, une série d'échantillons provenant de toutes les manufactures anciennes et nouvelles de la ville.

Le musée de peinture est composé presque exclusivement d'ouvrages modernes. Malheureusement le catalogue, qui contient soixante-sept numéros, ne donne aucune indication sur la formation de ce musée, qui est très-récente. Tous les ouvrages qui le composent paraissent être des dons, et, parmi les donataires, le nom de M. Engel Dolfus est celui qui revient le plus souvent.

La peinture alsacienne est représentée par quelques bons tableaux.

Fig. 146. — Intérieur de l'église d'Ottmarsheim, près Mulhouse.

Le *Coup double*, de Haffner, est un des succès du Salon de 1859. Le *Fil d'or*, de Hermann; le *Champ de Mai*, de Brion; le *César sauvé*, de Gluck; le *Retour des cigognes*, de Jundt; la *Femme couchée*, de

Henner ; le *Souvenir d'Italie,* de Schutzenberger ; les *Fleurs,* de Benner, forment une belle part à l'école alsacienne.

En dehors de l'Alsace, nous citerons : un tableau de Troyon, le *Braconnier ;* deux jolies toiles de Jules Didier, des *Bœufs dans la campagne romaine* et le *Lac de Trasimène ;* la *Villa d'Este,* par Alfred de Curzon, et le *Samson rompant ses liens,* de Léon Glaise ; les *Bords du lac du Bourget,* d'Appian, etc.

Si Mulhouse n'a rien par lui-même qui soit particulièrement remarquable comme architecture ancienne, elle offre à une lieue un édifice qui est assurément un des plus curieux de l'Alsace pour l'archéologie : c'est la petite église d'Ottmarsheim. Elle est du même style que le dôme d'Aix-la-Chapelle élevé par Charlemagne et présente, à l'intérieur, un octogone dont la partie centrale est enveloppée par une double galerie. Des escaliers pratiqués dans l'épaisseur du mur conduisent à la partie supérieure s'ouvrant sur l'église et divisée en huit travées par de grands arcs en plein cintre. Chacun des arcs est soutenu par un double rang de colonnes cylindriques et à chapiteaux cubiques sans ornements. On croit qu'elle a été bâtie sur l'emplacement d'un ancien temple de Mars, par le comte Rodolphe, frère de l'évêque de Strasbourg Wernher, qui avait fondé dans cette localité un couvent de bénédictines.

THANN

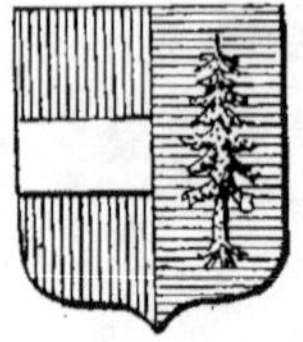

La jolie église de Thann[1] doit son origine à un événement miraculeux. Il y avait à Spolète, en Italie, un saint évêque nommé Thiébaud, dont la charité était inépuisable. Quand il mourut, toute la contrée fut consternée ; mais son domestique, qui était natif des Pays-Bas, songeant qu'il lui était dû quelques gages dont il ne serait jamais payé, puisque Thiébaud qui donnait aux pauvres tout ce qu'il avait ne laissait rien à ses héritiers, résolut de

1. Thann porte de gueules à face d'argent et parti d'azur chargé d'un pin d'or.

PORTE LATÉRALE DE L'ÉGLISE DE THAN

dérober au moins une relique du saint homme et lui coupa le pouce. Il le cacha dans son bourdon de pèlerin et prit la route de son pays, pensant que la relique lui porterait bonheur. Comme il était en Alsace, il arriva dans une lande stérile connue aujourd'hui sous le nom de l'Ochsenfeld. C'est un lieu désolé où il ne pousse ni arbuste ni plante d'aucune sorte, car Attila a livré en ce lieu un combat terrible, et l'herbe s'est desséchée sous les pas de son cheval. Ayant traversé cette lande, le pèlerin fatigué s'endormit et planta son bourdon à côté de lui contre un arbre. Mais quand il s'éveilla, il ne put retirer son bâton du sol et alla querir des paysans qui firent comme lui des efforts inutiles pour enlever ce bâton. En même temps on vit une lueur s'élever par trois fois de l'arbre. Le seigneur

Fig. 147. — Monnaie de Thann.

du château voisin, voulant savoir la cause de ce prodige, interrogea le pèlerin qui, effrayé, avoua son larcin. Alors tout le monde se jeta à genoux, car on reconnut que saint Thiébaud voulait être honoré en ce lieu, où s'éleva l'église qui lui est consacrée. C'est pour cela que l'image de saint Thiébaud figure sur les monnaies de la ville (fig. 147).

Si maintenant nous passons de la légende à l'examen du monument, qui est un des plus beaux de l'Alsace, nous voyons que le style dans lequel il est bâti appartient à différentes époques. Le portail principal est du xiiie siècle, la nef principale du xive, le portail latéral du xve, et le clocher ne remonte pas au delà des premières années du xvie.

Le portail principal est resserré entre deux contre-forts et encadre

une porte à double entrée. Il est enrichi de statues et de bas-reliefs don
le sujet se rapporte à l'histoire de la Vierge et du Christ. Le portail
latéral, moins richement orné comme statues, est de la plus exquise

Fig. 148. — Le chevet de l'église de Thann.

élégance. Il comprend également deux portes, séparées par un pilier
que surmonte une statue de la Vierge.

C'est sur le même côté de l'église que s'élève la tour du clocher,
qui se termine par une flèche élancée et ornée de crochets à jour d'une
grande délicatesse de travail.

GUEBWILLER

L A petite ville de Guebwiller est un des points de l'Alsace les plus intéressants pour les monuments. L'ancienne église paroissiale de Saint-Léger, qui date du xII^e siècle, représente le style roman de transition. Elle est surmontée de trois tours d'inégale hauteur, et renferme cinq nefs dont deux sont ogivales. Néanmoins l'arc cintré domine dans l'édifice dont le portail, précédé d'un porche, est très-remarquable.

L'ancienne église des Dominicains, de style ogival, remonte aux premières années du xIV^e siècle. Elle contient des restes de peintures

Fig. 149. — Monnaie de Murbach.

murales, dont la principale montre sainte Catherine de Sienne aux pieds du Christ, qui lui présente une couronne d'or d'une main et de l'autre une couronne d'épines.

Non loin de Guebwiller, dans un vallon entouré de montagnes boisées, s'élèvent les ruines de l'antique abbaye de Murbach, fondée par saint Firmin, au commencement du vIII^e siècle. Charlemagne a voulu inscrire son nom parmi ceux des abbés de Murbach, qui pendant tout le moyen âge ont joué un rôle important dans la chrétienté. Pour être admis dans l'abbaye il fallait justifier de seize quartiers de noblesse, et la crosse abbatiale de Murbach a été portée par des membres de la famille impériale. L'abbé de Murbach avait le titre de prince du Saint-Empire; il avait une voix à la diète et relevait directement du pape au spirituel et de l'empereur au temporel.

L'abbaye de Murbach avait pour patron saint Léger, dont l'image figure sur les monnaies des abbés (fig. 149). Les débris de l'église, qui sont encore debout, attestent la magnificence de l'édifice. La nef a été abattue, mais le chœur et les deux tours subsistent encore. Ces tours carrées, de style roman, comptent trois étages à partir de la naissance de la toiture de l'église et étaient surmontées par d'élégants clochers.

On va voir aussi, près de Guebwiller, le village de Lautenbach, dont l'église, placée sous l'invocation de saint Michel, est surtout remarquable par son porche, qui présente trois arcades sur la façade et deux travées dans la profondeur. Les colonnes sont légères, les chapitaux, les voussures présentent des arabesques, des figures bizarres, des torsades contrariées et les moulures les plus diverses. Ce porche, conçu dans des formes qui ne sont pas habituelles à l'Alsace, paraît remonter au XIIe siècle. La chaire de Lautenbach, ouvrage du XVIIe siècle, qui a une grande réputation, est en effet remarquable par le travail du bois, mais la composition est d'un style assez maigre.

PRÉCIS DE L'HISTOIRE

DE

L'ART EN LORRAINE

I

LE MOYEN AGE

oins bien dotée que l'Alsace sous le rapport de l'art au moyen âge, la Lorraine acquiert au contraire une importance beaucoup plus grande quand on arrive aux temps modernes. Pendant le xviie et le xviiie siècle, son rôle a été tout à fait prépondérant dans l'école française et aucune province ne peut lui être comparée pour la sculpture et la gravure.

A l'origine, la marche des arts a été la même qu'en Alsace. Après les Romains la barbarie a couvert tout le pays et la pensée nouvelle a été élaborée dans les monastères, dans l'une comme dans l'autre province. Cependant le mouvement byzantin a été beaucoup moins accusé en Lorraine que dans les contrées rhénanes, et de Metz, le style oriental primitif a laissé peu de traces dans la contrée.

La chape dite de Charlemagne, conservée dans la cathédrale de

Metz, est une des rares pièces où le caractère byzantin soit franchement accusé. Mais il est difficile de savoir si elle a été fabriquée dans
la contrée ou simplement importée.

Le tissu est en soie rouge avec des broderies de couleur jaune,
bleue et verte. Les aigles, aux ailes déployées, dont les pattes sont
mordues par des animaux fantastiques, sont conçus dans un mode
archaïque très-prononcé. Dans le style byzantin, l'expression de la
vérité et de la vie est remplacée par une certaine grandeur hiératique,

Fig. 150. — Le Calice de saint Goslin.

résultant des formes conventionnelles qui furent ensuite adoptées dans
l'art héraldique.

Parmi les industries cultivées dans les monastères, une des plus
importantes était l'orfévrerie religieuse. Le trésor de l'église primatiale de Nancy renferme le calice et la patène de saint Goslin, évêque
de Toul, de 922 à 962.

L'extérieur du calice est enrichi de ciselures et d'émaux verts
et bleus. La patène est décorée à l'intérieur par une sorte de rosace,
formée de cinq arcs de cercle garnis d'un ornement en filigrane;
des pierres précieuses sont enchâssées dans les angles formés par
la réunion des arcs, ainsi que sur le cercle extérieur. Ces objets sont
d'autant plus importants pour l'archéologie lorraine, qu'ils ont proba-

blement été fabriqués dans le pays. Ils constituent un des rares monuments de l'orfévrerie au xᵉ siècle.

L'évangéliaire de saint Goslin, placé à côté, a été écrit, d'après
une mention qui y figure, pour l'évêque Arnould, qui occupait le
siége de Toul soixante ans avant saint Goslin. La couverture
est enrichie de pierres précieuses et ornée de figures gravées dans
un style très-archaïque et représentant la Vierge et les Évangélistes.

On a conservé aussi le peigne liturgique de saint Goslin qui est
un curieux spécimen du travail de l'ivoire à cette époque. Jusque
vers la fin du xvᵉ siècle, les prescriptions de l'Église exigeaient que
l'officiant fût peigné, en présence des fidèles, avant de monter à
l'autel. Le peigne de saint Goslin est formé d'un seul morceau et

Fig. 151. — La Patène de saint Goslin.

décoré au milieu d'un calice d'où s'échappe la vigne symbolique :
deux colombes sont placées auprès du calice. Le tout est encadré dans
une arcade en plein cintre accosté de deux frontons. Pendant bien
longtemps, le peigne de saint Goslin a eu la propriété de guérir les
maladies de la tête, et c'est au fréquent usage qui en aurait été fait
qu'on attribue la disparition de plusieurs de ses dents.

C'est dans les objets de ce genre qu'il faut chercher en Lorraine
les traces du style qui a prévalu au temps des Carlovingiens. L'architecture romane compte bien peu de monuments dans le pays, et on
pourrait en dire autant de l'architecture ogivale ; car quand on a parlé
de la cathédrale de Metz qui est un chef-d'œuvre et de l'église de Toul
qui est un bijou, on n'a plus rien à opposer aux vastes construc-

tions qui du xiiie au xvie siècle ont couvert d'autres provinces de France.

Une grande obscurité règne sur tout ce qui concerne le moyen

Fig. 152. — Peigne de saint Goslin.

âge en Lorraine, et l'art dans ce pays ne prend un caractère réellement spécial qu'à partir de la Renaissance.

II

LA RENAISSANCE

vec René II, comte de Vaudémont (1473-
1508) et petit-fils du bon roi René, commence la grande époque de la Lorraine.
Ce fut lui qui vainquit *Charles le Téméraire,* près de Nancy (1477), et sous son
règne se forma une pléiade de sculpteurs
qui tiennent une place importante dans
l'histoire de l'art sous la Renaissance. Le
tombeau de René II, placé dans l'église
des Cordeliers à Nancy, est un superbe
monument dont la décoration architecturale montre l'état des arts
au commencement du xvie siècle. Malheureusement la statue du duc
genouillé devant la Vierge a été détruite pendant la Révolution, et
elle qu'on voit maintenant est une restauration moderne. L'ensemble
e l'édifice n'en est pas moins des plus intéressants. Au-dessus
u tombeau, la figure du Père éternel semble planer sur les statues
gloriées des anges qui portent les blasons de la Lorraine. Sous ces
nges, des images de saints sont disposées dans des niches élégantes.
es pilastres, les corniches et les ornements du tombeau sont peints
n azur et en vermillon, avec des arabesques d'or en demi-relief. Une
aque en marbre noir porte une inscription rappelant les grandes
ctions du duc.

C'est à ce duc René II qu'on doit la construction du palais ducal à Nancy. Il y avait déjà à cette époque en cet endroit un vieux château qui fut remplacé par les élégantes constructions de René II, dont la façade donnant sur la rue subsiste encore, mais non sans

Fig. 153. — Tombeau de René de Vaudémont.

avoir subi d'importantes restaurations. Une estampe du xviie siècle nous montre, à vol d'oiseau, le palais tel qu'on le voyait encore à cette époque.

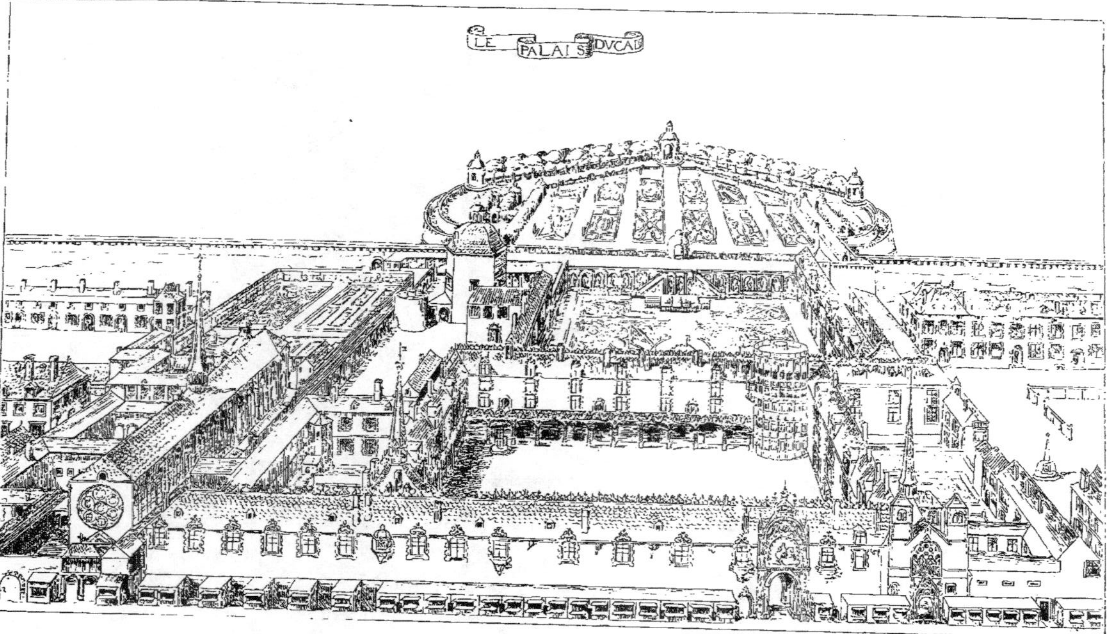

Fig. 154. — Vue de l'ancien palais ducal à Nancy, d'après une estampe du xviie siècle.

La partie la plus intéressante de cet édifice est la belle porte monumentale qui fut exécutée par Mansuy Cauvin, sous le duc Antoine, successeur [de René II, et qui vient d'être récemment restaurée. C'est un spécimen curieux de l'architecture qui marque

Fig. 155. — L'ancien hôtel Lunati, à Nancy.

le style de transition entre la période ogivale et celle de la Renaissance.

Bien qu'il ait été construit dans les premières années du

xviiᵉ siècle, l'hôtel Lunati, à Nancy, était dans le goût du xviᵉ et
marque la dernière forme du style auquel on a donné le nom de Renaissance (fig. 155). Cet hôtel avait été bâti par le marquis Lunati Visconti,

Fig. 156. — Un Puits de la Renaissance, à Nancy.

d'une illustre maison du Milanais, qui suivit le duc Léopold à son
entrée dans ses États. La belle façade de cet hôtel comprenait trois
rangs d'arcades superposées et enrichies de sculptures dont quelques-

unes sont attribuées à Florent Drouyn; l'escalier était pratiqué dans la façade même de l'hôtel. Du côté opposé était une vaste cour avec un puits richement sculpté. Cet hôtel, qui au xviiie siècle a été choisi pour les conférences entre les commissaires de l'empereur et ceux du roi, était assurément une des richesses architecturales de la Lorraine, et il est bien regrettable que la ville n'en ait pas fait l'acquisition quand on le lui a proposé. Il a été démoli, mais les matériaux ont été acquis par un amateur de la ville qui en a fait une sorte de reconstruction dans une riche villa des environs de Nancy.

On peut remarquer que les monuments élevés en Lorraine pendant la Renaissance montrent peu de traces de ces études sur l'antiquité qui étaient si générales dans d'autres provinces à la même époque. C'est là un fait d'autant plus curieux à noter, que l'architecture dite classique a produit en Lorraine dans la période suivante, c'est-à-dire pendant les xviie et xviiie siècles, des édifices d'une rare élégance.

Il ne faut pas croire au reste que l'antiquité fût inconnue aux Lorrains; si l'architecture ne semble pas s'en être beaucoup préoccupée, il n'en est pas de même pour la sculpture et l'orfévrerie. C'est à ces deux arts que se rattachent les plus grands noms que nous ayons à signaler en Lorraine pendant la Renaissance.

LIGIER RICHIER

L IGIER RICHIER, un des plus grands artistes de l'école française, est né à Saint-Mihiel vers 1500. Sa famille, la profession de son père, tout ce qui concerne sa première éducation sont une énigme que les chercheurs les plus infatigables ne sont pas encore parvenus à déchiffrer, et si l'on ne veut pas admettre la légende, il faut s'en tenir à des conjectures. Interrogez les habitants de Saint-Mihiel sur le grand sculpteur lorrain, ils vous répondront que Michel-Ange, passant un jour par leur ville rencontra un enfant qui avait d'étonnantes dispositions pour les arts et l'emmena avec lui; cet enfant était Ligier Richier! Voilà le roman qu'on a fabriqué sur son compte.

Fig. 157. — Le Calvaire de Hatton-Chatel, bas-relief de Ligier Richier.

En réalité, Ligier Richier appartient à la famille de ces vieux *imaygiers* du moyen âge, qui sculptaient dans nos églises des prières en bois ou en marbre et faisaient des chefs-d'œuvre sans songer à la gloire qui pourrait un jour s'attacher à leurs noms. Et ce nom était si bien oublié, que quand l'historien de la Lorraine, dom Calmet, a voulu savoir quel était l'auteur du *Sépulchre,* il alla consulter les gens de la contrée et ce fut un vieillard de soixante-dix-huit ans qui se rappela avoir entendu dire à son grand-père qu'un nommé *Migier* ou *Richier* avait passé autrefois pour le meilleur ouvrier de son temps et que le Sépulchre pourrait bien être de lui.

De nouveaux documents sont venus depuis confirmer le nom de Richier, sans toutefois jeter un grand jour sur sa biographie. Qu'on adopte pour sa naissance la date de 1506 ou celle de 1500, il est certain qu'en 1523 son talent était formé, puisque le Calvaire de Hatton-Chatel porte cette date. Or il y avait alors, en Lorraine comme en Bourgogne et en Flandre, des sculpteurs d'un grand talent, qui ont avec lui certaines affinités. Les tombeaux des ducs de Bourgogne au musée de Dijon et d'autres monuments du même genre suffisent pour montrer à quelle hauteur l'art s'était élevé déjà à cette époque.

Ligier Richier aurait donc pu, sans sortir bien loin de son pays, compléter son éducation d'artiste. Mais une tradition très-enracinée veut qu'il ait passé sa jeunesse en Italie et même qu'il ait fréquenté Michel-Ange. Rien d'ailleurs ne s'y oppose dans ses œuvres, souvent empreintes d'une souplesse qu'on trouve rarement chez les sculpteurs du Nord à cette époque. Seulement on retrouve souvent chez lui, même dans ses ouvrages les plus gracieux, les arrière-pensées du moyen âge.

La statuaire antique était rarement expressive dans le sens que nous attachons à ce mot, et quand on a cité le Laocoon et le groupe des Niobides, on s'arrête sans pouvoir trouver ailleurs une trace émue des sentiments humains. Il semble qu'en nous léguant ces deux chefs-d'œuvre que l'art moderne n'a pas encore égalés, l'antiquité ait voulu nous montrer qu'elle savait tout faire, et que si elle proscrivait habituellement l'expression dans la statuaire, pour lui demander exclusivement la cadence et le rhythme harmonieux des formes, c'était par système et nullement par impuissance. Au contraire, la sculpture chrétienne, qui est née et s'est développée à l'ombre de nos cathédrales, était par essence portée à l'expression plutôt qu'à la recherche de la beauté plastique.

Les œuvres de Ligier Richier se rattachent toutes à l'art religieux, et l'on ne connaît de lui aucun sujet mythologique. La plus ancienne sculpture qui lui soit attribuée est le bas-relief placé dans la petite église de Hatton-Chatel (fig. 157). Ce monument est séparé en trois parties par des pilastres couronnés de chapiteaux corinthiens.

Fig. 158. — Tête de Christ par Ligier Richier.

Le sujet se rapporte à la Passion; le crucifiement occupe le centre, et, sur les côtés, on voit le Christ portant sa croix et l'ensevelissement. L'écusson de Lorraine, accosté de médaillons, figure au-dessus de la tête du Christ, en haut du monument. Les statuettes sont assez petites, et, à l'exception de saint Jean et de la

Vierge, qui portent le vêtement que leur attribue la tradition, les figures ont le costume du xvie siècle, et les femmes sont coiffées du bonnet lorrain.

Ligier Richier avait fait un grand crucifix en bois dont il ne reste que la tête. On raconte que ce christ fut brûlé en 1793 sur un bûcher placé sur la place des Halles. Un menuisier, passant par là le soir de cette exécution, rencontra sous son pied un morceau de bois qui, par hasard, n'était pas consumé. Il le ramassa : c'était la tête du Christ, dont le feu avait seulement endommagé la barbe et la couronne d'épines. Un moulage de cette tête est conservé au musée de Nancy (fig. 158).

Le Louvre possède plusieurs ouvrages attribués à Ligier Richier, mais il serait difficile de le juger d'après la petite figurine de l'enfant Jésus, provenant d'une Nativité, qui a été longtemps encastré dans un mur du château de Ligny, ou d'après les statuettes d'anges en pierre de la Meuse dont on n'a conservé que des fragments.

Malgré l'excellent catalogue du Louvre, nous n'avons pas une confiance absolue dans l'attribution faite à Ligier Richier d'un *Jugement de Daniel,* dont le style rappelle l'école allemande. Ce bas-relief montre la chaste Suzanne et les deux vieillards comparaissant devant Daniel, qui est assis sur un trône. Parmi les personnages qui assistent au jugement, on voit un fou qui agite sa marotte pour railler les amours caduques. Le haut du bas-relief est occupé par des anges placés dans les nuages. L'un tient au-dessus de la chaste Suzanne une couronne d'innocence et l'autre tient un glaive de justice au-dessus des vieillards. Enfin, par un caprice dont on trouve assez fréquemment l'analogue sous la Renaissance, l'artiste a placé sur les marches du trône deux petits enfants nus qui sont très-gracieux, mais n'ont aucun rapport avec le sujet. L'un pleure, effrayé par un petit chien qui jappe, tandis que l'autre prend en souriant un autre petit chien. Les bizarreries de ce genre ne sont pas rares à cette époque et les maîtres vénitiens notamment en ont donné plus d'un exemple dans leurs tableaux religieux.

C'est à Saint-Mihiel qu'il faut aller pour voir dans l'église Saint-Étienne le fameux Sépulchre de Ligier Richier. Il se compose de treize figures plus grandes que nature, taillées dans une pierre d'un grain très-fin et blanc comme du marbre. Le corps affaissé du Christ est soutenu

LE SÉPULCRE DE SAINT MIHEL.

Imp. A. Salmon, Paris

ar Nicodème et Joseph d'Arimathie, dont les traits sont empreints d'un
aractère grave et réfléchi : sainte Madeleine, agenouillée, baise les pieds
u Christ et les arrose de ses larmes ; au second plan, dans un demi-jour
ui ajoute encore à la tristesse de la scène, la Vierge, défaillante, est
outenue par saint Jean et Marie, sœur de Marthe. C'est peut-être la
igure la plus touchante de ce groupe admirable. Sur un des côtés, une

Fig. 159. — Le jugement de Daniel, bas-relief attribué à Ligier Richier (musée du Louvre).

ainte femme contemple avec tristesse la couronne d'épines qu'elle
ent dans ses mains ; du côté opposé, un ange porte des clous et la
roix. Au fond, des soldats jouent aux dés : le désir du gain qui se lit
ur leur visage contraste avec l'attitude désespérée des saints qui
ntourent le Christ. On raconte dans le pays que ces soldats repro-

duisent les traits de deux habitants de Saint-Mihiel : l'un serait un usurier inflexible qui aurait fait saisir le sculpteur dans ses meubles, l'autre, le sergent de justice qui aurait opéré la saisie.

La sculpture chrétienne ne s'est jamais élevée plus haut que le *Sépulchre de Saint-Mihiel,* et c'est assurément, sous le rapport de l'expression, le plus grand chef-d'œuvre de l'école française dans la statuaire. Le peintre Louis David, allant en Belgique où il était exilé, s'arrêta à Saint-Mihiel, et resta, dit-on, six heures en contemplation devant le *Sépulchre* dont il ne pouvait arracher ses yeux.

Le nombre des ouvrages qui peuvent être attribués avec certitude à Ligier Richier est assez restreint; mais en Lorraine, dès qu'une statue ancienne présente quelque valeur artistique, on ne manque pas de prononcer le nom du grand sculpteur. Ligier Richier, au lieu d'être le premier artiste de son pays, aurait été un maître isolé, ce qui est bien rare dans les arts; le besoin de réunir tout sous un nom unique, et de supprimer à son profit les artistes qui ont pu être ses émules ou ses élèves, est un résultat naturel de la paresse humaine qui n'aime pas à chercher. L'orgueil des petites localités qui veulent rattacher à un nom illustre les œuvres d'art qu'elles possèdent et l'intérêt des amateurs qui espèrent par là donner de la valeur aux objets d'art dont ils sont détenteurs, contribuent également à fausser l'histoire. Plusieurs des ouvrages qu'on attribue à Ligier Richier se trouvent à Saint-Mihiel et dans d'autres villes de la Lorraine; nous nous proposons, quand nous en parlerons, d'examiner sur quels fondements repose cette attribution.

MANSUY GAUVIN

M ANSUY GAUVIN, le principal auteur de la grande porte du palais ducal à Nancy, est qualifié de menuisier dans les anciens documents. On peut en conclure qu'il a été sculpteur en bois avant de faire des statues, de même qu'il a été statuaire avant de devenir architecte. La sculpture en bois était arrivée à une très-grande perfection en Lorraine, et l'on peut présumer que Mansuy Gauvin a dû faire école en son temps, mais ses ouvrages en ce genre ne sont pas connus.

« Nous possédons de sa main, dit M. Auguin[1], une œuvre en

Fig. 160, — Fragment de la porte du Palais ducal à Nancy, par Mansuy Gauvin.

pierre fort curieuse et dont on ignore très-généralement qu'il soit l'auteur : nous voulons parler de la Vierge de Bon-Secours placée dans

1. Auguin, *Exposition rétrospective de Nancy*.

l'ancienne chapelle de ce nom qui venait d'être fondée alors en 1498 par le commandement du roi de Sicile. Mansuy était même, à l'époque où il vivait, considéré comme simple menuisier, ainsi qu'il résulte des comptes du receveur général de Lorraine pour 1505-1506. « Payé par « le Receveur à Mansuy, ménuisier, pour avoir taillé ung ymaige de « Nostre-Dame affublée d'un manteau ouvert et taillée gens de tous « estas viii fr. v gros. » C'est cette image peinte par une main inconnue placée derrière l'autel qui est encore l'objet de la vénération des fidèles. »

La grande porte du palais ducal, dite *porterie d'Antoine,* est l'ouvrage le plus remarquable de Mansuy Gauvin. La porte s'ouvre entre deux pieds-droits chargés d'élégantes arabesques et est surmontée d'une niche spacieuse où se trouve la statue du duc Antoine. Les armes de Lorraine, les bustes affrontés des ducs René II et Antoine, et une riche décoration sculptée couronnent cette entrée qui est placée entre deux fenêtres garnies de balcons saillants, découpés en architecture flamboyante et supportés par des figures grotesques.

Une autre petite porte soutenue par deux génies est placée à côté de l'entrée principale : au-dessus du tympan s'élève une tige fleuronnée surmontée d'un singe habillé en cordelier et tenant un livre ouvert. La tradition veut que ce soit là une vengeance de l'artiste dont un moine cordelier aurait critiqué le travail.

La statue du duc Antoine par Mansuy Gauvin a été détruite en 1792 et refaite depuis : le monument a lui-même subi dans son ensemble d'importantes restaurations.

BEATRICI

NICOLAS BEATRICI, né à Lunéville en 1507, alla de bonne heure à Rome, où il fut élève d'Augustin Vénitien. Quoique moins estimé que son maître, il a fait des estampes fort recherchées des amateurs, d'après Michel-Ange, Raphaël, Jules Romain, Bandinelli, le Rosso, etc. On lui doit aussi un portrait de Henri II, roi de France, du pape Pie III, etc. Beatrici a passé presque toute sa vie en Italie, et, bien qu'il soit un des plus anciens graveurs lorrains, il est en dehors du groupe de graveurs fameux qui ont illustré leur pays à la génération suivante et n'a exercé aucune influence sur leur talent.

WŒRIOT

PIERRE WŒRIOT, orfévre et graveur, est né au village de Bouzey, près de Bar-le-Duc, en 1532, date constatée par lui-même

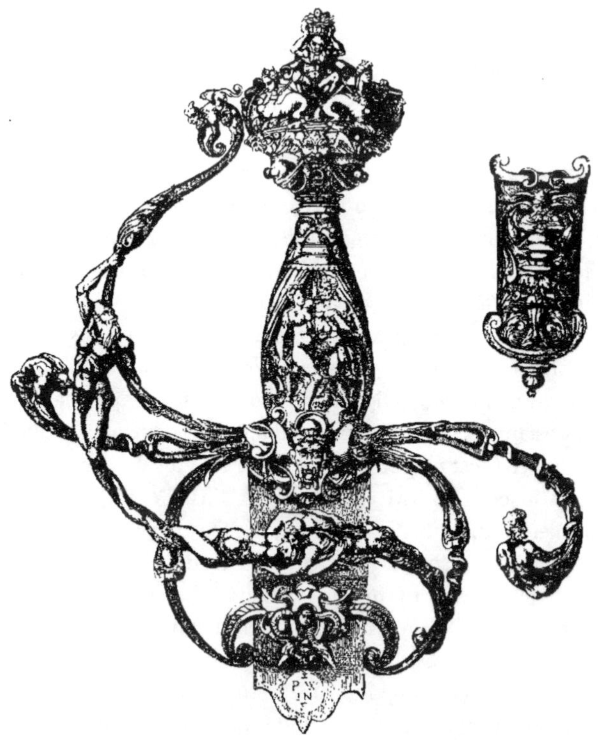

Fig. 161. — Pommeau d'épée d'après une gravure de Pierre Wœriot.

dans son propre portrait qu'il a gravé en 1556, à l'âge de vingt-quatre ans. Pierre Wœriot a travaillé dans des genres très-différents;

lorsqu'il traite les motifs d'ornement et fait des modèles pour l'orfévrerie, il se place d'emblée au premier rang. Il sait agencer les arabesques d'une façon charmante et y place des figures qui font le meilleur effet. Une suite de pommeaux d'épée, de garnitures et d'objets de damasquinerie sont particulièrement remarquables, et l'artiste s'y montre compositeur plein de goût.

Quoique contemporain de l'école de Fontainebleau, où les artistes français se soumettaient si docilement à la manière de voir des maîtres venus d'Italie, Pierre Wœriot, qui a toujours habité la province, a su garder une franche originalité, et s'il a quelquefois des formes incorrectes, il montre presque toujours un vif sentiment pittoresque.

Ses principaux ouvrages, en dehors de l'orfévrerie sont le *Taureau de Phalaris,* estampe extrèmement célèbre, de belles compositions sur la Bible, une suite exécutée en petit et représentant les différentes espèces de *Funérailles,* une suite de gravures et camées antiques, publiée à Paris en 1779, de nombreux portraits, entre autres ceux des rois de France, etc. Un livre intitulé *Heures de Notre-Dame,* imprimé à Metz en 1599, renferme une gravure en taille-douce de sa main; c'est la dernière pièce connue de lui et l'on peut présumer qu'il a dû mourir peu de temps après cette époque.

Pierre Wœriot était également graveur sur bois; mais il y a de vives contestations sur la plupart des ouvrages qui lui sont attribués. M. Ambroise-Firmin Didot signale un livre rarissime qui manque au cabinet des estampes et ne se trouve, d'ailleurs, dans aucune bibliothèque publique. C'est une édition latine de Flavius Josephe, in-folio, publiée à Lyon en 1566. M. Didot décrit ainsi l'exemplaire qu'il a vu et qu'il croit unique : « Ce livre, remarquable en tous points par la beauté des caractères, la netteté du tirage et la qualité du papier, fait honneur à l'imprimerie lyonnaise. Les 18 vignettes, dont 11 portent dans le bas la marque de Wœriot, ont 80 millimètres de large et 53 millimètres de hauteur, c'est-à-dire une dimension tellement réduite qu'on peut supposer qu'elles n'étaient pas primitivement destinées à un in-folio. La plupart de ces compositions, à peine ombrées, représentent des scènes très-animées tirées de la Bible et l'emportent pour la clarté, pour la science des raccourcis, pour la perfection du dessin, sur les sujets analogues traités dans les mêmes

dimensions par Petit-Bernard. Les lointains sont très-riches et d'une
telle finesse d'exécution qu'on incline à croire que la plupart de ces
planches ont été exécutées en relief sur métal par Wœriot. La perspective des monuments y est exprimée d'une manière irréprochable
et l'on croirait voir sous ce rapport les plus délicates estampes de
Callot ou d'Étienne de la Belle. Malheureusement, parmi ces
planches, celles qui ont un double filet d'encadrement et qui ne
portent pas la marque de Wœriot sont d'une gravure lourde et très-
inférieure. Plusieurs des lettres initiales qui décorent ce livre sont
d'une pureté et d'une élégance en rapport avec les vignettes placées
dans le texte. »

LES BRIOT

V oici un nom bien célèbre, quoique se rattachant à des personnages peu connus. C'est qu'à défaut des biographes les œuvres
parlent. Tout le monde connaît le plat et la fameuse aiguière du
musée de Cluny, mais quand on a nommé son auteur, François
Briot, il faut s'arrêter faute de documents. M. Jal lui-même n'a rien
pu trouver sur ce mystérieux artiste. « L'aiguière de Cluny, dit-il,
n'est point datée et l'on n'assigne pas avec quelque certitude une
époque à son exécution. Mais on y voit François Briot, en apparence
âgé d'une trentaine d'années et dans un costume qui est celui des
Français du temps de Henri III; on pourrait donc supposer que
Briot fit cet ouvrage quelques années après la mort de Benvenuto
Cellini, dont le style était à la mode, et vers 158o. Cela reporterait
la naissance de François Briot à une année très-voisine de 155o. »
   L'artiste a fait plusieurs plats dont les dispositions essentielles
sont identiques à celui du musée de Cluny, mais où les figures sont
différentes. C'étaient des variantes d'un même type qui furent exécutées pour divers personnages. Le plat du musée de Cluny est tellement connu que nous avons préféré en donner un autre dont nous
empruntons la gravure au grand ouvrage de M. Édouard Lièvre (fig. 162).
   Briot a fait des hanaps et différents vases enrichis d'arabesques

et de médaillons représentant habituellement des sujets mythologiques. Son style ornemental caractérise bien les élégances raffinées
de la sculpture française sous la Renaissance.

Tout porte à présumer que François Briot était parent du

Fig. 162. — Plat par François Briot.

fameux Nicolas Briot qui fut graveur des monnaies de Lorraine,
de France et d'Angleterre; toutefois aucun document positif ne
démontre absolument que les deux artistes aient appartenu à la
même famille. On sait que le nom de Briot est assez commun en
Lorraine.

La famille Briot a fourni plusieurs artistes ; car, outre Nicolas,
il y eut Isaac et Marie Briot qui se sont fait un nom dans la gravure
en taille-douce, et Guillaume Briot, peintre peu connu, mais ami
d'Abraham Bosse qui fut parrain de son fils. Tous ces Briot devaient
être encore enfants, quand l'auteur de l'aiguière de Cluny était dans
toute la maturité de son talent, et il y a lieu de présumer que son
exemple a été pour quelque chose dans le choix de la carrière qu'ils

Fig. 163. — Aiguière par François Briot.

ont embrassée, peut-être même ont-ils reçu ses conseils. Toujours
est-il que, dès l'année 1605, Nicolas Briot était déjà un très-habile
graveur[1].

Des pièces authentiques lui donnent, en 1613, le titre de graveur
général des monnaies de Lorraine, et on le voit peu après qualifié de

1. On peut consulter sur Nicolas Briot une intéressante notice de **M.** Lepage,
publiée dans le *Journal de la Société d'Archéologie lorraine.*

« imprimeur en taille-douce et graveur des marques et effigies des
monnaies de France ». Les jetons en cuivre du duc de Nevers et de
la ville de Paris que nous reproduisons sont des œuvres de sa jeunesse.

Nicolas Briot ne fut pas seulement un artiste, il compte parmi
les inventeurs qui passent leur vie à lutter contre la routine et qu'on
honore quand ils sont morts après les avoir persécutés quand ils
étaient vivants.

« Nicolas Briot, dit M. Jal, voulant remplacer le monnayage
au marteau, dont l'imperfection laissait de très-grandes chances

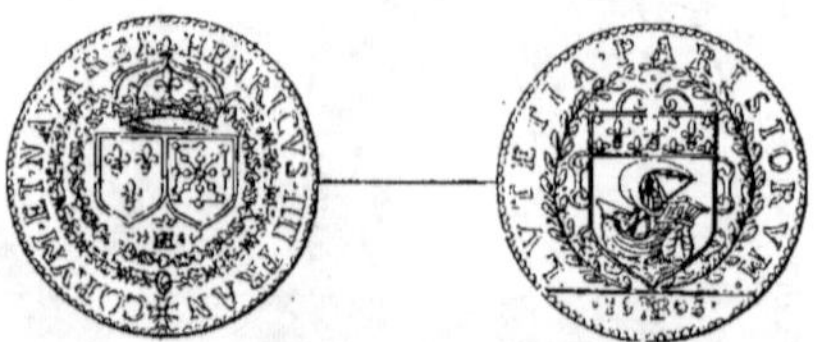

Fig. 164. — Jeton de la ville de Paris, par Briot.

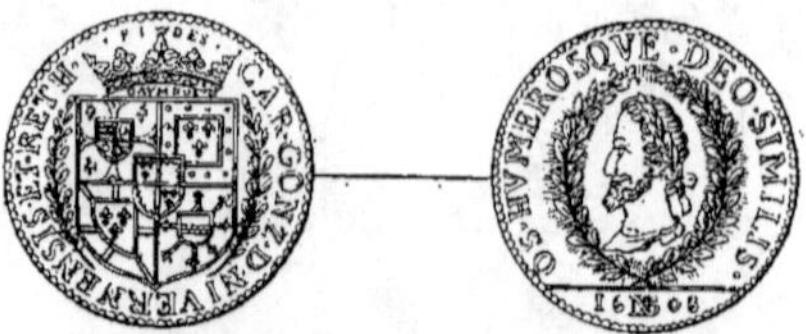

Fig. 165. — Jeton du duc de Nevers, par Briot.

à la contrefaçon, avait imaginé des outils à l'aide desquels il se
faisait fort de produire des pièces d'une frappe si uniforme que les
imitateurs ne pourraient les reproduire qu'avec peine. Les commissaires conclurent contre Briot, qui, sous le rapport de la célé-
rité, fut vaincu par les ouvriers du marteau. Alors commença une
lutte entre le tailleur général, les ouvriers monnayeurs et la cour
des monnaies elle-même, qui se refusait à admettre l'emploi d'instruments qui ruinaient l'industrie d'une corporation tout entière, dont
les membres étaient nombreux en France. Cette lutte dura dix ans,
sans que Briot pût obtenir qu'on se désistât du monnayage au marteau. Soit fatigue ou dégoût, soit que d'autres motifs le poussassent à
abandonner la charge qu'il remplissait depuis vingt ans, sans se

démettre de son office, sans avertir la cour, sans demander au roi
la permission d'aller à l'étranger essayer son système de fabrication,
il partit pour l'Angleterre où il était établi en 1628. Vingt-huit ans
après que Briot eut proposé son importante réforme à Paris, et dix-
neuf ans après qu'il l'eut fait adopter à Londres, la cour des monnaies,
rendant une tardive justice à l'artiste, qu'elle avait pour ainsi dire contraint à s'exiler, proclama qu'elle s'était trompée et rendit un arrêt
qui vengea Nicolas Briot de l'injustice de ses arrêts antérieurs. Briot
était mort! On ne sait pas la date de son décès que l'on croit antérieur
à l'année 1650. »

III

LE XVIIᵉ SIÈCLE

o u s la Renaissance, nous avons montré plusieurs artistes éminents que domine la grande figure de Ligier Richier. Au xviiᵉ siècle la Lorraine occupe une place plus importante encore dans l'histoire de l'art. C'est l'époque des Claude Lorrain, des Callot, des Bagard. Mais dans la sculpture qui n'a cessé d'être cultivée dans le pays avec un grand succès, on est frappé de ne trouver aucun nom entre celui de Ligier Richier et les artistes qui viennent plus de cinquante ans après lui. Cette lacune, qui existe dans les noms, mais non pas dans les œuvres, nous paraît provenir d'attributions erronées.

Un grand artiste ne vient jamais isolément et se rattache toujours à un groupe ; tant que l'art est vivant, il peut hausser ou baisser, mais il ne peut pas interrompre sa production active et incessante. Faute de reconnaître ce principe, les Lorrains, après avoir parlé de Ligier Richier, arrivent à Bagard et à Florent Drouyn, qui lui sont postérieurs, sans vouloir admettre qu'entre les deux époques il ait pu y avoir des ouvrages dignes d'être signalés.

Pas plus qu'une autre contrée, la Lorraine n'a échappé à la loi d'activité qui régit l'histoire de l'art, et les œuvres faussement attribuées à Ligier Richier en sont pour nous la démonstration évidente. Nous citerons en premier lieu un fort joli groupe intitulé *la Charité*.

C'est une femme debout, les seins nus et accompagnée de trois petits
enfants. Ceux qui, en parlant de ce groupe, ont nommé Ligier Richier,
ont oublié que l'ornement qui encadre une statue et fait corps avec
elle n'est pas une chose arbitraire, mais dénote un goût qui implique

Fig. 166. — La Charité, groupe attribué à Ligier Richier.

forcément une date. Or le socle sur lequel est posée la Charité appartient par le style à la fin du xviᵉ siècle, ou même au commencement
du xviiᵉ.

On pourrait objecter que ce socle a pu être fait postérieurement
à la statue elle-même. Mais la coiffure des petits enfants, la manière
dont les mèches s'arrangent sur le front, trahissent l'époque de

Henri IV, et ne peuvent concorder avec Ligier Richier, qui est mort en 1572. La même coiffure se retrouve dans la tête d'ange placée en dessous du groupe, et les formes des figures sont absolument conformes avec le style des ornements à enroulements qui forment le piédestal. Pour voir l'énorme différence qui sépare le goût de la Renaissance de celui de l'époque à laquelle on peut attribuer cet ouvrage, il suffit de jeter un coup d'œil sur les délicates arabesques, qui décorent les pilastres du monument de Hatton-Chatel dont nous avons parlé plus haut.

Quel est l'auteur de ce groupe d'ailleurs assez élégant ? C'est ce qu'il nous est impossible de dire. Les infatigables chercheurs de la Société d'archéologie lorraine trouveront peut-être un jour, dans les pièces relatives aux monuments pour lesquels ces ouvrages ont été faits, des documents ou des comptes de payement qui feront surgir des noms nouveaux dans l'histoire de l'art. Mais il y a là de sérieuses difficultés, car plusieurs sculpteurs lorrains ont porté le nom de Richier, entre autres le fils de Ligier Richier lui-même. On connaît encore un Jean Richier, qui fut contemporain de Callot et un Jacob Richier, qui, en 1635, exécutait à Lyon une statue en bronze.

Ce que nous voulions établir, c'est que l'école lorraine du xviie et du xviiie siècle a eu des aïeux et que depuis Ligier Richier jusqu'aux Adam et à Clodion, le pays n'a pas cessé de produire des sculpteurs de talent. C'est à l'érudition à nous apprendre le nom des artistes qui florissaient entre la Renaissance et l'époque dont nous allons nous occuper.

CALLOT

JACQUES CALLOT, né à Nancy en 1592, est issu d'une famille qui était fort considérée en Lorraine. Il était fils de Jean Callot, héraut d'armes de Lorraine et de Barois, et de Renée Brunehault, fille de Jacques Brunehault, médecin de Christine de Danemark, duchesse douairière de Lorraine. Ses parents le destinaient à l'état militaire, mais il était entraîné vers une autre direction par un penchant irrésistible. Il s'était lié de bonne heure avec trois jeunes gens

Fig. 167. — Les Bohémiens, fac-similé d'une estampe de Callot.

appelés tous les trois à devenir artistes. C'étaient Israel Henriet, Bellange et Claude de Ruet. Le père d'Israel Henriet était un peintre qui
jouissait d'une certaine renommée à la cour des ducs de Lorraine, où
il avait été appelé par Charles III, et qui, voulant pousser son fils dans
la même carrière, l'envoya de bonne heure en Italie, où il eut pour
compagnon Claude de Ruet. Tandis que Callot était resté à Nancy,
ses camarades plus heureux étaient à Rome chez le Florentin Tempesta, où ils s'exerçaient à peindre des batailles, des chasses et des
sujets de fantaisie.

Callot conçut un morne chagrin de se voir obligé de vivre en
homme de cour tandis que les autres se préparaient à devenir artistes.
Les lettres de ses camarades parlaient avec enthousiasme de l'Italie.
L'enfant ne put résister à son désir de visiter aussi la terre classique
des arts. Oubliant à la fois le chagrin qu'il allait causer à sa famille et
les difficultés insurmontables contre lesquelles il aurait à lutter, Callot
quitta à douze ans la maison de son père.

Sans argent, sans recommandations, et sans se rendre compte
des distances, l'enfant prit la route d'Italie et se mit à marcher devant
lui. Bientôt pourtant il ne sut plus comment continuer sa route, mais
sa résolution n'en fut pas ébranlée. Ayant rencontré une troupe de
bohémiens qui se rendait à Florence, il se joignit à eux, et pendant
deux mois fit partie de leur bande.

Plus tard il a retracé dans quatre pièces charmantes les mœurs
étranges de ses compagnons de voyage. La misère de ces gens qui ne
possédaient, selon l'expression de l'artiste, « que des choses futures »,
leurs costumes bizarres, leurs maigres montures avaient vivement
impressionné le jeune homme. On voit dans les gravures de Callot
que l'industrie de « ces braves messagers » ne les enrichissait pas
beaucoup, bien que, sous prétexte de bonne aventure, elle consistât
principalement dans le vol et le pillage.

M. Arsène Houssaye décrit d'une façon piquante la *Halte des
bohémiens :* « La troupe s'est arrêtée avec armes et bagages, dans un
grenier à foin couvert de roseaux. Sur le premier plan, un homme à
pied et une femme à cheval arrivent en traînards, avec grand renfort
de butin : lapins, poulardes, agneaux et autres menues rapines. La
femme va descendre de cheval ; avec ses cheveux épars, son collier
de verroterie, sa draperie rayée, son sourire mutin, elle est agréable

Fig. 168. — Le Char du Soleil.

à voir. Un galant bien équipé lui offre gracieusement la main ; comme contraste, son compagnon d'aventures est bien le plus splendide coquin qu'on puisse imaginer : carabine, sabre, coutelas, rien ne lui manque. Le reste de la troupe est déjà installé à ce point que les cochons qui habitaient le rez-de-chaussée du grenier à foin ont pris la fuite dans leur panique : les pauvres bêtes n'avaient jamais vu si mauvaise compagnie. Leur fuite est plaisante ; ils renversent tout sur leur passage, même les bohémiens. Devant l'habitation se pavanent avec leurs guenilles majestueuses et leurs coiffures pittoresques, les dignitaires de la bande : à la suite de ce groupe qui sent la canaille bien née se dresse une échelle où grimpent des enfants qui vont au grenier... »

Cette vie désordonnée semble n'avoir exercé aucune influence sur la moralité de Callot, qui ne vit dans les bohémiens que des figures plus pittoresques à dessiner que les autres, et s'empressa de les quitter dès qu'il arriva à Florence. « Sa gentillesse, dit M. Meaume, le fit bien accueillir par un officier du grand-duc qui, au récit de son escapade, prit intérêt à lui et le fit entrer dans l'atelier de Canta-Gallina, peintre, ingénieur et graveur, qui lui donna des leçons de dessin, et le fit aussi graver au burin. Pour détruire le goût déjà très-prononcé que Jacques Callot avait pour le grotesque, Gallina lui fit copier les bons ouvrages des grands maîtres. »

Au bout de quelque temps cependant, Callot avec l'inconstance naturelle à cet âge, quitta Florence pour aller à Rome, où étaient ses camarades. Il n'eut pas le temps de les voir, car, à peine arrivé, il fut reconnu par des marchands de Nancy qui l'emmenèrent avec eux malgré ses cris.

Reconduit chez ses parents, le jeune Callot dut reprendre le cours interrompu de ses études, et fut contraint d'abandonner les rêves qu'il avait cru un moment pouvoir réaliser. Cependant la persistance de ses résolutions fut plus forte que la volonté de ses parents, et il trouva moyen de s'échapper une seconde fois et même d'aller jusqu'à Turin. Mais sa mauvaise chance lui fit rencontrer en cette ville son frère aîné qui le prit de force, et l'obligea de reprendre le chemin de Nancy.

Callot continua néanmoins à vouloir être artiste, et, profitant du peu d'expérience qu'il avait acquise à Florence, il grava au burin une

opie d'un portrait de Charles III, duc de Lorraine. Son père, voyant
a persistance des goûts du jeune homme qui avait alors seize ans,
init par se laisser fléchir ; seulement, voulant lui faire faire le voyage
l'Italie en bonne compagnie, il profita d'une ambassade que le duc de
Lorraine envoyait au Pape, pour placer son fils parmi les gens qui
ormaient la suite de l'ambassadeur.

Arrivé à Rome, Callot entra chez Tempesta, où il retrouva ses
leux anciens camarades, Israel Henriet et Claude de Ruet. Mais il
quitta bientôt Tempesta pour se mettre sous la direction de Thomas-
in, graveur français établi à Rome. Thomassin n'était pas un homme

Fig. 169. — La Paresse.

sans talent, mais il faisait beaucoup d'ouvrages de pacotille et se
faisait aider par des jeunes gens qu'il payait à la journée. Callot resta
trois ans en apprentissage chez ce maître, qui était déjà vieux et avait
une jeune femme dont il était fort jaloux.

Félibien dit simplement à ce sujet : « Il fut obligé de quitter
son maître, qui eut quelque sujet de jalousie à cause de la familiarité,
peut-être trop grande, que Callot, alors jeune et bien fait, avait avec
sa femme. » M. Meaume ajoute : « On a brodé sur ce simple passage
des aventures extraordinaires. Sous la plume des romanciers, Callot
est devenu un Lovelace, un Saint-Preux, voire même un personnage
du drame moderne. Parmi ces fictions, la plus ancienne en date se
trouve dans un recueil intitulé *Curiosités galantes*, Amsterdam ;

1687. Le conte dont notre artiste est le héros a pour titre : le *Tableau parlant.* »

Quoi qu'il en soit, Callot ne tarda pas à quitter Rome pour aller se fixer à Florence, où il fut fort bien accueilli par le grand-duc. C'est de ce second séjour à Florence que date véritablement le talent de l'artiste, qui jusque-là n'avait encore rien produit qui lui fût bien personnel.

Parmi les pièces qui furent remarquées à son début, il faut noter celles qui furent gravées à l'occasion des fêtes données au duc d'Urbin pendant le carnaval de 1615 (fig. 168). La mythologie et les personnages allégoriques prirent sous la pointe de l'artiste un caractère tout à fait piquant, et sa manière de graver montre dans l'exécution même un talent déjà très-personnel.

On lit dans Félibien : « Ce fut après avoir considéré le pavé du dôme de Sienne, fait par Duccio, que Callot se proposa de ne faire qu'un seul trait pour graver les figures, grossissant plus ou moins les traits avec l'aiguille ou l'échoppe, sans se servir de hachures, voyant que dans les petites choses, cela faisait un bon effet et les rendait avec plus de netteté. En quoi il a été imité depuis, non-seulement dans de petites figures et par des graveurs à l'eau-forte, mais dans de grandes ordonnances, et par des graveurs au burin. »

La manière de l'artiste est encore plus caractérisée dans les *sept péchés capitaux,* suite de figures allégoriques se détachant sur des fonds entièrement blancs. *L'orgueil* est caractérisé par une femme richement vêtue qui se regarde dans un miroir à côté d'un paon qui fait la roue, la *paresse* par une femme assise à côté d'un âne (fig. 169), la *gourmandise* par une femme accompagnée d'un pourceau et tenant en main une bouteille, etc.

Une autre suite, qui est extrêmement populaire et traduit bien l'esprit grotesque et enjoué de Callot dans sa jeunesse, est celle qui a pour titre *Balli* ou *Curucucu*. Elle se compose de vingt-quatre pièces, représentant des personnages de la comédie italienne, figurés deux à deux et dans des attitudes bouffonnes. Le nom de chaque personnage est indiqué au bas et leurs attitudes nous fournissent les documents les plus curieux sur les amusements populaires des Florentins au XVIIe siècle (fig. 170 à 177).

L'artiste met en scène tantôt une femme avec un homme, tantôt deux hommes ensemble. Des conversations, des danses, des combats, des déclarations amoureuses, sont représentés par une pantomime vive et accentuée où la musique joue d'ailleurs un grand rôle.

Fig. 170. — Cerimonia et Lavinia.

Tous nos matamores de théâtre, nos saltimbanques des foires, nos danseurs de tréteaux peuvent apprendre dans les jolies eaux-fortes de Callot comment on se grime, comment on se pourfend sans se faire du mal, comment on se contourne sans se briser les os et surtout

Fig. 171. — Gian Fritello et Ciurlo.

comment on amuse la galerie. Les Italiens sont passés maîtres dans ce genre de spectacle, qui exige avant tout la souplesse dans les membres et la mobilité dans le jeu. Une grande partie des farces de nos jocrisses de village a son origine en Italie, où ce genre de comédie en plein air a été particulièrement populaire au xviie siècle.

L'Italie a toujours le don de séduire les artistes, seulement cha-

Fig. 172. — Scaramucia et Fricasso.

cun d'eux y voit une chose différente selon son tempérament propre. Il est certain que Callot a vu, comme les autres, les bas-reliefs et les grandes fresques de la Renaissance, et il est probable qu'il en a été frappé. S'il ne s'en est pas inspiré, c'est qu'il avait en lui une origina-

Fig. 173. — Scapino et Zerbino.

lité propre, plus puissante que l'admiration, et que la nature lui paraissait une source féconde où l'artiste peut toujours puiser.

Il est certain que Callot, pendant son séjour à Rome, a dessiné

outes les ruines qu'il a rencontrées, et il les a même utilisées dans
es compositions toutes les fois qu'il en a trouvé l'occasion. On en

Fig. 174. — Fracischina et Gian Farina.

oit la preuve dans son *Saint Sébastien* dont le musée du Louvre
ossède le dessin original.

La scène se passe près des ruines d'un amphithéâtre. Un peuple

Fig. 175. — Lucia et Trastullo.

nmense est rassemblé sur une vaste place au milieu de laquelle le
aint est attaché à un poteau, tandis que les archers décochent contre
ii leurs flèches.

Aucun artiste dans aucun temps n'a su exprimer comme Callot le frémissement de la foule.

La grande foire de Florence, qui se passait à la fête de Saint-

Fig. 176. — Franca Trippa et Fritellino.

Luc, devant l'église de l'Imprunetta, où il y avait une image de la Vierge attribuée à saint Luc lui-même, a inspiré à Callot une de ses estampes les plus recherchées.

A propos de cette pièce, Baldinucci rapporte l'anecdote suivante : « J'ai connu dans mon enfance le docteur Cicognini. C'était un ami intime de Callot dont il vantait souvent le génie inventif. Sa mer-

Fig. 177. — Taglia Cantoni et Fracasso.

veilleuse facilité de conception, disait-il, était égale à l'habileté de sa main. Souvent, après avoir tiré l'épreuve d'une eau-forte, il découvrait qu'un groupe de petites figures remplissait bien un espace vide,

Fig. 178. — Le Martyre de saint Sébastien, fac-simile d'une gravure de Callot.

et soudain il se mettait à le graver du premier jet. Je lui ai vu plusieurs fois exécuter devant moi ce tour de force, et entre autres sur
la magnifique planche qui représente la Foire de l'Imprunetta. »

Callot est le dessinateur des multitudes ; sur ses planches si
petites, il sait mettre en scène tout un peuple. C'est ce qui lui a
permis de traiter avec une très-grande supériorité des sujets compliqués comme le *Passage de la mer Rouge*. Moïse tenant une baguette
est au premier plan à côté d'Aaron, et le peuple de Dieu, qui vient de

Fig. 179. — Les yeux, fac-simile d'une gravure de Callot.

traverser, emporte l'arche et gravit la montagne. Au fond, l'armée de
Pharaon poursuit les Israélites et va être engloutie par une vague
immense qui s'élève sur l'ordre du prophète.

Cette planche a été gravée à Nancy, où l'artiste était retourné
après un séjour de plusieurs années en Italie. La jolie série des
Nobles et celle des *Gueux* se rattachent à la même époque. Callot
était alors au comble de la gloire ; il se maria en 1625, et fut appelé
peu de temps après dans les Pays-Bas pour graver la *Prise de
Bréda*. Pendant son séjour à Bruxelles, il connut Van Dyck qui fit,
d'après lui, un admirable portrait reproduit dans une gravure de
Vostermann.

Fig. 183. — La petite vue de Paris, fac-simile d'une gravure de Callot.

Après avoir gravé les six pièces relatives au siége de Bréda, Callot fut chargé d'organiser à Nancy un grand carrousel dont le duc de Lorraine devait être le héros. Cette fête était une galanterie du duc de Lorraine à la duchesse de Chevreuse, qui s'était réfugiée dans ses États après ses querelles avec le cardinal de Richelieu.

Ces fêtes nous ont valu les deux superbes planches connues sous le nom de la *Carrière* et le *Parterre*. Callot fit à la duchesse de Chevreuse une dédicace qui mérite d'être rapportée :

MADAME,

Cette Royale Maison, à qui Monseigneur vostre Mary doibt la gloire de son Sang, a de tout temps accoustumé de passer les heures du loisir en des exercices que la vertu ne peut désavouer. C'est pourquoi son Altesse, continuant les nobles coustumes de celles de ses ancêtres, a voulu, par sa propre personne, en l'année présente, sous des feintes utiles, animer les images de la vérité. A cet effet, *m'ayant honoré par son commandement, du soing des Machines avec le sieur de Ruet, de qui le pinceau, par son rare artifice, donne chaque jour des leçons au naturel;* elles n'ont pas esté trouuees du tout différentes de ses intentions. Mais, afin que ses gestes héroïques, qui seront à jamais présents à ceux qui les ont admirés, puissent approcher le sens des plus esloignez, *je tasche d'en faire vivre les figures par mes crayons,* en recherchant pour elles le jour de celle qui le donne. C'est vous, Madame, que la France ayant reconnue pour la lumière des perfections, estes venue recevoir le même suffrage de nos yeux, de nos voix et de nos cœurs. Nous confessons, belle Princesse, que la Lorraine ne vit jamais tant de beautez, en cela tant plus glorieuses qu'elles ne sont pas estrangères. Madame, c'est icy le Ciel où vostre Soleil doit naturellement reluire pour s'estre joinct à ce grand Mars qui relève de lui son origine. Je sais que vostre esprit et vostre corps estant les plus signalez miracles du Ciel et de la Nature, ne se peuvent plaire qu'en des entretiens qui respondent à leurs qualitez. Mais, si tant de belles actions illustrées par les rayons de votre présence, se sont renduës agréables à vos yeux, je me suis flatté de cette créance que les idées en seraient encore douces à vostre bel esprit. Je les offre votre Grandeur, Madame, avec la mesme révérence qui nous oblige au respect des Divinités, de qui les effigies sont vivantes en celles de vostre rang. Et, comme leurs célestes qualités sont naïvement représentées par les vostres, j'attends de vous la même grâce qu'elles font à ceux qui s'approchent de leurs autels, l'offrande et le cœur à la main, vous suppliant en toute humilité d'authoriser ma dévotion. La faveur en sera plus grande que le mérite, si, en les honorant du mesme œil que vostre douceur daigne jetter sur les oblations qui luy sont faites, vous me permettez de me dire éternellement,

Madame,

Votre très-humble et très-obéissant serviteur,

JACQUE CALLOT.

Fig. 181. — Le Passage de la mer Rouge, fac-simile d'une gravure de Callot.

La Rochelle venait de succomber sous les coups du cardina.
de Richelieu. Callot fut appelé à Paris pour faire un travail semblable
à celui qu'il avait exécuté à propos de la prise de Bréda dans la
guerre des Pays-Bas. Il retrouva à Paris son ami d'enfance, Israël
Henriet, qui était également graveur et, de plus, marchand d'estampes.
Callot exécuta pour lui divers ouvrages, entre autres des vues de
Paris, et Israël devint bientôt l'éditeur de toutes les planches de son
ami.

Après une année de séjour à Paris, Callot revint à Nancy. Une
contestation s'étant élevée peu après entre le roi de France et le duc
de Lorraine, Louis XIII vint assiéger Nancy, dont le cardinal de
Richelieu lui fit ouvrir les portes par ruse. Il faut, à ce sujet, signaler
un trait qui fait le plus grand honneur au caractère de Callot.

« Le roi, dit Félibien, ayant assiégé et réduit à son obéissance la
ville de Nancy en 1633, envoya querir Callot, et lui proposa de représenter cette nouvelle conquête, comme il avait fait la prise de la
Rochelle ; mais Callot pria sa Majesté, avec beaucoup de respect, de
vouloir l'en dispenser, parce qu'il était Lorrain et qu'il ne croyait devoir
rien faire contre l'honneur de son prince et contre son pays. Le roi
reçut son excuse en disant que le duc de Lorraine était bien heureux
d'avoir des sujets si fidèles et si affectionnés. Quelques courtisans,
n'approuvant pas le refus qu'il avait fait, dirent assez haut qu'il fallait
l'obliger d'obéir aux volontés de Sa Majesté ; ce que Callot ayant
entendu, il répondit aussitôt avec beaucoup de courage qu'il se coupe-
rait plutôt le pouce que de faire quelque chose contre son honneur si
on voulait le contraindre. »

Callot composa, à l'occasion de la guerre dont il avait été
témoin, la série de gravures connue sous le nom de *Misères
de la guerre*. Sa santé commençait à péricliter et il avait l'intention d'aller chercher à Florence un climat plus doux, mais il n'en eut
pas la force et succomba dans sa quarante-troisième année en 1635.

La fantaisie et souvent aussi la verve satirique dominent dans
la plupart de ses ouvrages. Mais s'il a fait des diableries étranges
comme la *Tentation de saint Antoine,* s'il a cédé à des caprices quelquefois bizarres quoique toujours amusants, il a abordé aussi les
sujets religieux, et les a traités, sinon avec une grande élévation de
style, du moins avec une mise en scène toujours piquante et variée,

Fig. 182. — Les misères de la guerre, fac-similé d'une gravure de Callot.

On a beaucoup débattu la question de savoir si Callot avait peint. M. Meaume paraît en douter. « Ce qui a fait attribuer à Callot les tableaux qu'on voit à Rome, à Florence, à Venise, à Munich et à Nancy, c'est que presque toutes sont des imitations des gravures qu'il a faites. Cela ne prouve rien autre chose, sinon que la réputation de l'artiste était telle, que des peintres, plus ou moins habiles, n'ont pas hésité à fixer sur la toile ses compositions gravées. C'est peut-être la seule fois que les rôles auront été intervertis, et ce nouveau genre de gloire était réservé à l'illustre Lorrain. Le fait n'en est pas moins certain, et l'on ne fera jamais croire à personne que Callot ait pu peindre en Italie, et dans le goût de l'école italienne, la série de douze tableaux qu'on montre au palais Corsini, et que Nibbi appelle la vie du soldat en les attribuant à notre maître. On a vu que les gravures originales ont été inspirées à Callot lors de l'invasion de la Lorraine, quinze ou dix-huit mois avant sa mort; les tableaux n'ont donc pu être exécutés en Italie. »

Aux raisons fournies par l'érudition, nous croyons pouvoir en ajouter une autre pour rejeter l'idée que Callot soit l'auteur des tableaux qu'on lui attribue; c'est qu'ils ne sont pas bons. Le grand artiste a été inimitable comme graveur et comme compositeur; sa place est au premier rang, et la question de savoir s'il a tenu ou non un pinceau ne peut rien ajouter ni rien ôter à sa gloire.

BELLANGE

BELLANGE, dont le nom est oublié aujourd'hui, a été très-célèbre en Lorraine. Contemporain de Simon Vouet, il a été assimilé de son vivant aux plus grands artistes de cette époque et il est plus facile de constater sa réputation que de l'expliquer par ses travaux. Compositeur bizarre, Bellange, bien qu'ayant toujours fait de la peinture décorative, n'a jamais pu s'élever au style monumental. Parmi les ouvrages qui lui sont attribués à Nancy, le meilleur assurément est le tableau qui est connu sous le nom d'*Assomption* des Minimes et qui se voit à la cathédrale. On voit au bas le duc Charles III avec les princes

et princesses de sa famille, et autour de la toile, des médaillons représentant les mystères du Rosaire. Toutefois l'attribution de cette peinture a été contestée par le savant archiviste de Nancy, M. Henri
Lepage : « Cette assomption, dit-il, est généralement attribuée à Jacques
Bellange ; mais tout nous porte à croire que son véritable auteur
est Jean de Wayembourg, qui fut peintre de Charles III, de 1592
à 1602. »

Bellange a fait des gravures qui ne sont pas dépourvues de
mérite.

DERUET

CLAUDE DERUET ou DERVET est né à Nancy en 1588 ; il étudia
d'abord sous Israël Henriet et partit de bonne heure pour l'Italie,
où il retrouva son compatriote Callot. En 1621, on le retrouve à
Nancy, où il est directeur des fêtes du duc Henri II de Lorraine, et
en 1626, il était dans la même ville occupé à décorer la voûte
de l'église des Carmes. C'est à cette époque que Deruet occupa
Claude Lorrain, qui avait alors vingt-six ans, à peindre l'architecture
dans ses compositions. On sait que Claude Lorrain, ayant vu un doreur
tomber de l'échafaudage où ils étaient ensemble, fut dégoûté de ce
travail, et renonça à la décoration pour retourner en Italie.

Il existe au musée d'Orléans quatre tableaux de Deruet, qui proviennent du château de Richelieu ; on prétend que les paysages de ces
tableaux ont été peints par Claude Lorrain. Le fait est peu probable
attendu que ces tableaux portent la date en 1641, et qu'à cette époque
Claude Lorrain habitait depuis longtemps l'Italie. Toutefois il paraît
certain que ces paysages, dont le faire est d'ailleurs très-inégal, ne
sont pas de la main de Deruet qui a peint seulement les figures. Au
reste, on se demande comment le cardinal de Richelieu a pu confier
la décoration de son château à un peintre aussi médiocre que Deruet.
Il est probable que ce choix a été de sa part un simple acte de cour-
tisan, car Deruet, fut appelé à Paris pour être professeur de dessin de
Louis XIII, conjointement avec Simon Vouet, et il paraît qu'il plaisait

singulièrement au roi. Louis XIII a même dessiné un portrait de Deruet, à l'occasion duquel on a fait les vers suivants :

> On sait à quelle gloire Apelle osa prétendre
> Par ce fameux portrait que laissa d'Alexandre,
> Son pinceau dans la Grèce autrefois adoré;
> Mais quoi qu'on ait écrit, je prise davantage
> Cet illustre crayon, où, par un rare ouvrage,
> Des mains d'un Alexandre un Apelle est tiré.

On a fait beaucoup de bruit à propos d'une querelle que Deruet aurait eue avec Callot, mais M. Meaume a montré l'exagération des récits qu'on avait faits sur ce sujet. Deruet, qui a été anobli en 1621 par le duc de Lorraine, est un artiste complétement oublié aujourd'hui et dont les ouvrages sont d'ailleurs fort rares.

CLAUDE LORRAIN

C LAUDE GELLÉE, dit Claude Lorrain, est né en 1600 au château de Chamagne, sur les bords de la Moselle, dans le diocèse de Toul. La biographie de cet artiste, particulièrement pour ce qui concerne sa jeunesse, a été complétement travestie; montrer un jeune garçon presque idiot, incapable d'apprendre quoi que ce soit, dépourvu de toute éducation, qui commence par être apprenti pâtissier, puis est subitement illuminé par le génie et devient un admirable artiste, c'était un thème trop piquant pour n'être pas adopté de suite par les écrivains amis du romanesque.

Il résulte des détails donnés à Baldinucci par Joseph Gellée, neveu du peintre, que le grand artiste lorrain, orphelin à douze ans, fut amené à Fribourg en Brisgau, chez son frère, habile graveur, qui lui enseigna les éléments du dessin, et surtout du dessin ornemental. Un de ses parents, marchand de dentelles, l'emmena plus tard à Rome, où il travailla avec ardeur. Il alla ensuite à Naples, où il apprit les principes de l'architecture, puis revint à Rome se mettre sous la direction d'Agostino Tassi, habile élève de Paul Bril, qui le prit en amitié

LES CHÈVRES, DESSIN DE CLAUDE LORRAIN

(Musée de Florence).

t chez lequel il demeura plusieurs années. Mais il n'a jamais été,
omme on l'a dit, le domestique d'Agostino Tassi ; cette fable vient
le ce que Claude a dû, comme cela se faisait toujours à cette époque,
e conformer à toutes les conditions imposées à l'apprentissage. Il a
ela de commun avec tous les artistes qui ont fait leurs études avant
'établissement des académies et des grandes écoles publiques.

En 1625, Claude revint à Nancy et prit de l'occupation chez
Deruet, qui l'employa à peindre l'architecture dans sa décoration de
'église des Carmélites. Un accident arrivé à un doreur qui tomba

Fig. 183. — Le Bouvier, par Claude Lorrain.

e son échafaudage le dégoûta, dit-on, de la décoration. Ce qui est
ûr, c'est qu'il resta peu de temps dans sa ville natale et retourna
ientôt en Italie.

En 1627, Claude était établi à Rome, et deux tableaux exécutés
ar lui pour le cardinal de Bentivoglio eurent un tel succès que le
ape Urbain VIII se déclara son protecteur. Il se lia avec le Poussin,
t ces deux grands maîtres vécurent de longues années dans l'intimité,
ans toutefois exercer une bien grande influence l'un sur l'autre. Le
Poussin est le peintre du raisonnement et de la réflexion : Claude
Lorrain n'a jamais traduit que des impressions. « Les tableaux de ce

grand maître, dit l'historien Lanzi, embrassent des campagnes immenses, peuplées de mille objets différents. Le spectateur se lasse, pour ainsi dire, dans l'étude des collines, des bois, des étangs qu'il lui fait parcourir. L'éclat du soleil resplendissant dans les cieux ou sur les eaux; les vapeurs ardentes et dorées dont est chargé l'horizon au coucher de cet astre; le demi-jour et la fraîcheur du matin; les tons roussâtres dont brille, vers le fond d'un paysage, un temple circulaire frappé par des rayons inclinés; la transparence d'un lac; la forme et le coloris particulier du feuillage de chaque arbre et de chaque plante, quel artiste imita jamais ces objets avec autant d'habileté? »

Deux traits caractéristiques distinguent les ouvrages de Claude

Fig. 184. — Une ruine, par Claude Lorrain.

Lorrain, l'heureuse disposition des lignes et l'harmonie exquise des teintes. Contrairement aux habitudes de nos paysagistes modernes, Claude Lorrain ne peignait presque jamais d'après nature, mais il dessinait beaucoup dans la campagne et exécutait ensuite ses tableaux d'après un mode déterminé. Ses tableaux représentent quelquefois un site qu'il a vu, mais bien plus souvent une scène qu'il a arrangée. L'architecture et les navires y jouent un grand rôle, car il est peintre de marines et de monuments autant que paysagiste.

Presque tous les grands musées possèdent des ouvrages de lui; il y a au Louvre deux tableaux de Claude Gellée, le *Siége de la Rochelle, en 1628,* et le *Pas de Suze forcé par Louis XIII en 1629,* dont les figures ont passé pour être de Callot. La notice du Louvre,

CL. LORRAIN DEL.   L. GAUCHEREL SCULP

FAC SIMILE D'UN DESSIN DE CL. LORRAIN.
(Musée de Vienne.)

L'Art en Alsace-Lorraine.   Imp. A. Salmon, Paris.

Fig. 185. — Croquis au lavis, par Claude Lorrain.

publiée en 1841, l'affirme, et Robert Dumesnil lui-même paraît l'accepter. Le Catalogue de 1820 attribuait ces deux tableaux, non à Claude Gellée, mais à J. Courtois, et Villot, dans les dernières notices, laisse les tableaux à Claude Gellée, mais donne les figures à Courtois. M. Meaume conteste absolument les figures à Callot, et personne n'est plus que lui autorisé à trancher une pareille question.

Outre ses tableaux, Claude Lorrain a fait une immense quantité de dessins et des gravures à l'eau-forte très-recherchées. Il a réuni ses

Fig. 186. — La danse au bord de l'eau, par Claude Lorrain.

principales compositions dans une série de dessins, qui est connu sous le nom de *Livre de vérité*, et avait, dit-on, pour but d'empêcher les contrefaçons de ses ouvrages déjà très-nombreuses de son vivant.

Claude Lorrain est mort à quatre-vingt-deux ans : il a eu un très-grand nombre d'imitateurs, mais il n'a formé en somme qu'un très-petit nombre d'élèves, et il demeure dans l'histoire de l'art comme une figure en quelque sorte isolée, et, en tout cas, profondément originale.

FAC SIMILE D'UN DESSIN DE CL. LORRAIN.

Imp. A. Salmon, Paris.

Fig. 187. — Croquis à la plume, par Claude Lorrain

POERSON

CHARLES POERSON, de Metz, qui fut admis en 1651 à l'Académie de peinture et de sculpture, au moment de la jonction avec le corps des jurés de la maîtrise, a eu autrefois une grande célébrité, bien que son nom soit aujourd'hui tombé dans l'oubli le plus profond. Ses ouvrages, que la spéculation a sans doute fait passer sous d'autres noms, sont à peu près introuvables, même dans son pays natal. Son fils, Charles-François Poerson, qui fut peintre d'histoire, académicien, directeur de l'Académie de France à Rome et prince de l'académie de Saint-Luc, n'a guère, plus que son père, échappé à l'oubli. Ses rapports au ministre, comme directeur de l'Académie de France, sont à peu près tout ce qu'on connaît de cet artiste, et ils touchent bien moins à l'art qu'à la politique. Il a fait un tableau, qu'on a longtemps vu au palais du grand Trianon, et qui représentait la jonction projetée de l'Académie royale de Paris avec l'académie de Saint-Luc à Rome. Les Poerson, qui ont reçu de leur vivant tous les honneurs que peut ambitionner un artiste, et ont été, en quelque sorte, la personnification de l'art officiel, ne sont guère connus aujourd'hui que des érudits et n'occupent qu'à titre de souvenir historique une place dans l'école française.

ISRAEL SILVESTRE

ISRAEL SILVESTRE, né à Nancy en 1621, était fils d'un peintre qui lui donna les premières notions du dessin. Mais ayant perdu son père fort jeune, il fut envoyé à Paris chez son oncle Israël Henriet, qui était un ami de Callot. Ce fut en faisant des dessins à la plume d'après Callot, qu'il développa peu à peu son goût; mais, ne voulant pas être un simple copiste, il se mit bientôt à travailler d'après nature

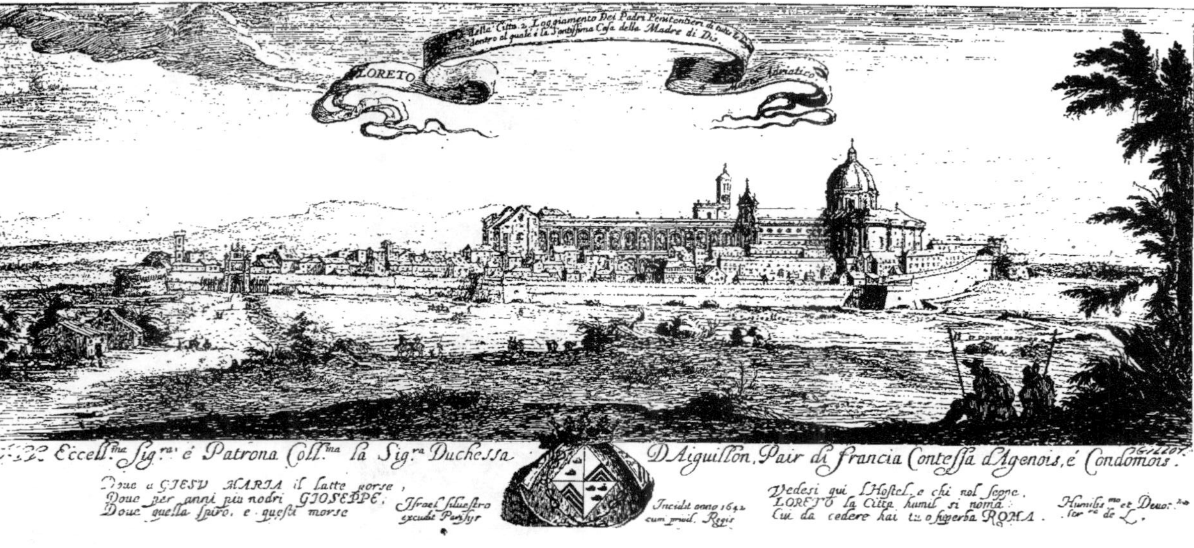

Fig 188. — Vue de Loreto, fac-similé d'une gravure d'Israël Sylvestre.

aux environs de Paris. Ensuite il alla visiter l'Italie, où il resta assez longtemps, et parcourut également plusieurs provinces de France.

Partout où Israël Sylvestre a passé, il a fait des petits dessins d'une étonnante précision. qu'il gravait ensuite quand il était rentré chez lui. Ses estampes, exécutées avec beaucoup de charme et d'esprit, forment dans leur ensemble le plus curieux album de voyage qu'on ait sur le xviie siècle. On peut, en quelque sorte, suivre l'artiste pas à pas dans les contrées qu'il a parcourues, et l'extrême fidélité de ses représentations permet de reconstituer une foule d'édifices disparus ou transformés depuis cette époque.

En Italie, il a fait un assez grand nombre de vues de Rome,

Fig. 189. — Vue de Rome, d'après une gravure d'Israël Sylvestre.

entre autres une série célèbre qui contient douze pièces. Outre les vues d'ensemble, il a gravé des jardins, des fontaines, des ruines, des monuments de tout genre, non-seulement à Rome, mais encore à Naples et dans toutes les parties de l'Italie. On peut s'en faire une idée d'après la jolie église de Loreto que nous reproduisons.

« Le roi de France, dit Mariette, connaissant sa capacité, le choisit pour dessiner et graver les vues de toutes les maisons royales, celles des places conquises par Sa Majesté, et plusieurs autres ouvrages qui sont présentement dans son cabinet. Ces ouvrages considérables lui méritèrent l'honneur de montrer à dessiner à monseigneur le Dau-

Fig. 190. — Fac-simile d'une gravure d'Israël Sylvestre.

phin, ce qui fut suivi de pensions considérables et d'un logement dans le Louvre. »

La transformation de nos campagnes, sous le rapport pittoresque, est très-curieuse à étudier dans les anciennes estampes et particulièrement dans celles d'Israël Sylvestre. Voici, par exemple, une vue de Saint-Cloud, prise du coteau de Bellevue qui était alors couvert de champs et de pâturages. Plus d'un promeneur du dimanche ne s'y reconnaîtrait pas.

Le changement est encore plus grand si nous nous transportons à Charenton. Le grand pont monumental qu'on voit du chemin de fer indique assurément les progrès de la civilisation, mais combien le

Fig. 191. — Gravure d'Israël Sylvestre.

vieux pont de Charenton était plus pittoresque, avec ses moulins délabrés dont les poutres vermoulues plongeaient dans l'eau. Le paysage accidenté comme l'ont compris les artistes du xviie siècle ne se trouve plus guère aujourd'hui dans la nature, et c'est pour cela que les paysagistes modernes, n'étant plus frappés par les sites piquants et animés que les anciens aimaient tant, s'attachent davantage à la couleur et à l'effet.

« Israël Sylvestre, dit M. Duplessis[1], a une pointe pittoresque qui rend, avec une exactitude agréable et nullement aride, nombre de châteaux royaux et de maisons particulières; le dessin de ses

1. Duplessis, *Histoire de la gravure en France.*

Fig. 192. — Fac-simile d'une gravure d'Israël Sylvestre.

planches est soigné, précis et tout à fait estimable. Aucun artiste n'a rendu avec autant de bonheur ces splendides habitations que la France possédait alors en grand nombre, ces jardins symétriquement plantés, ces parterres fleuris et ces allées droites, où les galants pouvaient difficilement éviter le regard des curieux. C'est tantôt une *Vue de Rambouillet près la porte Saint-Antoine,* la propriété du beau-père de Tallemant des Réaux, tantôt une vue de Nancy ou de Lyon, tantôt aussi un simple paysage inventé par l'artiste avec la verve d'un peintre. Lorrain d'origine, Israël Sylvestre emploie souvent dans sa gravure un procédé analogue à celui de son compatriote, Jacques Callot; les traits de sa pointe sont verticaux et ne sont coupés que rarement par des contre-tailles; les personnages microscopiques qui se promènent dans les parterres, et qui indiquent la proportion des monuments, sont exécutés avec liberté et finesse; en un mot, les œuvres très-nombreuses d'Israël Sylvestre ont, à quelques exceptions près, un agrément que les graveurs de topographie ont bien rarement su atteindre. »

Israël Sylvestre est mort en 1691, laissant plusieurs enfants qui furent tous artistes; les plus connus sont Charles-François Sylvestre, qui fut, comme peintre, élève de Parrocel et qui a fait quelques gravures assez estimées, et Louis Sylvestre, qui fut peintre du roi Auguste et obtint un grand succès en Allemagne.

HOUZEAU

J ACQUES HOUZEAU, né à Bar-le-Duc en 1624, appartient au groupe trop oublié des sculpteurs qui décorèrent le parc de Versailles. On ne sait rien sur lui, sinon qu'il épousa la fille du sculpteur Le Hongre, et reçut, en 1663, le brevet de sculpteur du roi « en considération de la capacité qu'il a montrée dans les *belles ouvrages qu'il a faites* (sic) aux bâtiments de Sa Majesté et ailleurs. »

Houzeau a exécuté pour le château de Versailles les statues de de Thalie, Terpsichore, Momus et le dieu Pan. Dans le jardin, il a été chargé de rendre un tempérament, le *Colérique,* et l'a représenté sous la figure d'un homme furieux, et accompagné d'un lion qui lui sert de symbole. Mais c'est surtout dans ses vases, torchères et dans ses groupes d'animaux que Houzeau a montré un talent supérieur. Le *Tigre terrassant un ours* et le *Limier abattant un cerf,* qui ont été fondus en bronze par Keller, sont des ouvrages

Fig 193. — Limier abattant un Cerf, groupe de Houzeau. (Parc de Versailles.)

tout à fait remarquables. Houzeau a également travaillé au bassin de Latone, au bosquet de la salle de Bal, etc. : cet artiste, dont les ouvrages sont beaucoup plus connus que le nom, est mort en 1691.

BERAIN

JEAN BERAIN, né à Saint-Mihiel en 1638, fut nommé, en 1674, dessinateur de la chambre et du cabinet du roi « en conséquence, dit le brevet, de l'expérience qu'il s'est acquise dans la perspective et

les autres parties de la peinture ». Cette charge lui imposait le devoir
de composer et exécuter « toutes sortes de dessins, perspectives, figures
et habits qu'il conviendrait faire pour les comédies, ballets, courses de
bagues et carrousels ». En cette qualité, il occupa quelques années plus
tard le logement laissé vacant au Louvre par son compatriote Israël
Sylvestre.

On n'a pas de renseignements sur l'éducation de Berain ; on le croit
pourtant élève de Gissey, qui avait porté avant lui le titre de dessinateur

Fig. 194. — Panneaux décoratifs par Berain.

de la chambre du roi. Mais il est présumable qu'il reçut également des
conseils de Lebrun, qui fut son grand ami et le parrain de sa petite
fille. On ne connaît d'ailleurs aucun détail sur la biographie de cet
artiste ; on sait seulement qu'il eut un frère, Claude Berain, qui se
distingua comme graveur, et un fils, appelé Jean Berain comme son
père, et comme lui aussi dessinateur d'un grand talent.

Jal, dans son savant Dictionnaire, se plaint de la confusion qu'on

Fig. 195. — Grand trumeau de la galerie d'Apollon par Berain.

fait souvent entre le père et le fils : « La signature tremblante et
mal conformée de Jean Berain le père, en 1707, dit-il, m'avertit qu'à
cette époque et probablement déjà quelques années auparavant, le dessinateur fin et précieux, le graveur à la main légère et délicate, ne
pouvait plus travailler de la main ni du crayon ; je crois donc qu'il
faut rendre à Jean II les ornements de la galerie d'Apollon et du château du Louvre, attribués à Jean Ier et gravés en 1717 et 1711 par

Fig. 196. — Panneaux décoratifs par Berain.

Berain et Chauveau. Il y a bien d'autres pièces encore qu'on devra
restituer à Berain le fils, dont la manière et le style sont de tout point
semblables à ceux de son père. »

Il est fort difficile, en somme, de discerner les œuvres du père et
celles du fils, puisqu'ils ont fait le même genre et rempli les mêmes
fonctions, mais la distinction qu'on en pourrait faire ne présente au
point de vue de l'art qu'un intérêt assez secondaire. Le nom de Berain

Fig. 197. — Panneaux décoratifs par Berain.

sera toujours populaire parmi les artistes qui travaillent pour l'industrie, parce qu'il rappelle à leur souvenir de charmants panneaux décoratifs, auxquels ils ont souvent recours quand ils veulent faire du style Louis XIV. Berain n'a pourtant pas l'ampleur et l'originalité de Lepautre, avec lequel il présente du reste une certaine analogie.

Les tapisseries exécutées sur les dessins de Berain sont parfaitement entendues sous le rapport décoratif, et c'est surtout sous cet aspect que son nom est demeuré populaire. Il a été, après la mort de Lebrun, chargé de la décoration extérieure des vaisseaux du roi en compagnie de Caffieri et a composé plusieurs modèles d'une tournure superbe.

Néanmoins, c'est comme ordonnateur des fêtes et ballets que Berain a dû la grande réputation dont il a joui de son vivant. « Jamais, dit Mariette, il n'y eut de décorations de théâtre mieux entendues, ni d'habits plus riches et d'un meilleur goût que ceux dont il a donné les dessins pendant qu'il a été employé pour l'Opéra de Paris, c'est-à-dire pendant presque toute sa vie. »

Cependant, si nous classons Berain parmi les maîtres de l'ornement, nous ne partageons nullement l'admiration de ses contemporains pour les costumes qu'il a dessinés. L'esprit positif de notre siècle ne nous permet plus d'admettre ses étranges déguisements mythologiques et ses anachronismes bizarres, qu'il rachète d'ailleurs toujours par la grâce du décor.

C'est au milieu d'une riche colonnade fermée par des berceaux en treillage que l'artiste nous montre Vénus, Diane et Junon, servies à table par des Amours, tandis que des nymphes dansent en ronde parmi les fontaines jaillissantes. Comme la scène représente un *Repas chez Vénus,* nous admettrons pour un moment l'absence presque complète de vêtements qui distingue les personnages. Mais voici maintenant Alceste qu'Hercule, victorieux de la mort, ramène à Admète. Alceste, avec sa coiffure toute chargée de plumes; Admète, avec ses genouillères à crevés, et l'orchestre, dans lequel on remarque une viole et un tambour de basque forment le plus singulier effet, pour peu qu'on se reporte à la tragédie antique.

L'ingéniosité de l'artiste frise même le mauvais goût quand il veut composer des costumes allégoriques. La Musique par exemple est un composé de luths et de violons, l'Architecture a un chapiteau corinthien sur la tête, des manchettes en cannelures de colonnes et des triglyphes sur sa culotte; la Sculpture a la jupe et les épaules garnis de masques, avec des volutes et des enroulements sur toute sa personne.

Quelques reproches qu'on puisse faire à Berain, il eut un rare mérite, celui de personnifier absolument les goûts et les aspirations de son temps, et quand on n'a pas un peu étudié son œuvre, on ne connaît qu'imparfaitement le xviiᵉ siècle.

Jean Berain le père est mort en 1711; son fils, qui était né en 1674, a vécu jusqu'en 1726.

DROUIN

Dom Calmet, dans sa *Bibliothèque lorraine,* parle ainsi de cet artiste : « Drouin, fameux sculpteur, était de Nancy; étant allé à Paris, il fut membre de l'Académie de sculpture. Il mourut à Nancy vers le milieu du xviiᵉ siècle. Il a fait : 1º toutes les statues qui étaient au grand perron du jardin de la Cour de Nancy et celles qui étaient à côté; 2º le mausolée du cardinal Charles de Lorraine, qui est dans l'église des Cordeliers de la même ville; on y voit les quatre docteurs de l'Église qui sont de marbre blanc; ce mausolée passe pour le plus beau qui soit à Nancy; 3º en 1642, il fit celui de MM. de Bassompierre, aux Minimes de Nancy; 4º les douze Apôtres et les quatre Évangélistes qui sont dans la chapelle de MM. de Rennel dans la même église; 5º les trois statues de saint Sébastien, de saint Roch et de saint Charles, qui étaient un vœu de la même ville, dans l'ancienne église de Bon-Secours. »

C'est sous le titre de Nicolas Drouin que cet artiste est connu; néanmoins l'infatigable président de la Société d'archéologie lorraine, M. Henri Lepage, conteste ce prénom de Nicolas et établit qu'on a attribué à ce personnage les ouvrages de plusieurs artistes différents[1]. Le fameux mausolée de Charles de Lorraine, ouvrage sur lequel

---

1. Henri Lepage, *Une Famille de sculpteurs lorrains.*

est principalement fondée la réputation de l'artiste, serait de Florent Drouin. Les statues des quatre docteurs, qui faisaient autrefois partie du mausolée, sont aujourd'hui dans la cathédrale de Nancy.

LE CLERC

Sébastien Le Clerc, né à Metz en 1637, est un des plus grands artistes dont s'honorent les contrées dont nous nous occupons. A l'âge de douze ans, il dessinait déjà et il donnait des leçons à des

Fig. 198. — Costumes par Sébastien Le Clerc.

dames que sa vivacité amusait beaucoup. « Il était si faible et si fluet, dit Mariette, que l'hyver il avait des engelures et ne pouvait marcher, et que les dames qui voulaient l'employer étaient obligées d'envoyer un valet pour l'emporter entre ses bras. C'est à peu près en ce temps-là qu'il a fait les figures de Nations dessinées à la main qui sont dans

ɔn recueil et il s'en servait comme de modèles qu'il donnait à
ːux qu'il instruisait. A vingt-deux ou vingt-trois ans, il fut reçu
ɪgénieur géographe de M. de la Ferté; mais n'ayant pas pu y
ɛster à cause de sa délicatesse, il fut obligé de se remettre à la gra-
ure. C'est de lui-même que je sais cela... »

Sébastien Le Clerc, dit encore Mariette, était sage et réglé dans
ɛs compositions, et quoique le petit genre qu'il avait embrassé l'en-
ageât souvent à introduire dans un même sujet une multitude innom-
rable de figures, il n'en était ni moins exact ni moins correct; il
ɪsait des études séparées pour chaque figure; il en variait les
titudes et les drapait avec beaucoup de grâce et de goût; il ornait
ɔn sujet de fonds agréables, tantôt de paysage, tantôt d'architecture,

Fig. 199. — Costumes par Sébastien Le Clerc.

ɪ les règles de la perspective, qu'il possédait parfaitement, étaient
rupuleusement observées. Enfin il prenait pour le plus petit morceau
ɛ mêmes précautions que le peintre le plus jaloux de sa réputation
ɪrait eues pour un grand tableau. Il n'était pas moins curieux de
ːxécution de la gravure que du dessin et terminait ses planches avec

un soin infini, ce qui fait qu'elles plaisent si fort à la première vue. Sa pointe et son burin sont d'une netteté merveilleuse; son génie, naturellement mécanique, lui avait fait imaginer une nouvelle façon de donner l'eau-forte à ses planches. Tant d'attention lui devait emporter beaucoup de temps; mais l'amour du travail et son extrême assiduité suppléaient à tout, et l'on n'a presque point vu de graveur produire un aussi grand nombre d'ouvrages différents. Rien ne pouvait l'arracher de son cabinet; la compagnie des personnes savantes, qui se faisaient un plaisir de le visiter, ne lui faisait pas même abandonner son ouvrage, et c'est dans ces conversations savantes qu'il faisait consister son unique plaisir. »

Sébastien Le Clerc a fait un nombre considérable de gravures,

Fig. 200. — Costume par Sébastien Le Clerc.

traéitées avec une très-grande liberté comme exécution, mais toujours charmantes de tournure et d'une grande précision comme dessin. Il a reproduit des compositions de Charles Lebrun, dont il était l'ami, mais lorsqu'il veut copier il est bien moins fort que lorsqu'il compose lui-même ses gravures.

Le peintre Dandré Bardon, qui fut au dernier siècle professeur à

l'Académie royale de peinture et sculpture, a fort bien apprécié le talent
de Sébastien Le Clerc. « Le Clerc, dit-il, s'est autant distingué par la
fécondité et la noblesse de son style que par l'esprit et la netteté qu'il
mettait dans tous ses ouvrages. On y sent qu'une eau-forte très-
avancée n'a laissé à faire au burin que ce qui doit rendre la pointe
plus agréable et plus précieuse. Économie et variété de travaux, tailles
simples, courtes, méplates et serrées avec intelligence, aimable irrégu-
larité, suppression générale de ces points qui, dans le petit, détruisent
l'effet et nuisent au goût, facilité de manœuvre, touche délicate et

Fig. 201. — Costume par Sébastien Leclerc.

moelleuse : tel est le style de Le Clerc. Son entrée d'Alexandre dans
Babylone, l'Académie des sciences, les figures de la Bible, l'élévation
des pierres du fronton du Louvre, toutes ses œuvres enfin présentent
des compositions plus grandes que le cuivre où elles sont tracées.
Dans sa belle manière de les rendre, l'artiste ne le cède en rien à celle
de les concevoir. »

SPIERRE

FRANÇOIS SPIERRE, né à Nancy en 1643, a été un très-habile graveur, mais non pas un homme d'imagination, comme Callot ou Sébastien Le Clerc. Il s'est surtout distingué par la manière dont il a interprété certains maîtres italiens, notamment le Corrége. Dans la notice qu'il lui consacre, M. Duplessis dit : « Personne ne sut en France, comme François Spierre, rendre la peinture du Corrége, peinture suave et puissante à la fois, qui résume à elle seule toute une partie de l'art, la grâce. Élève de François de Poilly, Spierre se fit bientôt une manière à lui qui était pleine de qualités. Dessinateur habile, mais dessinateur à la façon des maîtres de Parme, il arrivait à fondre les contours dans une ligne vaporeuse qui arrêtait suffisamment le regard pour lui permettre de comprendre l'objet représenté, mais qui ne l'absorbait pas tellement qu'elle l'empêchât d'embrasser l'ensemble de la composition[1]. »

NOCRET

JEAN NOCRET, né à Nancy en 1617, est un curieux exemple de l'inconstance des réputations. Jean Nocret, qui fut peintre du roi et logé au Louvre parmi les artistes les plus distingués, a été un peintre extrêmement fécond. L'inventaire fait en 1706 des peintures existant dans les maisons royales ne signale pas moins de trente tableaux de lui. Le musée de Versailles en possède plusieurs dont un qui représente la famille de Louis XIV, et qui est assurément fort curieux[2]. « Ce tableau, dit le catalogue, était placé autrefois au palais de Saint-Cloud. » Guillet de Saint-Georges, dans son *Mémoire histo-*

1. Georges Duplessis, *Histoire de la gravure en France.*
2. Jean Nocret, *Famille de Louis XIV*, Versailles (2076).

rique des principaux ouvrages de Nocret le père, dit qu'en 1670 il
peignit à Saint-Cloud, dans l'antichambre de Monsieur, « un tableau
« où sous un dessein allégorique il y a une assemblée de Dieux, où est
« représentée la famille royale, au nombre de dix-huit figures, chacune
« grande comme nature. »

Combes décrit ainsi cette composition : « Dans l'antichambre de
Madame, à l'opposite des fenêtres, on voit un grand tableau qui représente toute la famille royale, où chaque personne est peinte sous la
figure d'une divinité. Le roi y est sous celle d'Apollon couronné de
lauriers ; la reine mère sous la figure de Cybèle, mère des dieux et
déesse de la Terre ; la reine d'à-présent, sous celle de Junon, déesse du
Ciel ; Monsieur, sous l'Étoile du matin qui va devant le char du Soleil,
pour annoncer le retour de ce bel astre, et cette étoile est appelée des
Latins Lucifer, ou Porte-Lumière. Mademoiselle, qui est aujourd'hui
reine d'Espagne, est proche Monsieur, sous la figure de Zéphyre, qui
est produit par le Point du Jour ; sa couronne de fleurs fait assez connaître qu'elle est fille de défunte Madame, qui représente le Printemps.
A côté de Monsieur est la reine d'Angleterre, mère de Madame, sous
la figure d'Iris ; elle tient d'une main un trident, et de l'autre elle présente au Point du Jour les merveilles les plus rares que la mer peut
produire, qui sont les perles et le corail. Mademoiselle de Montpensier
y est représentée sous la figure de Diane, laquelle reçoit toute la
lumière du soleil. Les trois Mesdemoiselles d'Orléans, qui sont à
présent madame de Guise, madame de Toscane et madame de Savoie,
y sont dépeintes sous les trois Grâces qui sont les compagnes du
Soleil. Monseigneur le Dauphin y est représenté sous le flambeau de
l'Amour. On y voit encore feu monsieur de Valois qui se joue avec la
lyre d'Apollon. On voit proche la reine le portrait de feue Madame, et
plus bas, dans un petit cadre, les portraits des deux enfants du roi. »

Les ouvrages les plus importants de Jean Nocret n'existent plus.
Cet artiste avait décoré le château de Saint-Cloud, qui fut brûlé pendant le siége de Paris. Les sujets peints par l'artiste, et qui sont
aujourd'hui détruits, sont Iris, Flore, Mars et Vénus, Thétis chez
Vulcain, Persée et Andromède, Apollon et les Muses, Diane sur son
char, la Paix, la Science, etc. Nocret n'a pas été plus heureux avec
ses peintures des Tuileries où il avait décoré plusieurs salons.

Jean Nocret était de l'Académie royale de peinture, et, selon l'usage du temps, il a prononcé divers discours sur des tableaux fameux, entre autres le *Ravissement de saint Paul* et le *Pyrrhus sauvé,* par le Poussin; le *Christ,* du Guide; la *Vierge et l'Enfant Jésus,* de Raphaël, un portrait du Titien, etc.

Charles Nocret, fils de l'artiste dont nous venons de parler, n'est pas moins inconnu que son père et a joui comme lui d'une grande réputation quand il vivait. Le musée de Versailles possède un portrait de Jean Nocret peint par son fils Charles.

BAGARD

César Bagard (1620-1709) apprit les éléments du dessin chez Jacquin, sculpteur de Nancy. Après avoir fait à Paris un séjour de plusieurs années, il revint en Lorraine, où il s'acquit une grande réputation comme statuaire. Ses ouvrages en bois sont particulièrement estimés des amateurs, mais on en a fait, paraît-il, de nombreuses imitations. M. Cournault, le savant conservateur du Musée lorrain, en parle ainsi : « Dans le commerce de la curiosité, on désigne sous le nom de *Bois de Bagard* une multitude d'ouvrages sculptés en bois de poirier avec une délicatesse extrême : Christ et calvaires, statuettes religieuses et historiques, flambeaux et coffrets de mariage à initiales ou armoriés, cadres et boîtes de toute nature. Lorsque ces objets sont exécutés avec une véritable science de dessin et un bon goût dans le choix des ornements, on peut les attribuer à Bagard; mais dès qu'ils présentent moins de finesse d'exécution, ou les caractères d'un travail peu habile, on doit penser qu'ils sont l'œuvre de Lupot de Mirecourt, ou bien qu'ils sont sortis des couvents, où on les imitait avec plus ou moins de bonheur. »

Les bois de Bagard sont très-répandus, non-seulement en Lorraine, mais en Italie et à Paris, où César Bagard est connu sous le nom de *grand César.* Au Musée lorrain, on voit un saint Pierre, provenant de l'ancienne église des Carmélites de Nancy, et un Génie tenant le médaillon de Jean des Porcelets, quatre-vingt-unième évêque de Toul. Cette statue, qui est signée César Bagard, vient de l'ancienne glise du collége des jésuites, où était le tombeau de l'évêque. Une statue d'enfant en pierre, comme les deux ouvrages précédents, un rucifiement en bois, entouré d'une bordure sculptée, et un petit offret en bois, sculpté, forment la part de César Bagard dans le musée le sa ville natale.

Les amateurs lorrains recherchent beaucoup les ouvrages de Bagard, et l'Exposition rétrospective de Nancy en 1875 en a montré de

Fig. 202. — Statuette d'un évêque de Metz par Bagard.

fort remarquables. Une jolie statuette en bois, représentant Mgr Georges d'Aubusson de la Feuillade, évêque de Metz, appartenant à M. de Coetlosquet, a particulièrement attiré l'attention publique.

Il ne faut pas oublier pourtant que Dom Calmet appelle Bagard *un sculpteur de figures en grand,* et, en effet, il a décoré de ses ouvrages en pierre ou en marbre plusieurs églises de Nancy. Néanmoins sa réputation est surtout fondée sur ses petites statuettes en bois et particulièrement sur ses beaux crucifix.

SAINT-URBAIN

Ferdinand de Saint-Urbain, célèbre graveur en médailles, naquit à Nancy vers 1652. Dom Calmet rapporte qu'étant allé à Rome, il s'y perfectionna au point de passer bientôt pour un graveur de premier ordre en monnaies et en médailles. « Après avoir exercé cet emploi et celui d'architecte, sous les pontificats d'Innocent XI, d'Alexandre VIII, Innocent XII et Clément XI, il passa de Rome en Lorraine auprès du duc Léopold, qui voulut absolument l'attirer à son service, le gratifia de deux pensions, l'une comme graveur et l'autre comme son premier architecte, et le logea dans l'hôtel des Monnaies de Nancy, où il a demeuré jusqu'à sa mort, en 1738. En 1703, le duc Léopold, voulant bâtir une magnifique église primatiale à Nancy, chargea Saint-Urbain d'en dresser le plan et les dessins. Ils furent envoyés à Rome et à l'Académie, qui les approuva ; mais, comme la dépense en aurait été excessive, l'on changea de sentiment et l'on a suivi le dessin de l'église de Saint-André du Val. M. de Saint-Urbain y a fait quelques augmentations, comme les chapelles qui ont été faites sur ses dessins. Il a gravé toutes les monnaies qui ont été frappées en Lorraine depuis 1703. »

IV

LE XVIIIe SIÈCLE

u'on ait ou non des sympathies bien vives pour les productions du xvııı^e siècle, on est obligé de convenir que le goût qui dominait dans notre pays était alors partagé par toute l'Europe; en tout cas, l'influence de nos artistes n'a jamais été plus grande. Nos artistes étaient appelés partout; on peut en juger par une note qu'écrivait, en 1765, l'architecte Patte, attaché à la cour du prince palatin. « A Saint-Pétersbourg, dit-il, M. Lamothe est le premier architecte; à Berlin, M. Le Geay; à Copenhague, M. Jardin; à Munich, M. Cuvilliers; à Madrid, M. Marquet; à Parme, M. Petitot; et l'auteur de cet ouvrage a l'honneur d'être attaché en cette qualité à un prince souverain d'Allemagne... Nos sculpteurs sont également répandus partout : M. Sally, à Copenhague; M. Hutin, à Dresde; M. Larchevéque, à Stockholm; M. Gillet, à Pétersbourg; M. Slotz, qui est maintenant à Paris, a fait l'ornement de Rome pendant près de vingt ans. MM. Le Lorrain, Tocqué, Lagrénée, peintres de notre académie, ont été successivement appelés en Russie. Le roi de Danemark a pour premier peintre M. Leclerc, et vient d'attirer dans ses États M. Marmillaud ainsi que plusieurs ingénieurs français pour leur confier la direction des ponts et chaussées de son royaume... »

La Lorraine ne faisait pas encore partie de la France à cette époque; néanmoins ses artistes appartiennent à l'école française et ne peuvent en être séparés. Le souffle inspirateur est le même à la cour de Nancy qu'à la cour de France, seulement l'apport de la Lorraine dans la production artistique du xviiie siècle est beaucoup plus important que celui de n'importe quelle province de France. Nancy est un petit Versailles; ses monuments en font foi.

Un architecte, dont il faut parler ici, bien qu'il ne soit pas Lorrain, Germain Boffrand, a exercé une grande influence sur les constructions élevées par la magnificence des derniers ducs de Lorraine. Boffrand était natif de Nantes; venu à Paris à quatorze ans, il s'était adonné à l'architecture et était devenu l'ami de Jules Hardouin Mansard.

Les constructions que Boffrand a élevées ou restaurées en Lorraine sont assez nombreuses. Il y avait été appelé par le duc Léopold. L'hôtel de Craon, l'hôtel de la Monnaie, le château de Lunéville, sont des ouvrages de Boffrand. Plusieurs des édifices qu'il a élevés en Lorraine ont disparu. Ainsi le palais neuf de Nancy et celui de la Malgrange ont été démolis sous le règne de Stanislas. Boffrand a écrit plusieurs ouvrages sur l'architecture, et la plupart des architectes qui ont travaillé pour Stanislas ont été plus ou moins imprégnés de son style et de ses idées.

Le style élégant qui dominait à cette époque dans l'ornementation architectonique se retrouve dans tous les arts appliqués à l'industrie. Dans la céramique particulièrement, la Lorraine occupait au dernier siècle un rang très-distingué. De nombreuses fabriques, en tête desquelles il faut placer celles de Niederviller et de Lunéville, livraient au commerce une production incessante, et avaient à leur service des artistes éminents, principalement dans la sculpture.

Vers le milieu du xviiie siècle, le village de Niederviller avait pour seigneur Jean-Louis de Beyerlé, qui était directeur de la Monnaie de Strasbourg. Il fonda un établissement qui devint extrêmement florissant et d'où sortait une faïence fine, généralement ornée de bordures déchiquetées et de bouquets de fleurs formant parfois de charmants décors.

Le roi de Pologne Stanislas, lorsqu'il devint duc de Lorraine en 1738, encouragea beaucoup l'industrie dans ses États, et son goût déterminé pour les arts eut pour effet de leur donner un prompt essor. C'est pour lui qu'ont été faits les deux grands et beaux vases qui

Fig. 203. — Un Salon décoré par Boffrand.

portent ses armes et qui ont figuré à l'Exposition rétrospective de
Nancy en 1875. Ce sont probablement les plus grands vases qui
soient sortis de la fabrique de Niederviller. Ils proviennent de la
pharmacie de Saint-Charles à Nancy. Stanislas en avait fait don à cet
établissement hospitalier, qui en est encore aujourd'hui possesseur.

Vers 1774, le général Custine devint propriétaire de la fabrique
de Niederviller et les produits céramiques se transformèrent peu à
peu sous l'influence de Lanfrey, à qui il en avait confié la direction.
« La faïence du général Custine, dit M. Jacquemart, est toujours très-
fine et peinte dans le goût des porcelaines ; les bouquets de fleurs y
sont fréquents ; un autre décor est assez répandu ; il imite un bois
veiné, sur lequel on aurait fixé un papier blanc portant, en camaïeu
rose, un fin paysage ; pour mieux faire trompe-l'œil, un coin est
parfois replié, et on lit au bord du cadre le nom du dessinateur ou
du peintre. » Une de ces assiettes *trompe-l'œil,* portant la date de 1774,
a figuré à l'Exposition de Nancy. Franchement il est impossible
d'imaginer un décor plus faux et conçu dans un sens moins artistique.
D'abord la faïence n'a pas besoin de s'évertuer à ressembler à du bois,
et ensuite une assiette est destinée aux repas, et il y a quelque chose
de répulsif dans l'idée d'une sauce répandue sur cette image dont les
coins sont repliés.

Les meubles ont eu aussi une grande importance dans l'industrie
artistique de la Lorraine. Dans son excellent travail sur les bois
sculptés de la Lorraine, M. Auguin compte quatre types principaux
dont il détermine ainsi les caractères. « Dans le premier, les ornements se distinguent par la richesse du décor, par la profondeur du
travail, par les *stries* tracées dans le sens des fibres du feuillage dont
l'artiste a voulu donner le sentiment. Dans ce groupe, le rinceau est
enroulé suivant une double spire, la feuille reste le motif principal
et comme le squelette de l'ornementation dont elle détermine les
grandes lignes ; la fleur n'en est que l'accessoire ; les fonds sont
toujours sablés. Les fleurs sont variées et dans leur variété ont un
dessin défini, étudié suivant les exigences de la forme. C'est la bonne
époque. »

Les types, qui viennent ensuite, ne sont en quelque sorte que les
dégénérescences du premier. Dans le second, le rinceau, toujours très-
enroulé, est formé par les spirales d'une tige plutôt que par les révo-

lutions des feuilles. Dans le troisième, le rinceau est de moins en
moins accentué et finit par disparaître tout à fait dans le quatrième.
En outre les fleurs se substituent aux feuilles et deviennent l'ornement dominant avec les agencements des chiffres ; mais le travail
perd de sa délicatesse.

Fig. 204. — Vase de Niederviller.

Si de l'industrie artistique nous passons aux beaux-arts proprement dits, le rôle de la Lorraine s'affirme encore davantage. Dans la
peinture et surtout dans la sculpture, ils occupent dans l'école française
une place éminente et quelquefois la première.

ADAM

Lᴀ famille des Adam a une importance considérable dans l'histoire de l'art lorrain. Jacob-Sigisbert Adam, né à Nancy en 1670, a été le père de trois sculpteurs célèbres. Il était lui-même élève de Bagard,

Fig. 205. — Saint Christophe, statuette par Adam.

et s'est fait connaître par des statuettes en terre cuite et en bois. Quoi-qu'il soit moins connu que ses fils, il n'était pas sans mérite et c'est à lui qu'il faut attribuer la plupart des petits ouvrages que les ama-teurs désignent sous le nom de Adam tout court, et qui se trouvent dans un grand nombre de collections. Il y en avait plusieurs à l'Expo-sition rétrospective de Nancy en 1875, et on a beaucoup remarqué entre autres un *Saint Christophe* appartenant à Mme de Haldat. Adam le père est mort à Paris en 1747.

Lambert-Sigisbert Adam, né à Nancy en 1700, est celui de la famille qui a acquis le plus de célébrité. Venu à Paris en 1719, il obtint le grand prix quatre ans plus tard, et partit pour Rome, où il demeura dix ans. Un concours ayant été ouvert en cette ville, pour la Fontaine de Trévi, Adam l'emporta sur les seize concurrents qui avaient envoyé un projet. Mais les Romains se plaignirent amèrement qu'un étranger fût préféré aux nationaux, et le pape, cédant aux vœux de ses sujets, abandonna momentanément son projet. Pour dédommager Adam, on lui commanda divers travaux dans l'église de Saint-Jean-de-Latran, où il fit entre autres un bas-relief représentant la Vierge apparaissant à saint André Corsini, pour l'engager à accepter l'épiscopat qu'il venait de refuser.

Lambert-Sigisbert Adam fut admis membre de l'académie de Saint-Luc en 1732, et sa réputation était déjà très-bien établie à Rome,

Fig. 206. — Neptune et Amphitrite, par L.-S. Adam.

lorsqu'il revint à Paris, où l'appelaient d'importants travaux. Il fit en effet pour le parc de Grosbois près Paris un groupe de onze pieds de haut représentant un chasseur qui prend un lion, et pour la résidence de Choisi, deux figures en marbre représentant la *Chasse* et la *Pêche*. Ces deux statues, envoyées depuis en présent au roi de Prusse, allèrent décorer les jardins de Sans-Souci.

Lambert-Sigisbert Adam fut reçu à l'académie royale avec un Neptune calmant les flots qui se voit au Louvre. Il est l'auteur du groupe de la jonction de la Seine et de la Marne qui forme le couronnement de la grande cascade de Saint-Cloud; mais son meilleur ouvrage assurément est le fameux groupe de Neptune et Amphitrite placé au fond du bassin de Neptune à Versailles. C'est un des plus vaillants morceaux que la sculpture décorative ait produits en France. Neptune est assis dans une grande conque et tient son trident. Amphitrite est à sa gauche; des naïades et des tritons forment le cortége du dieu des mers. Lambert-Sigisbert Adam, qui est mort en 1759, était

Fig. 207. — Le Supplice de Prométhée, par Sébastien Adam (Musée du Louvre).

dans la plus vigoureuse époque de son talent lorsqu'il a sculpté ce groupe en 1740.

Nicolas-Sébastien Adam, frère de Sigisbert, est né à Nancy, en 1705. Après avoir fait ses premières études avec son père, il vint se perfectionner à Paris, puis alla rejoindre son frère à Rome. Le Pro-

méthée qui est au musée du Louvre a été son morceau de réception à
l'Académie royale. Mariette désigne comme le meilleur ouvrage de cet
artiste le bas-relief qu'il a exécuté pour la chapelle de Versailles et qui
représente le martyre de sainte Victoire. Mais Mariette ne connaissait
probablement pas le mausolée de la reine de Pologne, qui est de

Fig. 208. — Tombeau de la reine de Pologne, par Sébastien Adam (à Nancy).

beaucoup supérieur à tout ce qu'a fait Sébastien Adam. La reine Opalinska, agenouillée, regarde le ciel qu'un ange lui montre du doigt. Le
groupe est en marbre blanc et repose sur le mausolée qui est en
marbre noir, et sur lequel sont sculptés deux jolis bas-reliefs en
médaillons représentant la Foi et la Charité. Le tombeau de la reine de

Pologne est dans l'église de Bon-Secours, près Nancy, à côté de celui du roi Stanislas, son époux.

Gaspard Adam, le frère des deux artistes précédents, né à Nancy en 1710, fut également pensionnaire de l'Académie de France à Rome, mais, appelé par le roi de Prusse à Berlin, il a travaillé toute sa vie à l'étranger et ses ouvrages sont à peu près inconnus en France.

On montre encore à Nancy la maison habitée par les Adam; la façade est entièrement décorée de leurs ouvrages. On a beaucoup reproché aux Adam leurs attitudes maniérées et la tournure forcée qu'ils donnent quelquefois à leurs personnages. La sculpture est un art calme par excellence et plutôt noble qu'expressif. La contraction des traits du visage répugnait aux sculpteurs de l'antiquité; et si les sculpteurs modernes se donnent à cet égard plus de liberté, ce n'est pas toujours sans danger. L'art du xviiie siècle s'attachait à rendre la vérité individuelle plutôt que la vérité typique. L'art antique procédait par simplification et les tressaillements de la vie sur l'épiderme étaient moins accusés que les grandes divisions du corps humain qui en affirment les parties principales au détriment des accidents particuliers. Les Adam sont à l'antipode des traditions calmes de l'antiquité, et leur énergie va quelquefois jusqu'à la brutalité. Mais ils personnifient très-bien la recherche de vie, d'expression et de mouvement qui, depuis Puget, a si souvent tourmenté les sculpteurs de l'école française.

CLAUDE CHARLES

C LAUDE CHARLES, héraut d'armes de Lorraine, professeur de l'académie de peinture et sculpture du duc Léopold à Nancy, naquit dans cette ville en 1661. Il alla de bonne heure en Italie et travailla neuf ans avec Carle Maratte. Claude Charles a décoré de ses tableaux presque toutes les églises de Nancy, où on voit encore plusieurs ouvrages de lui, notamment à la cathédrale. Il a également travaillé à Metz, à Pont-à-Mousson et dans divers endroits de la Lorraine, où ses peintures décoraient un grand nombre de châteaux, de couvents et d'églises.

Claude Charles fut un très-habile peintre plutôt qu'un grand artiste. Il composait et exécutait avec une surprenante facilité toute espèce de sujets. Ses tableaux religieux, sans avoir une grande élévation de style, sont généralement bien compris comme mise en scène, et ses peintures mythologiques et allégoriques, conçues dans le mode pompeux que Lebrun a introduit dans l'école française, ont parfois de l'ingéniosité dans l'invention.

JACQUART ET GIRARDET

CLAUDE CHARLES a formé des élèves qui ont, comme lui, exécuté de grands ouvrages dans les monuments de Nancy et de la Lorraine. Les principaux sont Jacquart et Jean Girardet. Le premier est l'auteur de l'immense fresque qui décore la coupole de l'église primatiale de Nancy : travail colossal, où l'artiste a accumulé des figures innombrables qui ne sont pas suffisamment liées entre elles et produisent à l'œil une étrange confusion. Certes il faut tenir compte des immenses difficultés que l'artiste a dû rencontrer, mais il ne les a pas vaincues, et, malgré des qualités estimables, on est obligé de reconnaître que la tâche qu'il a entreprise était au-dessus de ses forces.

Jean Girardet, né en 1709, s'était d'abord destiné à l'état ecclésiastique ; il fit ensuite son droit, puis entra dans un régiment de cavalerie, et entra finalement dans l'atelier de Claude Charles, où il devint peintre. L'hôtel de ville de Nancy est décoré de ses peintures, et on voit également de ses tableaux au musée de la ville. C'était un homme de talent, dans lequel il est pourtant difficile de signaler une qualité bien saillante. En somme, les artistes dont nous venons de parler représentent en Lorraine l'art officiel ; mais, malgré la dimension de leurs travaux et la haute opinion qu'on a d'eux dans leur pays, ils n'ont pas une grande importance dans l'école française et ne sauraient être placés à côté des Callot, des Claude Lorrain, des Clodion et d'autres artistes dont la Lorraine est si fière à juste titre.

LE PRINCE

JEAN-BAPTISTE LE PRINCE, né à Metz en 1733, montra de
bonne heure de brillantes dispositions pour le dessin; mais sa
famille était dans une position trop modeste pour pouvoir subvenir
à ses études. Le maréchal de Belle-Isle, alors gouverneur de la ville,
ayant entendu parler de cet enfant, lui procura le moyen de se rendre
à Paris, et lui fit même une pension.

Le Prince était surtout porté vers le paysage : néanmoins une
fois à Paris, il entra à l'atelier de François Boucher, qui était alors le
peintre à la mode. Il apprit là cette désinvolture aimable, ce manié-
risme élégant, ce mode de dessin souvent incorrect, mais toujours
plein de tournure, qui sont les caractères distinctifs de l'école française au xviiie siècle.

Le Prince, qui n'avait que dix-neuf ans, était fort bien de sa personne; il connut à Paris une demoiselle beaucoup plus âgée que lui,
puisqu'elle avait trente-huit ans, mais qui avait une petite fortune.
Croyant trouver dans cette union disproportionnée, non pas peut-être
le bonheur, mais la tranquillité que donne une aisance assurée, il se
maria et renonça en même temps à la pension que lui faisait le maréchal de Belle-Isle. Les mariages d'argent sont rarement heureux;
celui-ci fut déplorable. Le Prince, d'un caractère naturellement
enjoué, était dans un âge où l'on aime la gaieté et où certaines distrac-
tions sont presque une nécessité. Sa femme, morose et acariâtre, était
en outre d'une avarice très-grande, et ne cessait de reprocher à son
mari la position qu'il tenait d'elle. La vie devint tellement insuppor-
table pour lui qu'il rendit à sa femme ce qu'il en avait reçu et prit la
fuite.

Quand il avait pris la résolution de s'expatrier, Le Prince avait
été voir son protecteur, le maréchal de Belle-Isle, qui lui donna des
lettres de recommandation pour la Russie, où déjà deux de ses frères
étaient établis. « Pour dissiper son ennui pendant la traversée, dit son

Fig. 279. — Peinture décorative par J.-B. Le Prince

biographe, ou pour acquérir des connaissances utiles à son art, il s'occupait sur le vaisseau à examiner tous les détails de la manœuvre et à les dessiner. Son violon et sa gaieté lui concilièrent l'amitié de tout l'équipage. Un corsaire anglais attaqua le vaisseau, qui fut forcé de se rendre. Les vainqueurs, usant de leur droit, se livrèrent au pillage. Ils se partageaient déjà les effets de M. Le Prince; il eut l'adresse de se saisir de son violon et se mit à préluder avec beaucoup de sang-froid. Les corsaires, étonnés de son phlegme, le regardent, écoutent avec plaisir le nouvel Arion, qui, comme l'ancien, enchaîne leur férocité. Ils lui rendent tout, et, comme ils se préparaient à célébrer leur victoire par des danses, ils le prient de jouer pendant le bal. Heureusement pour les passagers, la prise fut déclarée nulle au premier port. »

Le Prince arriva enfin à Saint-Pétersbourg, où, grâce aux recommandations du maréchal de Belle-Isle, il trouva partout un excellent accueil et reçut d'importantes commandes. Dans le palais impérial, il peignit des plafonds, qui, dit-on, se ressentaient beaucoup de l'éducation qu'il avait reçue chez François Boucher. Néanmoins il se transforma complétement en Russie, et peu à peu sa manière devint toute autre. Aussi ce voyage est-il généralement considéré comme le point de départ de son originalité comme artiste. Il avait appris chez Boucher à faire des bergères de fantaisie, charmantes dans les trumeaux décoratifs, mais rappelant fort peu la nature. Il savait peindre habilement un fouillis d'arbustes, agencer un paysage, donner à un tableau un aspect plein de coquetterie, mais il n'avait jamais peint dans la campagne, car son maître ne lui avait jamais dit qu'il fallût travailler d'après nature. Il arrivait donc en Russie avec une pratique acquise dans l'atelier, mais, se trouvant dans un pays entièrement nouveau, qu'aucun artiste ne s'était jamais avisé de traduire, il s'éprit de ce qu'il avait sous les yeux et se mit à copier avec ardeur des sites et des costumes entièrement nouveaux pour lui. Il acquit ainsi un peu de la qualité qui précisément lui manquait le plus : la naïveté.

« Lorsqu'il passa en Russie (je crois en 1758), dit Mariette, ses talents me paraissaient assez médiocres; il dessinait des paysages et en gravait; il y mettait si peu de vérité que je tremblais pour lui qu'il ne devînt un peintre praticien, et rien davantage. Le pays où il allait

n'était pas d'ailleurs une école propre à le former. Il en a été autrement. Il a fait en Russie des études sans nombre d'après nature et il
en est revenu avec une ample collection de dessins dont il sut tirer
parti lorsqu'il se présenta pour être agréé à l'Académie. Il fit voir
plusieurs tableaux de sa façon qui furent fort bien reçus. Quelques-uns
avaient été faits à Saint-Pétersbourg; mais depuis il s'est beaucoup
fortifié, et, malgré sa mauvaise santé, il a fait de tels progrès que le
tableau représentant un *Baptême suivant le rite grec,* présenté par lui
comme morceau de réception, et sur lequel il a été reçu avec applau-

Fig. 210. — La Marchande, par J.-B. Le Prince.

dissement, a étonné et fait espérer, s'il vit, que nous n'aurons guère
eu de meilleur peintre en ce genre. Il vise aux effets de Rembrandt; il
cherche à s'emparer de la touche précieuse de Teniers, et il est bien
près d'être en possession de l'une et de l'autre. En 1768, il a trouvé
une manière d'imiter à la gravure le lavis des dessins. Il en fait un
secret qui est, à ce qu'il dit, très-expéditif et se promet d'en tirer de
grands avantages. »

Diderot parle ainsi du *Réveil des petits enfants :* « Au pied
d'une chaumière assez pittoresque faite de planches et de gros bois
ronds serrés les uns contre les autres, une mère assise, sa quenouille
dressée contre son épaule gauche, présente une pomme au plus

petit de ses marmots dont le maillot est suspendu par une corde
à la branche d'un arbre élégant. Derrière la mère, une esclave penchée
offrant au marmot qui se réveille le chat de la maison. Le marmot
sourit, laisse tomber la pomme que sa mère lui offre et tend ses petits
bras vers le chat qui lui est présenté. Sous ce hamac, un autre enfant

Fig. 211. — Le Réveil des petits enfants, par J.-B. Le Prince.

nu est étendu sur ses langes. Miracle! il y a de la chair, des passages,
des tons à cet enfant; il est très-joliment peint; mais M. Le Prince,
puisque vous en savez jusque-là, pourquoi ne pas nous le montrer
plus souvent? Tout à fait sur le devant, à plat ventre, la tête vers
l'enfant nu, un garçonnet qui dort. De l'autre côté du même enfant, à
l'opposite du petit dormeur, un autre garçonnet qui joue de la flûte.

ARC DE TRIOMPHE CONSTRUIT PAR HÉRÉ, A NANCY

Voilà une première éducation gaie ; j'aime cette manière d'éveiller les enfants. Ce morceau est plus soigné que les autres. En dépit d'un œil blanc, rougeâtre et cuivreux, la touche en est moelleuse et spirituelle ; il y règne un transparent, un suave de couleur qui dépite contre un artiste qui se néglige... »

Il existe un portrait de Le Prince, fait par une de ses élèves ; au bas de la gravure qui le représente, on lit ces vers :

> De cet aimable maître, en prenant les leçons,
> J'ai voulu de ses traits avoir la ressemblance ;
> Il respire à mes yeux, mais, faible jouissance...
> Car pour peindre son cœur on n'a pas de crayons.

Le Prince mourut en 1781. Le Louvre possède un tableau de lui, le *Corps de garde,* exposé en 1777 ; le *Concert russe,* du Salon de 1770, figure au musée d'Angers.

HÉRÉ

E MMANUEL HÉRÉ est fils d'un médecin de Nancy qui était l'ami de Boffrand. Il s'adonna de bonne heure à l'architecture et devint un des plus grands artistes du xviiie siècle. C'est à lui que Nancy doit ses plus beaux édifices. Héré a également travaillé à Lunéville et il avait fait, entre autres choses, dans les jardins du château, un kiosque dont Voltaire a dit :

> J'ai vu ce salon magnifique,
> Moitié turc, moitié chinois,
> Où le goût moderne et l'antique,
> Sans se nuire, ont uni leurs lois.

Ce kiosque a été détruit, en 1762, dans un incendie causé par la chute d'une baguette de feu d'artifice.

La fameuse église de Bon-Secours et le couvent des Minimes dans le faubourg Saint-Pierre de Nancy sont des ouvrages de Héré. La première pierre de l'église de Bon-Secours a été posée en 1738 et l'édifice a été construit avec des matériaux provenant de l'ancien palais de la Malgranche.

Mais le plus grand titre de gloire de l'artiste est d'avoir élevé les bâtiments qui entourent la place Stanislas à Nancy et lui donnent une physionomie si élégante et si originale. L'hôtel de ville et surtout l'arc de triomphe placé vis-à-vis sont des ouvrages d'un goût exquis : la belle rue qui mène de la place Stanislas à cet arc de triomphe a pris le nom de rue Héré, en souvenir du grand architecte auquel Nancy est redevable de ses plus beaux édifices.

MIQUE

RICHARD MIQUE, né à Nancy en 1728, a été l'architecte de Stanislas, après Héré, dont il fut l'élève et auquel il a succédé. Il périt sur l'échafaud révolutionnaire de 1794. On lui doit à Nancy la caserne Sainte-Catherine et les portes Saint-Stanislas et Sainte-Catherine. Il fut l'architecte de Marie-Antoinette, qui l'employa à Trianon, où il fit le Temple à l'amour, le Hameau etc.

LAMOUR

L'ART du XVIIIe siècle, si exquis dans la peinture et dans la statuaire, présente dans toutes les productions de l'industrie un souffle inspirateur, trop souvent remplacé aujourd'hui par des emprunts faits au passé. Ce n'est pas qu'on étudiât alors moins qu'aujourd'hui les ouvrages d'une époque antérieure, mais au lieu d'en faire un décalque, on voyait dans cette étude une gymnastique salutaire, destinée à fortifier l'esprit, nullement à enchaîner l'invention. L'artisan, même dans les professions qui semblent en apparence les plus humbles, croyait pouvoir y appliquer toutes les ressources dont l'art peut disposer, et il apportait à son travail cet orgueil et cette fierté d'état sans laquelle il ne se fait point de chef-d'œuvre.

Écoutons parler un serrurier : « Un ouvrier ne peut devenir

Fig. 212. — Grille par Jean Lamour, à Nancy.

habile, s'il n'est pénétré des prérogatives de son art. C'est l'avantage d'être utile aux hommes, c'est l'honneur, cette digne récompense du mérite, ce mobile universel des talents, qui fait éclore les chefs-d'œuvre ; l'intérêt seul n'est pas capable d'échauffer le génie, ses vues ne peuvent être que bornées, il ralentira même le progrès des arts, s'il n'est pas uni à ce germe fécond des grandes choses. C'est ce qui m'a déterminé à tracer ici, en faveur des élèves, quelques idées générales à la louange de la forge et de la serrurerie qui en est une branche distinguée, afin d'animer leur courage et d'exciter en eux un noble désir d'atteindre à la perfection. »

Le serrurier Jean Lamour, qui a écrit ces lignes, est l'auteur des fameuses grilles de Nancy, dont les Lorrains sont si fiers. Il a toute sa vie travaillé dans cette ville, où il est né en 1698 et où il est mort en 1771. Son nom, peu connu à Paris, sera toujours populaire dans sa ville natale. Jean Lamour a fait son apprentissage chez son père, qui était établi serrurier à Nancy. Il alla ensuite passer quelques années à Paris pour se perfectionner, et fut rappelé dans son pays par la mort de son père en 1720. On ne sait rien de ses premiers travaux ; il paraît pourtant qu'ils furent remarqués, car en 1724 on lui voit faire des fournitures à la ville et devenir ensuite serrurier en titre de Stanislas, roi de Pologne et duc de Lorraine. Il s'est marié deux fois, mais sa vie, tout entière consacrée au travail, n'offre en elle-même aucun incident remarquable. Lamour est le type de l'ouvrier intelligent et laborieux ; à la fin de sa vie, il était devenu fort riche et possédait un cabinet important de tableaux et de curiosités de toutes sortes.

Si les édifices qui décorent la place royale de Nancy sont construits d'après les plans de l'architecte Héré, le serrurier Lamour est entièrement l'auteur des belles grilles qui les relient entre eux. Il les a toutes composées, dessinées de sa main et ensuite exécutées, ainsi que les grands balcons des fenêtres, qui ajoutent tant à l'aspect vraiment royal de la place. Les plus importantes sont les deux grilles monumentales qui font face à l'hôtel de ville, et servent d'encadrement aux belles fontaines de Barthélemy Guibal. Elles se développent sur un plan cintré en décrivant un quart de cercle : leur plus grande hauteur est trente-six pieds. Le plat des pilastres est à gaînes enrichies de baguettes et d'ornements tournants. Les chapiteaux, quoique se rattachant à

Fig. 213. — Grille par Jean Lamour, à Nancy.

l'ordre composite, sont d'un caractère très-personnel, car l'auteur avait en vue ce qu'on appelait alors l'ordre français, et il a apporté dans cette intention des modifications qui en faisaient un décor absolument nouveau. Ces deux grandes grilles, composées chacune de trois portiques, sont entourées de verdure et encadrent magnifiquement les groupes sculptés par Guibal.

Quant à l'exécution matérielle du travail, voici ce qu'en dit Jean Lamour lui-même : « Tout ce qui est en forme solide, comme les carcasses et les bâtis, les socles, les piédestaux, les bases, les corps de pilastre, les chapiteaux, les architraves, les corniches, etc., sont en fer battu et rivé sur les marnages. Les tôles sont si exactement appliquées qu'elles semblent ne faire qu'un même corps. Les saillies des corniches, les différents profils y sont observés avec une précision qui fait douter que ce soit du fer forgé; à peine y aperçoit-on les rivures et les joints. Pour construire ces ouvrages, il a fallu établir une carcasse nue, distribuer les parties si exactement qu'une ligne aurait changé les profils et les saillies. Il fallait, pour observer une parfaite égalité, faire rouler les calibres, les échantillons, se renvoyer les épaisseurs des corps, tant en plan qu'en élévation, observer les lignes parallèles des aplombs, de même que les horizontales et dégauchir tous les corps, les consolider par tenons, mortaises et congés, afin de les renforcer pour que le tout ne fasse qu'un seul et même assemblage. »

Outre les deux grandes grilles ornées de fontaines, il y en a sur les autres côtés qui donnent accès aux rues latérales, et qui portent de riches lanternes. Ce système d'ornementation métallique se retrouve encore dans le grand balcon et les fenêtres de l'hôtel de ville, ce qui donne à la place une surprenante unité. De toutes parts, la teinte noire du fer se marie avec les détails rehaussés d'or, et se détache tantôt sur la verdure des feuillages, tantôt sur la teinte claire des édifices, en sorte que cette place forme un ensemble décoratif qui n'a pas son équivalent en Europe.

Quand les grilles de Lamour furent terminées, l'admiration qu'elles excitèrent fut si grande, que Servandoni, l'architecte de l'église Saint-Sulpice, accourut de Paris tout exprès pour voir ces merveilles tant vantées, et il avoua ensuite que, malgré tout ce qu'on lui en avait dit, il n'aurait jamais cru que l'art de la serrurerie pût être porté à un pareil degré de perfection.

Fig. 214. — Lanternes et Détails de grilles par Jean Lamour.

Le grand escalier de l'hôtel de ville est décoré de magnifiques rampes en fer forgé, dues également à Jean Lamour. Elles sont ornées de panneaux, de pilastres et de montants contournés, dont les fers sont enrichis de moulures et de volutes qui forment une superbe décoration. Voici comment l'auteur s'exprime à ce sujet : « La courbure des doubles rampes ne semble pas être un ouvrage en fer forgé. La plate-bande annonce un métal moulé et poussé avec le fer d'un menuisier, puisqu'il n'y a dans tous ses contours aucun jarret qui dérange un dessin suivi. La peine qu'a donnée cette plate-bande n'est pas concevable ; il faut être de l'art pour comprendre combien il faut de justesse pour profiler et contourner ces pièces sans s'écarter du plan, combien il faut faire rouler le calibre pour dresser toutes les moulures, filets et faces et pour ne point corrompre cette forme. »

Outre ces travaux, où l'artiste a fait œuvre d'architecte et de sculpteur, en même que de praticien, Lamour est l'auteur des beaux grillages qui ferment les chapelles collatérales de la cathédrale de Nancy, des grandes grilles du château de Commercy et d'une foule d'ouvrages moins importants pour des maisons particulières. La plus grande partie de son œuvre a été reproduite dans un ouvrage dédié au roi, dont Lamour a fait lui-même les dessins qui ont été ensuite gravés par Dominique Collin, Nicole Engramelle et d'autres artistes de Nancy. De jolis encadrements, des vignettes représentant Stanislas qui visite l'atelier de l'artiste, ou bien Cupidon occupé à forger, ont été composés par l'artiste serrurier pour orner son ouvrage. Il est accompagné de commentaires et précédé d'un très-curieux préambule sur la serrurerie où l'auteur présente un résumé historique de sa profession. Nous ne pouvons reproduire ce discours en entier, mais nous croyons que le lecteur nous saura gré d'en présenter une petite analyse accompagnée de quelques extraits.

Après avoir fait l'éloge de la forge, Lamour s'applique à en démontrer la haute antiquité : « Moyse nous apprend, dit-il, que Tubalcaïn, qui signifie maître du monde, fut fils de Lamech et de Silla ; on ne compte que six générations entre Adam et lui, et il fut l'inventeur de la forge, suivant l'historien sacré. Il vivait encore dans les temps du premier homme ; et il s'était déjà rendu célèbre avant la naissance de Seth. De tout temps, l'industrie, la force et l'utilité ont eu le droit de commander aux hommes, et je croirais volontiers que

Tubalcaïn a été leur premier maître, ainsi que son nom le désigne. Josèphe, qui le nomme Thobel, le dépeint comme un guerrier puissant. Si les historiens juifs firent de l'inventeur de la forge le premier héros, les autres peuples en firent un dieu. De là vient l'Opas des Égyptiens, l'Ephœstos des Grecs et le Vulcain des anciens habitants de la Sicile et de l'Italie. »

Ensuite l'auteur soutient qu'après le cataclysme qui a submergé le monde, le travail des métaux a été le premier en honneur ; et si la description du bouclier d'Achille par Homère est un chef-d'œuvre, cela prouve moins l'imagination du poëte que l'état de perfection où

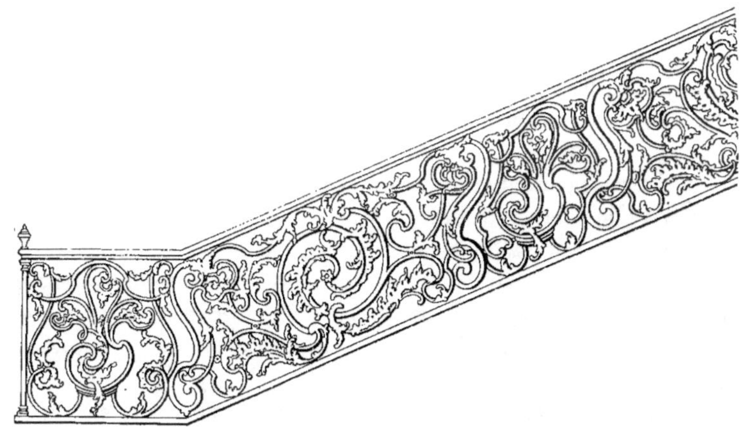

Fig. 215. — Rampe d'escalier par Jean Lamour.

la forge était arrivée de son temps. Suivant Lamour, tous les travaux humains relèvent de la serrurerie, qui est aux autres industries ce que le génie est aux sciences. « Si Cérès donne du pain aux Cyclopes, c'est qu'ils lui avaient fabriqué sa charrue. Si le pieux Énée conserve et établit au milieu des combats les derniers fugitifs de Troie, c'est qu'il est armé par l'époux de Vénus. »

Les arts de la paix comme ceux de la guerre sont liés aux progrès de la serrurerie, et le fer, le dernier métal connu, est aussi le plus utile. La force et la sécurité des nations en dépendent. « Pourquoi les Israélites ont-ils été dans l'esclavage et la servitude où les Philistins les avaient réduits? C'est que les Philistins avaient eu la précaution d'enlever des terres d'Israël tous les serruriers, et y avaient interdit l'usage de la forge. Ils la considéraient donc comme la ressource et la force de l'État... Dans les armées romaines, les serruriers formaient un corps d'ingénieurs qui travaillaient et présidaient à la construction des machines. C'était souvent à leurs soins et à leur génie qu'on était redevable de la victoire. Aussi César se félicitait-il d'en avoir enlevé deux au parti de Pompée. De là cette ancienne inscription où l'on voit le nom d'un serrurier à côté de celui d'un consul : ANSCHARIOS. C. EUTICHUS. FABER. FERRARIOS. Elle ne doit étonner que les âmes ingrates qui ne connaissent pas le prix d'un citoyen utile. »

La serrurerie a sur les autres travaux humains cette incontestable supériorité, qu'outre son utilité de tous les instants, elle est susceptible de s'élever aux plus nobles inspirations de l'art, et peut sous ce rapport marcher de pair avec la peinture, la sculpture et l'architecture. Ce n'est pas cela pourtant que le serrurier Lamour regarde comme le plus beau titre de noblesse de son métier.

Dans toutes les professions un homme peut être honnête en même temps qu'habile, mais la serrurerie a ce singulier privilége qu'elle ne peut pas se passer de l'honnêteté. Un serrurier ne vit de son état qu'à la condition d'inspirer une confiance absolue à tous ceux qui le font travailler.

Cet éloge de la serrurerie par Lamour est quelquefois naïf dans la forme, mais il est empreint, d'un bout à l'autre, d'une sincérité pleine de charme et d'un profond amour de l'art.

GUIBAL ET CYFFLÉ

Barthélemy Guibal, né en 1699, a été le sculpteur des trois derniers ducs de Lorraine, Léopold, François III et Stanislas. C'était un statuaire de mérite, comme en témoignent ses statues d'Apollon et les neuf Muses dans le parc de Lunéville, et celles de

Saint-Pierre et Saint-Michel sur les tours de l'église paroissiale de la
même ville.

Les fontaines de Neptune et d'Amphitrite sur la place Stanislas
à Nancy sont les titres les plus importants de Guibal à la célébrité
qu'il s'est acquise en Lorraine. Ce sont deux groupes décoratifs du
plus bel effet, et qui ont surtout le mérite d'être admirablement appropriés à la place qu'ils occupent.

Guibal a formé un élève dont le nom jouit en Lorraine d'une très-
grande popularité, Paul Cyfflé. Né en 1724, Cyfflé, après avoir été
l'élève de Guibal, devint son ami et son collaborateur. Ils avaient été
chargés de faire ensemble une statue de Louis XV; mais lorsqu'il

Fig. 216. — La Fontaine, par Cyfflé.

s'agit de la mettre en place, une vive contestation s'éleva entre les
deux amis pour savoir lequel mettrait son nom au bas de la statue
dont chacun voulait s'attribuer tout le mérite.

Les choses allèrent même si loin qu'on en appela au roi Stanislas
pour décider la question. Celui-ci, après avoir écouté les allégations
contradictoires de chacune des parties, et ne sachant au juste qui
avait raison, proposa l'inscription suivante, en manière de concilia-
tion : « Cette statue a été faite par Guibal d'un coup de sifflet. »

La belle fontaine de la place d'Alliance à Nancy, érigée en souvenir
du traité passé en 1756 entre Louis XV et Marie-Thérèse, est décorée
de statues de Cyfflé, représentant trois fleuves soutenant une conque

marine sur laquelle porte un obélisque en marbre, chargé de trophées et couronné par la Victoire.

Néanmoins c'est surtout à ses statuettes que Cyfflé doit sa répu-

Fig. 217. — La Fontaine d'Amphitrite par Guibal.

tation. Il a été longtemps attaché à la manufacture de Niederviller, et on lui attribue la plupart des jolies petites figures en terre dite de

Lorraine, qui sont sorties de cette fabrique. Parmi les plus connues,
nous pouvons citer : la *Fontaine* (fig. 216), l'*Agréable Leçon,* le
Savetier et la Ravaudeuse, le *Baiser donné et le Baiser rendu,* l'*Oi-*

Fig. 216. — La Fontaine de Neptune par Guibal

seau mis en cage, le *Tailleur de pierres,* qu'on dit être le portrait
de l'artiste lui-même, le *Patineur,* qu'on prétend être celui de son

fils, le *Buste de Voltaire,* la statuette de *Panpan* Deveau, qui est une pièce fort rare et extrêmement curieuse. Ce Deveau, qui fut surnommé *Panpan,* je ne sais pour quelle raison, était le lecteur ordinaire du roi Stanislas ; et comme il passait pour l'homme le plus laid de la cour de Lorraine, il était en butte à mille quolibets.

Le chevalier de Boufflers avait fait sur lui le couplet suivant :

> Si monsieur Deveau
> Était un peu beau,
> Que monsieur de Beauveau
> Fût un peu moins beau ;
> Ce monsieur Deveau
> Serait un Beauveau,
> Et monsieur de Beauveau
> Ne serait qu'un veau.

Les statuettes de Cyfflé, exécutées avec une pâte blanche et très-fine, se voient dans un grand nombre de collections, et les belles épreuves sont extrêmement recherchées des amateurs.

CLODION

CLODION, dont le vrai nom est Claude Michel, est né à Nancy en 1738. Dans son acte de baptême, il est appelé fils légitime de Thomas Michel, marchand traiteur, et d'Anne Adam, son épouse. Il tenait donc par sa mère à une famille de sculpteurs fort habiles, et tout porte à croire qu'il fut élève de Sigisbert Adam. Mais son père lui-même, dans l'acte de baptême de Charles-Antoine Vanloo, en 1748, est qualifié sculpteur du roi de Prusse. Nous puisons ce renseignement dans une excellente notice de M. Jal, qui ajoute : « Ce Thomas Michel est père du sculpteur Clodion ; ce qu'il y a de singulier, c'est qu'au baptême de son fils, il est qualifié « marchand traiteur ». Il quitta donc la lardoire pour le ciseau, et en dix ans devint sculpteur habile, de cuisinier qu'il était. »

L'éducation de Clodion fut de bonne heure dirigée vers les arts. Après avoir fait ses premières études dans son pays, il fut envoyé à

Rome comme pensionnaire du roi, et resta neuf ans en Italie. C'est ce qui est constaté dans un rapport de Natoire, directeur de l'École de Rome, qui fait le plus grand éloge de cet artiste.

Le Musée du Louvre possède de Clodion une bacchante en marbre, portant sur ses épaules un petit satyre. Mais les ouvrages de Clodion se trouvent dans une foule de collections privées et sont aujourd'hui fort recherchés des amateurs.

Fig. 219. — Bacchante par Clodion (Musée du Louvre).

Après avoir eu un très-grand succès de son vivant, Clodion est tombé dans un discrédit complet, et c'est seulement depuis peu d'années que la vogue s'est de nouveau attachée à son nom.

Dans la vente des objets d'art ayant appartenu à Boucher, peintre du roi (1771, Remy expert), nous voyons figurer un ouvrage de Clodion avec la désignation suivante : « Une Vestale, terre cuite de quinze pouces de haut, *faite à Rome, d'après l'antique.* » Boucher

Fig. 220 — Terre cuite par Clodion.

Fig. 221. — Terre cuite par Clodion.

possédait également de lui un vase décoré d'une bacchanale d'enfants ;
nous pouvons en conclure que les ouvrages de Clodion étaient prisés
par les artistes les plus en faveur, avant l'époque où il fut agréé à
l'Académie (1773). Ils avaient également pris place dans les cabinets les
plus renommés, car à la vente du célèbre amateur Julienne en 1767,
nous trouvons deux terres cuites de lui.

Le fameux expert Lebrun, dont les décisions font encore autorité,
et Mariette, le plus fin connaisseur peut-être qu'il y ait jamais eu en
France, possédaient aussi des ouvrages de Clodion. Le catalogue de
la vente de Mariette ajoute même cette phrase significative : « Il règne
dans les ouvrages de ce jeune artiste une correction de dessin supérieure et une touche pleine de feu et d'esprit. »

Fig. 222. — Scène du déluge, par Clodion.

Notons en passant que Mariette est un des hommes que l'art
des anciens a le plus passionnés ; mais à côté des immortels chefs-
d'œuvre de la statuaire, il savait reconnaître le charme et la vie que
les artistes grecs mettaient dans leurs terres cuites et leurs petits
ouvrages. Or c'est précisément ce côté de l'art des anciens que
Clodion avait étudié, et en en donnant la traduction dans son langage
gaulois, il a prouvé une fois de plus que l'étude du passé n'altère en
rien l'originalité native. Il a fallu l'exclusivisme pédant de nos théori-
ciens du grand art pour faire croire à notre génération que l'antiquité
était froide et guindée, et pour détourner nos jeunes artistes d'études
qui devraient les passionner. Espérons qu'un jour on reconnaîtra que,

Fig. 223. — La toilette de Vénus, bas-relief par Clodion.

si la statuaire monumentale obéit dans une certaine mesure aux lois de l'architecture dont elle dérive, les statuettes et les terres cuites, comme tout ce qui est portatif, ont toujours conservé dans l'art antique la liberté d'allure qui est leur essence et que là encore les anciens sont nos maîtres.

Cette raideur voulue, qu'au commencement du siècle on appelait rigidité, a du moins produit de belles œuvres en peinture, et Louis David, qui en est en quelque sorte le patron, demeurera toujours un grand maître. Mais elle a été funeste à la statuaire, qui demande avant tout de la souplesse et de la grâce. Clodion a été une de ses victimes, et les grands ouvrages de sa vieillesse prouvent, en même temps que le déclin de son talent, l'influence du goût régnant. Bien que le *Groupe du déluge* ait été signalé par la critique du temps comme le meilleur ouvrage de l'artiste, nous ne retrouvons pas là, ni dans l'*Hercule en repos,* ni dans l'*Entrée des Français à Munich,* bas-relief commandé pour l'arc de triomphe du Carrousel, les qualités de verve et d'esprit qui assignent à Clodion une place à part dans l'école française.

C'est dans les petits sujets exécutés librement, dans la *Toilette de Vénus* (fig. 223), dans les *Bacchantes et les Satyres,* dans les *Jeunes Filles jouant avec des tourterelles,* et dans ses adorables petits groupes d'enfants, qu'il faut apprécier Clodion. C'est avant tout un charmant décorateur, qui a le plus souvent appliqué son talent à des vases, à des pendules, à des petites statuettes destinées à être placées comme pendants sur des socles ou sur une cheminée. Il a même décoré des maisons, notamment celle de la rue Saint-Dizier, n° 22, à Nancy, qui fut construite pour un riche fabricant d'outils en fer dont le genre de commerce est rappelé dans une élégante suite de bas-reliefs et d'emblèmes.

Clodion est mort à la Sorbonne en 1814; sa vie d'artiste est comme divisée en deux parties. Il avait exposé en 1773, 1779 et 1783, puis il expose de nouveau en 1801, 1806 et 1810. On voit par un acte du 13 pluviôse an II (1ᵉʳ février 1794) qu'il avait divorcé avec Catherine-Flore Pajou, fille du célèbre statuaire dont il était le gendre. Mais sa vie d'artiste, comment a-t-elle été employée pendant ces dix-huit ans, où on n'entend aucunement parler de lui? C'est précisément pendant cette période que le goût public s'est transformé; les petits ouvrages de Clodion, fort estimés à ses débuts, subirent alors une dépréciation notable dont les prix de vente font foi. Ainsi, à la vente Julienne (1767), deux petites figures se payent 250 livres; à la vente Boucher (1771), la *Vestale* atteint 200 livres; à la vente Mariette (1775), un vase avec groupe d'enfants, en relief, monte à 600 livres, et un groupe de Nymphes et Bacchantes font 900 livres à la vente Varanchan (1777). Mais en 1783, un vase avec jeux d'enfants ne fait plus que 72 francs, des Satyres jouant avec des oiseaux sont adjugés à 36 francs, un Faune dansant avec un Corybante, 31 francs; Vénus donnant un baiser à l'Amour, 24 francs; enfin une Bacchante faisant danser un petit Satyre et des Amours allumant leurs flambeaux ne peuvent passer 31 francs (vente Dubois, Verrier et Clodion frères). En 1788, à la vente Lenglier, un *Triomphe de Bacchus,* bas-relief de vingt figures, est retiré faute d'amateur, et à la vente Lebrun (1791), deux charmants petits groupes, un Satyre et une Bacchante faisant jouer des petits enfants sont adjugés pour la somme dérisoire de 28 francs !

La révolution dans les arts avait précédé la révolution politique; les artistes réagissaient violemment contre l'esprit aimable et enjoué de l'époque précédente, et l'opinion publique brûlait avec colère ce qu'elle avait encensé la veille. Devant le flot envahissant des idées nouvelles, Clodion, comme tant d'autres, se trouva dépaysé, et s'il garda, dans une certaine mesure, le rang que son ancienne réputation lui avait assigné, ce fut peut-être parce qu'en abordant la grande statuaire, il oublia complétement la saveur prime-sautière de ses premières productions. La tournure de son esprit ne le portait pas dans cette direction, et dans l'école française il n'appartient pas à la famille énergique des Puget et des Rude; mais parmi les charmeurs aimables et les décorateurs exquis, il a sa place marquée à côté de François Boucher.

Pour nos artistes de l'industrie, Clodion est un véritable maître; si ses ouvrages atteignent aujourd'hui un prix si élevé dans les ventes, prix qu'ils n'atteignirent jamais de son vivant, il ne faut pas voir là une exagération provenant d'une simple réaction dans le goût, il faut plutôt y constater le besoin que nous éprouvons de chercher dans nos applications mobilières un style vivant et coloré qui échappe à l'absolu et sache se plier aux usages pratiques de la vie.

LEMIRE

CHARLES-GABRIEL SAUVAGE, dit LEMIRE, né à Lunéville en 1741, était fils d'un habile fondeur, qui exécuta à Nancy et à Lunéville des statues, entre autres celle de Louis XV, et de beaux ouvrages pour le roi Stanislas. Ayant perdu, à quatorze ans, son père,

Fig. 224. — L'Amour tendant son arc, par Lemire

Lemire, qui n'avait aucun moyen d'existence, entra en apprentissage dans une manufacture de faïence.

Dans un document publié par M. Jacquemart, nous voyons le très-modeste début de Lemire dans la fabrique de Niederviller. La phrase est ainsi conçue : « *Charle Mire, garçon sculteur* (sic), *gagne environ vingt-quatre sols par jour.* » Cette pièce est datée de 1759; ainsi Lemire devait avoir dix-huit ans lorsqu'il était qualifié de « *garçon sculteur* » et recevait un salaire de vingt-quatre sous par jour.

Lemire, qui paraît avoir travaillé en Lorraine jusqu'à la Révo-

lution, a fait des ouvrages très-estimés pour les fabriques de Niederviller et de Lunéville. Parmi ses statuettes les plus remarquables, on
cite *Vénus fouettant l'Amour,* le *Jugement de Pâris,* l'*Amour lançant
une flèche* et l'*Amour silencieux,* la *Joueuse de cymbales,* etc.

Il fit aussi pour l'église de Sainte-Croix, à Niederviller, une Vierge
en porcelaine décorée de deux couleurs. D'après les traditions de la
localité, cette statue aurait été offerte par les artistes de Niederviller

Fig. 225. — Génie de la Musique, par Lemire.

pour obtenir la protection de la Vierge contre les révolutionnaires
devenus redoutables.

Lemire était déjà avancé en âge lorsqu'il fut appelé à la manufacture de Sèvres. Il y fit la connaissance de Denon, avec lequel il se
lia et qui l'entraîna à faire de grandes statues de marbre. Lemire est
un artiste de transition ; par son éducation, il appartient au xviiie siècle,
mais ses idées se modifièrent au contact de Paris, qu'il vint habiter
dans ses vieux jours. Il avait plus de soixante ans lorsqu'il exposa
son *Amour tendant son arc* qui fut fort apprécié et figure maintenant

dans les galeries du Louvre. Il fit successivement un *Génie de la Musique,* un *Berger,* un jeune enfant qui cherche à attraper un canard. De 1806 à 1819, Lemire a exposé comme statuaire; il est mort en 1827.

AUGUSTIN

JACQUES AUGUSTIN (1759-1832) est natif de Saint-Dié, dans les Vosges. On ne sait rien sur l'éducation de cet habile miniaturiste et on ne connaît même pas le nom de son professeur. Quand il débuta au Salon de 1791, il déclara s'être formé sans maître. C'était alors une mode parmi les jeunes artistes et, dans les livrets du temps, on en trouve qui se déclarent élèves « *de la nature et de la méditation* ». Nous avons vu surgir de nos jours des prétentions analogues et elles se reproduiront toutes les fois qu'il n'y aura pas dans la peinture une tendance bien nettement déterminée. Si Augustin était venu dix ans plus tard, il se serait sans doute enrôlé sous la bannière de David. Mais quand il vint à Paris, en 1781, l'école française était en plein désarroi. Augustin, d'ailleurs, arrivé de sa province avec trois louis pour toute fortune, fut obligé de chercher à gagner sa vie par tous les moyens possibles, et ce fut en faisant des portraits d'après nature qu'il perfectionna son talent.

Son nom ne figure pas dans les dernières expositions de l'Académie royale, dont il ne fut jamais membre, mais au Salon révolutionnaire de 1791, après l'abolition de l'Académie, Augustin fit comme bien d'autres artistes, qui saisirent l'occasion de montrer leurs ouvrages au public. Il obtint un certain succès avec ses miniatures, et en 1796 il fit une véritable sensation en exposant son propre portrait.

La critique d'art se faisait alors sur un ton assez goguenard et presque toujours en petits vers badins. Augustin ne recueillit que des éloges : dans une des brochures de l'époque, intitulée *Critique du Salon,* ou *les Tableaux en vaudeville,* on en parle dans les termes suivants :

> Expression et vérité,
> Accord de couleur, harmonie,
> Jean Augustin, en vérité,
> A l'Ivoire a donné la vie :
> Il respire le sentiment,
> Ce portrait que tout le monde aime.
> Pour peindre l'auteur dignement,
> Je crois qu'il faut être lui-même! *(Bis.)*

Le succès d'Augustin alla toujours en croissant; il fit en 1801 le portrait du statuaire Calamard, que le *Pausanias français* a appelé « la plus belle tête en miniature qu'on ait jamais peinte ». Les portraits de Mme Récamier, du statuaire Chaudet, celui de l'empereur Napoléon, en émail, ceux de Denon, de Joséphine, de la reine Hortense, du roi

Fig. 226. — Augustin (miniature de l'auteur).

de Hollande, de la reine de Naples, de Louis XVIII, de la duchesse d'Angoulême, des ducs de Berry, d'Orléans, etc., mirent le comble à la réputation de l'artiste, qui fut nommé en 1819 premier peintre en miniature du cabinet du roi. Il forma plusieurs élèves, entre autres Mme de Mirbel.

La critique applaudissait à chaque nouvel ouvrage d'Augustin. En 1806, le *Pausanias français* en faisait un pompeux éloge qui commençait par ces mots : « On connaît le talent miraculeux de cet artiste; il s'est surpassé dans le portrait de l'empereur..., etc. » Dans *Pasquin et Scapin au Muséum,* brochure publiée en 1804, on lit : « La ressemblance, la vérité, l'effet et la douceur des chairs et des draperies rendent Augustin bien recommandable dans ce genre où il excelle; car il approche de la peinture, parce qu'il abandonne le pointillé. » Dans une autre brochure publiée en 1812, on dit : « M. Augustin est de ceux qui peuvent dire : Mon travail est borné, mais ma gloire ne l'est pas. Ses miniatures ont pour le *fini* quelque chose de *désespérant*. C'est là le mot propre, je m'en rapporte à ses émules... »

La peinture correcte, distinguée et un peu froide d'Augustin, était absolument d'accord avec le goût du public au commencement de ce siècle. Mais ce goût se transforma et la touche plus vive de son élève, Mme de Mirbel, enleva bientôt tous les suffrages. L'artiste lorrain bouda, se fit oublier, et quand, après 1830, il voulut exposer de nouveau, il ne trouva plus dans l'opinion publique la même chaleur qu'autrefois. Les idées avaient changé et l'artiste avait vieilli. Les belles miniatures d'Augustin sont aujourd'hui fort appréciées des amateurs, et celles qu'on peut voir au Louvre justifient pleinement la réputation qu'il s'est acquise autrefois et le rang éminent qu'il occupe parmi les peintres en miniature de l'école française[1].

1. On peut consulter sur Augustin, outre les brochures citées plus haut, l'excellente notice que M. Reiset a consacrée à cet artiste.

ARTISTES LORRAINS

CONTEMPORAINS

———————

 A Lorraine fournit comme l'Alsace un contingent important à l'art contemporain; mais l'ordre alphabétique, usité dans nos Salons annuels, permet difficilement d'apprécier le mouvement artistique d'une province dans ce grand tout qui s'appelle la France et centralise à Paris son activité.

Cette centralisation présente certains avantages, et on ne peut d'ailleurs empêcher les artistes d'affluer vers la capitale, quand ils s'y croient appelés par leurs intérêts. Mais elle a le grave inconvénient de nous aveugler absolument sur la valeur artistique des diverses parties de la nation, et elle empêche la critique d'appeler l'attention sur les efforts très-sérieux qui se font dans certaines localités, tandis que d'autres semblent n'avoir aucun souci des beaux-arts.

S'il nous était permis d'émettre ici un vœu, nous demanderions qu'on essayât une fois de classer par séries provinciales les ouvrages envoyés au Salon au lieu de les confondre dans l'ordre alphabétique. On se convaincrait alors que certaines provinces sont absolument nulles comme production artistique, tandis que d'autres présentent une richesse de production que l'opinion publique ne soupçonne pas.

Faut-il voir là une différence d'aptitudes entre les contrées qui constituent la France, ou est-ce le résultat d'un enseignement insuffisant dans certains endroits, tandis qu'il est bien fait dans d'autres ? C'est une question qui serait intéressante à étudier, mais qui ne pourra être résolue que lorsqu'on connaîtra exactement l'état de chaque province.

La ville de Metz était avant l'annexion un foyer artistique important : c'était une des rares villes de France qui ne reçût pas son mot d'ordre de Paris, et les habitants de la malheureuse cité parlaient avec orgueil de ce qu'ils appelaient l'École de Metz. Il est certain que le groupe messin comprenait quelques artistes d'une grande valeur et présentait une physionomie à part, dont l'importance n'a pas été suffisamment appréciée à cause du pêle-mêle de nos expositions. Ce groupe n'existe plus depuis l'annexion, et Metz, qui avait pris dans l'art une place spéciale entre Paris et Bruxelles, n'est plus aujourd'hui qu'une ville morne et sans initiative, avec des maisons vides et des casernes pleines d'Allemands.

Maréchal, qui avait été en quelque sorte l'initiateur de l'école de Metz, est allé demeurer à Bar-le-Duc, A. de Lemud, Devilly et Michel sont à Nancy, d'autres sont venus à Paris, tous ont voulu demeurer Français, et la ville de Metz, aujourd'hui dépourvue d'artistes, a perdu dans un jour de malheur l'activité dont elle était si fière. Ce groupe lui appartient néanmoins, et, avant de parler isolément des artistes lorrains, il était important de constater l'importance que Metz a eue dans l'art contemporain.

AUBÉ

Né en 1837 à Longwy (Moselle), Jean-Paul Aubé est fils d'un des grands industriels du pays, qui a perdu sa fortune à la suite des événements de 1848. C'est donc au milieu des plus grandes difficultés

matérielles qu'il a pu poursuivre ses études artistiques. Son département lui vint en aide à cause des dispositions qu'il avait montrées
dès son enfance, et, grâce à un modeste subside, il put venir à Paris,
où il fut d'abord élève de Dantan aîné, puis de Duret.

Après avoir obtenu à l'École des Beaux-Arts tous les succès ordi-

Fig. 227. — La Sirène, groupe par Aubé.

naires d'un bon élève, il put en 1866 aller en Italie, où il se passionna
pour l'art décoratif tel que l'ont compris les artistes de la Renaissance.
Son premier ouvrage a été un *Dante* qui n'a jamais figuré à l'Exposition et décore l'escalier de l'hôtel Païva aux Champs-Élysées.

Après avoir fait un buste de *Mérimée* pour l'Institut, et un buste du comte Siméon, destiné à la nouvelle salle du conseil d'État, Aubé a fait son joli groupe de la *Sirène,* qui a obtenu une médaille à l'Exposition de 1874 et a été acquis par l'État. La réputation de ce sculpteur est donc toute récente, mais ses débuts le rangent parmi les artistes sur lesquels on est en droit de compter.

BASTIEN-LEPAGE

B ASTIEN LEPAGE, né à Damvillers (Meuse), est un élève de l'École des Beaux-Arts. Il a échoué cette année (1875) dans son concours pour le grand prix de Rome, mais son tableau a été fort remarqué. Pour l'opinion publique Bastien Lepage n'est plus un élève, c'est un peintre. Son vieux bonhomme à lunettes, du Salon de 1874, était d'une naïveté charmante avec son mouchoir à carreaux et sa tabatière en écorce de merisier sur les genoux. Il y avait là un accent de sincérité qu'on a retrouvé dans sa *Communiante* et son portrait d'homme exposés en 1875. Nous avons tenu à le noter ici pour prendre date. Bastien Lepage a fait sa réputation comme peintre avant d'avoir quitté les bancs de l'école. Les promesses sont superbes, nous verrons ce que l'avenir nous réserve.

BOILVIN

E MILE BOILVIN[1], né à Metz en 1845, se destinait d'abord aux mathématiques. Mais à dix-huit ans, il partit pour Paris avec l'intention décidée de faire de la peinture et entra à l'atelier de Pils. Son premier tableau, *Françoise de Rimini,* figura au Salon de 1866. Outre

---

1. Ses principaux ouvrages sont : 1866. *Françoise de Rimini.* — 1867. *Un Écorcheur.* — 1868. *La Cour de Gargantua.* — 1869. *Panurge; Album sur Marlborough.* — 1870. *Louis XI en prière.* — 1873. *Deux cadres contenant des gravures.* — 1874. *Bivouac à Metz pendant le blocus,* deux gravures.

Fig. 228. — Un Bivouac à Metz, tableau de Boilvin.

ses peintures, cet artiste a fait des séries de dessins et entre autres un album sur Marlborough qui fut publié en 1869.

Son tableau le plus saillant est celui qui a figuré au Salon de 1874. C'est un souvenir du siége de Metz : des soldats de cavalerie isolés bivouaquent place Saint-Simon, au fort Moselle. L'agencement de cette scène militaire dénote chez l'artiste un véritable sentiment pittoresque et on peut regarder ce tableau comme une sérieuse promesse pour l'avenir.

Boilvin n'est pas seulement peintre et il a déjà conquis une place des plus distinguées parmi nos graveurs à l'eau-forte. Son talent fin et délicat se fait volontiers l'interprète de l'école française du xviiie siècle ; le *Château de cartes,* d'après Drouais, et l'*Aurore et Céphale,* d'après le tableau de Boucher du Musée de Nancy, en donnent un échantillon qui nous dispense de tout commentaire.

CLÈRE

G EORGES CLÈRE [1], né à Nancy en 1829, fut d'abord étudiant en médecine à Dijon, mais il suivait en même temps les cours de l'École des beaux-arts de cette ville et il finit par s'adonner tout entier à la sculpture. Il vint à Paris se mettre sous la direction de Rude et débuta au Salon de 1853 par une figure de *Malvina au tombeau d'Oscar.* La *Jeanne d'Arc écoutant ses voix* qui fut exposée en 1869, et acquise par l'impératrice Eugénie, fit une grande sensation au Salon. La jeune visionnaire, écoutant les voix qui lui disent d'aller en avant, semble en proie à une sorte de délire, parfaitement d'accord avec sa légende.

---

1. Ses principaux ouvrages sont : 1853. *Malvina au tombeau d'Oscar.* — 1859. *Vénus agreste* (dans la cour du Louvre); le *Faune gymnaste* (à Saint-Pétersbourg). — 1862. *Histrion* (palais de Fontainebleau); figures décoratives pour le nouveau palais des facultés à Nancy, représentant le grand Cardinal, le duc Charles III, Stanislas et Napoléon III. — 1864. *Hercule étouffant le lion de Némée.* — *Un Belluaire.* — 1865. *Phœbé* (palais du Louvre). 1867. *Le baron Larrey* (médaillon en bronze). — 1869. *Jeanne d'Arc écoutant ses voix.*

Fig. 229. — Jeanne d'Arc, statue de Georges Clère.

En dehors des statues qu'il envoie à l'Exposition, Georges Clère a collaboré à la décoration de plusieurs édifices. C'est ainsi qu'il a fait, pour le Louvre, l'*Hiver*, la *Marine*, la *Force*, les *Vendanges ;* pour le pavillon de Flore, aux Tuileries, deux grands frontons, quatre groupes de génie et dix cariatides ; pour la préfecture de Versailles deux grands frontons, les bustes de Cérès, Mercure, Bacchus et Vertumne, etc.

DEVILLY

THÉODORE DEVILLY[1], né à Metz en 1818, fut d'abord élève de Maréchal et vint ensuite à Paris étudier sous la direction de Paul Delaroche. Doué d'une riche organisation d'artiste, Devilly a abordé à peu près tous les genres, mais les sujets militaires sont ceux qui paraissent convenir le mieux à son tempérament. Passionné pour la couleur, il s'est épris fort jeune des ouvrages d'Eugène Delacroix, et l'on a cru souvent qu'il était son élève. Il compose avec une extrême facilité, mais comme peintre il est très-consciencieux, et ne quitte ses tableaux qu'à regret, espérant toujours qu'il pourra les améliorer encore. Son *Combat de Raz-Satah,* acquis par le maréchal Randon, et son *Combat au marabout de Sidi-Brahim,* maintenant au musée de Bordeaux, ont été fort remarqués aux Salons de 1852 et 1857. Néanmoins son œuvre capitale est au musée de Metz ; c'est un épisode de la campagne de 1812 représentant un *Bivouac dans la neige.* Une douzaine de soldats, affamés et à demi gelés, sont couchés dans la neige au milieu d'une plaine sinistre dont rien ne vient rompre la monotonie.

1. Ses principaux ouvrages sont : 1839. Le *Rappel* (aquarelle). — 1841. *Après la bataille* (aquarelle). — 1852. *Combat de Raz-Satah* (appartient au maréchal Randon); *Cosaques en 1814.* — 1857. *Combat au marabout de Sidi-Brahim* (Musée de Bordeaux). — 1859. *Bivouac,* campagne de 1812 (Musée de Metz). — 1861. *Bataille de Solferino* (Musée de Metz). — 1863. *Malakoff* (appartient à l'État); *Clairon de chasseurs à pied; Un Misanthrope.* — 1867. *Hourra de Cosaques.* — 1870. *Combat d'un Centaure et d'une Lionne; Mazeppa.* — 1874. *Léda; Blessés de Gravelotte* (août 1870); *Adieux à leurs officiers des soldats partant pour la captivité* (Metz, 1870). — 1875. *Bacchante; Amphitrite;* le *Cheval blessé.*

Fig. 230. — Un Bivouac en 1812, tableau de Devilly (musée de Metz).

Le *Hourra de Cosaques* est une scène pleine de vie et d'animation, et l'on retrouve des qualités charmantes dans une foule de compositions et d'aquarelles qui n'ont pas figuré à nos Salons, mais qui sont bien connues à Metz et dans toute la Lorraine où cet artiste jouit d'une célébrité méritée. Comme peintre de scènes militaires, il ne rappelle ni Vernet, ni Raffet, ni Charlet, ni Bellangé, et il a trouvé moyen après eux tous de faire des tableaux originaux dans un genre qui semblait condamné au plagiat.

Outre ses tableaux et ses aquarelles, Devilly a collaboré à une

Fig. 231. — Le Grand mauvais sujet, par Devilly.

foule de publications illustrées. Il a fait, avec A. de Lemud, des dessins pour une édition d'Homère, et l'interprétation que ces deux artistes ont donnée de l'antiquité est extrêmement originale. Il est fort amusant quand il touche la note comique, et unit une grande vivacité de jet à une observation toujours piquante. Voyez plutôt son *Grand mauvais sujet* (fig. 231), la honte d'une école des frères qui a mérité des oreilles d'âne pour avoir fait des cocotes en papier au lieu d'une page d'écriture ! Fi, le vilain !

La guerre de 1870 trouva Devilly établi à Metz, où il jouissait de

UNE MALADRESSE, TABLEAU D'EUGÈNE FEYEN

la plus belle position comme peintre. Mais quand il vit l'étranger installé en maître dans sa ville natale, il ne voulut plus habiter Metz.

Devilly est aujourd'hui directeur de l'école de dessin et conservateur du musée de peintures à Nancy. Son école de dessin est extrêmement suivie et le musée, confié à sa garde, est assurément un des plus intéressants et des mieux tenus qu'il y ait en province.

ÉMILE FAIVRE

É MILE FAIVRE[1] naquit à Metz, en 1821, dans une famille dénuée de toutes ressources. Six mois après sa naissance, il perdait son père, garde d'artillerie attaché à l'arsenal de la citadelle, qui laissait en mourant six enfants en bas âge. Le dernier, Émile Faivre, fut élevé comme enfant de troupe, et obtint plus tard un petit emploi. Il consacrait ses loisirs à apprendre le dessin sans se douter qu'il serait un jour artiste. Ce jour vint pourtant, et il acquit, comme peintre de fleurs, une très-grande notoriété qui s'étendit jusqu'à Paris, où il s'est plusieurs fois fait remarquer au Salon. Émile Faivre est mort en 1868, âgé de quarante-sept ans.

FEYEN

E UGÈNE FEYEN, né à Bey-sur-Seille (Meurthe-et-Mosellle), fut d'abord élève de Léon Cogniet. Puis il entra à l'atelier de Paul Delaroche et suivit assidûment les cours de l'École des Beaux-Arts.

---

1. Ses principaux ouvrages sont : 1855. *Fleurs et Fruits d'automne; Roses trémières; Pavots et Coquelicots.* — 1857. *Lauriers-roses et Pavots dans un parc;* un *Terme orné de roses et de pampres; Roses trémières; Fruits d'automne.* — 1859. *Paon et Roses trémières; Chevreau broutant une vigne* (panneaux décoratifs); *Chrysanthème dans un vase.* — 1861. *Jeune Fille cueillant des fleurs; Chevreuil apprivoisé broutant des fleurs* (panneaux décoratifs); *Combat d'un héron et d'un milan.* — 1863. *Fleurs et Fruits; Héron blanc et Chevreuil.* — 1864. *Nature morte.* — 1865. *Maraîchère du pays messin; Paon et Pigeon autour d'un bassin* (acquis par l'État). — 1866. *Fruits et Légumes; Cygne mort.*

En 1841, il exposa pour la première fois et pendant plusieurs années envoya régulièrement des ouvrages à l'Exposition. Mais en 1849, il fut atteint d'une affection des yeux qui dura de longues années et l'obligea à cesser complétement de faire de la peinture.

Ce ne fut qu'en 1861 que Feyen recommença à exposer. Il a fait des petits sujets de genre très-spirituellement composés, notamment *le Dîner chez un pêcheur* et *Une Maladresse*. Dans ces dernières années Eugène Feyen a fait des tableaux avec d'innombrables petites figures bien groupées et très-finement faites, bien que dans un mode d'exé-

Fig. 232. — Le Dîner chez un pêcheur, tableau d'Eugène Feyen.

cution un peu uniforme. Ces petites foules, où chaque figure pourrait être regardée à la loupe, ont été fort appréciées du public qui se presse autour des toiles de l'artiste. On a particulièrement remarqué, en 1874, la *Foire du mont Dol de Bretagne* (Ille-et-Vilaine), et en 1875, la *Caravane de Cancale*. La grande pêche aux huîtres, dans cette partie de la Bretagne, prend le nom de caravane.

MELANCOLIE, TABLEAU DE FEYEN-PERRIN

FEYEN-PERRIN

Auguste Feyen-Perrin [1], né à Bey-sur-Seille, est élève de Léon Cogniet et d'Adolphe Yvon. Doué d'une nature sérieuse et

Fig. 233. — La Vanneuse, par Feyen-Perrin.

poétique, il a vécu dans un milieu de réalistes, pour lesquels l'art ne va pas au delà d'une exactitude prosaïque et semble avoir été toute

1. Ses principaux ouvrages sont : 1853. *Portrait de M. Beer*, jeune artiste lorrain. — 1855. Le *Retour à la chaumière* (Exposition universelle). — 1857. La *Barque de Caron* (donnée par l'auteur au musée de Nancy). — 1859. *Descente de croix; Scène de l'enfer de*

sa vie ballotté entre des courants contraires. Tantôt il paraît vouloir rivaliser avec la photographie, et montre, dans la *Leçon d'anatomie*, le docteur Velpeau faisant une démonstration à ses élèves, tantôt il est épris de Lamartine et peint l'*Élégie* ou la *Mélancolie*. Quelquefois il touche à l'histoire, comme dans Charles le Téméraire retrouvé mort après la bataille de Nancy, ou bien il aborde le drame dantesque et représente la barque de Caron. Dans toutes ces oscillations, qui peut-être ont empêché sa réputation de s'établir d'une façon bien déterminée, c'est dans les scènes rustiques poétisées que Feyen-Perrin nous paraît avoir donné la note la plus personnelle. De ce nombre est la *Vanneuse* du Salon de 1867, figure d'une tournure presque sculpturale, en même temps que d'une vérité irréprochable (fig. 233).

FRANÇAIS

Louis-François Français est né à Plombières en 1814. Il s'était d'abord destiné aux mathématiques, mais ayant été obligé d'interrompre ses études, il vint à Paris et y trouva une place de commis libraire. Au bout de plusieurs années, il parvint à vivre avec ses dessins, en illustrant des livres pour les éditions de luxe et se fit bientôt un nom dans la lithographie.

Élève de Corot et Gigoux pour la peinture, il ne commença pourtant à faire des tableaux qu'après avoir déjà fait sa réputation comme lithographe et dessinateur d'illustrations. En 1847, il exposa son premier paysage, une *Chanson sous les saules,* et dès lors il commença cette série de tableaux sur les environs de Paris qui eurent tant de succès. Son ami Baron avait placé des figures dans la *Chanson sous*

Dante. — 1861. La *Jeunesse de l'Arétin* (fête vénitienne). — 1863. La *Muse de Béranger* (au musée de Toulon); *Épisode des premières guerres; Danse antique.* — 1864. La *Leçon d'anatomie;* la *Grève.* — 1865. L'*Élégie; Charles le Téméraire* (ce tableau est maintenant au musée de Nancy). — 1866. *Femmes de l'île de Batz, attendant la barque de passage.* — 1867. La *Vanneuse;* le *Nid.* — 1868. Un *Naufrage;* le *Poison.* — 1869. *Vanneuse de Cancale;* la *Voie lactée.* — 1870. *Mélancolie;* l'*Enfance du marin.* — 1872. Le *Printemps.* — 1873. *Cancalaise à la source; Retour du marché.* — 1874. Les *Pêcheurs d'huîtres; Dans la rosée.* — 1875. *Général Billot; Demoiselles W...; M. de Ponsleroy.*

Fig. 234. — Environs de Cannes, dessin de Français

les saules; Meissonier voulut animer le tableau du *Parc de Saint-Cloud* et y plaça des personnages microscopiques qui étaient ravissants de tournure et dans une harmonie parfaite avec le paysage.

Toutes les parties de la France ont été explorées par Français : nous sommes tour à tour dans le Jura et toutes les splendeurs de la montagne se déroulent devant nous, ou bien en Bretagne devant un vieux moulin. Puis nous revenons aux riants coteaux de Bougival,

Fig. 235. — Les Laveuses, par Français.

ou sur les rives de ce petit ruisseau de Cernay, dont les roseaux se courbent si gracieusement sous l'effort de l'eau courante. Devant les motifs si simples et si charmants que l'artiste trouve aux environs de Paris, on sent que la beauté de la campagne est multiple dans ses manifestations et que le véritable artiste sait traduire devant la nature les impressions les plus diverses.

Vous pouvez suivre l'artiste en Normandie, en Bretagne, il vous promènera le long des ruisseaux ombreux, des prairies verdoyantes

Fig. 236. — Étude de plantes par Français.

ou des grèves battues par la vague. Préférez-vous le Midi, il va traduire pour vous les vieux pins de la Provence et les rives pittoresques de la Méditerranée.

Le talent de M. Français est élégant, correct, exact et surtout parfaitement pondéré. Si la réputation du peintre a grandi sans tapage, sans luttes passionnées autour d'elle, en revanche elle s'est toujours tenue au-dessus des caprices de la mode et a été acceptée sans conteste par les doctrines les plus opposées. Il y a des artistes qui joignent à des qualités réelles des défauts tellement choquants que leur nom seul provoque des luttes bruyantes, et par cela même qu'ils ont des détracteurs violents, ils ont aussi des défenseurs fanatiques. Ces succès à grand orchestre ont à nos yeux de graves inconvénients : dans le

Fig. 237. — Souvenir des environs de Rome, dessin de Français.

temps présent, on ne sait jamais au juste si le bruit qu'ils font est de bien bon aloi, et si en dehors des énormités qui blessent le bon sens, on y trouverait une valeur suffisante pour justifier ces acclamations.

Lorsqu'on étudie l'histoire de l'art dans le passé, on est frappé de

voir combien le silence se fait vite autour d'œuvres dont l'apparition
avait été saluée avec fracas et qui, bien qu'absolument oubliées depuis,

Fig. 238. — Souvenir d'Italie, dessin de Français.

n'étaient pas dépourvues de valeur. Au contraire, quand nous par-
courons nos musées, nous constatons que les œuvres des maîtres
présentent rarement ces inégalités et ces bizarreries que la génération
militante accepte avec tant d'indulgence.

Quoique ses tableaux soient toujours harmonieux, Français est plus préoccupé de la forme que de la couleur. On voit, d'après les études consciencieuses qu'il a faites d'après des plantes, avec quelle

Fig. 239. — Dessin d'après nature, par Français.

sincérité il poursuit un contour, avec quel amour il traduit la physionomie particulière des feuillages.

C'est aux environs de Paris qu'il a puisé ses premières impres-

sions de jeunesse, et les coteaux de Bougival ont été pendant longtemps
l'unique but de ses excursions. On racontait en plaisantant comment
l'idée lui était venue d'aller en Italie. Il avait fait une vue du plateau

Fig. 240. — Dessin d'après nature, par Français.

de Marly, où l'on voyait les dernières lueurs du couchant apparaître
derrière les arcades cintrées de l'aqueduc. Un amateur fit l'acquisition
de ce tableau qu'il prit pour un site d'Italie, et demanda à l'artiste un

pendant, parce qu'il était le seul peintre, disait-il, qui ait su jusqu'à ce jour rendre la campagne de Rome. C'est alors que Français serait parti. L'anecdote est sans doute apocryphe, mais elle n'a rien d'impossible. En tout cas, la nature italienne plut singulièrement à notre peintre.

M. Français a fait de nombreuses études en Italie et surtout dans la campagne de Rome. Cette contrée, qui forme une partie de l'ancien Latium, a toujours été le pays de prédilection des artistes. C'est une plaine ondulée, entrecoupée de ravins profonds et de collines abruptes, inculte et sillonnée de flaques d'eau. Les montagnes lointaines de la Sabine, les coteaux rocheux ou boisés qui environnent le lac d'Albano, les silhouettes nettement découpées de villages admirablement placés, et les souvenirs toujours vivants du passé, donnent au pays une physionomie grandiose que Français a parfois rendue avec un rare bonheur; il aime à représenter, au milieu de l'immensité nue de la campagne romaine, ces gigantesques aqueducs que le vieux monde avait élevés comme un défi aux âges futurs et qui profilent sur le ciel leur contour si simple et si pittoresque à la fois. Les grands bœufs qui parcourent silencieusement la plaine animent la campagne sans rien lui ôter de son aspect grandiose et solitaire.

Il y a près d'Albano un lieu cher aux peintres par ses arbres séculaires et ses ombrages frais et profonds : c'est le parc de l'Ariccia, qui, par suite d'une disposition testamentaire, n'est pas entretenu et présente une végétation libre et luxuriante. Les chênes verts de l'Ariccia, les bosquets verdoyants du parc, et jusqu'à l'escalier dégradé qui y conduit, ont fourni à M. Français de ravissants motifs. Souvent aussi il a peint les villas de Frascati; ici, au contraire, tout est entretenu, et le mouvement des chutes d'eau dans leurs bassins encadrés de grands arbres rappelle notre parc de Saint-Cloud, dont la disposition est imitée des jardins italiens de la Renaissance.

M. Français travaillait dans les villas de Frascati, à côté d'un artiste bien connu par sa rigidité comme dessinateur, M. Benouville. Les deux amis se faisaient entre eux des paris, s'engageant à payer une amende à la communauté si l'un d'eux trouvait l'autre en défaut devant la nature; on comprend si l'exactitude des dessins était vérifiée minutieusement par chacun des adversaires! C'est cette exactitude qui fait le charme des dessins de M. Français, et chaque silhouette, chaque

LE BOIS SACRÉ, TABLEAU DE FRANÇAIS.

branche, chaque détail est rendu avec la sincérité et l'accent personnel d'un portrait.

Les environs du lac Némi, qui tantôt apparaît encaissé dans ses coteaux pittoresques, tantôt s'efface en partie derrière la végétation qui le borde, la fontaine de Grotta-Ferrata, qu'ombragent des arbres séculaires, les aspects grandioses des marais Pontins, les chênes verts de Capri et les beaux bouquets de pins en parasol bien connus des touristes, montrent tour à tour les aspects si variés de l'Italie centrale et méridionale.

Français a un avantage sur la plupart de ses confrères paysa-

Fig. 241. — Souvenir d'Algérie, par Français.

gistes. Il dessine la figure et très-bien. Ses petits Italiens au crayon ont une tournure ravissante, et on sent que, s'il ne donne pas plus d'importance aux personnages qui animent ses tableaux, ce n'est pas par impuissance, mais c'est seulement à cause de la fascination que la campagne exerce sur lui.

Français n'a pas seulement exploré la France et l'Italie. Il a été en Suisse et en a rapporté des toiles d'un caractère vraiment grandiose; en Algérie, où il a trouvé des maisons blanchies à la chaux et perdues dans une gorge dénudée. Partout il a travaillé d'après nature et partout il a su y puiser des accents de sincérité et des notes vivantes et pittoresques.

Ce qui caractérise les ouvrages de Français, c'est l'équilibre des qualités qui constituent son talent et dont aucune ne se trouve en lutte avec le défaut contraire. Dans ses études faites d'après nature, on est avant tout frappé de la conscience avec laquelle l'artiste a cherché à traduire les impressions diverses qu'il a reçues dans des contrées différentes. La campagne de Rome, ou les environs de Paris, les côtes de la Bretagne, ou les cascades de la Suisse sont tour à tour analysés et rendus avec l'exactitude rigoureuse d'un portrait : chaque localité garde son allure personnelle, et l'artiste semble s'être effacé lui-même pour mieux s'identifier avec la nature qu'il s'efforçait de représenter.

La mythologie tourmente quelquefois notre artiste, et il faut convenir que peu de peintres sont doués comme lui du sentiment antique. Son *Bois sacré* est une toile ravissante d'élégance et de distinction. Théocrite n'a rien rêvé de plus poétique et de plus vrai en même temps. Si nous voyons ici les dernières lueurs du soleil couchant, le croissant de la lune va se montrer derrière Orphée, tandis qu'au loin le chœur des jeunes filles viennent déposer des fleurs sur la tombe d'Eurydice.

C'est aussi une charmante toile que le *Daphnis et Chloé* du Salon de 1872. Daphnis vient de lancer sa ligne sans lâcher Chloé, qu'il tient embrassée. Tout autour, une masse profonde et ombreuse de chênes, une prairie verdoyante d'où s'échappent les liserons et les digitales, et de l'eau qui clapote doucement pour égayer ce printemps déjà si frais et si riant.

Enfin, Français aborde en ce moment la peinture religieuse, et nous verrons bientôt comment il entend le paysage biblique.

FRATIN

F RATIN, le sculpteur d'animaux qui plut tant à la génération qui précéda la nôtre, est originaire de Metz. Quand il vint à Paris, il y apportait un talent déjà acquis et fondé sur de sérieuses études. La

VUE DE LOCHES

Imp. A. Salmon Paris

spécialité qu'il avait adoptée dut contribuer à faire sa réputation, car personne ne faisait alors d'animaux, et la grave statuaire restait encore fidèle aux sujets mythologiques dont il ne semblait pas qu'elle dût jamais sortir. Comme il se faisait alors dans la peinture une tentative de rénovation dans le sens pittoresque, les peintres applaudirent les premiers aux ouvrages de Fratin, et, en réalité, ses modèles leur étaient fort utiles, aux paysagistes surtout. C'est à peine si on rencontrait chez les mouleurs les classiques chevaux de Venise ou le taureau antique, et il est assez difficile de s'en servir pour animer une cour de ferme. Aussi les animaux de Fratin devinrent pour eux une grande ressource. Ce sculpteur fécond ne s'est d'ailleurs pas borné aux animaux domestiques, et il a aussi fréquenté les ménageries. Il est un peu oublié aujourd'hui, et il a été dépassé par des sculpteurs d'un talent plus vigoureux, mais il ne faut pas oublier qu'il leur a ouvert la voie, et s'est aventuré le premier dans une route qu'aucun sculpteur n'avait tentée avant lui.

GRANDVILLE

Jean-Ignace-Isidore Gérard[1], dit Grandville, est né à Nancy en 1803. Son père, qui était peintre en miniatures, lui donna les premiers éléments du dessin et il resta dans sa ville natale jusqu'à vingt-deux ans. Il vint alors à Paris se placer chez Mansion, miniaturiste en réputation, qui était son compatriote, puis chez

1. Ses principaux ouvrages sont : 1826. *Costumes de théâtre.* — 1828. Les *Tribulations de la petite propriété, ou les Dimanches d'un bon bourgeois; la Sybille des saisons.*— 1829. Les *Métamorphoses du jour.* — 1830. *Galerie mythologique; Voyage pour l'éternité; Principes de la Grammaire.* — 1831. Participation au journal de Philippon, la *Caricature.* — 1833. *Amusements de la société, de l'enfance, de la jeunesse, de l'âge mûr; Passe-temps de la vieillesse.* — 1834. Les *Breuvages; le Parisien pittoresque;* le *Restaurateur.* — 1835. Le *Dedans de l'homme expliqué par le dehors; OEuvres de Béranger.* — 1837. *Fables de La Fontaine.* — 1838. *Gulliver.* — 1839. *Robinson.* — 1840. *Fables de Florian; Fables de Lavalette.* — 1841. Les *Animaux peints par eux-mêmes.* — 1842. Les *Petites Misères de la vie humaine* — 1843. Un *Autre Monde.* — 1844. Les *Cent Proverbes.* — 1845. *Jérôme Paturot à la recherche d'une position sociale; Caractères*

Hippolyte Lecomte. Horace Vernet, qui vit ses dessins, lui prédit un brillant avenir. Duval le Camus lui fit avoir une commande (*le Dimanche d'un bon bourgeois* ou *les Tribulations de la petite propriété*) ; mais ses dessins furent saisis un jour par les créanciers de l'éditeur et l'artiste ne reçut rien.

A son arrivée à Paris, Grandville était débarqué chez une vieille dame à laquelle il était adressé, et qui devait le recevoir et le loger chez elle. L'esprit froid et méthodique de cette brave dame était l'antipode de celui de Grandville. Elle lui dit, après les premières politesses :

Fig. 242. — La Famille du lièvre, dessin de Grandville (tiré des *Animaux peints par eux-mêmes*).

« Monsieur, voici votre chambre ; nous déjeunons à neuf heures, nous dînons à cinq, la porte est fermée à dix. » Grandville, après

de Labruyère. — 1846. Les *Fleurs animées*. — 1847. *Don Quichotte* ; les *Étoiles animées* (publiées après sa mort).

Grandville a fait en outre des dessins pour les *Français peints par eux-mêmes*, le *Jardin des Plantes*, le *Magasin pittoresque*, la *Silhouette*, l'*Artiste*, le *Charivari*, l'*Illustration*, le *Musée des Familles*, etc.

avoir remercié la dame, sortit et ne revint plus. Cette régularité
d'horloge n'était aucunement son affaire.

Grandville s'est fait une position spéciale dans les arts avec un
genre absolument nouveau et dont il a été réellement le créateur.
Après avoir étudié la structure des animaux, et quand il posséda à

Fig. 243. — Le Duel, dessin de Grandville (tiré des *Animaux peints par eux-mêmes*).

fond l'allure de chacun d'eux, il leur prêta des sentiments humains,
et les fit mouvoir comme les fabulistes les avaient fait parler. David
Teniers avait fait, avec ses singes et ses chats, une tentative heureuse
dans ce genre; mais Grandville, appliquant le système à une multitude d'animaux, finit par leur faire exprimer toutes les passions
humaines. Aussi nul mieux que lui n'a su interpréter La Fontaine.

Mais son chef-d'œuvre est un ouvrage qui, pour le texte comme pour les dessins, restera comme un des livres les plus spirituels qu'on ait publiés en France. Stahl, l'auteur des *Animaux peints par eux-mêmes,* est un pseudonyme de M. Hetzel, qui était l'éditeur du livre en même temps que l'ami intime de l'artiste.

Stahl, en composant son livre, faisait naître des situations qui fournissaient à Grandville l'occasion de créer des types nouveaux et d'agencer des scènes piquantes. Quoi de plus charmant que la *Famille du lièvre,* que le *Rendez-vous galant d'une chatte sous les toits,* que le *Duel,* où le malheureux lièvre se sent défaillir en tirant son coup de pistolet contre son adversaire le coq. Grandville est inimitable dans les scènes de ce genre, et cependant les gravures que nous connaissons sont bien inférieures aux dessins fournis par l'artiste.

Aussi Grandville se plaignait amèrement des graveurs sur bois qui interprétaient ses dessins. « Je me rappelle, écrit-il en parlant du La Fontaine, qu'à propos du premier dessin qui fut gravé (*la Cigale*), je sautai en l'air; je courus chez le graveur. Tout le travail avait été changé, deux pattes de l'animal étaient supprimées, etc. Mais on me donna tant d'excellentes raisons que je baissai la tête et me résignai. Le public, me disait-on, n'irait pas regarder cela et j'en verrais bien d'autres... Ce n'est pas en effet la dernière étamine par laquelle j'ai passé. L'imprimeur, à son tour, roulant son cylindre brutal et inintelligent, faisait avancer les fonds, empâtait les finesses, bref, changeait tout l'effet... »

A cette époque, il fallait faire recopier sur bois le dessin original, ce qui impliquait un changement inévitable. « Que de visages de femmes il m'a enlaidies ! dit Grandville en parlant de son dessinateur, que de mains il m'a allongées ou grossies !... Mais je me plains ici du moindre de mes maux. La mise sur bois finie, c'est alors qu'il me fallut endurer la plus terrible des tortures : passer sous l'outil impitoyable du graveur ! »

Grandville a été fortement éprouvé par le malheur. Après avoir perdu successivement plusieurs membres de sa famille, il vit mourir subitement un adorable petit enfant de six ans, et son cerveau en fut ébranlé. Ce fut sous une impression de tristesse profonde qu'il composa ses *Étoiles,* et quelques jours avant sa mort, il disait : « Bientôt je vais pouvoir les étudier de plus près ! » Il mourut en effet, laissant dans les arts un vide irréparable, car il est de ceux qui ne se remplacent pas. Kaulbach s'est essayé dans le même genre, avec un savoir beaucoup plus grand, mais avec un esprit bien moins vif et moins prime-sautier.

« Grandville, dit M. Hetzel, qui l'a connu mieux que personne, était un travailleur acharné, il ne se reposait jamais, aimait son succès au point d'être malheureux, non par envie, mais par une sorte de dépit maladif, de tout ce qui était le succès des autres. Depuis Gavarni jusqu'à Ingres, tout lui était épine et même aiguillon. Ce sentiment que beaucoup de vrais artistes dominent et cachent, il n'était pas maître de le dissimuler. Quand, poussant au delà du possible l'idée de la métamorphose, il a cherché l'homme dans la fleur, et après dans les choses inanimées, son idée surmenée l'a conduit à une sorte de folie, encore curieuse, encore singulière, mais qui montrait qu'il n'était plus maître de son cerveau. Il est mort fou, notre pauvre Grandville, fou de son idée exagérée. »

ISABEY

JEAN-BAPTISTE ISABEY naquit à Nancy en 1767. Il fit ses premières études dans sa ville natale sous la direction du peintre d'histoire Girardet et du paysagiste Claudot, ami et imitateur de Joseph Vernet. Une aventure galante qu'il eut dans sa jeunesse décida sa famille à l'envoyer à Paris pour éviter la vengeance d'un rival assez haut placé. N'ayant pas de moyens d'existence suffisants, il se mit au service d'un tabletier qui lui commanda des couvercles de tabatière ornés de petits sujets et des boutons enrichis d'Amours peints en camaïeu.

Un de ses camarades, dont le père était attaché à la maison du marquis de Sérent, gouverneur des enfants de France, lui fit avoir un travail qui décida de son avenir. Il ne s'agissait de rien moins que d'un médaillon représentant le duc d'Angoulême et le duc de Berry, alors enfants. Pendant qu'il y travaillait, Marie-Antoinette entra : Isabey était jeune, bien fait de sa personne, distingué dans ses manières et pétri d'esprit. Peu de jours après, la reine lui commanda son propre portrait, et bientôt tout le monde le connaissait à Versailles, où on l'appelait le *Petit Lorrain*.

Fort enjoué par nature, le Petit Lorrain eut promptement du succès ; mais, désireux de se perfectionner, il suivit l'atelier de David, en même temps qu'il faisait des portraits pour vivre. Étranger à la politique, il vit continuer sa vogue pendant la Révolution, et ses portraits à l'estompe, d'après les principaux conventionnels, étaient promptement acquis par les éditeurs désireux de les faire graver. Sous

Fig. 244. — Le Bateau, par Isabey.

le Directoire, Isabey fit partie de la jeunesse dorée et ses miniatures eurent le plus grand succès.

Il s'était marié pendant la Révolution : devenu père de trois enfants, Isabey s'est représenté lui-même avec toute sa famille dans un bateau. Cette charmante composition a été maintes fois reproduite par la gravure. Quand le Consulat s'établit, il prit place parmi les habitués de la Malmaison, et c'est là qu'il fit le portrait devenu si populaire du général Bonaparte. De la même époque date le dessin

Fig. 245. — Bonaparte à la Malmaison, peinture d'Isabey.

de la *Revue passée au Carrousel,* fait en collaboration avec Carle Vernet et dont le croquis original est au Louvre. Il devint bientôt l'organisateur attitré des fêtes de l'Empire, en même temps que le maître de dessin de l'impératrice et des princesses de la famille impériale.

En 1815, Isabey reçut la mission délicate de représenter ensemble les plénipotentiaires réunis au Congrès de Vienne. La *Revue britannique* nous révèle à ce sujet une anecdote curieuse, qui montre la position difficile où se trouvait l'artiste. « Monsieur, lui dit lord Wellington, il me faut la première place dans votre tableau; c'est la mienne, et j'insiste à cet égard. » D'un autre côté, Talleyrand lui dit tout bas à l'oreille : « Dans votre intérêt comme dans le mien, je vous engage à faire de moi le premier personnage de votre tableau, ou à m'omettre tout à fait; mon absence sera remarquée. » Ces deux prétentions contradictoires n'effrayèrent pas l'artiste, qui se tira de la difficulté en homme d'esprit. Il représenta Wellington au moment où il entre dans la salle des conférences : comme les yeux se portent naturellement sur lui, il put se croire le roi de la scène. Talleyrand fut placé au centre même du Congrès, dont il semble ainsi l'arbitre. Le dessin d'Isabey est maintenant en Angleterre.

En 1817, Isabey exposa son fameux *Escalier du Musée* qui est au Louvre et obtint alors un succès colossal. Néanmoins le gouvernement de Louis XVIII le laissa un peu de côté à cause de son attachement à la famille impériale. Une lettre de la reine Hortense va nous montrer le genre de relations qu'il avait conservées avec elle :

« J'ai été bien contente de votre lettre, monsieur Isabey, et vos bons conseils me sont bien agréables et bien nécessaires; je me faisais une fête de vous voir à la campagne et de dessiner toute la journée. J'espère que ce sera pour une autre année; en attendant, je vous envoie mes ouvrages pour qu'ils passent à votre critique. Je ne trouve ici aucune ressource ni aucun conseil, ce qui me découragerait, si je n'avais la ferme volonté de surmonter toutes ces difficultés et de trouver dans la peinture une douce distraction. On doit vous remettre un portrait que je viens de faire d'après nature; les choses que vous retoucheriez, je les recopierais pour apprendre, car (quoique de si loin) vos leçons sont si bonnes qu'on peut toujours en profiter. J'ignorais absolument qu'il fallût mettre du noir dans les ombres, Garneray me l'avait bien défendu, et cela m'explique pourquoi il est si couleur de rose; je n'ai pas de bitume; voulez-vous en remettre un petit paquet à M. Darnay, quand vous renverrez mes portraits. Je vous remercie de tous vos bons soins et je vous prie de ne jamais douter de mes sentiments pour mon *vieux* maître.

« HORTENSE. »

Augsbourg, ce 12 janvier 1823.

Fig. 246. — La ville et le port de Dieppe, tableau d'Eugène Isabey (musée de Nancy).

Le roi Louis-Philippe donna à Isabey un logement à Versailles et le nomma conservateur adjoint des musées royaux. C'était comme une retraite pour le peintre qui n'avait jamais su ce que c'était que d'amasser. Mais si Isabey n'avait pas la vertu d'économie, il en avait une autre qui est préférable, la générosité. Il mettait à obliger ses amis une rare délicatesse. Quand Gérard fit son *Bélisaire,* il ne trouva point d'acquéreur, n'ayant pas encore sa réputation faite. Isabey vint lui dire qu'il était chargé par un amateur de lui demander le prix qu'il voulait de son tableau. Gérard demanda trois mille francs qui lui furent aussitôt comptés ; mais quelque temps après, ayant trouvé une somme de six mille francs du tableau qu'il avait acquis pour obliger son ami, Isabey vint le voir rayonnant et lui rapporta les trois autres mille francs.

Isabey est le plus fameux miniaturiste de l'école française : ses portraits ont eu une vogue immense, et toutes les jolies femmes du grand monde ont tour à tour posé pour lui. La plupart du temps, ses têtes féminines apparaissaient au milieu d'une sorte de gaze aérienne et transparente dont le peintre avait donné la mode : personne n'a su comme lui idéaliser son modèle en lui conservant une ressemblance parfaite. Jean-Baptiste Isabey est mort en 1855.

Eugène Isabey[1], né en 1803, étudia la peinture dans l'atelier de son père, mais se livra à un genre complétement différent. C'est comme peintre de marine qu'il s'est fait connaître, mais il a abordé depuis bien d'autres sujets. « C'est un charmant peintre que M. Eugène Isabey, dit Théophile Gautier ; il a une couleur chaude, une facilité petillante, un ragoût piquant ; sa moindre esquisse, sa plus légère pochade, décèlent l'artiste véritable, et n'ont pas besoin de nom pour être reconnues : chaque coup de pinceau les signe. M. Isabey est

<hr>

1. Les principaux ouvrages d'Eugène Isabey sont : 1827. *Ouragan devant Dieppe;* la *Plage de Honfleur.* — 1831. *Port de Dunkerque.* — 1834. *Vue de Boulogne* (Musée de Toulouse). — 1836. *Vieilles Baraques.* — 1839. *Combat du Texel* (Musée de Versailles). — 1842. *La Ville et le Port de Dieppe* (Musée de Nancy). — 1845. *Alchimiste.* — 1846. *Louis-Philippe recevant la reine Victoria au Tréport; Départ de la reine Victoria.* — 1847. *Cérémonie dans l'église de Delft.* — 1848. *Le Mariage de Henri IV.* — 1851. *Embarquement de Ruyter* (Musée du Luxembourg). — 1855. *Vue prise à Granville; Départ de chasse sous Louis XIII.* — 1859. *Incendie du steamer l'Austria.* — 1865. *Naufrage du trois-mâts l'Émily.* —1867. *Matelots saluant le Christ en sortant du port de Saint-Valery; Épisode de la Saint-Barthélemy.*

Fig. 247. — L'église de Delft au XVIe siècle, par Eugène Isabey.

original et il a créé de toutes pièces le microcosme où se déploie son talent. Son cachet distinctif est l'esprit, non qu'il ait jamais fait des calembours en peinture ou cherché des sujets ingénieux et littéraires; loin de là, M. Isabey se contente du premier motif venu : une barque tirée sur la plage, une falaise assaillie par la mer, une vieille rue aux maisons qui surplombent, une officine d'alchimiste, une sortie d'église, un départ pour la chasse, lui suffisent pour produire des tableaux que les amateurs se disputent; mais sous sa touche alerte et vive, tout s'anime; tout scintille; rien de gauche, rien de lourd, rien d'épais, rien de bête, tranchons le mot : peints par Isabey, un alambic, une pierre, un canot, ont l'air spirituel. Sa traduction de la nature n'est jamais plate; il la relève de fantaisie, de caprice et d'entrain. Il a, dans sa façon d'appliquer la couleur, un brio éblouissant, une verve entraînante, un mordant bizarre; il brûle la toile ; sa touche rapide et nerveuse a la certitude d'un parafe à main levée, et donne à chaque objet sa valeur propre tout en lui piquant une étincelle. »

La Ville et le Port de Dieppe, acquis en 1842 pour le musée de Nancy, est un des meilleurs paysages du peintre. Mais on n'aurait qu'une idée bien incomplète de son talent, si on oubliait ses tableaux d'architecture qu'il animait si bien avec ses petites figures. L'*Église de Delft* peut passer pour son chef-d'œuvre sous ce rapport. Le peintre a introduit dans son église une cérémonie du xvie siècle qui ne présente aucun caractère historique, et n'a été pour lui qu'un prétexte pour montrer de charmants visages de femme encadrés de grandes collerettes, des seigneurs fièrement campés, des robes de satin, des dentelles et tout un éblouissant étalage de toilettes.

JACQUOT

GEORGES JACQUOT, né à Nancy en 1794, était fils d'un sculpteur ornemaniste avec lequel il apprit les éléments de la sculpture. Il entra ensuite dans les ateliers du baron Gros et de Bosio, et concourut dès 1813, pour le grand prix de Rome, qu'il obtint seulement en 1820. Pendant plus de vingt ans, Jacquot n'a cessé d'envoyer ses ouvrages aux expositions où ils ont été souvent en butte aux attaques très-ardentes des écrivains romantiques. Son goût, autant que ses études, le rattachait aux doctrines artistiques qui avaient prévalu sous la Restauration. Son *Amour sur un Cygne,* son *Amour sur un Dauphin* et son *Mercure séparant deux serpents* avaient obtenu un très-grand succès au Salon de 1831. Mais son *Hercule enlevant Alceste,* exposé en 1842, souleva des critiques très-amères, et depuis ce temps, Jacquot, considéré comme un des chefs de la réaction classique en sculpture, fut en butte aux attaques passionnées de la presse, et devint moins assidu à nos expositions. Il se dédommagea en faisant des travaux décoratifs. Il a beaucoup travaillé pour le nouveau Louvre et on lui doit la statue du roi de Pologne qui est sur la place de Stanislas à Nancy.

LAURENT

J EAN-ANTOINE LAURENT, né à Baccarat en 1763, s'est fait remarquer au Salon de 1804 par deux miniatures représentant *l'Amour dans une rose* et *l'Amour dans une coupe de cristal.* Laurent a fait aussi des tableaux à l'huile et il doit être compté parmi les précurseurs du mouvement romantique. En effet, tandis que tous les peintres cherchaient leurs sujets de tableaux presque exclusivement dans l'histoire romaine et le dictionnaire mythologique, un petit groupe d'artistes, parmi lesquels on distinguait surtout Laurent, Hersent et Ducis, tentèrent de puiser ailleurs leurs inspirations, et créèrent le genre anecdotique, dans lequel Paul Delaroche, Ary Scheffer, Achille de Deveria et plusieurs autres brillèrent avec tant d'éclat en 1830. Les tableaux de Laurent, assez oubliés aujourd'hui, ont été chaudement applaudis sous la Restauration, et l'artiste qui les signait était regardé comme un novateur. Ceux dont on a le plus parlé sont la *Jeunesse de Du Guesclin, Laure et Pétrarque, Jeanne d'Arc, Galilée en prison,* etc. Ce dernier tableau a fait longtemps partie du musée du Luxembourg, et on regrette de ne pas le voir au musée d'Épinal.

Laurent, qui est mort en 1832, avait été l'organisateur de ce musée auquel il avait annexé une école de dessin. Jules Laurent, son fils, qui en est actuellement directeur, est un statuaire distingué ; le musée d'Épinal possède plusieurs de ses ouvrages, entre autres le buste de Claude Lorrain et celui du poëte Gilbert.

A. DE LEMUD

AIMÉ DE LEMUD, le maître exquis, bien qu'un peu oublié qui avait ravi notre jeunesse, est natif de Metz. Dire comment il est devenu artiste serait peut-être un peu hasardeux, car il n'est pas bien certain qu'il l'ait jamais su lui-même. Ce qui est sûr, c'est qu'il a fait presque sur les bancs du collége un dessin de *Salvator Rosa,* qui fut remarqué dans sa ville natale et qui n'était pas sans valeur, malgré l'inexpérience de son auteur. De belles aquarelles, un *Jeune Hallebardier faisant sentinelle* et les *Moines se préparant à la confession,* des dessins à la plume, comme les *Sorcières au galop,* et d'étranges compositions, comme le *Mathieu Landsberg interrogeant les étoiles* et l'*Hoffmann en proie à ses rêves,* complétèrent sa réputation.

Son talent prit pourtant un caractère plus décidé dans les *Dénicheurs d'aigles* et l'*Enfance de Callot,* deux remarquables lithographies qui ont répandu son nom partout. Mais ses ouvrages les plus populaires sont assurément le *Maître Wolframb,* sujet tiré des *Maîtres chanteurs* d'Hoffmann, et *Hélène Adelsfreit,* scène empruntée aux *Sept Cordes de la lyre* de George Sand. Peu de compositions ont excité un enthousiasme aussi universel et aussi légitime que le *Maître Wolframb* de A. de Lemud ; la génération de 1830 retrouve là tout son rêve romantique, et l'artiste a su donner un corps aux aspirations poétiques de son temps. La figure d'Hélène Adelsfreit est moins heureuse parce qu'elle est un peu maniérée ; mais les personnages accessoires sont admirables par l'élévation des pensées qui rayonnent sur leurs visages.

Le *Café* est une tentative réaliste tout à fait contraire aux habitudes de l'artiste, qui est en général préoccupé avant tout de la pensée première. Ici la conception est nulle, et on serait tenté de croire qu'il a voulu simplement faire le portrait d'un de ses amis. C'est, avec le *Prisonnier* du musée de Metz, la seule peinture que nous connais-

Fig. 248. — Beethoven, par A. de Lemud.

sions de l'artiste, qui semble surtout à son aise lorsqu'il a le crayon à la main.

S'il a peint peu de tableaux à l'huile, A. de Lemud a fait de nombreuses illustrations, entre autres la *Notre-Dame de Paris,* les *Chansons de Béranger* et l'*Iliade*. Béranger est très-ingénieusement compris, mais c'est une rude tâche que d'illustrer Homère. Faut-il, comme Flaxmann, s'inspirer des vases antiques? faut-il emprunter au vieux poëte ses scènes, à l'antiquité ses costumes, et assaisonner tout cela avec la vie et la passion qui est le caractère de l'art moderne? C'est à ce dernier parti que s'est arrêté A. de Lemud. Il a certainement étudié

Fig. 249. Le Café, tableau de A. de Lemud.

les sculptures d'Égine; mais sous son crayon elles prennent un frémissement de vie, une rage de mouvement que la Grèce n'a jamais connus, et, tout en conservant leurs vêtements archaïques, ses figures perdent la raideur traditionnelle et empruntent à l'art de 1830 ses habitudes échevelées et son horreur des lignes simples.

Le dernier ouvrage qu'on ait vu de A. de Lemud est son *Beethoven.*

Les graveurs, interprètes plus ou moins consciencieux, plus ou moins habiles, ne donnent qu'une idée imparfaite de la pensée de l'auteur. C'est ce qui a décidé A. de Lemud à graver lui-même sa

L'ENFANCE DE CALLOT, PAR A. DE LEMUD.

grande composition de *Beethoven,* et il dut, pour cela, apprendre les procédés techniques d'un art nouveau pour lui. Le grand musicien, assis devant son piano, s'est assoupi, et le monde idéal évoqué par la symphonie prend une forme et tournoie autour de lui comme un orchestre fantastique.

Depuis quelques années, A. de Lemud semble vouloir se faire oublier. Il paraît néanmoins qu'il travaille, et ses œuvres passées sont une garantie de ce qu'on peut attendre de lui pour l'avenir.

HECTOR LEROUX

Hector Leroux[1], né à Verdun en 1829, appartient à une famille peu fortunée. Il quitta à douze ans les frères de la Doctrine chrétienne pour apprendre le métier de perruquier, qu'il exerça jusqu'en 1848. Voulant utiliser les loisirs assez grands que lui laissait sa profession, il allait à un cours public de dessin qui se faisait au collége de la ville et où il remportait chaque année le premier prix. Ces succès, si minimes en apparence, eurent la plus grande influence sur sa destinée. On en parla dans sa province, et le conseil général du département de la Meuse lui alloua, en 1848, une pension de six cents francs pour qu'il pût aller à Paris continuer ses études comme artiste. Il entra à l'atelier de Picot, peintre estimable dont les ouvrages pourraient prêter à plus d'une critique, mais qui fut un excellent professeur, et dont l'enseignement était alors fort suivi.

Après trois années d'atelier, Hector Leroux donna un tableau à sa ville natale, qui lui témoigna sa satisfaction en lui faisant pendant trois années une petite pension. C'est à l'aide de ces minces ressources que le jeune artiste subvenait aux dépenses qu'entraînaient ses études et son séjour à Paris. L'insouciante jeunesse a surtout besoin d'espérance, et, à défaut de plaisirs trop coûteux, Leroux

---

1. Ses principaux ouvrages sont : 1863. Les *Croyantes;* l'*Offrande à Hygie.* — 1864. Le *Colombarium.* — 1865. *Initiation aux mystères d'Isis.* — 1867. *Tibulle et Delie; Sérénade.* — 1868. La *Sorcière; Messaline.* — 1869. Un *Miracle chez la bonne déesse.* — 1870. *Prière à la Fièvre;* la *Gardienne du feu sacré.* — 1874. La *Vestale Tuccia.*

se dédommageait par des succès répétés à l'École des Beaux-Arts. Mais comme les frais de modèle et d'atelier étaient trop considérables

Fig. 250. — L'Offrande à Hygie, tableau d'Hector Leroux.

pour lui, et que d'ailleurs la pension de la ville avait cessé, il se mit à faire, pour vivre, des petites copies au musée, des illustrations, des retouches pour la photographie, et les mille petits états qui sont la ressource habituelle des artistes dans la détresse.

Il traîna de la sorte jusqu'en 1857, où il obtint un second prix de Rome, avec une *Résurrection de Lazare* qui fit une certaine sensation. Il eut à cette époque une commande du gouvernement, qui lui demandait une copie de l'*Amour sacré et l'Amour profane,* du Titien. Il alla donc à Rome, et copia ensuite l'*Aurore* du Guide pour les Gobelins. Il fit encore d'autres copies pour des particuliers jusqu'en 1863, où il entrevit enfin la possibilité de pouvoir vivre autrement que par des reproductions. En effet, il venait d'envoyer au Salon une *Offrande à Hygie* et une *Vestale,* qui avaient obtenu un succès d'estime. L'année suivante, le *Colombarium* venait prendre place au musée du Luxembourg. L'artiste, cette fois, avait bien réellement son indépendance.

En 1869, Hector Leroux exposa le *Miracle de la bonne déesse.* La vestale Æmilia ayant confié la garde du feu sacré à une jeune novice, celle-ci s'endormit et le feu s'éteignit; comme elle allait être condamnée, en présence de ses compagnes et des pontifes, elle déchire un pan de sa robe de lin, la jette sur la cendre refroidie du brasier sacré et la flamme reparaît. — Telle est la légende, mais non le tableau, où la vestale, en deuil, se cramponne au pied de la statue de bronze de Vesta, tandis que derrière elle un long jet de flamme descend du ciel et rallume le foyer au grand étonnement des autres vestales qui témoignent leur surprise du miracle. Hector Leroux a su se faire une place à part parmi les amoureux de l'antiquité; sans s'égarer dans les grandes scènes historiques, il saisit le côté intime des mœurs païennes et sait le traduire d'une façon exacte et pleine de charme.

LEVY

Henri Levy, né à Nancy en 1840, a été d'abord élève de Picot et Cabanel; après trois essais infructueux pour le prix de Rome, il se lia avec Fromentin et en reçut des conseils qui lui furent fort utiles pour l'entente pittoresque d'un tableau. N'étant pas par nature porté au paysage et à la peinture de genre, il apporta dans ses tableaux d'histoire des éléments pittoresques, bien rares chez ceux qui se livrent à la grande peinture [1].

Chacun se rappelle l'*Hérodiade* de 1872. Salomé, grande, maigre et d'un caractère étrange et sauvage, apporte à Hérodiade la tête coupée du précurseur qu'Hérodiade contemple. C'est ce tableau qui a fondé la réputation de l'artiste, mais elle grandit singulièrement l'année suivante quand il arriva au Salon avec *Jésus dans le tombeau*. On sut gré à l'artiste d'avoir su rester original avec un sujet tant de fois traité. Sans se rattacher aux traditions archaïques qui ont inspiré autrefois des chefs-d'œuvre, mais qui, de nos jours, ont été si tristement pastichées, Henri Levy a fait un tableau conforme aux récits évangéliques et néanmoins conçu dans un esprit tout à fait moderne. C'est par le jeu de l'effet qu'il a voulu rendre le drame de la Passion; le Christ, étendu sur la pierre du sépulcre, forme le foyer lumineux qui éclaire les deux anges venus pour l'assister. Leurs grandes ailes et leur allure romantique concourent puissamment à l'impression de la scène.

Le dernier tableau que Henri Levy a envoyé au Salon est un sujet emprunté à la mythologie. Il représente le corps de Sarpédon que le Sommeil et la Mort amènent devant Jupiter. Sarpédon était un prince lycien, fils de Jupiter et allié des Troyens. Il avait immolé de sa main un grand nombre de héros grecs, mais il succomba lui-même sous les coups de Patrocle, Junon s'étant opposée aux efforts de Jupiter qui voulait le sauver. Après un combat acharné, les Grecs restèrent enfin maîtres de son corps, horriblement défiguré. Mais Apollon, descendant des hauteurs de l'Ida par ordre de Jupiter, enleva le cadavre, le lava dans les eaux du fleuve, le parfuma d'ambroisie et le confia ensuite au Sommeil et à la Mort, qui le portèrent dans son pays. Là, les amis et la famille de Sarpédon lui firent des funérailles magnifiques et lui élevèrent un tombeau au milieu de son peuple.

Le groupe de *Sarpédon enlevé par le Sommeil et la Mort* est vraiment d'une tournure superbe, mais l'air compatissant du roi des

---

1. Ses principaux ouvrages sont : 1865. *Hécube retrouvant le corps de son fils Polydore.* — 1867. *Joas sauvé du massacre des petits-fils d'Athalie.* — 1869. *Hébreu captif pleurant sur les ruines de Jérusalem.* — 1872. *Hérodiade.* — 1873. *Jésus dans le tombeau.* — 1874. *Sarpédon.*

JÉSUS DANS LE TOMBEAU, TABLEAU DE HENRI LÉVY

dieux n'est pas conforme à l'esprit grec. Jupiter règne sur l'univers, dont il règle les lois, mais il n'a pas de ces pitiés chrétiennes, et l'attitude que lui a donnée le peintre implique une tendresse bien éloignée de la majesté inaltérable du souverain de l'Olympe. Tout l'ensemble est d'ailleurs d'un agencement grandiose et vraiment décoratif.

Fig. 251. — Sarpédon, tableau de Henri Levy.

Outre les tableaux qui ont figuré au Salon, on doit à Henri Levy quelques travaux importants, tels que la voûte de la galerie de tableaux du *Bon Marché,* vaste magasin de nouveautés, auquel on doit l'inauguration d'un système que nous voudrions voir adopté

dans tous les établissements de ce genre. Il consiste à faire un vaste
salon, assez analogue à nos foyers de théâtre, et tout rempli de peintures ; les clients viennent y chercher l'air et la fraîcheur après avoir
fait leurs emplettes. Chargé de la décoration du plafond, Henri Levy
a peint là quinze panneaux, dont les principaux représentent le
Triomphe de Pandore, le *Commerce,* l'*Industrie, Mercure, Vulcain,* etc., et un certain nombre de médaillons accessoires.

ÉDOUARD LIÈVRE

É DOUARD LIÈVRE est né à Blamont, bourg situé sur la lisière des
Vosges. Il fut placé fort jeune dans une imprimerie lithographique
à Nancy ; mais il put, tout en apprenant un état, suivre les cours de
l'école de dessin, et se livra surtout à l'étude de l'ornement. Chargé de
reproduire les travaux de la fonderie de Tusey, près Vaucouleurs, où
s'exécutaient les fontaines et candélabres de la place de la Concorde,
il rencontra en ce lieu des sculpteurs qui l'engagèrent vivement à
venir à Paris, où il fut bientôt mis en relation avec les plus importantes maisons de bronze d'art. Le poëte Béranger, qui s'intéressait
vivement à lui, le recommanda à Valério, dont les conseils lui furent
fort utiles pour l'aquarelle. Il suivit aussi quelque temps les conseils
de Couture.

C'est surtout par ses travaux pour l'industrie décorative que
Lièvre s'est fait connaître. Longtemps attaché à la maison Barbedienne,
et chargé de reproduire les remarquables ouvrages de Constant Sévin,
il a fait, dans ces dernières années, de grands ouvrages d'art, qui
comptent parmi les plus beaux qu'on ait publiés en France. Nous citerons particulièrement la *Collection Sauvageot* (1865), le *Musée
universel* (1868), les *Collections célèbres* (1869), les *Arts décoratifs*
(1870), le *Cours d'ornements* (1870), *Works of Art* (1872), les *Maîtres
anciens et contemporains* (1875).

Fig. 252. — La France, par Auguste Marc (musée de Metz).

MARC

Jean-Auguste Marc, né à Metz en 1818, est le petit-fils d'un architecte distingué qui a exécuté d'importants travaux à Nancy. Ses parents voulaient en faire un vétérinaire et lui faire suivre les cours de l'École d'Alfort. Mais on ne vient pas facilement à bout d'une vocation innée, et Marc vint à Paris se faire élève de Paul Delaroche, dont il devint le collaborateur dans les dernières années de la vie du maître.

En 1848, Auguste Marc fit pour le gouvernement une figure allégorique de la *République,* commandée à la suite d'un concours. En 1855, on a vu de lui une autre figure allégorique, représentant la *France,* qui était destinée à l'hôtel de ville de Metz et qui est maintenant placée au musée de cette ville, et en 1857, un tableau représentant l'*Assassinat du duc de Guise par Jean Poltrot.* Outre cela, Marc a fait plusieurs tableaux de genre, comme la *Bulle de savon,* le *Mozart enfant jouant du violon,* l'*Ève endormie,* la *Sultane au bain,* la *Source sous bois,* etc.

Attaché en même temps comme dessinateur et comme rédacteur au journal *l'Illustration,* il est depuis depuis 1860 directeur de ce recueil auquel il a donné une grande extension.

MARÉCHAL

Maréchal, né à Metz en 1800, a commencé par être ouvrier sellier. Ayant un goût déterminé pour le dessin, il sacrifia tout à sa passion, et parvint à force d'énergie à faire le voyage de Paris, où il entra à l'atelier de Regnault. En 1825, il revint à Metz et fit un tableau de *Job* qui commença sa popularité parmi ses concitoyens. Il fit ensuite la *Prière,* la *Moisson* et plusieurs autres tableaux à l'huile

L'ARTISTE, VITRAIL DE MARÉCHAL DE METZ

(Musée de Metz.)

qui obtinrent un véritable succès. Cependant ce n'est pas sous ce rapport que Maréchal a conquis la place éminente qu'il occupe dans l'art moderne. Il est surtout connu par ses pastels et ses vitraux.

Depuis Latour, Chardin et les grands pastellistes du XVIIIe siècle, l'art du pastel était à peu près perdu en France. Maréchal tenta de le ressusciter. Il acquit à Metz une réputation immense, dont il jouissait déjà depuis quinze ans dans sa ville natale, lorsqu'il songea à la consécration que donnent les Salons de Paris. Les *Bûcherons* et les *Sœurs de misère* le placèrent de suite au premier rang dans le genre spécial qu'il avait adopté. Ce fut alors une suite non interrompue de succès, ou plutôt de triomphes. Une inspiration toujours sérieuse s'unissait, dans ses ouvrages, à la plus rare habileté dans l'exécution.

Les *Adeptes,* le *Naufragé,* le *Loisir,* le *Galilée,* le *Christophe Colomb,* attirèrent tour à tour la foule. Ses compositions présentaient toujours une grandeur d'ensemble, et on était émerveillé de l'éclat que l'artiste savait donner à ses pastels. La critique applaudissait à outrance et exprimait seulement le regret de voir que tant de talent fût dépensé dans un genre qui, par sa nature même, semble destiné à une conservation incertaine.

Maréchal est le premier qui ait fait du paysage au pastel. Ses tentatives dans ce genre ont été souvent heureuses, mais en parcourant les montagnes des environs de Bitche, il ne rapporta pas seulement des sites champêtres, il fut frappé par les types des familles bohémiennes, alors assez communes dans la contrée, et sut les rendre d'une façon neuve et originale qui fit d'autant plus remarquer l'artiste.

La réputation de Maréchal était déjà depuis longtemps établie lorsqu'il alla visiter l'Italie en compagnie de quelques amis. Il y passa peu de temps, mais en rapporta de nombreuses études et encore plus de souvenirs. Ses études qu'il faisait dans les musées étaient des sortes de pochades, si ce nom peut s'appliquer au pastel, rapidement enlevées, mais rappelant, d'une manière surprenante, l'esprit et la coloration du maître qu'il voulait traduire.

Nous nous rappelons encore l'effet que Maréchal produisit au Louvre lorsqu'il vint y faire des esquisses d'après les tableaux de Rubens sur la vie de Marie de Médicis. On ne pouvait plus circuler dans la grande galerie, et tous les artistes s'arrêtaient pour regarder le grand pastelliste messin, dont les interprétations chaleureuses des maîtres étaient si loin des plates copies qu'on faisait tout autour de lui.

C'est au milieu de la plus grande vogue de ses pastels que Maréchal commença à faire des vitraux. On vit apparaître successivement le *Masaccio enfant,* le *Vieux Hoffe de Pfeifer* et l'*Apothéose de sainte Catherine,* destinée à la cathédrale de Metz. Ses débuts dans ce genre nouveau avaient été un coup de maître, et le grand artiste fut appelé bientôt à décorer de ses verrières plusieurs églises de Paris, entre autres Saint-Vincent de Paul, Sainte-Clotilde, Saint-Augustin, etc. Il a également travaillé pour un grand nombre d'églises en province, notamment à Troyes, Cambrai, Metz, Limoges, etc.

Maréchal est convaincu que la peinture sur verre diffère, seulement par les procédés, de la peinture à l'huile ou à fresque. Son portrait, qu'il a peint sur verre et qui forme une vitre du musée de Metz, a toute l'ampleur et l'allure magistrale des portraits de grands maîtres qu'on voit dans nos galeries. Faire une tête grande comme nature, d'un modelé irréprochable et d'une vie surprenante, n'est-ce pas la meilleure réponse qu'un peintre pouvait faire à ceux qui prétendent que les teintes plates sont seules convenables pour des verrières? Et cependant obtiendrait-on avec un pareil système les éblouissements de couleur des rosaces du xiiie siècle? Il est permis d'en douter. Mais si le principe posé par l'artiste nous paraît difficilement compatible avec les nécessités de l'art décoratif, le résultat qu'il a obtenu dans certaines verrières, par exemple dans les *Pestiférés,* superbe tableau sur verre qui a figuré à l'Exposition de Londres, ou dans le *Duc de Guise* que quelques-uns considèrent comme son chef-d'œuvre, prouve que l'indépendance est la première condition de l'art, et qu'un homme de talent peut se faire à lui-même sa théorie.

Au reste, bien que Maréchal applique souvent à la peinture sur verre des combinaisons d'effet exclusivement pittoresques, il sait aussi, à ses heures, se plier aux exigences de la peinture décorative, et il l'a prouvé dans ses *Évêques de Paris.* Mais à Notre-Dame l'artiste avait à faire des figures isolées les unes des autres, dans une donnée prévue et, en quelque sorte, imposée par la forme même de l'encadrement. Dans les verrières de Haguenau, Maréchal a été plus libre et a trouvé un ensemble décoratif des plus grandioses.

Fig. 253. — La France convie les nations à l'Exposition universelle, vitrail par Maréchal de Metz (Palais des Champs-Élysées, à Paris)

La disposition générale a été conçue dans un mode systématique et raisonné, qu'il est facile de suivre. L'église est dédiée à saint Georges, dont la vie se trouve représentée au portail, avec les images des bienfaiteurs de la ville, Barberousse, Conrad III, Albert Ier et Rodolphe de Habsbourg. Les scènes et les personnages de l'Ancien Testament occupent la nef, et celles de la Passion les bas côtés de l'église. L'histoire de la Vierge se déroule dans les transsepts ; le chœur montre les grands sujets dogmatiques : la Cène, le Christ donnant les clefs à saint Pierre, la Descente du Saint-Esprit ; l'Adoration de la Trinité occupe le sanctuaire. Ainsi le chrétien qui entre dans l'église voit tout d'abord le saint sous le patronage duquel elle est placée, et

Fig. 254 — Verrières de l'église de Haguenau, par Maréchal.

traverse tout le cycle de l'histoire religieuse pour se trouver en face de la Trinité quand il arrive au sanctuaire.

Après les sujets religieux, il faut parler des sujets allégoriques, genre absolument nouveau dans la peinture sur verre. Les deux grandes verrières du Palais de l'Industrie, aux Champs-Élysées, représentant *la France conviant toutes les nations à l'Exposition universelle de 1855* et *la Bonne Foi présidant au commerce international*. L'artiste messin a compris son sujet comme un sculpteur chargé de décorer un fronton, et on est frappé tout d'abord par le balancement des lignes et l'heureuse pondération des groupes.

Maréchal avait créé à Metz une véritable école de peinture, d'où sont sortis plusieurs hommes remarquables. Entouré du respect et de

la sympathie de ses nombreux élèves, il était considéré dans sa ville
natale comme un centre qui rayonne, et chacun le saluait comme le
chef de ce qu'on appelait l'École de Metz. Il avait en outre fondé, par
la fabrication des vitraux, une industrie florissante qui avait pris une
grande extension et faisait honneur à la contrée en même temps
qu'elle l'enrichissait. Peu d'hommes ont été aussi universellement aimés et estimés, et, dans sa vie si bien remplie, il semblait
devoir attendre sans crainte la vieillesse. La guerre est survenue, Metz
est devenue une ville allemande, et le vieillard, ne pouvant résister à
la vue de l'uniforme étranger, a abandonné du même coup sa ville
natale et la position élevée qu'il y occupait. Il est allé demeurer à Bar-
le-Duc, et est occupé aujourd'hui dans la manufacture de vitraux de
cette ville. Si du fond de sa retraite, il pouvait entendre la manière
dont ceux qui l'ont connu parlent de son caractère, et connaître l'opinion que les artistes ont de ses ouvrages, ce serait peut-être un adou-
cissement aux chagrins qui sont venus troubler son existence, à un âge
où l'homme a surtout besoin de repos.

MICHEL

F RANÇOIS-ÉMILE MICHEL, né à Metz en 1828, a reçu au lycée
de cette ville des leçons de M. Migette et plus tard des conseils de
Maréchal, mais sans avoir jamais suivi aucun atelier. Il a pris
part à tous les Salons de Paris depuis 1853, et a obtenu une médaille
au Salon de 1868, où figurait la *Chasse sur la falaise* qui est maintenant au musée de Metz. Un autre de ses tableaux, les *Semailles d'automne,* acquis par l'État au Salon de 1873, est accroché au musée du
Luxembourg, mais hors de portée de la vue.

Quoique ayant toujours vécu loin de Paris, Michel apporte dans
son interprétation de la nature toutes les qualités de vérité qui distinguent notre école moderne de paysagistes, mais sans tomber dans
les excès où tant d'artistes se sont laissé entraîner par les courants de
la mode. Un des priviléges de la vie de retraite est de pouvoir se
concentrer dans ses propres observations, et de trouver dans le spec-

tacle de la nature, l'originalité que tant d'autres cherchent en vain dans les théories creuses de l'esthétique.

Le talent de Michel peut se résumer en deux mots : vérité et distinction. Les paysagistes, qui vivent sans cesse en face de la nature et qui trouvent la campagne presque à leur porte, ont en général dans leurs œuvres un cachet de sincérité. Mais il ne suffit pas de voir et de rendre ce qu'on a vu, il faut encore goûter le charme des solitudes agrestes, et savoir communiquer au spectateur les émotions qu'on a

Fig. 255. — Paysage par Émile Michel.

éprouvées. C'est cette note poétique qui fait le charme des paysages de Michel.

Michel s'était fait à Metz une position exceptionnelle : président de l'Académie de cette ville, il a fait souvent à ses collègues de remarquables rapports qui ont été imprimés. Après avoir été, pendant le blocus, administrateur des ambulances, il a quitté sa ville natale tombée au pouvoir des Allemands et est venu porter à Nancy son talent et son activité. Michel a été le principal organisateur de la belle Exposition rétrospective qui a eu lieu en cette ville en 1875.

Fig. 256. — Saint Jean l'Évangéliste, peinture décorative par Monchablon.

MONCHABLON

M ONCHABLON, né en 1835 à Avillers (Vosges), est fils d'un insti-
tuteur. A quinze ans, il dessinait au musée d'Épinal; comme
il fallait apprendre un état, il alla dans les ateliers lithographiques de
M. Humbert à Mirecourt, et, soutenu par son maître et par M. Mal-
grat, il obtint de son département une petite pension pour venir à
Paris perfectionner ses études. Paul Delaroche venait de fermer son
atelier, qui, pendant longtemps, avait été une pépinière d'artistes.
Monchablon entra chez Cornu, et ensuite chez Gleyre. Après
avoir obtenu, à l'École des Beaux-Arts, tous les succès scolaires, il
concourut pour le grand prix de Rome, qu'il obtint en 1863. Ce fut là
qu'il fit le *Châtiment,* les *Terreurs de Caïn* et surtout la *Mort de
Moïse,* envoi de dernière année qui fit sensation au Salon de 1869.
La guerre de 1870, où il fut appelé au service de son pays, jeta une
interruption fâcheuse dans sa réputation naissante. Mais une *Sainte
Famille* faite pour l'église Saint-Nicolas-des-Champs en 1872, les
Quatre Évangélistes exécutés pour le grand séminaire d'Angers, les
peintures décoratives commandées par M. Chevreau, l'ancien ministre,
le *Christ* exposé en 1875, témoignent de l'activité de l'artiste en
même temps qu'elles accusent ses goûts pour la peinture monumentale. M. Monchablon a fait aussi plusieurs portraits, entre autres
ceux de MM. de Cumont, Buffet, etc.

MOYSE

N É à Nancy en 1827, Moyse vint très-jeune à Paris et entra,
en 1844, à l'atelier de Drolling en compagnie de Paul Baudry
et Jules Breton. L'éducation classique, en usage à cette époque,
n'était nullement en rapport avec ses goûts, et dès qu'il put dessiner

UNE SYNAGOGUE PENDANT LA LECTURE DE LA LOI, TABLEAU DE MOYSE

une figure à peu près correctement, il quitta l'École des Beaux-Arts et se mit à voler de ses propres ailes sans s'inquiéter en aucune façon du genre de peinture au moyen duquel on obtient les faveurs de la mode ou les commandes officielles[1].

Ses tableaux, peu remarqués d'abord par le public, fixèrent pourtant l'attention des artistes, qui en apprécièrent la disposition souvent heureuse et surtout la parfaite sincérité. Peu à peu et sans l'avoir cherché, Moyse est devenu, en quelque sorte, le peintre officiel des rabbins et des cérémonies du culte israélite. Il a trouvé là une note personnelle et très-vivante. Sa *Synagogue pendant la lecture de la loi,* sa *Famille juive insultée par des truands,* sa *Circoncision,* son *Assemblée des rabbins,* sont des tableaux qui se distinguent par le grand parti pris d'effet et par une recherche toujours heureuse des types. La réputation de Moyse s'est faite dans les ateliers de peintres, et gagne peu à peu le public. Ce n'est pas encore un nom autour duquel on fasse grand fracas, mais l'estime des connaisseurs entoure ses œuvres, dont le succès de bon aloi va grandissant tous les jours.

---

1. Ses principaux ouvrages sont : 1851. *Portrait.* — 1853. *Chartreux jouant du violoncelle.* — 1855. *Portrait.* — 1857. *Michel-Ange étudiant l'anatomie sur un cadavre* (maintenant au musée d'Annecy). — 1859. Les *Chants religieux.* — 1861. Une *Synagogue.* — 1863. Une *Discussion théologique;* la *Sieste;* une *École juive à Milianah, Algérie.* — 1864. *Caïphe; Enfer du Dante;* un *Philosophe.* — 1865. La *Bénédiction de l'aïeul;* un *Concert.* — 1866. *Enfants jouant aux billes;* un *Conseil d'ami.* — 1867. *Portrait.* — 1868. *Assemblée des rabbins convoqués par Napoléon Ier en 1807 pour régler le sort des Israélites français.* — 1869. La *Circoncision;* un *Rabbin.* — 1870. Une *Famille juive insultée par des truands.* — 1872. Des *Hérétiques devant le tribunal de l'inquisition établi à Séville en 1481.* — 1873. Un *Concert religieux; Tête d'étude.* — 1874. Un *Point de controverse;* la *Leçon de lecture.* — 1875. Les *Fins amateurs;* une *Partie d'échecs.*

LAURENT PELLETIER

LAURENT PELLETIER, quoique n'appartenant pas à la Lorraine par la naissance, se rattache à l'école de Metz; c'est dans cette ville qu'il s'est fait connaître par ses belles aquarelles, et il a été pendant de longues années professeur de lavis à l'École d'application

Fig. 257. — Le Coup de vent, aquarelle de Pelletier.

de l'artillerie et du génie. Les aquarelles de Pelletier lui ont valu, en 1841 et 1846, deux médailles aux Salons de Paris. C'est toujours dans le pays messin qu'il choisit ses motifs de paysage, empreints généralement d'un caractère sauvage et grandiose.

Tantôt c'est une mare dont les bords sont couverts de roseaux et, au fond, des grands chênes qui se silhouettent sur un ciel vigoureux. Ou bien c'est une lisière de bois par un effet d'automne, ou bien encore ce sont des vieux arbres dépouillés et battus par le vent, qui a couché les grandes herbes tout autour d'eux.

Après la guerre, Pelletier, comme tout le groupe des artistes de Metz, a quitté la malheureuse ville annexée, où il avait obtenu ses succès et où il a laissé de nombreux ouvrages fort appréciés.

PÊTRE

CHARLES PÊTRE, statuaire distingué, natif de Metz, a commencé ses premiers essais sous la direction d'un amateur, M. Émile Bouchotte, ancien maire de Metz. Il vint ensuite dans l'atelier de Toussaint, et suivit assidûment les cours de l'École des Beaux-Arts. En 1855, il exécuta, en bronze, une statue du maréchal Ney, qui est maintenant à Metz, et en 1857, une statue de Jeanne d'Arc qui est à Neufchâteau, et en 1864, une fort belle statue de Dom Calmet, qui est à Commercy.

La réputation de Pêtre s'est faite à Paris avec une charmante statue de la *Source,* qui a valu à son auteur une médaille de deuxième classe en 1872. On a remarqué aussi, en 1873, un buste très-remarquable d'après le maire de Metz. Charles Pêtre dirigeait à Metz une école de dessin, mais après l'annexion, il quitta sa ville natale et vint se fixer à Nancy, où il se livra de nouveau à l'enseignement. Il a été chargé, à Nancy, de travaux très-importants pour la nouvelle église de Saint-Èvre, et s'en est tiré à son honneur.. Ce sont des bas-reliefs conçus dans un style archaïque et représentant la *Sainte Trinité,* l'*Apothéose de sainte Aprone et celle de saint Èvre,* au grand portail. Il a fait également, pour un des transsepts, la *Naissance de Jésus-Christ,* la *Présentation au Temple* et *Jésus au milieu des docteurs,* avec la *Résurrection du Christ* au-dessus ; et pour l'autre : Un *Concile,* l'*Apparition de la Salette* et l'*Apparition de Lourdes,* surmontés de l'*Immaculée Conception.*

PONSCARME

PONSCARME est né en 1827, à Belmont-les-Montureux, département des Vosges. Son père, qui était vigneron, l'envoya au séminaire de Senaid, et ensuite à Chatel. A dix-huit ans, il arriva à Paris et entra chez un graveur en typographie. Garde mobile en 1848, il se fit ensuite courtier en librairie, puis, après une grave maladie qui le conduisit à l'hôpital, il gagna dans un concours une pension de son département, et entra chez Oudiné, le graveur en médailles. En 1855, il a le second prix de Rome, et expose pour la première fois en 1857. L'année suivante, il entre chez le statuaire Dumont et se fait remarquer aux Salons de 1861 et 1863. L'année suivante, il sort victorieux d'un concours pour une médaille commémorative des grands travaux exécutés dans Paris à cette époque. En 1867 il est décoré et en 1871 il est nommé professeur de gravure en médailles à l'École des Beaux-Arts. M. Ponscarme est auteur de la médaille des récompenses de l'Exposition universelle, d'un projet monétaire à l'effigie de la République, commandé pendant le siége de Paris, et d'un grand nombre de portraits de personnages marquants, tels que l'empereur Napoléon III, MM. Naudet, Dumont, Rameau, député et maire de Versailles ; Jules Brame, député ; le prince de Monaco, Charles Blanc, Beulé, Jules Simon, Schœlcher, Edgar Quinet, Alphonse Lavallée, Louis Blanc, le maréchal Forey, Duruy, Mlle Fouché de Careil, etc.

ROLLAND

AUGUSTE ROLLAND est né à Metz en 1797. Il fit ses études à Paris au lycée Napoléon, et en 1814 il quitta le collége pour concourir à la défense du pays. Pendant longtemps Rolland se contenta de faire de la peinture en amateur ; les pastels de Maréchal lui révélèrent sa vocation et il avait trente-huit ans quand son nom figura pour la première fois sur un livret d'exposition.

Malgré les succès qu'il avait obtenus dans ses rares apparitions aux Salons de Paris, cet artiste, ami de la retraite et de la vie méditative, semble s'être assez peu soucié du bruit qui aurait pu se faire autour de son nom, s'il avait eu un tempérament plus militant. Vivant dans sa province qu'il n'aurait quittée qu'à contre-cœur. Rolland aimait la peinture pour elle-même; ceux qui ont vécu dans le pays messin ont seuls pu apprécier la sincérité de ses recherches et la valeur

Fig. 258. — Paysage, par Rolland.

de ses efforts. Ses amis ont réuni, après sa mort, un recueil de lithographies d'après ses œuvres qui ont eu pour interprètes Français, J. Laurens, E. Leroux, Mouilleron et Bodmer : cet album n'a jamais été mis en vente.

Pour apprécier comme il convient les œuvres de Rolland, nous laisserons parler Maréchal de Metz, qui, dans un remarquable discours[1] sur les œuvres de Rolland, caractérise ainsi le talent de l'artiste

1. Ce discours a été reproduit dans les *Mémoires de l'Académie impériale de Metz*.

messin : « Ses tableaux attirent d'abord par leur signification et leur aspect; qu'ils aient pour sujets de grandes masses ou de simples détails, des accidents de terrain, des forêts, des troupeaux, ou seulement un arbre, une flaque d'eau, un animal isolé, c'est par l'effet qu'ils s'imposent, par l'ensemble qu'ils se font admirer. Les forêts ont bien leur nature et leur état, les troupeaux, leur physionomie et leur

Fig. 259. — Les Roseaux de Bouligny, tableau de Rolland.

action; l'arbre a son port, la bête a son allure, tout est distinct, expressif et saillant. Ce qui ne manque jamais dans les ouvrages de Rolland, c'est l'accord harmonieux des analogues, l'entente des convenances locales, qui donne à chaque animal son entourage naturel : aux lourds et placides bestiaux, les champs ouverts, les clairières paisibles, les marécages plantureux; aux sangliers abrupts, la ramure anguleuse des chênes, la fange des bauges, la trame épineuse des fourrés ; aux hérons élégants et soupçonneux, les rives silencieuses, les eaux immobiles des étangs, les tiges élancées et les feuilles tremblantes des roseaux. »

SELLIER

CHARLES SELLIER, né à Nancy en 1830, vint de bonne heure à Paris et devint élève de Léon Cognet. Il suivit assidûment les cours de l'École des Beaux-Arts et obtint le grand prix de Rome en 1857. Il se fit remarquer au Salon par un grand tableau qui est aujourd'hui au musée de Nancy, le *Lévite d'Éphraïm*. La composition était bien comprise : cheminant sur un étroit sentier, à travers les montagnes abruptes, le lévite conduit son mulet qui porte le corps mutilé de sa femme. Son geste exprime les imprécations qu'il lance contre la ville coupable ; le caractère grandiose et sévère du paysage contribue puissamment à l'impression de la scène.

Sellier a adopté depuis ce temps un genre réaliste et représente plus volontiers des scènes de la vie intime qu'il éclaire presque toujours par un effet de lumière artificielle. Très-populaire en Lorraine, cet artiste paraît un peu effacé à nos expositions de Paris et on attend de lui une œuvre importante pour réaliser les espérances brillantes que son début avait fait concevoir.

STUREL

STUREL (Mme), née MARIE-OCTAVIE PAIGNÉ, née à Metz en 1819, est élève de notre grand pastelliste, Maréchal. Elle avait commencé par faire de la figure, mais ensuite elle s'adonna complétement à la peinture de fleurs, genre dans lequel elle a acquis de la célébrité. Ses roses trémières, ses branches d'églantier, ses pivoines, ont un éclat surprenant qu'on est étonné de trouver dans un pastel.

Delécluze écrivait en 1853, dans le *Journal des Débats* : « Les honneurs du Salon, cette année, reviennent à deux femmes, Mlle Rosa Bonheur et Mme Sturel-Paigné. » Le brillant succès qu'elle avait à Metz venait de recevoir la consécration officielle du Salon et l'artiste avait conquis déjà une place éminente parmi nos peintres de fleurs, lorsqu'elle s'est éteinte en 1854. La ville de Metz ne possédant aucun ouvrage d'elle, la commission du musée chargea le maire de communiquer à son mari l'intention où elle était de faire l'acquisition d'une de ses œuvres. M. Sturel s'empressa de céder le tableau qu'on lui demandait, mais il ne voulut pas toucher la somme convenue, qui fut consacrée par lui à fonder un prix pour l'école de dessin.

SWEBACH

JACQUES SWEBACH, né à Metz en 1769, est un peu oublié aujourd'hui, mais il a eu, sous le premier Empire et la Restauration, une très-grande réputation pour ses cavalcades et ses petites scènes militaires. Il a visité la Russie et a même été quelque temps directeur de la fabrique impériale de porcelaine dans ce pays. Swebach est un dessinateur spirituel, mais sa peinture, sèche et lisse, manque, en général, de chaleur et d'accent. Le musée de Montpellier possède le tableau le plus important qu'il ait fait. Il représente l'impératrice Joséphine, montée sur un cheval blanc, dans une promenade sillonnée de calèches et de cavaliers. Le site paraît pris au pied du coteau de Marly, dans le voisinage de la Malmaison. C'est en effet pour cette résidence que le tableau avait été commandé en 1800.

Voici ce qu'écrivait M. Thiers, alors critique d'art au *Constitutionnel,* à propos d'un tableau de Swebach exposé en 1822 : « Arrêtons-nous sur ces charmants voyageurs de M. Swebach ; on n'est ni plus spirituel, ni plus sec de touche, ni plus léger, ni plus gris dans les fonds. Que le pinceau de M. Swebach devienne plus moelleux, ses fonds moins gris, et personne ne sera au-dessus de lui dans le genre qu'il a choisi, car personne n'anime de tant de vivacité des figures plus variées. » Swebach est mort en 1823.

TRAYER

J EAN - BAPTISTE TRAYER[1], né en 1824, appartient à une famille
lorraine. Son père, paysagiste établi à Metz, lui donna les
premières notions de dessin et de peinture. Il vint ensuite à Paris, mais

Fig. 260. — La Famille, tableau de Trayer.

ne voulut pas suivre l'enseignement de l'École des Beaux-Arts. Il
fréquenta quelques écoles libres, notamment l'Académie de Suisse.
Trayer n'eut donc pas, dans sa jeunesse, les succès dont les

1. Ses principaux ouvrages sont : — 1846. *Scène d'intérieur.* — 1847. La *Dernière
Grappe*; le *Panier vide.* — 1848. Le *Dernier Regard.* — 1850 *Shakespeare dans la taverne
de la Couronne.* — 1852. *Léonard de Vinci au milieu de ses élèves.* — 1853. *Jeunes Filles
cousant*; la *Liseuse*; la *Leçon de broderie.* — 1855. *Atelier de couture*; une *Mère*; le *Bain
de pieds*; *Excès de travail.* — 1857. Les *Deux Parts*; la *Retenue*; *Intérieur d'un marché
aux grains.* — 1859. La *Famille*; *Sérénité.* — 1861. Un *Examen*; le *Point de tapisserie*;

écoliers sont souvent si vains. Décidé, dès l'origine, à faire des tableaux de petite dimension, il n'aspira jamais au titre de peintre d'histoire.

Il s'est fait connaître par des sujets anecdotiques ; son *Shakespeare dans la taverne de la Couronne* et son *Léonard de Vinci au milieu de ses élèves* furent fort remarqués au Salon. Néanmoins l'artiste n'avait pas encore trouvé la voie qu'il devait suivre avec tant de succès. L'*Atelier de couture,* du Salon de 1855, fut particulièrement remarqué ; toutes ces jeunes filles travaillant en silence formaient un ensemble charmant. L'artiste a reproduit plusieurs fois, et toujours avec le même bonheur, des scènes du même genre.

Esprit observateur plutôt qu'homme d'imagination, Trayer traduit ce qu'il a vu, plus volontiers qu'il n'invente ; mais il voit juste, et sans aucun parti pris d'école. La nature des sujets qu'il traite habituellement pourrait le faire ranger parmi les réalistes, mais l'extrême distinction de son goût, son horreur de ce qui est laid ou trivial, lui assignent une place à part parmi les artistes contemporains.

VALÉRIO

THÉODORE VALÉRIO, né à Herserange (Meurthe-et-Moselle), bien connu par ses belles aquarelles ethnographiques, a eu le rare mérite de nous révéler une contrée inconnue et étrangement pittoresque. Il ne s'est pas adressé pour cela au nouveau monde ou à l'Asie centrale, mais il s'est enfoncé dans les monts Carpathes et dans les plaines marécageuses du Danube. Là habitent des races dont l'origine est ignorée et dont le type, à la fois élégant et sauvage, est bien fait pour passionner un artiste. La Hongrie, la Transylvanie, la Moldo-

---

Anxiété; la *Prière.* — 1863. *Jardin public; Premiers Sourires;* la *Becquée.* — 1864. Les *Cueilleuses de moules du Pollet,* à *Dieppe.* — 1865. *Intérieur dans la Haute-Savoie;* les *Jumeaux.* — 1866. *Marchande de crêpes; Gardeuse d'enfants.* — 1867. *Molière fait la* lecture du *Misanthrope.* — 1868. L'*Alphabet.* — 1869. *École de filles de Ravenoville;* les *Deux Sœurs.* — 1870. Une *Sœur de Bon-Secours de Troyes;* le *Livre d'images.* — 1873. Le *Ruban neuf; Un peu de soleil.* — 1874. *Couturières.*

Valachie et la Bohême ont été explorées par Valério, qui en a reproduit les mœurs et la physionomie avec l'exactitude d'un naturaliste.
Chaque personnage est un portrait et on devine en quelque sorte le
caractère et les habitudes de l'individu représenté.

Les belles aquarelles que Valério a rapportées des différentes

Fig. 261. — Musiciens tsiganes, tableau de Valério.

parties de la monarchie autrichienne ont figuré à l'Exposition universelle de 1855. « Sans négliger les races sédentaires, disait alors
Théophile Gautier, M. Valério a étudié avec amour les populations
tsiganes des Carpathes et de la plaine. En effet, rien ne peut séduire

davantage un peintre que cette race bizarre et mystérieuse apparue en Europe vers le commencement du xvᵉ siècle et ne se rattachant à aucune souche. Faut-il y voir la descendance de quelque tribu paria de l'Inde, poussée loin de sa patrie par cet irrésistible instinct de migration qui saisit les peuples comme les oiseaux à certaines époques climatériques, ou peut-être fuyant le mépris et l'oppression des castes supérieures? Viendrait-elle d'Égypte, comme on le croyait vulgaire-

Fig. 262. — Tsiganes valaques de la Transylvanie.

ment au moyen âge? C'est ce que la science n'a pu encore décider, quoique des hypothèses plus ou moins ingénieuses aient été soutenues en divers sens. — Aucune civilisation n'a pu résorber ces hordes nomades qui flottent sur l'Europe comme une écume. — Comme les

Bédouins, les Tsiganes de tout pays ont horreur des villes et semblent étouffer dans les maisons de pierre. Ils campent sous les toiles de leurs chariots ou se terrent dans les trous, sous quelque touffe de broussaille, toujours à l'extrémité du village, au bout de quelque faubourg désert. M. Valério a reproduit à merveille ces visages de bistre au nez busqué, que trouent comme des jets de flamme, des regards d'une clarté et d'une fixité inquiétantes, et autour desquels se tordent en fines annelures d'étroites mèches d'un noir de jais, rebelles au peigne et au fer; ces cols et ces poitrines d'un brun violâtre, qui semblent avoir été brûlés par le soleil caustique de l'Inde et en garder l'empreinte indélébile. Quels tons fauves, rances, déteints et rompus il a su trouver pour ces squalides défroques, où pointe cependant à travers la misère une velléité de coquetterie sauvage ! »

YVON

A DOLPHE YVON[1] est né à Eschwiller (Moselle) en 1817. Après avoir fini ses classes, il entra dans l'administration des eaux et forêts, qu'il quitta bientôt, contrairement au vœu de ses parents, pour venir à Paris se mettre sous la direction de Paul Delaroche, qui lui conseilla de ne pas concourir pour Rome. En 1843, il fit un voyage en Russie et en rapporta une série de dessins qui figurèrent au Salon pendant les années 1847 et 1848, et furent remarqués par leur allure franchement pittoresque.

La *Bataille de Koulikowo,* exposée en 1850, posa l'artiste comme peintre d'histoire; en 1855, il établit définitivement sa réputation avec son *Maréchal Ney à la retraite de Russie,* qui est à notre avis son plus beau tableau. L'action est très-nettement exprimée, et il y a un

1. Ses principaux ouvrages sont : 1842. *Portrait.* — 1844. *Portrait d'un général.* — 1846. Le *Remords de Judas.* — 1850. La *Bataille de Koulikowo.* — 1852. Un *Ange déchu.* — 1853. Le *Premier Consul descendant les Alpes.* — 1855. Le *Maréchal Ney soutenant l'arrière-garde en Russie; Dessins du Dante.* — 1857. La *Prise de la tour Malakoff.* — 1859. La *Gorge de Malakoff;* la *Courtine de Malakoff.* — 1861. *Bataille de Solferino.* — 1863. *Magenta; Évacuation des blessés après Solferino.* — 1864. *Portraits.*

véritable sentiment dramatique dans l'ensemble. La neige couvre la plaine, où la colonne française ondoie comme un serpent. Des cosaques, montés sur leurs petits chevaux, harcèlent nos soldats, qui, vêtus de guenilles et dans un effroyable état de délabrement, gardent au milieu d'eux leur drapeau comme une relique. Le maréchal Ney, qui les commande, a pris en main un fusil et fait lui-même le coup de feu. La route est jonchée de cadavres et encombrée de voitures brisées. Un village qui brûle au fond et les teintes rouges qui éclairent le ciel ajoutent encore à la sinistre impression de l'aspect.

La même année, Yvon exposait les dessins de l'*Enfer du Dante,* qui sont maintenant au musée du Havre. « Nous aimons beaucoup, écrivait Théophile Gautier en 1855, les dessins au fusain de M. Yvon, représentant les *Sept Péchés capitaux punis par les supplices de l'enfer dantesque ;* c'est une suite de beaux motifs pour l'artiste épris des tournures grandioses et des musculatures de Michel-Ange, que ces damnés, tordus dans toutes les postures, avec leurs raccourcis et leurs détails anatomiques. M. Yvon en a tiré parti en maître. » Ces dessins ont été popularisés par les belles lithographies de M. Jacott.

Yvon a été, en quelque sorte, le peintre officiel des batailles du second Empire. Le musée de Versailles renferme des toiles d'une dimension immense, qui retracent les principaux événements des guerres de Crimée et d'Italie. Outre ses grandes batailles, Yvon a souvent peint des scènes pittoresques tirées des épisodes militaires : ses *Blessés de Solferino,* que ramène un chariot traîné par des bœufs, est une composition charmante et pleine d'animation.

M. Yvon figurait souvent parmi les invités de Compiègne. Un jour qu'il faisait une pluie battante, le peintre étant resté dans sa chambre, fit une aquarelle de circonstance. Elle représentait le prince impérial remplissant les fonctions de caporal des grenadiers de la garde qui venaient de lui être conférées. Le petit prince, car il était alors fort jeune, était placé dans les bras d'un grand et solide caporal et relevait un soldat en faction. L'enfant penchait la tête pour savoir si la consigne était bien observée. Cette composition a été depuis reproduite par la gravure, mais on peut juger du succès qu'elle a dû obtenir à Compiègne au moment où elle venait d'être improvisée par l'artiste.

M. Yvon a complétement échoué, il faut le dire, avec son grand tableau des États-Unis d'Amérique. La peinture allégorique repose sur

LE RETOUR DES BLESSÉS DE SOLFERINO, TABLEAU D'YVON

une convention qui doit être comprise; elle présente des difficultés
qui, dans certains cas, peuvent être insurmontables. Ici, l'artiste,
obligé d'obéir à un programme déterminé, a voulu représenter, par
une figure allégorique, chacun des États qui composent l'Union américaine. Mais ces États, nés d'hier, n'ont pas de traditions dans le passé,
ce sont des provinces sans histoire, ou du moins l'histoire est la même
pour toutes. Quand les anciens voulaient représenter Rome et Athènes,
ils pouvaient montrer ces deux villes avec un type et des attributs qui
les faisaient aisément reconnaître. Ici, la monotonie était inévitable, et

Fig. 263. — Scène de l'Enfer du Dante, par Yvon

le nombre immense des personnages vrais ou imaginaires, qui se
rattachent à des épisodes différents, ne pouvait manquer de produire
la confusion en empêchant l'unité. C'est peut-être un sujet pour un
poëme en plusieurs chants, ce n'est pas un sujet pour un tableau.
Dans un livre les idées s'enchaînent en se succédant, mais un
tableau, où tout se voit à la fois, ne saurait admettre une pareille com-
plication, et l'artiste aurait beau combiner des groupes ingénieux et
exécuter habilement certaines parties, il ne rendra jamais plastique un
sujet qui n'est que littéraire.

Outre ses tableaux, Yvon a exécuté des peintures décoratives dans divers monuments, entre autres à l'Hôtel de ville de Paris. Celles qui étaient dans la salle des séances du conseil municipal représentaient :

Clovis, porté sur le pavois et revêtu de la pourpre romaine, faisant son entrée dans la capitale ;

Philippe-Auguste, au moment de partir pour la terre sainte, place ses enfants sous la sauvegarde du conseil municipal de Paris ;

François Ier pose la première pierre de l'Hôtel de ville ;

Napoléon III signe le décret d'annexion à Paris des communes suburbaines.

TOPOGRAPHIE

ARTISTIQUE ET MONUMENTALE

DE

LA LORRAINE

I

NANCY

Nancy[1], telle qu'elle était au xviie siècle, avec ses clochers, ses bastions et ses tours, est représentée sur une gravure d'Israël Sylvestre. Les remparts de la ville, élevés vers 1580 par un ingénieur lorrain, Nicolas Marchal, furent renversés par Louis XIII. L'aspect de Nancy s'est complétement transformé au xviiie siècle sous l'influence du dernier duc de Lorraine, Stanislas. Un amas informe de maisons, de jardins, de terrains vagues, occupait l'emplacement que Stanislas voulait décorer. La place Royale, fondée en l'honneur de Louis XV, et qui porte aujourd'hui le nom de place Stanislas, est

---

1. Les armoiries de Nancy sont : d'argent, au chardon arraché verdoyant, à la fleur purpurine, arrangée de deux feuilles piquantes au naturel; l'écu honoré, pour chef, des armes pleines de Lorraine qui sont : coupé d'un trait et parti de trois, savoir : au premier quartier, burelé d'argent et de gueules, de huit pièces, qui est de Hongrie; au second, d'azur, semé de fleurs de lis d'or sans nombre, brisé en chef d'un lambel de gueules à trois pièces, qui est des Deux-Siciles; au troisième, d'argent à la croix potencée d'or, cantonnée de quatre croisettes de même, qui est de Jérusalem; au quatrième, d'or, à quatre pals ou vergettes de gueules, qui est d'Aragon; au cinquième, d'azur semé de fleurs de lis d'or, brisé d'une bordure de gueules, qui est d'Anjou; au sixième, d'azur au lion contourné d'or,

une des plus belles places de l'Europe et elle a surtout le mérite d'affirmer bien nettement le style et le goût de l'époque où elle a été bâtie. Les superbes édifices élevés par l'architecte Héré et les belles grilles de Lamour sont assurément ce qu'il y a de plus caractéristique à Nancy. Au reste la ville, dont toutes les rues sont tirées au cordeau, présente dans son ensemble une unité d'aspect bien rare, et ses portes, dont plusieurs sont de véritables arcs de triomphe, lui donnent la physionomie d'une véritable capitale.

Nancy a peu de monuments anciens; la cathédrale appartient au xviiie siècle comme la plupart des édifices de la ville. Cet édifice, construit sur le plan de Saint-André du Val, à Rome, fut commencé en 1703, sous le règne de Léopold et terminé en 1742. La façade, qui, une fois le style admis, ne manque pas d'une certaine grandeur, est décorée par un double étage de colonnes corinthiennes accouplées qui supportent un fronton cintré, et présente deux tours surmontées d'une coupole. A l'intérieur, l'édifice, qui présente la forme d'une croix latine, est entouré de chapelles fermées par de belles grilles en fer dues à Jean Lamour et à François-Jean Maire; à l'intersection des deux branches de la croix, une vaste coupole, peinte par Jacquart, représente le ciel ouvert. On y voit aussi deux grandes toiles de Claude Charles, représentant des traits de la vie de saint Sigisbert et un très-bon tableau, intitulé *l'Assomption des Minimes,* qu'on attribue à Jacques Bellange, mais que M. Lepage croit être une œuvre de Jean de Wayembourg qui fut peintre de Charles III, de 1592 à 1602.

On voit aussi dans la cathédrale une *Vierge* attribuée à César Bagard, les *Quatre Statues des docteurs de l'Église* qui faisaient autrefois partie du *Tombeau du cardinal de Vaudémont* et qui sont l'œuvre de Florent Drouin, et plusieurs pièces d'orfévrerie très-précieuses, entre autres le Calice, la Patène et l'Évangéliaire de saint Gozlin.

à double queue, armé, lampassé et couronné de gueules, qui est de Gueldres; au septième, d'or, au lion de sable, sans couronne, armé et lampassé de gueules, qui est de Juliers; au huitième, d'azur, à deux barbeaux adossés, cantonnés de quatre croisettes recroisetées au pied fiché de même, qui est de Bar; puis, brochant sur le tout, d'or, à la bande de gueules chargée de trois alérions éplanis d'argent, qui est de Lorraine primitive. Ledit écusson timbré de la couronne ducale. Et pour devise, les mots latins : *non insultus primor,* ou les mots français : *qui s'y frotte s'y pique.* Ces armoiries sont celles que Charles III donna à sa capitale en 1576. (Pour ce qui concerne les écussons des villes, nous nous sommes servi de l'excellent ouvrage de M. Constant Lapaix, intitulé *Armorial des villes de Lorraine.*

L'église de Bon-Secours est la plus importante après la cathédrale. Elle a été élevée en 1738, sur l'emplacement d'une ancienne
chapelle, dédiée à Notre-Dame de la Victoire, en souvenir de la bataille
de Nancy, gagnée contre Charles le Téméraire. Elle renferme une

Fig. 264. — Tombeau de Stanislas, dans l'église de Bon-Secours, à Nancy

statue de la Vierge, commandée en 1505 par René II, au sculpteur
Mansuy Cauvain, et les mausolées du roi et de la reine de Pologne.
Le tombeau du roi de Pologne, ouvrage de Vassé, qui fut terminé par

Félix Lecomte, montre Stanislas couché sur un socle, devant une pyramide, et appuyant sa main droite sur son sceptre. Au bas du monument, un globe terrestre à demi voilé montre le deuil que causa à l'univers la mort du dernier duc de Lorraine. D'un côté du globe, on voit la Charité pleurant, et de l'autre la Lorraine lisant les actions de Stanislas.

Le monument placé vis-à-vis est celui de Catherine Opalinska, femme de Stanislas, dû à Sébastien Adam, sculpteur lorrain ; nous l'avons décrit en parlant de cet artiste. Enfin, on voit dans la même église deux petits monuments, renfermant l'un le cœur de Marie Leszczinska, fille de Stanislas et femme de Louis XV, l'autre les restes du comte Tenezine, parent du roi de Pologne et grand maître de sa maison.

La place Royale de Nancy, ou place Stanislas, est un vaste quadrilatère à pans coupés, entouré d'hôtels d'un caractère monumental et construits sur un plan uniforme. Leur ordonnance de pilastres corinthiens embrasse deux étages dont les croisées sont ornées de balcons. Aux angles de la place, on voit les deux fontaines de Neptune et Amphitrite et les belles grilles dorées de Jean Lamour ; une statue de Stanislas, par Jacquot, remplace celle de Louis XV qu'on voyait autrefois au milieu de la place.

En face le bel arc de triomphe élevé par Héré, est situé l'Hôtel de ville, qui renferme le Musée de peinture. On entre d'abord dans un grand vestibule, d'où on monte par un escalier monumental dont les doubles rampes sont un chef-d'œuvre du serrurier Lamour. Le salon du premier étage est décoré de peintures de Girardet, qui représentent plusieurs figures allégoriques en l'honneur de Stanislas. C'est là que se tenait autrefois l'Académie.

Le musée de la ville, un des plus riches de la province, a été composé d'abord de ce qui avait été enlevé aux églises pendant la Révolution. Il s'augmenta des tableaux envoyés à Lunéville pendant le congrès et qui après les négociations terminées sont presque tous restés à Nancy. Enfin divers envois ont été faits par le Musée central et par l'administration des Beaux-Arts.

En tête de l'école italienne il faut placer un vieux maître de la plus extrême rareté : Duccio de Sienne, qui vivait à la fin du xiiie siècle. Sa peinture présente surtout un intérêt archéologique,

UNE DES GRILLES DE LA PLACE STANISLAS, A NANCY

mais il est considérable. Duccio, que Ghiberti préférait à Cimabué,
fut le chef de l'École siennoise, et par conséquent un des pères de la
peinture moderne ; il marque la transition entre les ouvrages byzantins et ceux de la Renaissance. Une peinture dans le dôme de Sienne,
deux tableaux au musée de la même ville, un triptyque acquis par le
prince Albert en 1845, et qui a figuré à l'Exposition de Manchester,
voilà, avec la *Vierge* de Nancy, tout ce qu'on connaît de Duccio.

Fig. 265. — La Vierge, tableau de Pérugin.

Cette *Vierge,* à mi-corps et de grandeur naturelle, est vue de
face ; l'enfant Jésus qu'elle porte sur ses genoux tient un chardon-
neret. Les contours sont tracés par un trait en creux, et de grandes
hachures dorées indiquent les accrocs de la lumière sur les vêtements.
Le fond est en or gaufré et pointillé. La Vierge a le nez très-long, la

bouche petite et les yeux fendus en amande; l'ensemble offre un caractère byzantin encore très-accentué. Au milieu des ouvrages qui l'entourent, cette antique madone, qui a toute la sécheresse et les inexpériences pratiques de la peinture primitive, ne peut assurément passer pour un chef-d'œuvre, mais c'est à coup sûr une des pièces les plus précieuses du musée.

Quand on parle de Léonard de Vinci, il ne s'agit plus seulement d'une relique vénérable; cette redoutable attribution prédispose à voir un chef-d'œuvre. Ce n'est malheureusement pas le cas pour le *Sauveur du monde* du musée de Nancy. Ce tableau, qui provient de l'ancienne collection des rois de France, a été catalogué par Lépicié de la façon suivante : « Le Sauveur tenant un globe. Tableau peint sur bois, hauteur de 16 pouces 1/2 sur 14 pouces de largeur; la figure est de petite nature. Ce tableau, attribué à Léonard de Vinci, est extrêmement faible; il représente le Sauveur du monde tenant d'une main un globe et donnant de l'autre la bénédiction. Son vêtement est une draperie bleue par-dessus une robe rouge. Il a été gravé à l'eau-forte par Venceslas Hollar, en 1650. »

Si le Léonard de Vinci est une œuvre douteuse, pour ne pas dire fausse, on ne peut pas en dire autant d'une *Vierge* du Pérugin (fig. 265), qui a dû être un tableau des plus remarquables, mais qui a été malheureusement horriblement abîmé par des restaurations maladroites. A part les contours du dessin qui ont été respectés et quelques rares morceaux qui sont demeurés intacts, tout le tableau est couvert de taches dont le ton jure avec l'ensemble et qui sont l'ouvrage du restaurateur.

Le *Tobie guidé par l'Ange,* d'André del Sarte, provient de l'ancienne collection des rois de France, aiusi que le *Déluge,* du Bassan; tous deux sont décrits dans le catalogue de Lépicié.

La *Sibylle de Cumes* est un des bons tableaux de Piètre de Cortone, qui, après avoir fait partie de la galerie de Penthièvre, a été envoyé à Nancy sous le Consulat. La Sibylle, debout près d'Auguste agenouillé, lui montre le Messie porté par sa mère, assise sur un nuage. C'est une peinture aimable et facile, où le maître est aisément reconnaissable.

Le *Pape Sixte-Quint sous un dais,* d'Andréa Sacchi, est un tableau fort endommagé et qui a subi de nombreuses restaurations.

Quand nous aurons cité pour mémoire une curieuse copie des *Noces de Cana,* de Paul Véronèse, par le peintre lorrain, Claude

Charles, et des ouvrages du Caravage, d'Augustin Carrache, du Guide, et de plusieurs peintres de l'École bolonaise, qui n'ont rien de particulièrement saillant, nous aurons fait la part de l'École italienne au musée de Nancy.

Fig. 266 — Portrait d'homme, par François Porbus.

Quentin Metsys ouvre l'École flamande avec des *Compteurs d'argent,* qui ne sont ni meilleurs ni plus mauvais que ceux qu'on voit dans une multitude de galeries. Ce tableau a été reproduit identiquement un très-grand nombre de fois, mais il ne donne qu'une imparfaite idée du maître, dont le chef-d'œuvre est au musée d'Anvers. Voici, en revanche, un bon portrait de François Pourbus (fig. 266); malheureusement c'est une peinture fatiguée et abîmée dans certaines parties par les restaurations.

Le nom de Rubens apparaît trois fois dans le catalogue. Le *Jésus-Christ marchant sur les eaux* et le *Prophète Jonas jeté à la mer* sont de brillantes esquisses données au musée de Nancy par l'impératrice Joséphine. Mais le troisième tableau, la *Transfiguration,* serait, au moins par la dimension, une œuvre capitale, si l'attribution n'était susceptible des plus sérieuses contestations. L'ancien livret le donnait à Déodat Dermont, et la dernière édition, en le restituant à Rubens, ajoute cette note : « Cette peinture, préparée sur la composition et les dessins du maître par son élève Dermont (Déodat), fut terminée rapidement, et avec une fougue incomparable, par Rubens, qui a laissé dans cette page imposante le souffle le plus énergique. »

On sait qu'un grand nombre de tableaux de Rubens, notamment ceux qui concernent Marie de Médicis au Louvre, ont été exécutés par les élèves de Rubens et sous la direction du maître, qui les a terminés. Mais la part des élèves se dissimule absolument, et Rubens, qu'il ait ou non exécuté certaines parties, s'affirme partout dans l'ensemble. C'est le contraire qui arrive dans le tableau de Nancy, qui produit l'effet d'un tableau *retapé* par le maître plutôt qu'exécuté sous sa direction immédiate. Sur un dessin dépourvu de vigueur et une peinture assez terne, figurez-vous des touches brûlantes et décisives, accusant un effet puissant, et d'autant plus imprévu, qu'on ne saisit pas le lien avec ce qu'il y avait primitivement. Il semble que Déodat Dermont n'ait pas osé reprendre les savantes indications du maître, pour les relier dans son tableau, ou ait senti son impuissance à repeindre ses propres tonalités pour les mettre à l'unisson de Rubens. C'est un tableau qui a été peint entièrement par un artiste de troisième ordre, auquel un grand artiste est venu, après coup, montrer comment il aurait dû être fait; mais ce n'est pas une œuvre conçue et dirigée par Rubens, qui n'aurait pas voulu reprendre pour son compte les mollesses et les incorrections qu'on y trouve, et ne se serait pas contenté d'apposer la griffe du lion dans certaines parties.

La Vierge et l'Enfant Jésus, que le catalogue donne à Van Dyck, est-elle une répétition originale du fameux tableau de la galerie de

Dresde, ou bien faut-il n'y voir qu'une simple copie ? La finesse et la fermeté des chairs feraient, en certaines parties, penser à un original. Malheureusement le tableau a eu à souffrir d'un nettoyage exagéré et les draperies ont été entièrement repeintes.

Fig. 262. — La Vierge et l'Enfant Jésus, par Van Dyck.

Par exemple, voici un Jordaens sur lequel on n'élèvera jamais la moindre contestation, et qui en outre est un chef-d'œuvre. Il s'agit d'une simple étude d'après nature, représentant deux femmes âgées, vues, l'une de profil et l'autre de trois quarts. Excellente peinture, exécutée avec une énergie surprenante, et d'après un type que le peintre a souvent utilisé dans ses tableaux. C'est la même personne présentée de deux côtés différents ; une tradition, qui ne repose d'ailleurs sur aucun document positif, veut que ce soit la mère du peintre (fig. 268).

Le catalogue paraît attacher une grande importance à un tableau de Wenceslas Kœberger représentant le *Martyre de saint Sébastien*. Cette toile, peinte en Italie pour la confrérie de Saint-Sébastien d'Anvers, était placée dans la cathédrale de cette ville, et, ayant été apportée à Paris lors de la conquête des Pays-Bas, elle fut donnée au

Fig. 268. — Étude par Jacques Jordens.

musée de Nancy par le gouvernement consulaire. L'historien Descamps, grand amateur d'anecdotes, raconte, au sujet de ce tableau, une histoire qui doit être authentique, puisque la toile en porte la marque : « Dès qu'il fut en place, dit-il, les amateurs vinrent en foule pour l'admirer. Quelques jours après, deux têtes de femme, peintes sur le premier plan, furent coupées et emportées sans qu'on eût jamais pu découvrir l'auteur de ce dommage. On renvoya le tableau à Naples, où Kœberger le raccommoda très-habilement; il est cependant facile de voir la suture de la pièce qui fut ajustée pour réparer cet accident. »

Je ne suis pas en général bien fanatique de Gaspard de Crayer. Mais la *Peste de Milan* du musée de Nancy, si elle n'est pas son chef-

Fig. 269. — La peste de Milan, tableau de Gaspard de Crayer.

d'œuvre, est assurément une de ses meilleures toiles. Saint Charles Borromée donne la communion à un pestiféré que soutient une femme. Des cadavres gisent abandonnés dans la rue, et des prêtres de la suite du saint distribuent des aumônes aux malades. Ce beau tableau décorait autrefois le maître-autel de l'église de Saint-Pierre à Louvain. Venu en France par la conquête, il fut donné, en 1804, au musée de Nancy, sur la demande de l'impératrice Joséphine.

La *Charité,* de Philippe de Champagne, est représentée sous la figure d'une femme assise allaitant un enfant. Près d'elle sont deux autres enfants dont l'un paraît lui parler, tandis que l'autre veut prendre une grenade qu'elle tient à la main. L'ensemble est un peu froid, comme tout ce que fait Philippe de Champagne, mais il y a des morceaux magnifiquement peints, notamment l'enfant qui lève ses

Fig. 275. — La Charité, tableau de Philippe de Champagne

petites mains pour attraper la grenade. Ce tableau est signalé dans l'ancien inventaire du Louvre comme ayant été autrefois placé dans l'église métropolitaine de Paris. Il a fait partie du premier envoi fait par le musée central aux musées provinciaux, conformément au décret de l'an VIII. L'autre tableau de Philippe de Champagne provient de l'ancien hôtel de Penthièvre (aujourd'hui la Banque de France), et

Fig. 271 — Paysage par Ruysdaël

représente le *Christ assis,* couvert d'un manteau rouge et tenant un roseau à la main.

François Van der Meulen est représenté par un très-bon tableau gravé dans son œuvre. Il représente l'*Armée de Louis XIV devant Douai,* et appartenait à l'impératrice Catherine II, qui en fit don à Falconnet. Il fait partie de la collection léguée en 1866 à la ville de Nancy par Mme la baronne de Jankowitz.

Un splendide tableau d'Hobbema occupe, depuis quelque temps, la place d'honneur dans le salon principal du musée de Nancy. C'est un don fait au moment de la guerre par M. Charles André de Pont-à-Mousson et déposé dans le musée au moment même où l'armée ennemie envahissait la ville de Nancy. Le tableau, dont on ignorait l'auteur, était, par suite de couches accumulées de vernis, couvert de taches jaunes qui lui donnaient comme une maladie de la peau. Le conservateur du musée, M. Devilly, prit les plus grandes précautions pour les enlever, car il attachait la plus grande importance à ce tableau qu'il attribuait à Hobbema. Une belle signature en pleine pâte, découverte dans un coin du tableau pendant le nettoyage, vint changer en certitude ce qui ne paraissait qu'une probabilité. Ce paysage, qui n'a pas moins de 2 mètres de large sur 1^m,45 de hauteur, est le plus grand ouvrage connu du maître.

De grands arbres à feuillage sombre couvrent le premier plan où coule un ruisseau encaissé dans des roches. Un gentilhomme tenant un fusil est debout sur un pont rustique à côté de son domestique et de ses chiens. Dans le fond on aperçoit un village, et un ciel clair, fouetté de nuages blancs, illumine l'horizon. Les retouches maladroites qui alourdissaient la peinture sont aujourd'hui enlevées, et le musée se trouve avoir un tableau de maître d'un ton superbe et de la plus admirable conservation.

Les ouvrages d'Everdingen ne sont pas très-communs et le musée de Nancy en possède un tableau remarquable. C'est comme toujours un site sauvage pris dans le nord de l'Europe. Son ami, Jacques Ruysdaël, le paysagiste par excellence, a également deux paysages de petite dimension, mais d'une qualité charmante. Le premier, qui a été reproduit par la gravure, porte la date de 1649, et a fait partie de la collection du duc de Choiseul. Il représente l'entrée d'une forêt, avec des arbres au bord d'un étang. Un villageois, donnant la main à son

PAYSAGE DE HOLLANDE, PAR HOBBEMA

(Musée de Nancy).

petit garçon, traverse un chemin placé sur le premier plan. L'autre
tableau montre le bord d'un ruisseau avec des cabanes environnées
d'arbres et de broussailles.

Nous citerons, encore parmi les hollandais, Van Goyen représenté
par une charmante petite toile, Van Asch et Van der Does qui ont deux
paysages exquis, et enfin Jean Ravenstein auquel le livret attribue un
admirable portrait de femme, portant la date de 1630.

Le musée de Nancy est extrêmement riche en école française. Et

Fig. 272. — L'Ivresse de Silène, tableau de Carle Vanloo.

cependant, quand on arrive on cherche naturellement Claude Lorrain,
et on est un peu désappointé en voyant deux paysages, que le livret
enregistre sous forme dubitative, et qui ne sont assurément pas des
tableaux de premier ordre. Il en est de même pour Callot : rien ne
démontre qu'il ait peint; mais s'il est l'auteur du *Portement de croix*
qu'on voit au musée de Nancy, ce tableau n'a pu être pour lui qu'un
passe-temps, et ne saurait être considéré comme une œuvre sérieuse
qui puisse compter dans son œuvre.

Voici par exemple une *Entrée de Jésus-Christ à Jérusalem* par le Poussin, qui, bien qu'elle soit une œuvre de sa jeunesse, pourrait bien être authentique. Deux intérieurs de Philippe Meunier, peintre assez inconnu du xviie siècle, méritent d'être signalés d'autant plus que les figures sont de Pater. Une *Vierge* de Lubin Baugin, une *Assomption* de Lafosse et un beau portrait de Boffrand par Jean Restout vont nous amener au xviiie siècle.

Le congrès qui s'est réuni à Lunéville en 1801 a été une bonne fortune pour le musée de Nancy. Pour décorer le salon où devaient se réunir les plénipotentiaires, le gouvernement consulaire avait envoyé des tableaux de l'ancienne école française, alors un peu démodée, et en fit volontiers l'abandon à la ville de Nancy, qui en fit la demande. Parmi eux il faut nommer d'abord l'*Ivresse de Silène,* un des meilleurs tableaux de Carle Vanloo. Le père nourricier de Bacchus, chancelant et soutenu par deux satyres couronnés de vignes, tend sa coupe à une bacchante qui lui verse la liqueur enivrante. Un enfant soutient la jambe de Silène, et de l'autre côté un bouc est occupé à brouter des feuilles de vigne. Cette peinture, que la gravure a popularisée, a une ampleur et une richesse de mise en scène qui fait songer à Rubens. Malheureusement la couleur en est un peu terne et n'a pas tout l'éclat qu'un pareil sujet comporte. L'*Ivresse de Silène,* qui faisait partie de l'ancienne collection des rois de France, a été gravée par L. Lempereur.

C'est également au congrès de Lunéville que le musée doit une toile exquise de Boucher, l'*Aurore* et *Céphale.* Ils sont assis sur des nuages; les Amours arrêtent les coursiers du char, tandis que d'autres répandent des fleurs. De la même source proviennent également la *Continence de Scipion* de Lemoyne et la *Diane au bain* de de Troy. Ces deux tableaux ont été jugés les meilleurs dans un concours qui eut lieu en 1727 entre les membres de l'Académie royale. Le sujet était laissé au choix des concurrents, et le prix fut vivement disputé entre les deux artistes dont nous parlons et Noël Coypel et Cases, qui avaient fait l'un un *Enlèvement d'Europe,* et l'autre une *Vénus sur les eaux.*

La *Continence de Scipion,* de Lemoyne, est un tableau terne et d'un aspect peu agréable, qui n'est assurément pas un des meilleurs ouvrages du brillant auteur du grand plafond de Versailles. Il est

L'AURORE ET CÉPHALE

Imp. J. Baudry, Paris

Fig. 273. — Le Bain de Diane, tableau de François De Troy (musée de Nancy).

d'ailleurs assez abîmé. Le tableau de *Diane au bain* par De Troy est au contraire d'une admirable conservation et aussi frais de couleur que s'il était peint d'hier. La disposition est infiniment gracieuse, et il est fâcheux que les têtes principales, qui sont évidemment des portraits, ne soient pas plus jolies. De Troy aurait certainement pu trouver mieux, mais il était peut-être guidé par une galanterie intéressée. On a bien accusé Lemoyne, à propos de ce concours, de s'être marié au gré du duc d'Antin, dont il croyait la protection nécessaire. Quoi qu'il en soit, le prix fut partagé entre les deux artistes.

Nous devons signaler également deux jolis tableaux d'Octavien intitulés *Promenade dans le parc*. Le musée du Louvre possède un tableau d'Octavien, artiste peu connu, pour lequel le catalogue du musée nous donne seulement cette brève notice : « On n'a aucun renseignement biographique sur cet artiste, reçu à l'Académie royale de peinture, le 24 novembre 1725, comme peintre de genre sur le tableau que possède le musée. » Ce tableau, intitulé *la Foire de Vesoul,* nous montre des groupes de personnages couchés sur le gazon et d'autres qui dansent. La *Promenade dans le parc* du musée de Nancy ne manque pas d'élégance, et permet de ranger Octavien parmi les peintres des fêtes galantes, à la suite de Watteau, Lancret et Pater. Le musée possède une autre *Promenade dans le parc,* œuvre de Jean-Baptiste Le Prince, peintre lorrain dont nous avons déjà longuement parlé : décidément c'était un sujet à la mode.

En fait d'ouvrages lorrains, nous avons ici une *Sainte Famille* de Claude Charles, plusieurs tableaux de son élève Jean Girardet, et des paysages de Claudot. Voici comment M. Clément de Ris, dans son étude sur le musée de Nancy, apprécie ces deux artistes[1] : « En pénétrant dans le musée, on remarque, accrochées au mur de la salle obscure qui sert d'antichambre, plusieurs toiles représentant des sujets galants. Ces toiles appartiennent à un peintre de Nancy, du siècle dernier, à Girardet, dont le musée possède huit compositions. Elles sont traitées dans le goût de Boucher, d'un coloris moins brillant, mais dessinées plus correctement, et peuvent faire supposer que si Girardet eût été appelé à développer ses facultés devant un public plus difficile, il eût égalé Boucher. Girardet est aussi l'auteur des fresques du grand esca-

---

1. Clément de Ris, *Musées de province.*

lier de la mairie, bien inférieures à ses tableaux de chevalet et qui prouvent que la peinture monumentale n'était pas son fait. Un autre artiste de Nancy, Claudot, mort en 1814, ami de Girardet et élève de Joseph Vernet, expose huit tableaux. Ce sont des paysages dans le goût de son maître, d'une couleur trop noire, d'une touche embarrassée, mais d'une composition facile qui rappelle l'école d'où il sortait.

Fig. 274. — Tête de jeune femme, par Nattier (musée de Nancy).

Joseph Vernet, appréciant tout le mérite de son élève, essaya à plusieurs reprises de le faire quitter Nancy, sans pouvoir jamais vaincre soit l'indolence, soit la modestie de l'artiste. Nous recommandons les deux noms de Girardet et de Claudot à M. de Chennevières. »

Avant de passer à la peinture contemporaine, nous ne devons pas omettre quelques portraits remarquables. Mignard et Largillière sont bien représentés, de même que Nattier, qui a une *Tête de femme* (fig. 274) peinte avec une grande habileté. A défaut de David, nous avons des toiles de ses principaux élèves : un bon portrait de Gros, le *Maréchal Duroc*, et un joli *Portrait de femme* de Gérard.

La *Tête de Christ*, de Prudhon, est l'étude que l'artiste avait faite pour son tableau du Louvre, et qu'il a donnée à son ami Philippe Voïart, qui l'a cédée au musée. Le catalogue nous apprend aussi que Prudhon a travaillé au *Portrait de Mlle Élisa Voïart*, qui fut peint sous ses yeux par Mlle Mayer (fig. 275). Malheureusement la peinture de Prudhon, comme celle de son élève, est presque toujours d'une mauvaise conservation, et l'huile grasse dont il abusait fait écailler tous ses ouvrages.

Dans l'art contemporain nous sommes heureux de pouvoir débuter par un chef-d'œuvre, la *Bataille de Nancy*, d'Eugène Delacroix. Ce beau tableau, commandé pour le musée de Nancy en 1826, par le roi Charles X, était encore dans l'atelier d'Eugène Delacroix pendant son voyage au Maroc, en 1831. Il représente Charles le Téméraire frappé à la bataille de Nancy, après s'être engagé dans un marais où son cheval s'abattit. Un seigneur lorrain l'ayant poursuivi, Charles s'écria : « Sauvez le duc de Bourgogne, » mais le seigneur crut entendre : « Vive le duc de Bourgogne! » et le tua sans le reconnaître. La scène se passe par un temps de neige, et l'effet du tableau est saisissant. Outre ses qualités de couleur et d'imagination, Delacroix possède un immense avantage sur les autres peintres d'histoire, c'est qu'il est en même temps un admirable paysagiste.

Les artistes lorrains sont représentés par plusieurs ouvrages intéressants de Jean-Baptiste Isabey, entre autres un portrait à l'huile de *Napoléon Ier* : c'est un cadeau de l'artiste au général Drouot, qui en a fait don au musée de la ville. Son fils, Gabriel Isabey, a une de ses meilleures toiles, la *Vue de Dieppe*. Citons encore la *Barque de Caron* et le *Charles le Téméraire*, de Feyen-Perrin, le *Lévite d'Éphraïm*, de Sellier, la *Chute d'Adam*, de A. de Lemud, les *Hébreux pleurant sur les ruines de Jérusalem*, par Henri Levy, une *Nuit d'été*, par Émile Michel, etc. On regrette vivement l'absence de Devilly, qui devrait être représenté au musée de Nancy par des ouvrages importants, comme ceux qu'il a au musée de Metz.

BATAILLE DE NANCY

Fig. 275. — En vue de Rome, par Luminais (musée de Nancy).

En dehors de la Lorraine, nous signalerons la *Médée,* de Klagmann, jeune peintre qui promettait un maître, et qui est mort dans la dernière guerre en défendant son pays; l'*Invasion,* grande toile de Joseph Blanc, et *En vue de Rome,* un des meilleurs ouvrages

Fig. 276. — Portrait de Mlle Voïart, par Mlle Mayer (musée de Nancy).

de Luminais. Dans la sculpture, on remarque l'*Histrion,* de Georges Clère; l'*Amour à la Colombe,* de Jacquot; le *Jeune Faune,* de Pètre, trois sculpteurs lorrains, mais, par-dessus tout, un admirable buste du *Conventionnel Grégoire,* par David d'Angers, dont c'est, à notre avis, le chef-d'œuvre.

LE MUSÉE LORRAIN

L E Musée lorrain est installé dans l'ancien palais ducal de Nancy dont la belle entrée dite *Porterie d'Antoine* a été sculptée par Mansuy Cauvain (fig. 277). Les collections qu'il renferme, aussi curieuses pour l'étude de l'histoire de la province que pour celles des Beaux-Arts, ont failli être entièrement détruites il y a peu d'années.

M. Charles Cournault, conservateur du musée lorrain, raconte ainsi le désastre : « Ce fut pendant la nuit du 16 au 17 juillet 1871 qu'éclata le terrible incendie qui dévora, en quelques heures, toute l'étendue du palais ducal, qui longe la grande rue de la ville vieille. Le feu se manifesta d'abord dans la partie du bâtiment qui avoisine l'église des Cordeliers et qui était occupée depuis quelques jours seulement par des gendarmes français. A quelle cause doit-on attribuer ce sinistre? Nul ne peut le dire. Qu'il suffise de constater qu'on ne l'a pas attribué à des intentions criminelles. La température tropicale qui régnait depuis le commencement du mois, contribua beaucoup à la rapidité et à l'activité de l'incendie. Les secours arrivèrent lentement, parce que les officiers allemands s'opposèrent, pendant quelque temps, à ce que l'on sonnât le tocsin, et qu'il fallut crier dans les rues pour appeler la population sur le lieu du sinistre. Quand les courageux citoyens eurent forcé cette consigne impitoyable, le feu avait déjà fait des progrès immenses et les pompes venues enfin ne servirent qu'à préserver les bâtiments voisins d'une ruine complète. »

Le musée n'étant pas encore réorganisé, puisqu'il a fallu s'occuper d'abord de restaurer les bâtiments détruits, il est difficile d'évaluer, quant à présent, les pertes subies par les collections, et c'est seulement à l'apparition du nouveau catalogue que nous pourrons être édifiés à ce sujet. Nous savons seulement que les pièces principales, par exemple les tapisseries de Charles le Téméraire, ont pu être sauvées et que les galeries du rez-de-chaussée sont demeurées intactes. Les amateurs généreux ne manquent pas en Lorraine, et, grâce à leur concours dévoué, les collections ne peuvent manquer de s'enrichir de

nouveau. On nous fait espérer que le musée va rouvrir prochainement ses salles au public et aux travailleurs.

Les antiquités forment une partie importante du Musée lorrain.
Les objets préhistoriques, tels que haches, silex, etc., ouvrent naturel-

Fig. 277. — Entrée du Musée lorrain (porte du palais ducal à Nancy).

lement la série, mais n'offrent rien qui soit précisément spécial à la
localité. Une statue fort grossière mérite néanmoins de fixer l'attention
des antiquaires, bien qu'elle se rapporte à une époque relativement

moins ancienne. Elle représente un guerrier monté sur un cheval lancé au galop et s'apprêtant à frapper un ennemi dont les jambes sont terminées en serpent. Un groupe analogue se voit au musée d'Épinal, et on en a retrouvé de pareils dans diverses parties de la Lorraine.

Le caractère anguipède du personnage terrassé est celui que les anciens avaient adopté pour représenter les géants, fils de la terre, et on en a conclu que les statues trouvées dans les Vosges représentaient Hercule dans la fameuse guerre des géants. Mais dans les monuments antiques de la Grèce et de l'Italie, Hercule n'est jamais représenté à cheval.

Les héros cavaliers sont Castor et Pollux, et ils n'ont pas com-

Fig. 278. — Hercule des Vosges.

battu les géants. Les traditions qui font d'Hercule un cavalier sont donc particulières aux Vosges, et comme les monuments qui le représentent sous cet aspect sont de la plus extrême grossièreté, on peut en conclure qu'elles sont absolument locales.

Les statuettes de Mercure sont fort nombreuses au musée lorrain, et nous avons déjà dit que les images de ce dieu sont extrêmement communes dans les contrées vosgiennes. Les collections particulières, aussi bien que les collections publiques, en sont amplement pourvues : quelques-unes sont très-remarquables au point de vue de l'art. C'est à ce titre que nous avons fait graver, bien qu'il ne fasse pas partie du musée lorrain, un *Petit Mercure* en bronze, assis et dans un état bien rare de conservation. Il a été trouvé, il y a peu d'années, à Fraisne-sous-Vaudémont, en Lorraine, et appartient à un amateur de Nancy, M. Laprévote.

Dans un grand nombre d'images trouvées dans la contrée, Mercure est dépourvu d'ailes, ce qui semblerait indiquer qu'il avait perdu son caractère de messager des dieux et était honoré seulement

Fig. 279. — Mercure, statuette en bronze.

comme la divinité qui préside aux transactions et assure la sécurité des routes.

Les fouilles faites, il y a peu d'années, aux environs de Liverdun ont amené la découverte d'un très-grand nombre d'objets de toilette qui étaient placés dans les sépultures. Comme les Gaulois ne brûlaient pas les morts, l'habitude de les enterrer a toujours prévalu chez eux, même sous la domination romaine. L'usage était de couvrir le défunt des vêtements et des bijoux qu'il avait eus en mourant et de placer près de lui les objets dont il s'était servi pendant sa vie. C'est ainsi qu'on a retrouvé dans les tombeaux, des peignes, des colliers, des agrafes.

On a également retrouvé dans divers endroits des vases de terre et même de verre, qui prouvent que l'industrie de la céramique et de la verrerie était pratiquée sous la domination romaine dans la contrée qui est devenue la Lorraine. Le musée renferme un grand nombre d'objets de ce genre, ainsi que des urnes, des monuments funéraires, des fragments d'autel, etc.

Le moyen âge et la Renaissance sont représentés par des pièces intéressantes, entre autres la tombe d'un comte et d'une comtesse de Salm, dont on voit l'effigie sur un cercueil de style ogival décoré de statuettes. Le monument de René de Beauveau et de sa femme, Claude de Baudoche, attribué à Ligier Richier, est un superbe morceau de sculpture. Les ouvrages de la Renaissance sont assez nombreux au musée lorrain qui possède aussi un grand nombre de sculptures en pierre et en bois, de terres cuites et d'objets divers, d'après lesquels on peut suivre la marche de l'art pendant les xviie et xviiie siècles. Les ouvrages de Bagard, Guibal, Cyfflé, Adam et autres constituent pour la Lorraine une histoire artistique non interrompue, et il n'est guère de province en France qui possède une collection analogue.

Nous avons réservé pour la fin le morceau capital du musée lorrain : c'est la fameuse tapisserie prise dans la tente de Charles le Téméraire, après la bataille de Nancy. C'est une tapisserie de haute lice, composée de sept pièces d'œuvre, en laine et en soie, et, suivant le catalogue, la plus grande tapisserie à personnages qui existe en France. L'ensemble de la décoration constitue ce qu'on appelait une moralité.

Trois joyeux compagnons : *Dîner, Souper* et *Banquet,* désirant se divertir, proposèrent à des voisins de venir festoyer chez chacun d'eux à tour de rôle. Ces voisins étaient : *Bonne Compagnie, Passe-temps, Accoutumance, Gourmandise, Je boy à vous, Friandise,* etc. *Bonne Compagnie* accepta cette offre obligeante pour elle et les siens, et décida qu'on se réunirait d'abord chez *Dîner ;* la fois suivante, on devait se rendre à l'hôtel de *Souper,* et en dernier lieu à celui de *Banquet.* Il paraît que ces deux derniers furent passablement froissés de ce que l'invitation de *Dîner* avait été acceptée la première, car leur dépit forme le nœud de toute l'intrigue. On les voit sur la tapisserie

Fig. 280. — Poterie gallo-romaine en terre poreuse.

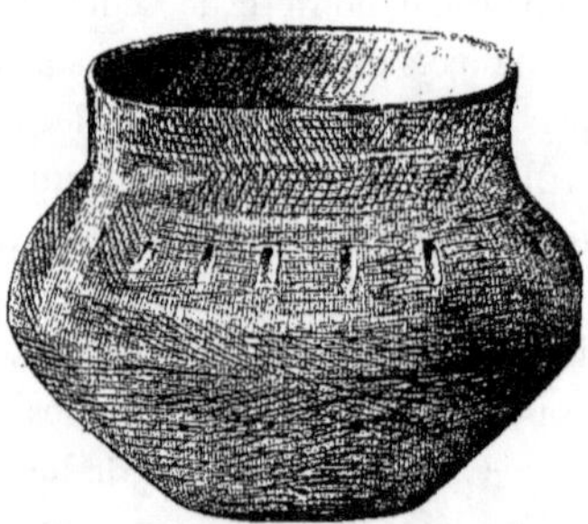

Fig. 281. — Poterie gallo-romaine en terre poreuse (1).

Fig. 282. — Vase antique en verre.

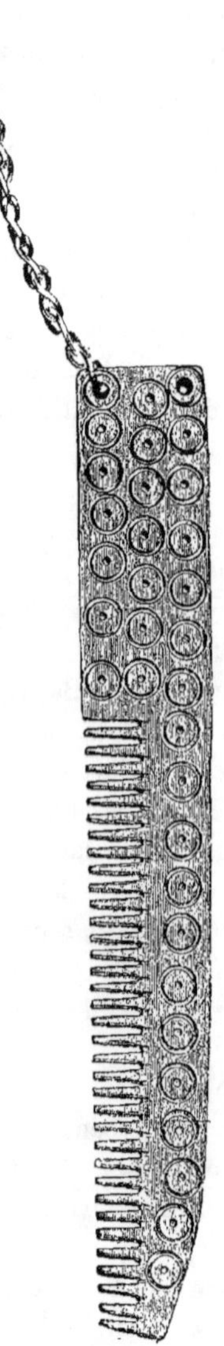

Fig 283. — Peigne antique.

Fig. 284. — Chaîne avec des monnaies de Maguence.

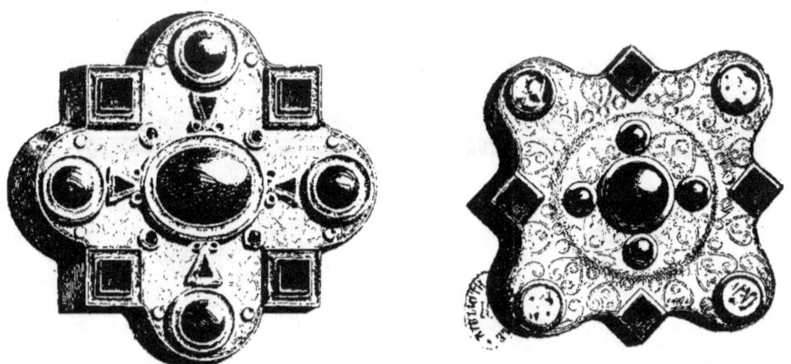

Fig. 285. — Bijoux antiques en or et en bronze.

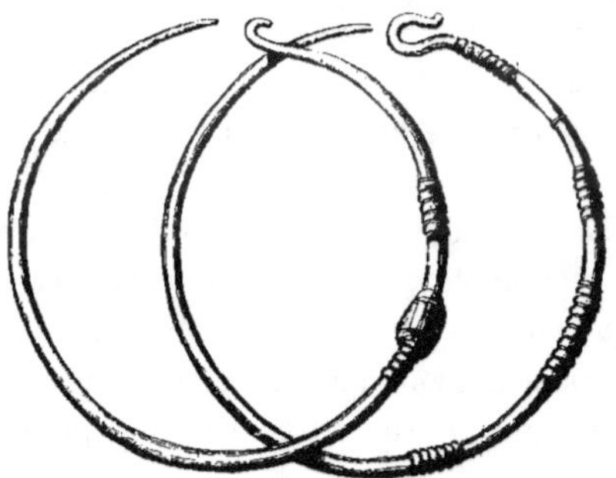

Fig. 286. — Boucles d'oreilles.

qui observent par une fenêtre ce qui se passe dans la salle du festin
(Fig. 288), et une légende placée sur l'estrade des musiciens explique
la trahison qu'ils méditent :

> *Souper* et *Banquet* caultement
> Vindrent l'assemblée adviser
> Dont par envie prestement
> Comprindrent de vengeance user.

Les choses semblent s'être passées convenablement chez *Dîner,*
mais il n'en fut pas du tout de même chez *Souper.* Le traître avait
accueilli fort joyeusement *Bonne Compagnie* et les autres, mais voilà
que pendant le repas il s'échappe sournoisement, et dès qu'il a disparu
de la table, des gens envoyés par lui viennent bâtonner ses invités,

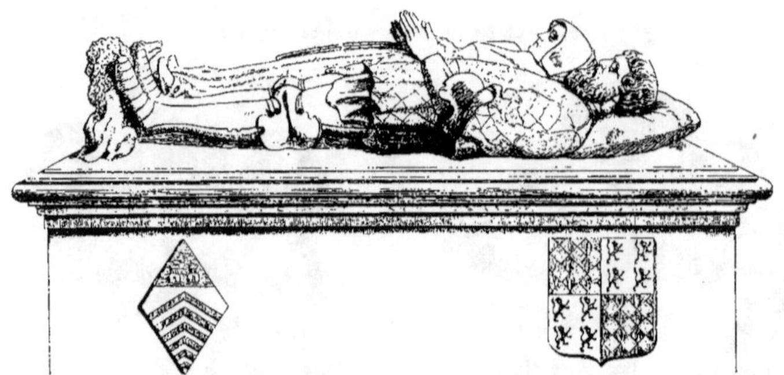

Fig. 287. — Tombeau de René de Beauveau attribué à Ligier Richier (musée lorrain).

qui prennent aussitôt la fuite. Cette partie de la tapisserie a malheureusement disparu, et il faut, pour comprendre l'intrigue de cette
moralité, se reporter aux descriptions du temps.

Après avoir été rossés chez *Souper,* les invités arrivèrent chez
Banquet, ne se doutant pas de ce qui les attendait. Le misérable avait
placé dans un coin de la salle les *Maladies,* qui sont : *Gravelle,
Goutte, Colique,* etc. Cependant, debout devant la table, en face de *Je
boy à vous, Banquet* semble causer avec *Bonne Compagnie,* qui est
placée entre *Accoutumance* et *Passe-temps.* Mais voilà qu'un peu plus
loin, on le voit, portant la main à son épée, qui fait le signal convenu
aux *Maladies,* dont quelques-unes sont déjà complétement armées.
Au-dessus d'elles on lit :

Chiere ilz firent joyeusement
Y estant *Banquet* et la route
Qui s'armèrent et là proprement
Occirent l'assemblée toute.

Malgré la légende, les convives ne furent pas tous occis, puisque quelques-uns reparaissent plus loin, mais il y eut du moins un furieux

Fig. 288. — Tapisserie de Charles le Téméraire (musée lorrain).

combat. On y voit *Banquet,* qui tient son épée à deux mains, tandis que *Passe-temps* cherche à fuir. En même temps, *Gourmandise* est égorgée par *Pleurésie, Je m'étonne* est saisi par une *Maladie* dont le nom est illisible, *Friandise* est vigoureusement attaquée par *Apoplexie,* un pauvre jeune homme paraît accablé sous l'étreinte de *Fièvre,* un autre, qui sans doute personnifie l'ivrognerie, est étendu par terre sans mouvement. Quant au fou, reconnaissable à son bonnet et à ses longues oreilles, il semble tirer intérieurement ses conclusions de tout cela.

Bonne Compagnie, Accoutumance et *Passe-temps,* qui par bonheur ont pu échapper au massacre, arrivent, dans un piteux état d'ailleurs, demander justice à *Dame Expérience.* Celle-ci, assise sur son trône est environnée de ses gens qui sont *Secours, Pilule, Remède, Diette, Sobresse* (sobriété) et *Clistère.* Aussitôt qu'elle a entendu la plainte, elle leur ordonne de courir arrêter les coupables; *Remède* et *Pilule* s'empressent d'exécuter ses ordres. On voit alors *Souper* et *Banquet* comparaître devant le tribunal, demandant merci et miséricorde. Mais *Dame Expérience,* avec l'impassibilité de la loi, ne veut rien faire sans l'avis de ses conseillers ordinaires placés près d'elle et qui sont *Gallien, Ypocras, Arcène* et *Averroès.* Ces savants docteurs décident à l'unanimité que *Banquet* a mérité d'être pendu, mais ils ne sont pas d'accord sur le châtiment qui doit être infligé à *Souper :* les uns veulent lui appliquer le même supplice qu'à *Banquet,* tandis que les autres, alléguant que son crime n'a pas entraîné la mort de ses invités, demandent simplement qu'il ait le poing coupé. Cependant *Bonne Compagnie, Passe-temps* et *Accoutumance* invoquent l'indulgence des juges, et *Dîner,* craignant sans doute d'être insuffisant si on supprime *Souper,* obtient pour lui « grâce de vie et de membres ».

Mais le tribunal décide que *Souper* ne pourra désormais approcher de *Dîner* qu'à une distance d'au moins six heures, et pour l'empêcher de se porter encore à des excès, *Sobriété* est chargée de lui sceller aux poings de grosses manchettes de plomb, qui, en lui fatiguant les bras, l'empêcheront d'abuser.

Quant à *Banquet,* il est très-réellement pendu et personne ne songe à intercéder pour lui :

> Or *Banquet* est exécuté,
> Les gourmands plus n'en jouiront,
> *Dîner* et *Souper* fourniront
> A l'humaine nécessité.

Une autre partie de la tapisserie représente l'histoire d'Esther et Assuérus ; moins curieuse sous le rapport du sujet, elle se recommande néanmoins par son exécution.

Fig. 289. — Tapisserie de Charles le Téméraire (musée lorrain).

Ces tapisseries, qui depuis quatre siècles avaient beaucoup souffert, sont désormais préservées de la destruction et occupent la place d'honneur dans le musée.

L'église des Cordeliers, qui est en quelque sorte une annexe du musée lorrain, a été bâtie à la fin du xve siècle. René II, duc de Lorraine, l'éleva en souvenir d'un vœu qu'il avait fait avant la grande victoire qu'il remporta sur Charles le Téméraire, sous les murs de

Fig. 290. — Tombeau de Callot.

Nancy. Avant la Révolution, l'église était richement décorée; mais ses vitraux, ses peintures et une grande partie de ses monuments ont disparu. Bien que sous la Restauration on y ait replacé quelques tombeaux, l'église des Cordeliers, qui a longtemps servi de magasin, présente un aspect triste et nu, mais elle renferme des monuments du plus grand intérêt.

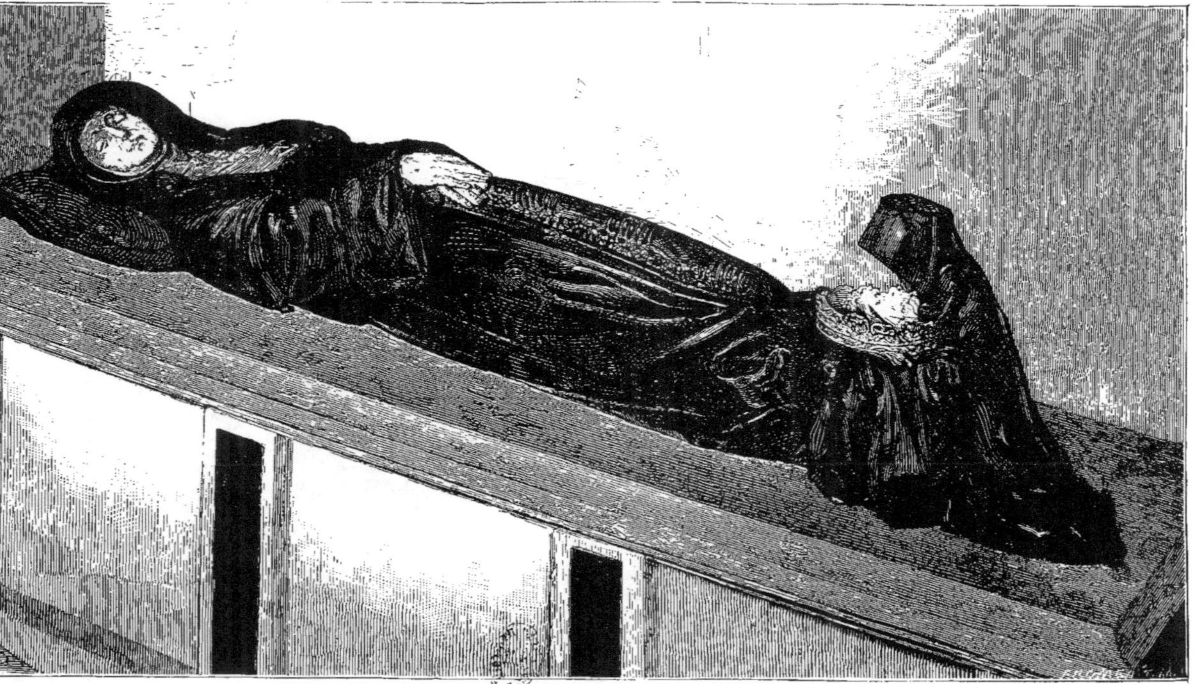

Fig. 291. — Tombeau de Philippe de Gueldres, par Ligier Richier.

Le tombeau de Jacques Callot est une reproduction très-amoindrie de celui qui existait autrefois dans le cloître et qui fut détruit en 1751 par l'écroulement des bâtiments. Il est aujourd'hui composé d'une pyramide sur lequel un médaillon en demi-relief figure l'image de l'artiste dont on a fait l'éloge en ces termes :

Sur les louanges de Callot,
En vain tu ferais des volumes,
Pour moi, je n'en dirai qu'un mot,
Son burin vaut mieux que nos plumes.

A côté se trouve un monument dû au fameux sculpteur Ligier

Fig. 292. — Monument du duc Léopold.

Richier. C'est le tombeau de Philippe de Gueldres, femme de René II, qui mourut à quatre-vingt-quatre ans, dans le couvent où elle s'était retirée; l'artiste n'a pas reculé devant la décrépitude et les rides de son visage. Elle est couchée sur son tombeau, dans le costume des religieuses de son ordre, et à ses pieds, une autre religieuse agenouillée, beaucoup plus petite que la figure principale, porte dans ses mains la couronne ducale. Le sculpteur a suivi le goût de son temps en employant des pierres blanches pour les chairs et des pierres noires pour le vêtement, en sorte que la tête et les mains tranchent sur la couleur sombre de son manteau. Ce contraste n'a rien de choquant et l'ennemi le plus acharné de la sculpture polychrome serait désarmé devant cette grave statue.

Les tombeaux de Henri III, comte de Vaudémont, et d'Isabelle de Lorraine n'ont rien de particulièrement remarquable. Il n'en est pas

Fig. 293. — Autel de la Chapelle ducale à Nancy.

de même de celui de René II, dont nous avons donné plus haut la description accompagnée d'une gravure. Le mausolée du cardinal de Vaudémont est une œuvre du sculpteur Drouin, qui l'a représenté agenouillé et dans son costume de prince de l'Église. Ce monument était autrefois accompagné des statues en marbre blanc des quatre grands docteurs de l'Église: saint Augustin, saint Grégoire, saint Léon et saint Jérôme, qui décorent aujourd'hui les chapelles de la cathédrale.

Au pied d'une pyramide en marbre des Vosges, s'élève le buste du duc Léopold (fig. 292). Des deux côtés sont les statues de la Foi et de l'Espérance, par César Bagard. Ce monument a été élevé sous la

Restauration. Charles X donna le marbre, et la ville de Nancy a cédé les deux statues de Bagard, qui étaient autrefois dans l'église Saint-Roch, aujourd'hui détruite.

Au fond de l'église des Cordeliers se trouve la chapelle ducale qui fut commencée en 1608 et terminée en 1611. Pour y pénétrer, il faut traverser un vestibule où on a placé un monument d'un style très-archaïque. C'est le tombeau de Gérard Ier d'Alsace et de sa femme Hadwige de Habsbourg. Leurs images, curieux échantillon de la sculpture du XIIe siècle, sont d'une grande barbarie dans l'exécution, mais d'une expression naïve qui n'est pas dépourvue de grandeur. Gérard d'Alsace est le premier duc héréditaire de Lorraine.

La chapelle ducale forme un octogone, percé de cinq fenêtres décorées de vitraux violets. Dans les vides que laissent entre elles seize colonnes de marbre noir avec chapiteaux blancs de l'ordre composite sont rangés les tombeaux de sept ducs de Lorraine. Au milieu de la chapelle s'élève un autel en marbre surmonté d'une statue de la Vierge, placée entre deux anges en adoration. Le devant de l'autel est décoré d'un bas-relief remarquable représentant le Christ mort et qu'on attribue au sculpteur lorrain Chassel.

SAINT-NICOLAS-DU-PORT

L A ville de Saint-Nicolas-du-Port doit son origine à une relique. En 1087, un seigneur fit don à une petite chapelle qui se trouvait en ce lieu d'un doigt de saint Nicolas, et la pieuse relique n'a cessé, depuis ce temps, d'attirer des pèlerins.

Pendant la croisade, un chevalier, prisonnier en Palestine et gémissant au fond d'un cachot infect, fit un vœu à saint Nicolas, et se trouva aussitôt transporté miraculeusement en Lorraine devant la chapelle du saint. Il n'est pas étonnant qu'une pareille chapelle, transformée bien vite en une vaste église, ait attiré une grande quantité de pèlerins, et l'an 1602, pendant le jubilé ordonné par Innocent IX, il en vint jusqu'à deux cent mille.

L'église de Saint-Nicolas-du-Port, terminée en 1544, appartient au style ogival flamboyant. Les statues, qui décoraient le portail, ont été enlevées pendant la Révolution, mais l'église a subi une perte plus regrettable encore par la destruction de la pièce d'orfévrerie qui renfermait la relique. Cette pièce était enrichie de camées célèbres. Grâce à un dessin fait avant la destruction du reliquaire, la Société d'archéologie lorraine a pu en publier une gravure.

Fig. 294. — Reliquaire de Saint-Nicolas-du-Port (camée de Vénus).

La relique était contenue dans un bras supporté par un socle en or de forme ovale et décoré de pierres gravées antiques et d'écussons. Les pierres gravées représentaient des sujets mythologiques ou allégoriques; on en ignorait complétement la signification à l'époque où le reliquaire était exposé à la vénération des fidèles.

Sur une des faces, on voit une Vénus debout, qui est maintenant à la bibliothèque de Paris. Le catalogue des pierres gravées de la Bibliothèque nationale décrit ainsi cette Vénus : « Vénus se regardant dans un miroir. Cette déesse est représentée debout et nue, à l'exception d'une écharpe ou plutôt de sa célèbre ceinture; à ses pieds, un vase sur les bords duquel sont posées deux colombes. Derrière Vénus, une petite colonne sur laquelle la déesse s'appuie. La matière dans ce camée est admirable, elle a de la transparence. La figure et tout le bas-relief se détachent en blanc laiteux sur un fond brun foncé, surtout à la gauche du spectateur. Le nez de la Vénus est mutilé, circonstance fâcheuse, parce qu'elle ajoute à la lourdeur de la composition l'aspect d'une figure vulgaire; une main moderne a enchâssé un rubis dans le miroir. »

L'historien de la Lorraine, Dom Calmet, dit, en parlant du reliquaire de Saint-Nicolas : « Entre les pierres précieuses, dont le bras était orné, on voyait une Vénus fort bien faite, gravée sur une agate que le peuple baisait avec respect, croyant baiser la figure de la sainte Vierge; on la détacha il y a quelques années, et on mit en sa place un saint Nicolas en émail; la Vénus fut envoyée au roi Louis XIV. »

Ce camée a été enlevé du reliquaire dès qu'on en a compris la signification, mais les autres pierres gravées, mêlées aux armoiries des ducs de Lorraine, ne sont pas moins curieuses par le mélange de christianisme et de mythologie. On voit, sur la même face que la Vénus et directement au-dessus, un buste de Jésus-Christ bénissant, il est placé entre deux petites pierres gravées, dont l'une représente une tête de Bacchus et l'autre l'Amour galopant sur un cheval. Une Bacchante tenant le thyrse, une figure qui paraît être Minerve et d'autres pierres dont le sujet est indéterminé ornent la même face.

Le milieu de l'autre côté était occupé par l'admirable camée d'Hadrien, aujourd'hui à la bibliothèque de Nancy; l'empereur porte les attributs de Jupiter. Hadrien assis, couronné de lauriers, couvert d'un manteau jeté négligemment sur l'épaule gauche, tient dans la main droite une Victoire qui lui présente une couronne, et, dans la main gauche, une corne d'abondance. A ses pieds, un aigle aux ailes déployées tient la foudre et masque tout le bas de la figure. L'aigle et ses attributs sont brunis, ainsi que la chevelure, la couronne et le vêtement des figures, dont les carnations sont d'un blanc bleuâtre. La pierre est une superbe agate onyx. Ce beau camée a été gravé dans l'*Iconographie* de Visconti. Du côté de l'apothéose d'Hadrien, d'autre camées montrent une tête d'Hercule, un cheval ailé, une tête de femme de profil, une centauresse allaitant son enfant, etc. La science des monuments figurés de la mythologie était tout à fait inconnue à nos

Fig. 295. — Reliquaire de Saint-Nicolas-du-Port (camée d'Hadrien).

pères, qui, sans cela, ne les auraient pas employés dans leurs reliquaires; mais il ne faut pas trop se plaindre de cette ignorance à laquelle nous devons la conservation d'œuvres d'art qui auraient été certainement détruites si on en avait compris la signification[1].

1. On peut consulter sur le reliquaire de Saint-Nicolas une intéressante étude de M. Bretagne dans les *Mémoires de la Société d'archéologie lorraine* (1873).

LUNÉVILLE

LUNÉVILLE[1] tire son nom du culte qu'on rendait autrefois à Diane sur une montagne du voisinage. On n'a pu découvrir aucune trace du temple autrefois consacré à la déesse; mais dans le lieu qu'on suppose avoir été le bois sacré, on a trouvé des médailles qui représentent la déesse.

En creusant les fortifications de la ville, on a également mis au jour deux statues en pierre : l'une représentait un homme tenant à la main une sorte d'enseigne sur laquelle était un croissant; l'autre figurait une femme ayant la tête encadrée dans un croissant renversé.

Malgré tout cela, Lunéville appartient au xviiie siècle par ses monuments, et si cet endroit a été peuplé dans l'antiquité, on peut supposer qu'il a eu peu d'importance dans le moyen âge, puisqu'on n'en trouve aucune trace. L'église Saint-Jacques, achevée et consacrée en 1745, fut commencée par l'architecte Boffrand et terminée par Héré. Le portail principal, surchargé de fleurs et d'ornements, est surmonté de deux tours dont l'une porte la statue de saint Pierre, l'autre celle de saint Michel terrassant le démon.

Le principal monument de Lunéville est le château, aujourd'hui converti en caserne, comme celui de Commercy. La promenade du Bosquet est un reste de l'ancien parc qui fut si célèbre au temps de Léopold et de Stanislas. Il a conservé quelques-unes de ses statues et de ses magnifiques allées, mais il est bien déchu de sa splendeur première.

1. Lunéville porte d'or, à la bande d'azur, chargée de trois croissants montants d'argent.

TOUL

Toul, surnommée *la Sainte* à cause du grand nombre de ses
évêques canonisés, est une des plus anciennes villes de France.
Elle possède deux églises remarquables : Saint-Étienne et Saint-
Gengould.

Fig. 296. — Cathédrale de Toul.

L'église de Saint-Étienne, autrefois cathédrale, aujourd'hui simple
église paroissiale, est remarquable par la légèreté de sa construction.
« La cathédrale de Toul, dit M. Henri Lepage, est d'une grande
beauté comme monument architectural, mais son portail surtout est
un chef-d'œuvre. Ses deux tours si élégamment découpées, sa jolie
tourelle de l'horloge, ses légères aiguilles, sa resplendissante rosace,

ses trois portes creusées en ogive, la profusion de ses broderies et
toute la richesse du style gothique qu'elle étale avec magnificence,

Fig. 297. — Intérieur de la cathédrale de Toul.

excitent l'admiration. Malheureusement ce portail a été dépouillé en
1793 de toutes ses statues, d'un très-beau Christ en croix et de divers

autres ornements. L'intérieur de l'édifice a subi, à la même époque, de graves dégradations : un grand nombre de chapelles ont été démolies, de belles peintures à fresque ont été grattées et presque tous les tableaux ont été enlevés. En 1791, on supprima la tribune ou jubé qui séparait la nef du chœur des chanoines. On détruisit aussi, à cette époque, un monument élevé à la gloire de Jeanne d'Arc. L'héroïne de Domremy était représentée en guerrière tenant en main son étendard. »

L'église de Saint-Étienne possède des vitraux remarquables et un siége épiscopal en pierre sculptée, dit *Fauteuil de saint Gérard,* et qui date du XIIIe siècle. Un cloître récemment restauré s'ouvre sur le côté

Fig. 298. — Cloître de Toul.

sud de l'église et comprend vingt-sept travées qui prennent jour sur le préau par une grande arcade ogivale.

L'église de Saint-Gengould, également de style ogival, renferme plusieurs pierres tombales intéressantes, entre autres celle qui est située dans le transsept du nord et qui représente trois figures dans l'attitude de la prière, sous une triple ogive surmontée de pyramides sculptées, entre lesquelles sont des armoiries. Un cloître, dont le style marque la dernière période des constructions à ogives, est annexé à l'église et forme la partie la plus curieuse de l'édifice.

Le tombeau de Hugues des Hazards, 72e évêque de Toul, est un des monuments les plus intéressants de la Lorraine. Il n'est pas à Toul même, mais dans la petite église de Blemod, bourg situé dans un vallon à 10 kilomètres de la ville. Hugues des Hazards, qui était natif de Blenod, avait fait bâtir là un château dont il reste encore des ruines et une église où il a été inhumé. Le tombeau qui n'a pas moins de quatre mètres de hauteur, présente la forme d'une espèce de tableau en bas-relief, appliqué au mur de gauche dans le chœur, et entouré de pilastres, d'une corniche et d'un socle. Les pilastres sont

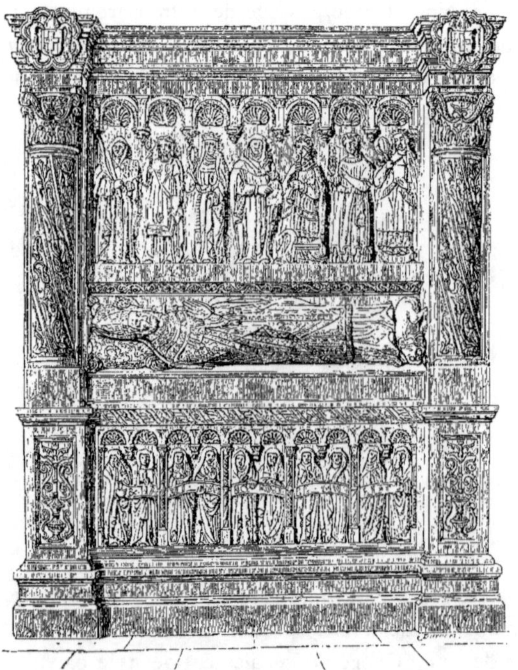

Fig. 299. — Tombeau de Hugues des Hazards, évêque de Toul, à Blemod.

décorés d'arabesques élégantes ; au milieu du monument est l'évêque couché, revêtu de ses vêtements épiscopaux, les mains jointes et les pieds posés sur un lion. Au-dessus de l'évêque, dix religieuses en larmes, et distribuées dans cinq niches, portent une banderole sur laquelle on lit cette devise : *Nasci, laborare, mori.* Un autre bas-relief, dont les figures sont un peu plus grandes, décore le haut du tombeau et représente évidemment les sept arts libéraux. Mais ils sont loin d'être aussi nettement caractérisés que dans les monuments du moyen âge.

ÉPINAL

ON remarque à Épinal, à l'une des extrémités de la rue de Boudiou, dit M. Ch. Charton dans la *Revue des Vosges,* la statue d'un enfant accroupi sur le sommet d'une colonne d'où jaillissent les eaux d'une fontaine publique. Cet enfant est blessé au pied gauche, et ses faibles mains s'efforcent inutilement d'en extraire une épine... Dans le langage vulgaire, on le nomme *Pinau;* c'est le symbole de la fondation d'Épinal. » Le nom d'Épinal paraît, en effet, venir du latin *spina,* d'où on aurait fait Spinal, et on dit que cette dénomination est venue des ronces qui couvraient autrefois la contrée.

L'église d'Épinal, dédiée à saint Gœric, remonte au xe siècle, mais elle a subi, tant à l'intérieur qu'à l'extérieur, de nombreux remaniements. Quelques parties appartiennent au style roman, d'autres au style ogival de transition. La nef se distingue par des colonnettes annelées dont les arcades sont subdivisées en deux baies. La grosse tour carrée, qui paraît fort ancienne, est romane, et sur l'extrémité des transsepts s'élèvent deux tours cylindriques. Outre son église, Épinal possédait un ancien château, dont l'emplacement est marqué dans un grand jardin anglais situé sur une hauteur près de la ville.

Le musée d'Épinal est, sous le rapport de l'aspect, un des plus satisfaisants qu'on puisse trouver en province, et, à défaut de pièces tout à fait hors ligne, il renferme un grand nombre d'ouvrages intéressants, et dont l'étude est singulièrement facilitée par la manière dont ils sont disposés.

La collection de tableaux n'est pas la partie la plus riche, et bon nombre d'attributions acceptées par le catalogue demanderaient à être revisées. Il y a, entre autres, une esquisse de Rembrandt, qui doit donner aux habitants d'Épinal une singulière idée du chef de l'École hollandaise.

Français, Antigna, Clément Boulanger, Goupil, Monchablon,

Falguière, Fremiet, représentent l'École contemporaine. On y voit aussi des bustes par le conservateur actuel, Jules Laurent, statuaire, mais on regrette de n'y pas trouver de tableaux de son père, François Laurent, qui fut un peintre de talent et le premier organisateur du musée.

Dans les antiquités gallo-romaines, on remarque une mosaïque représentant des vases, des dauphins, des chevaux marins, des poissons et des canards de couleurs variées, sur fond blanc, entre

Fig. 300. — Porte de l'église d'Épinal.

deux bandes noires, une *Pallas,* plusieurs figures de *Mercure,* un assez joli bas-relief représentant *Une Offrande à Cérès,* un *Œdipe vainqueur du Sphinx,* etc. Ces fragments ont été trouvés dans le département, et le musée en possède quelques autres qui, bien que d'un travail beaucoup plus grossier, sont d'un grand intérêt pour l'archéologie.

De ce nombre sont les antiquités découvertes sur le mont Donon, et entre autres celui qui représente *Un Lion et un Sanglier marchant l'un contre l'autre*. Selon Macrobe, le lion est l'emblème du soleil dans sa force, et le sanglier est l'image de l'hiver. Nous aurions donc ici l'image d'une lutte que la mythologie primitive a exprimée sous toutes les formes.

Le musée renferme un grand nombre d'urnes funéraires, des vases peints et des bijoux provenant de l'ancienne collection Campana. Il y a, en outre, des haches celtiques, des objets francs, des armes anciennes fort curieuses, des meubles sculptés, des bahuts, de beaux vitraux et de jolies statuettes de la Renaissance.

La collection de numismatique est disposée dans des vitrines, au milieu de la galerie de tableaux. Elle est extrêmement riche, particulièrement en monnaies lorraines. Voici quelques échantillons de ces monnaies, dont nous empruntons la description aux *Mémoires de la Société d'archéologie lorraine* [1].

Parmi les monnaies lorraines, on remarque d'abord celles qui portent le type du cavalier. Celle de Ferry IV peut en donner une idée.

Fig. 301. — Monnaie de Ferry IV.

Elle porte : ✠ FERI : DVX LOTHORE GIE, cavalier au drapeau à *gauche*, couvert d'un écu aux trois alérions; les pieds du cheval empiètent à droite et à gauche sur la légende. — ℞. MONETA : FACTA ; APVD : NANCEYVM (*lég. ext.*); ✠ SIGNVM CRVCIS (*lég. int.*), croix pattée dans le champ.

Les monnaies des évêques de Toul sont assez rares et générale-

Fig. 302. — Monnaie de Jean, évêque de Toul.

ment d'un petit module. Il en existe néanmoins plusieurs variétés, notamment celle de l'évêque Jean.

1. *Mémoires de la Société d'archéologie lorraine*, 1873.

✠ IOHAN : C OMES : TVL LENS', cavalier au drapeau dirigé à *gauche* et recouvert d'un écu décoré d'un lion. La légende est séparée en deux endroits par les jambes du cheval. — ℞. ✠ MONETANOVA : TVLLENSIS : EPISCOPI (*lég. ext.*); SIGNUM CRVCIS (*lég. int.*); croix dans le champ.

L'atelier de Saint-Mihiel a fourni quelques belles pièces entre autres celle-ci :

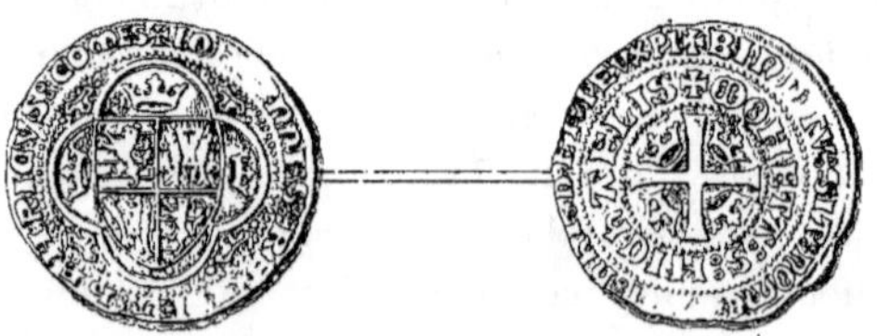

Fig. 303. — Saint Mihiel.

✠ IOHANNES ⁚ REX ⁚ ET ⁚ HENRICVS ⁚ COMES : dans le champ, écu écartelé de Luxembourg et de Bar, entouré d'un double contour formé de quatre demi-circonférences aboutées et accosté de trois couronnes, l'une en haut, les deux autres de chaque côté; dans chacun des quatre angles du contour se trouve une couronne. — ℞. ✠ BENDCTV ⁚ SIT ⁚ NOME ⁚ DNI ⁚ NRI ⁚ DEI ⁚ IEVXPI (*lég. ext.*); ✠ MONETA ⁚ S ⁚ MICHAELIS (*lég. int.*); croix dans le champ cantonné de quatre couronnes.

Parmi les monnaies des évêques de Metz, en voici une petite au type du cavalier armé qui est fort jolie :

Fig. 304. — Metz.

✠ REP SME TECIS (*Reginaldus Episcopus Mettencis*), cavalier galopant à *droite*, casque en tête, tenant une lance en arrêt et couvert d'un écu aux armes de Bar. — ℞ MONETAS PINALEM (pour *Spinalensis*), épée en pal, la pointe en bas, accostée d'un barbeau à droite et à gauche.

Voici maintenant une monnaie de Bar :

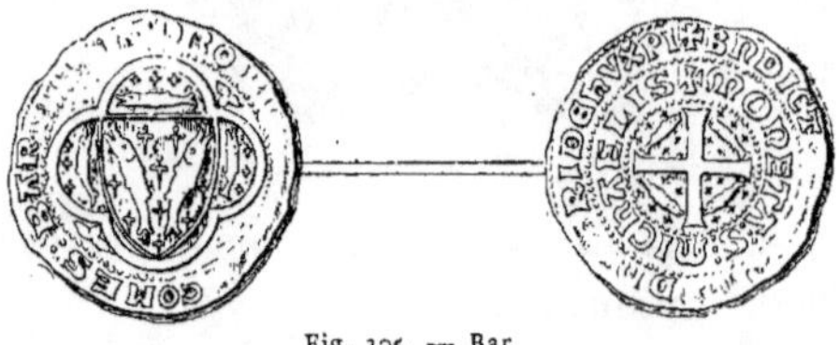

Fig. 305. — Bar.

✠ ROBE... COMES : BARRANCIS, écusson de Bar, accompagné et sur-

LA MORT, PAR LIGIER RICHIER, A BAR-LE-DUC

monté d'un bar et de trois croisettes en dessus et de chaque côté, le tout renfermé dans un contour à quatre lobes, muni d'un trèfle dans chacun des angles extérieurs. — ℞. ✠ BNDICTV... DN... RIDEHVXPI (*lég. ext.*); ✠ MONETAS : MICHAELIS (*lég. int.*), croix pattée, cantonnée de quatre bars en travers, accompagnés eux-mêmes de croisettes de chaque côté.

BAR-LE-DUC

Bar-le-Duc[1] se compose de deux parties, la ville basse qui est presque exclusivement moderne et la ville haute où l'on trouve un assez grand nombre de maisons du xvıe siècle qui se composent généralement d'un rez-de-chaussée, d'un premier étage et d'un comble. Les ouvertures sont presque toujours fort petites.

Au milieu de la ville haute est située l'église Saint-Pierre, construction du xıve siècle, qui ne présente rien de bien saillant comme architecture, mais où il faut entrer pour voir une étrange statue de Ligier Richier, connue sous le nom de la *Mort*. Elle est placée au fond d'une petite chapelle près de laquelle on lit une inscription ainsi conçue : « Ce squelette, ouvrage de Ligier Richier, se trouvait autrefois dans l'église de Saint-Maxe de Bar-le-Duc et servait de mausolée à René de Châlons, prince d'Orange, tué en 1544, au siége de Saint-Dizier. C'est Louise de Lorraine, épouse de ce prince et sœur du duc François Ier, qui le fit sculpter en mémoire et comme symbole de son amour pour René. Elle fit placer le cœur du prince dans la main gauche du squelette et il y resta jusqu'en 1793 enfermé dans un étui

1. Bar-le-Duc porte parti au premier d'azur, semé de croix recroisetées au pied fiché d'or à deux bars adossés de même, brochant sur le tout, qui est de Bar; au second, d'argent, à trois pensées, feuillées et tigées au naturel qui est de la ville, avec la devise : *Plus penser que dire*. M. Lapaix, dans son *Armorial des villes de Lorraine,* constate que les trois pensées ne figurent qu'à partir de 1632, car il n'y en avait qu'une avant cette époque.

de vermeil. Pendant la Révolution, il fut enlevé, ce qui ne put se faire
sans mutiler la main qui le portait. Depuis, elle a été restaurée et
supporte actuellement un cœur moulé en plâtre. Lors de la démo-
lition de l'église de Saint-Maxe, les cendres des anciens souverains du
Barrois, qui étaient dispersés dans différents tombeaux, furent
apportées ici et réunies sous le squelette dans une même tombe. »

Fig. 306. — Le Christ, sculpture attribuée à Ligier Richier.

Il paraît que le prince avait, par humilité, demandé à être représenté sur son tombeau tel qu'il serait un an après sa mort, et sa
femme chargea Ligier Richier d'élever un tombeau en se conformant
strictement aux volontés de son mari. Une pareille besogne était tout
à fait conforme au tempérament du sculpteur lorrain; il fit, non un

véritable squelette, mais une figure macabre, un cadavre à demi
putréfié, qui, rongé par les vers et laissant voir des chairs desséchées
tombant par lambeaux, lève sa tête vers le ciel en présentant à Dieu
son cœur, qu'il tient dans sa main. C'est d'un effet horrible et d'une
réalité qui donne le frisson.

Fig. 307. — Sculpture attribuée à Ligier Richier.

Trois autres statues, dans l'église de Saint-Pierre, à Bar-le-Duc,
sont attribuées à Ligier Richier. Elles représentent le Christ et les
deux larrons. Ce sont des ouvrages estimables, mais où il est difficile
de reconnaître la puissance et l'énergie du maître. L'attitude maniérée
des larrons et le modelé un peu arrondi des chairs se trouvent en

désaccord avec la simplicité de pose et la fermeté d'exécution qui lui sont habituelles.

.   Le musée de Bar-le-Duc, fondé en 1841, est placé dans la ville haute, non loin de l'église Saint-Pierre. Il est installé dans une jolie maison de la Renaissance, décorée d'un balcon en pierre. Mais dès

Fig. 308. — Sculpture attribuée à Ligier Richier

qu'on veut pénétrer dans les salles où sont réunies les collections, le désenchantement commence. Peu de villes de provinces laissent leur musée dans un pareil abandon, et comme il est dépourvu de catalogue pour guider le visiteur, il ne peut servir en rien à l'instruction des habitants qui paraissent d'ailleurs n'avoir nul souci de leur musée.

Il est même probable qu'un assez grand nombre n'en soupçonne pas l'existence.

Ce musée renferme une cheminée richement sculptée portant les armoiries des ducs de Lorraine et de Bar. L'art moderne y est d'ailleurs assez pauvrement représenté, et les peintres et sculpteurs de la Lorraine y font absolument défaut. On voit seulement, en fait de peintures, quelques portraits des personnages célèbres du département; on voudrait que l'art véritable tînt un peu plus de place dans une collection de tableaux.

La collection archéologique est plus riche, et il y a deux beaux bustes antiques de Trajan et Hadrien qui mériteraient d'être plus connus. Ils ont été donnés à la ville par le maréchal Oudinot. Les fouilles faites à Nasium, en 1845, ont amené la découverte d'un assez grand nombre d'antiquités qu'on a placées dans le musée qui renferme aussi de belles armes, une collection numismatique et divers objets du moyen âge et de la Renaissance. Mais, faute d'un catalogue raisonné, ou au moins de notes indicatives placées dans le musée, il est bien difficile que le public puisse trouver un intérêt quelconque à tous ces débris du passé dont il ignore la signification.

SAINT-MIHIEL

L A petite ville de Saint-Mihiel doit son importance dans les arts aux ouvrages de son grand sculpteur, Ligier Richier. C'est là qu'est le fameux sépulcre dont nous avons parlé plus haut et qui est un des plus fameux chefs-d'œuvre de la statuaire sous la Renaissance. Mais le Sépulcre n'est pas le seul ouvrage de Ligier Richier qu'on admire dans la ville natale de l'artiste. Au fond du chœur de l'église paroissiale, on voit la Vierge soutenue par saint Jean, admirable sculpture en bois qui n'est que le fragment d'une vaste composition aujourd'hui disparue. L'ensemble représentait le *Crucifiement*. Outre les deux figures qui sont restées, on voyait, au pied de la croix, sainte Madeleine et saint Longin en prière devant le Sauveur expirant. Quatre chérubins portés sur des nuages recueillaient pieusement, dans des coupes, le sang qui coulait des plaies.

Dès le commencement du xviiⁱᵉ siècle, ce précieux monument était déjà détruit en partie. Les figures de saint Longin et de la Madeleine étaient complétement vermoulues et n'existaient pour ainsi dire plus lorsqu'on a rebâti l'église : le Christ a disparu pendant la Révolution. Le groupe de la Vierge et saint Jean, caché, à la même époque, dans un jardin du voisinage, a repris depuis sa place d'honneur dans l'église, mais il a fallu, pour le conserver, enlever la couleur dont il était revêtu, car le bas-relief était entièrement colorié. La tunique de

Fig. 309. — La Vierge et saint Jean, par Ligier Richier.

saint Jean était brune et son manteau vert à l'extérieur et rouge intérieurement. La Vierge avait une robe d'un bleu foncé avec des entrelacs d'or ; son voile était blanc.

Le corps chancelant de la Vierge tombe dans les bras de saint Jean qui soutient la Mère de Dieu ; l'émotion est simple et vraie. Ce qui reste de cet admirable monument fait bien vivement regretter les parties perdues. Le groupe est en bois de noyer d'une teinte sombre ;

il en existe une réduction en terre cuite chez un amateur de la ville. Il est bon de remarquer que ce groupe de la Vierge et saint Jean se retrouve presque identiquement dans le Sépulcre.

Nous ferons quelques réserves au sujet d'un fragment de tombeau conservé dans l'église de Saint-Étienne à Saint-Mihiel, et qui est également attribué au grand sculpteur lorrain. Il se compose de deux petits anges ailés, de la forme la plus élégante, qui soulèvent une draperie sous laquelle on voit apparaître la tête dénudée d'un squelette. Cette tête repose sur une console dont la forme massive ne peut appartenir à la Renaissance, mais rappelle le style qui a prévalu dans les premières années du xviie siècle.

Fig. 310. — Sculpture attribuée à Ligier Richier.

Il y a toujours dans l'art un mouvement de bascule, et, après les élégances suprêmes qui caractérisent les règnes de François Ier et Henri II, une réaction en sens inverse a commencé à se faire sous Henri III pour arriver à son apogée sous son successeur. L'ornement alors, aussi bien que l'architecture, affecte la force bien plus que la grâce, et est même quelquefois empreint de lourdeur.

Les enfants de ce groupe sont modelés d'une façon ravissante,

mais il faut remarquer que, précisément à l'époque dont nous parlons,
les sculpteurs se préoccupaient beaucoup de traduire les formes
enfantines. Le Flamand Duquesnoi, qui fut ami du Poussin, était
renommé pour ses petits enfants sculptés, mais il n'était pas sans
rivaux, et la Lorraine suivait alors, dans les évolutions du goût, un
mouvement analogue à celui de la Flandre.

Fig. 311. — Sculpture attribuée à Ligier Richier.

Nous aimons moins un autre enfant placé dans les fonts baptismaux de l'église de Saint-Mihiel, et qui, dans chacun de ses petits bras,
tient une tête de mort, nous ne le croyons pas plus que le précédent contemporain de Ligier Richier. Le contraste entre l'enfance souriante et la
hideuse mort est une idée qui vient du moyen âge, dont les inspirations sinistres ont persisté longtemps dans l'École française, puisqu'on

les retrouve encore dans certains tombeaux du xviiie siècle. Mais si le corps de l'enfant montre un artiste habile, la vulgarité du visage doit éloigner l'attribution qu'on en veut faire à Ligier Richier, et la coiffure implique absolument les premières années du xviie siècle.

En revanche, le sculpteur qui a fait cet enfant aux têtes de mort pourrait bien être également l'auteur de deux autres enfants, dont l'un a les mains jointes, tandis que l'autre croise les bras, et qu'on donne, bien entendu, au grand sculpteur lorrain.

On montre encore à Saint-Mihiel la maison habitée par Ligier Richier. C'est une habitation à deux étages qui a conservé quelques traces de la Renaissance, notamment un plafond couvert d'arabesques auxquels se mêlent des fruits, des oiseaux et des quadrupèdes. On y voyait aussi une cheminée fort célèbre, mais elle a été transportée par les bénédictins de Saint-Mihiel à Han, où elle est encore actuellement.

II

METZ

Armoiries du xvie siècle.

Metz[1], qui semble au premier abord une ville exclusivement militaire, était pourtant avant l'annexion, un foyer de science et d'art. L'École de Metz a, comme nous l'avons vu, une grande importance dans l'art français contemporain. Metz est en outre une cité des plus remarquables par ses monuments 'et ses collections.

La cathédrale de Metz est un des plus admirables monuments de l'art ogival. L'immense développement de ses larges fenêtres, où la pierre se découpe au milieu des splendides vitraux qui l'entourent de toutes parts, est d'une incomparable légèreté. Malheureusement l'édifice est déparé par une lourde et massive construction du xviiie siècle. En 1744, Louis XV tomba malade à Metz, et ce fut en souvenir de sa convalescence que les Messins chargèrent l'architecte Blondel de plaquer contre leur cathédrale cette malencontreuse addition.

La construction de l'église remonte à plusieurs époques différentes. C'était à l'origine un petit oratoire dédié à saint Étienne. Une construction plus vaste, élevée du temps de Charlemagne, disparut à son tour pour faire place à l'église actuelle, qui fut commencée au xiie siècle par l'évêque Thierry III. « Cette basilique, dit Begin dans son excellente notice, dont la construction étrange, délicate et hardie,

---

1. Vers le milieu du xive siècle, les Messins adoptèrent pour leur blason la couleur blanche et noire de leur bannière.

Fig. 312. — La Cathédrale de Metz.

sera toujours un sujet d'étonnement et d'admiration, demeura dans l'état où l'avait laissée Thierry jusqu'en 1214, époque à laquelle la cité imposa sur les marchands forains un droit dont la moitié était destinée à la continuation de la cathédrale. Il ne paraît pas que cette contribution ait été bien productive, car on ne fit rien d'important à la cathédrale avant 1330, faute d'argent. A cette époque, Adhémar de Monteil, voulant reprendre les travaux de ses prédécesseurs, écrivit à tous les monastères de son diocèse pour engager le clergé et les fidèles à le seconder dans sa louable entreprise. Les indulgences furent la monnaie courante dont on gratifia ceux qui répondirent à l'appel de l'évêque, et les travaux se poussèrent avec une certaine activité. Sous l'épiscopat de Thierry Bayer de Boppart, mort en 1383, la cathédrale prit un développement extraordinaire. Son plan fut modifié par le génie de Pierre Perrat, et les voûtes une fois fermées, on vit la basilique s'embellir, tant à l'intérieur qu'à l'extérieur, de galeries élégantes, de sculptures et de peintures naïves. En 1478, au dire de Philippe Gérard, témoin oculaire, la cathédrale n'avait encore qu'un clocher de bois; la ville chargea Rancouval, architecte messin d'un grand génie, de le construire en pierre. Trois années lui suffirent pour mener à terme l'exécution de cette œuvre; mais le manque de fonds ne lui permit malheureusement pas de lui donner l'élévation qui entrait dans son plan; il encourut ainsi des reproches que la postérité doit adresser aux circonstances et non pas à l'artiste dont elles forcent souvent la main. A la fin du xve siècle, Jacques Damange, chanoine de la cathédrale et vicaire général du diocèse, entreprit de reconstruire le chœur, demeuré jusqu'alors tel qu'il était du temps de Charlemagne. Une cotisation générale eut lieu pour de nouvelles constructions. Jacques Damange mourut en 1510 et n'eut pas la satisfaction de voir terminer cette magnifique croix latine, qui ne fut achevée qu'en 1519. »

La cathédrale de Metz a beaucoup souffert pendant les guerres religieuses, et plus encore par les suppressions et additions qu'elle a subies dans les siècles postérieurs. Elle possédait, entre autres, de nombreuses sculptures qui ont été enlevées ou détruites. C'est ainsi qu'ont disparu ses stalles ornées d'animaux habillés en chanoines, son jubé, dont la décoration présentait un assemblage bizarre de scènes empruntées à la mythologie et à l'*Enfer* du Dante. Les allures froides et composées du style académique ont changé tout cela au dernier siècle ; on a également gratté les fresques. L'église présente, à cause de cela, un aspect assez nu, mais on ne peut se lasser d'admirer la beauté du vaisseau et ses merveilleuses verrières. Les vitres de la rose, en verres peints, furent posés en 1380, par Hermann de Munster ; celles du chœur, de 1521 à 1528, par un artiste alsacien, Valentin Bousch. On y voit aussi de beaux vitraux modernes, par Maréchal.

On conserve dans la cathédrale une baignoire antique en porphyre rouge, tirée des bains romains, et transformée en fonts baptismaux ; un tronçon de colonne en marbre cipolin, taillé en trône épiscopal ; dans la sacristie on montre deux belles crosses en ivoire et la fameuse chape de Charlemagne.

L'établissement du musée de peinture ne remonte pas au delà de 1839. Comme presque tous les musées de province, il est pauvre en tableaux de l'École italienne, et, à part une fort belle *Tête d'homme,* dont l'attribution à Titien paraît assez douteuse, je ne vois pas grand'-chose à signaler. Une *Bouquetière,* de Murillo, placée trop haut pour qu'on en puisse bien juger, mais qui semble une fort belle peinture, représente l'École espagnole.

Dans les Hollandais, un *Porte-drapeau,* avec la redoutable attribution à Rembrandt, attire tout d'abord l'attention. Un tableau analogue existait autrefois au Louvre ; il en a été retiré depuis comme n'étant pas original. Bürger considérait comme authentique le *Porte-drapeau* de la collection Rothschild, et rejetait l'attribution donnée à celui du musée de Metz, qui a autrefois appartenu à l'impératrice Joséphine. Ce qui rend très-difficiles les discussions qui pourraient surgir à propos de ce dernier tableau, c'est qu'il a subi, à plusieurs reprises, des restaurations importantes.

Le vieux Geeritz Cuyp, le père d'Albert Cuyp, a ici deux admirables portraits. C'est un Hollandais et sa femme, peints de la même grandeur, et d'une réalité saisissante. La gloire d'Albert Cuyp a complétement éclipsé la réputation de son père, dont les œuvres sont, du reste, de la plus grande rareté. On peut encore citer, dans l'École hollandaise, un *Effet de lune,* par Van der Neer, et un *Cabaret* d'Ostade ; ce dernier paraît être une imitation plutôt qu'un original.

Faut-il en dire autant du *Portrait de Martin Ryckaert,* par Van Dyck, qui a appartenu, comme le *Porte-drapeau* de Rembrandt, à

l'impératrice Joséphine? Le paysagiste Martin Ryckaert, dit le Man-
chot parce qu'il était privé d'un de ses bras, était l'aîné des huit
enfants de David Ryckaert le Vieux. Au reste, ce portrait peut être une
imitation ou une simple copie, mais c'est assurément une fort belle
peinture.

Dans l'École française ancienne, Oudry nous montre deux de
ses meilleurs tableaux : *le Loup et l'Agneau* et *le Renard et la*

Fig. 313 — Le Prisonnier, tableau de A. de Lemud.

Cigogne, qui, après avoir figuré au Salon de 1737, ont fait partie du
cabinet du Dauphin.

La peinture contemporaine est représentée par plusieurs ouvrages
remarquables. Le *Berger effrayé par un serpent,* qui a été exposé à
Paris en 1855, est un des plus vigoureux pastels de Maréchal. Un beau
dessin de son fils nous fait regretter que cet artiste, sur lequel on
fondait de si belles espérances, s'abstienne systématiquement de nos
expositions.

Parmi les artistes messins, un des mieux représentés au musée est assurément Rolland, qui est resté à peu près sans rivaux pour ses paysages au pastel. L'*Étang de Bouligny*, les *Sangliers dans la neige*, les *Vaches passant une rivière* et l'*Étable à bœufs dans les Pyrénées*, forment la part de cet artiste dans le musée de sa ville natale. Une *Famille bohémienne*, de Tourneux, et un beau *Bouquet*, de Mlle Sturel-Paigné, complètent la série des pastellistes.

Le *Prisonnier*, par A. de Lemud, dans une attitude triste et pleine de langueur, regarde par les barreaux de sa fenêtre les hirondelles qui traversent librement les airs. C'est un des rares tableaux peints par l'habile dessinateur, qui en a fait don au musée de Metz.

Devilly est représenté par la *Bataille de Solferino* et le *Bivouac*

Fig. 314. — Le Centaure, par Émile Michel.

de 1812, deux toiles de grande dimension et toutes deux fort remarquables. On doit également signaler une figure allégorique de la *France,* par Auguste Marc, et des *Juifs pleurant sur les ruines de Jérusalem*, par Valério. Enfin il faut nous arrêter un moment devant les deux excellents paysages d'Émile Michel, les *Olives* et le *Centaure*. Ce dernier est un site sauvage et d'un caractère grandiose que l'artiste a animé en y mettant un centaure poursuivant son gibier.

Le groupe des peintres messins est donc à peu près complet au musée. Mais ils ne sont pas les seuls dans l'École contemporaine. Eugène Delacroix a une jolie esquisse d'un *Portement de croix*, Achille Benouville un paysage très-agréable, et Corot, un chef-d'œuvre.

Le *Pâtre* de Corot, exposé en 1840, est une des plus belles toiles de l'artiste, qui le citait volontiers parmi ses ouvrages les plus estimables. En voyant cet admirable paysage, on a peine à croire comment la réputation de Corot a été si lente à se faire, au moins dans le public. Il est certain qu'à cette époque les amateurs ne voulaient à aucun prix de ses œuvres. Aussi quand il eut vendu ce tableau, il accourut chez Troyon et lui annonça l'événement d'un air moitié joyeux, moitié consterné. Comme Troyon ne comprenait rien à sa mine : « J'avais la collection complète, lui dit en riant Corot, la voilà dépareillée ! »

A défaut du public, fort dédaigneux à l'égard de Corot, quelques jeunes artistes commençaient à apprécier ses paysages et à faire cercle autour de lui. Français, qui était parmi eux, fit d'après le *Pâtre* une lithographie qui parut dans l'*Artiste*. Corot en envoya un exemplaire à sa famille, qui le considérait comme un affreux barbouilleur entraîné par une passion aussi insensée qu'irrésistible vers un art pour lequel il n'avait aucune disposition.

Le père de Corot fut singulièrement étonné en apprenant qu'on avait reproduit dans un journal une œuvre de son fils. Ne comprenant rien à tout ceci, mais jugeant qu'une politesse en appelait une autre, il invita Français à dîner et le reçut de son mieux. Après dîner, il le prit à part, et, tout en le remerciant du bon vouloir qu'il avait pour son fils, il lui avoua ses craintes et lui demanda s'il était bien habile de venir en aide à un pauvre garçon qui se trompait ainsi sur sa vocation, si au lieu de cela il n'eût pas mieux valu le décourager tout à fait. Français se récria et parla avec enthousiasme de l'admiration que lui inspirait le talent de Corot. Alors le vieillard, le regardant fixement, comme quelqu'un qui se demande si on ne s'est pas moqué de lui, se mit à hocher la tête d'un air d'incrédulité et parla de toute autre chose. Si un homme a jamais justifié le vieil adage que nul n'est prophète dans son pays, c'est assurément Corot.

Parmi les meubles qui décorent le musée de Metz, il faut citer une superbe horloge en style rocaille. C'est un chef-d'œuvre d'orfévrerie en même temps que de menuiserie. Sa grande gaîne est en marqueterie de bois et enrichie d'ornements en cuivre ciselé et dorés. Le cadran, signé Lepaute, horloger du roi, est surmonté par une figure du Temps, qui semble vouloir faucher les heures à mesure qu'elles s'échappent.

Fig. 315. — Le Pâtre, tableau de Corot.

Metz possède également un musée archéologique, comprenant, outre les dons de l'État, un très-grand nombre d'antiquités trouvées dans le département. L'étude de cette collection est facilitée par un catalogue raisonné dû à M. Lorrain. Il est fâcheux qu'on n'en puisse

pas dire autant pour le musée de peinture qui manque de livret
indicateur.

La première partie se compose d'antiquités gréco-étrusques, pro-

Fig. 316. — Pendule en style rocaille (musée de Metz).

venant de l'ancienne collection Campana. Parmi les objets gallo-
romains, on remarque un autel quadrangulaire orné d'un bas-relief

Fig. 317. — Aqueducs de Jouy, près Metz.

représentant un personnage qui lit et un autre qui écoute en penchant la tête, un autre autel où on voit l'image de plusieurs divinités avec un sacrificateur tenant le glaive et une prêtresse apportant l'encens dans une cassolette. Il y a aussi une tête colossale de Jupiter, un *Apollon,* un *Bacchus,* un assez grand nombre de tombeaux décorés de personnages et une multitude de débris provenant des fouilles faites à Metz et dans les environs.

La contrée, très-florissante sous les Romains, possède de nombreuses traces de leur domination. L'aqueduc de Jouy, près de Metz, bien qu'il n'ait pas le caractère grandiose et monumental du pont du Gard, est un des édifices les plus importants qui soient restés de la domination romaine dans les Gaules. La principale prise d'eau se faisait à quatre lieues au sud de Metz, près le bourg de Gorze. Le canal en maçonnerie suivait sous terre la ligne des coteaux et traversait la Moselle sur une longue suite d'arcades, dont il reste encore cinq piles en partie détruites, sur la rive gauche, et dix-sept de l'autre côté, dont les arcs cintrés sont assez bien conservés.

Les piles qui baignaient dans la Moselle paraissent avoir été emportées par le courant à une époque fort reculée, car un écrivain du xe siècle signale le pont comme détruit depuis déjà longtemps. Quelques archéologues, sans s'appuyer sur des documents bien positifs, attribuent à Drusus la construction de cet aqueduc : la légende locale en fait l'œuvre du diable qui, pour gagner une âme, s'était engagé à construire le pont dans une nuit. Mais le jour l'ayant surpris, il disparut sans avoir achevé son ouvrage.

Outre cette ruine grandiose, on trouve dans tout le pays des traces nombreuses des grandes voies de communication établies par les Romains. On a même pu rétablir assez exactement non-seulement l'emplacement, mais encore la conformation de villes antiques disparues et qui ont joué un rôle important dans l'histoire, par exemple Scarpone.

On lit à ce sujet dans la savante notice de M. de Beaulieu : « Autant qu'il est possible d'en juger par les ondulations du sol et par ce qu'on connaît des ponts qui joignaient ensemble les divers quartiers de Scarpone, cette ville était bâtie sur cinq îlots, dont les deux premiers avaient 5oo mètres de longueur du sud au nord, et les trois autres 4oo du nord-ouest à l'ouest. C'est entre cette ville et Dieulouard qu'étaient les principaux édifices : les temples, les bains et le fort, devant lequel s'élevaient trois grands monuments de forme pyramidale. Les autres îlots, qui communiquaient entre eux par quatre ponts en pierre, étaient couverts d'habitations particulières. Cette ville, bien que n'embrassant pas les sept lieues de tour que la tradition lui attribue, avait une très-grande étendue. Les maisons, bâties pour la plupart en pierre, étaient divisées en chambres de 4 à 5 mètres en carré, dont l'aire, formée d'un blocage cimenté et recouvert d'un vernis rouge, adhérait si bien aux murs et était d'une dureté telle, que les eaux qui filtraient au travers des terres ne pouvaient la pénétrer. Plusieurs pans de mur avaient encore 3 mètres de hauteur et étaient ornés de peintures à fresque. »

Dans toutes les contrées que nous avons parcourues, en Alsace aussi bien qu'en Lorraine, nous avons reconnu par les nombreuses traces du passé les marques de la domination romaine sur l'ancienne population gauloise. Une autre race partie d'outre-Rhin est-elle venue se substituer aux primitifs habitants, comme voudraient le faire croire certaines théories intéressées? L'étude des monuments de l'art suffi-rait pour en démontrer le vide et la fausseté. Depuis les Romains jusqu'à nos jours, le génie français est empreint sur les productions artistiques du pays; la politique aura beau faire, elle n'empêchera pas le lien de famille imprimé sur toutes les œuvres de l'intelligence, de donner raison aux sentiments purement français qui animeront toujours nos belles provinces.

TABLE DES MATIÈRES

L'ART AVANT LA CONSTITUTION DES PROVINCES D'ALSACE ET DE LORRAINE

PRÉCIS DE L'HISTOIRE DE L'ART EN ALSACE

LES ARTISTES ALSACIENS CONTEMPORAINS

TOPOGRAPHIE ARTISTIQUE ET MONUMENTALE

DE L'ALSACE

PRÉCIS DE L'HISTOIRE DE L'ART EN LORRAINE

LES ARTISTES LORRAINS CONTEMPORAINS

TOPOGRAPHIE ARTISTIQUE ET MONUMENTALE
DE LA LORRAINE

TABLE DES GRAVURES

EAUX-FORTES

GRAVURES TIRÉES HORS TEXTE

GRAVURES DANS LE TEXTE

www.ingramcontent.com/pod-product-compliance
Lightning Source LLC
Chambersburg PA
CBHW070709100726
47907CB00001B/111